三晋百部
长篇小说
文库
北岳风
中国原创
长篇小说

常捍江——著

阁老梦

山西出版传媒集团　北岳文艺出版社
·太原·

图书在版编目（CIP）数据

阁老梦 / 常捍江著. — 太原：北岳文艺出版社，2020.5

ISBN 978-7-5378-6149-6

Ⅰ.①阁… Ⅱ.①常… Ⅲ.①长篇小说－中国－当代 Ⅳ.①I247.5

中国版本图书馆CIP数据核字(2020)第025082号

阁老梦

常捍江 / 著

出品人
续小强

项目负责人
陈学清

责任编辑
赵勤

装帧设计
张永文

印装监制
郭勇

出版发行：山西出版传媒集团·北岳文艺出版社
地址：山西省太原市并州南路57号　邮编：030012
电话：0351-5628696（发行部）　0351-5628688（总编室）
传真：0351-5628680
网址：http://www.bywy.com　E-mail：bywycbs@163.com
经销商：新华书店
印刷装订：山西人民印刷有限责任公司

开本：787mm×1092mm　1/16
字数：286千字
印张：19
版次：2020年5月第1版
印次：2020年5月山西第1次印刷
书号：ISBN 978-7-5378-6149-6
定价：58.00元

本书版权为本社独家所有，未经本社同意不得转载、摘编或复制

《三晋百部长篇小说文库》组织机构

策划
杜学文　张明旺　王宇鸿　梁宝印

专家审读小组
主任：杨占平

副主任：续小强

成员：李杜　傅书华　徐大为　侯讵望
　　　王保忠　郝汝椿　韩思中

编辑出版办公室
主任：杨占平

副主任：续小强

成员：古卫红　陈学清　闫珊珊　王保忠

题材的选择与艺术的精神（代序）

——关于《北岳风·中国原创长篇小说》系列丛书

杨占平

由山西省委宣传部指导，山西省作家协会和山西出版传媒集团主持，北岳文艺出版社编辑出版的《三晋百部长篇小说文库》，是一项意义深远、里程碑式的文化德政工程，也是当代山西文学史上规模较大的一项文学基础建设工程，更是展示山西文化实力、文学魅力的自信工程。

山西长篇小说创作，在当代中国长篇小说格局中占有重要位置，是山西作为文化、文学大省的重要标志之一。以赵树理、马烽等为骨干的"山药蛋派"作家，在长篇小说创作上成绩显著，新时期以成一、李锐、柯云路等为主将的"晋军"作家，代表作也都是长篇小说。从张平的长篇小说《抉择》获"茅盾文学奖"为标志的山西第三次创作高潮，到以刘慈欣、葛水平、李骏虎等为代表的一批中青年作家频频摘得国内外文学大奖，都进一步巩固了山西长篇小说创作作为中国文学重镇的地位。近年来，一批充满朝气、富有理想、敢于探索的生机勃勃的"80后""90后"作家，也都有长篇小说新作问世，表明山西长篇小说创作后继有人。

《三晋百部长篇小说文库》出版工程，坚持正确的方向，务实创新，去伪存真，从2014年启动，三年来具体实施，已经出版了赵树理、马烽、成一等作家的近三十部经典力作，唐晋、浦歌等中青年作家的原创作品近十部。可以说，这些作品比较全面、客观、真实地反映了近百年山西长篇小说创作轨迹，集中展示了山西长篇小说创作实力，在文学界和广大读者中产生了良好的影响。

在实际运作中，有一个环节是公开征集原创长篇小说，作家们出乎意料地踊跃，三年时间竟有一百多部作品应征，作者都是山西省内的老中青作家，显示出大家创作长篇小说的积极性。这么多作品经过专家组的认真审读，只能有十几部入选原创作品之中出版，还有不少作品质量已经达到正常出版水平，却离《三晋百部长篇小说文库》的原创要求有一些距离。为了尊重广大作家的创作热情和付出的努力，专家组经过充分讨论，提出可以将这些达到正常出版水平的作品，以《北岳风·中国原创长篇小说》系列丛书方式出版。省作协党组同意这个建议，于是，第一批共十部长篇小说入选，经过规范化审读和编辑程序，现在，这套书将出版发行。

一

创作最能体现作家对某一个社会进程生活经历深刻思考和昭示作家艺术追求的长篇小说，是每一位踏上文学写作道路者的良好愿望；而文学史家、批评家和阅读界对某一位作家的成就和价值的评估，长篇小说无疑是重要的一个尺度和参照依据；后代人们评价某个历史时期的文学成就高低，也是要看那个时期是否有一批高质量的长篇小说。因此，近些年来，山西大多数在中、短篇创作上有过一定业绩的作家，都转入了长篇小说的构筑。据有关资料介绍，仅就进入新世纪以来的十多年，每年全国出版或发表的长篇小说大约有近千部，山西省也有几十部。从数量上看，是改革开放以来最为活跃和创纪录的时期；从作者队伍看，中年作家是主力，老作家中也有不少新贡献，青年作家则初露锋芒。

我认为，长篇小说创作出现这种繁荣现象，应该说是文学创作内部发展规律的必然走向。当然，读者对文学的热情逐渐减退和各种文娱形式的兴盛，也促使作家们不必再追赶阅读写短平快作品而沉下来做长篇大活。从创作内部发展规律分析，"文革"十年的严重摧残，使得整个文艺创作园地一派凋零；进入新时期以后，随着社会政策的拨乱反正，作家们爆发出前所未有的热情，显示了十分旺盛的活力，大家多年积蓄的生活感受汹涌喷发，短篇小说自然首先得宠，成为作家们表现形式的最好选择。几年过去后，作家们似乎感觉到短篇小说难以将他们对人性的深层思考和对探索艺术的愿望全部承载，于是，中篇小说以从未有过的显赫登上文坛，为作家们纷飞的思绪和艺术创新的热情提供了最佳工具，也为读者逐步增长的阅读要求提供了机会。随着文学作品在文艺形式中一枝独秀的局面开始衰微，同时，作家们经过十来年的左冲右突，把过去的体验大都宣泄于尽，探索新的艺术表现方法的热情也告一段落，意识到认真地思考一些社会问题和确立自己艺术风格的时候到了，而这种"思考"和"确定"的结果，非长篇小说表现不行，所以，长篇小说创作开始走俏。从20世纪90年代至今，假如你碰到任何一位有过一段创作经历的小说作家，询问他的创作计划，无疑，都会以正在写长篇作答。

从外部条件分析，读者经过十几年的时间，对阅读文学作品的热情逐渐减弱，只当作一种业余生活的消遣方式。随着科技的发展和社会的进步，尤其是互联网横空出世后，娱乐形式越来越丰富多彩，人们的注意力被分散，阅读文学作品一家独大的局面不复存在。再加上现代生活节奏加快，市场经济冲击着一切领域，人们都在为了生计奔波，休闲或余暇时间只想轻松愉快一些，而阅读小说是很难做到这一点的，尤其是新潮小说中所追求的深沉、探索、寓含、意识流、时空交叉等等，让许多读者感觉不是在消遣娱乐而是增加疲惫。另一方面，随着人们观念的改变和与国际交流的加强，大多数人的主动参与意识不断增强，被动地接受作家的思想已经让他们不喜欢，他们也要参与创作，比如风靡一时的卡拉OK、网络小说，就是因为给人们提供了参与自娱的条件，所以倍受欢迎。这些外部条件虽然不是专门为对付文学作品而出现的，但是，它们对作家的自尊、清高、以我为中心等多年形成的意识，却是一个不小的打击，作家的崇高地位开始动摇，职业的优越性转向了危机感。如此，促使作家们开始冷静地思考文学的热情减退之后，创作应当采取什么对策，进而认识到应该从艺术的角度多表现些人生、历史的实在内容，让读者在为了消遣娱乐而阅读文学作品的同时，也不无某种生活的启示。长篇小说的基本属性契合了作家的意愿和社会发展的要求，因此，也就从中、短篇转到了长篇创作。

二

1. 题材丰富多彩

选择何种题材进行创作，是每一位长篇小说家进入写作前必须有的程序。近年来，一些作家和理论家对于题材理论有些异议，认为创作不必拘泥于题材的限制，可以完全凭着感觉和意识去驰骋，宣泄思想是不管题材的。我认为，这种看法对于某些情感型作家突发灵感后进行创作，有时是正确的；而且，也只有写短篇小说或个别中篇小说适合这种理论。相对而言，长篇小说的创作，如果不强调题材的作用，或者有意回避题材界限，那么，作者是很难驾驭整部作品和整个创作过程的，就我迄今阅读到的古今中外长篇小说而言，很少有难以确定题材归属的作品。我之所以特别强调题材这个问题，是因为宏观上研究某一段时期某个地域或者某个文学刊物或者某家出版社长篇小说的走向，首先应当从题材角度去审视，这样，才可能得出合理的结论。

纵观这次出版的《北岳风·中国原创长篇小说》系列丛书，从题材上看，可以说是丰富多彩，多点开花。传统的农村题材、城市题材自然还是占有重要位置，而历史题材、知识分子题材、风俗小说、爱情小说等等，都各具特点，自成体系，构成社会生活的各个方面，都有作品予以反映。无疑，题材的丰富和广泛是值得肯定的，这也是整个国内长篇小说创作在这三十年的一个特点。出现这种现象，最基本的原因是社会生活呈现出前所未有的活跃和多姿，置身于任何一个行业的人们，都有丰富的生活感受，有复杂的人生思考，有变化着的人际关系需要处理，有不断袭来的观念需要更新，这些都为长篇小说创作提供了非常厚实的内容，生活在任何一个职业中间的作家，都会获得他所希望得到的创作素材。

2. 农村题材为主导

在丰富多姿的题材中，农村题材一直占据着山西长篇小说的主导位置。这是因为，中国是一个农业大国，农民，包括工作在城市的农民工，占总人口的一多半，农村社会的变迁和农民思想的动荡，影响着整个国家的发展，标志着民族的文明程度，体现着进步与落后的水平。中国历史上的每一次重大变革，绝大多数是从农村发生、发展，然后才走向城市的。因此，作为社会生活和人类情感全面反映的长篇小说创作，绝对不能不以农村题材为主要选择对象。另外，我们都应当承认的一个事实，当今中国的众多小说作家，特别是山西作家，基本上是以农村为基础成长起来的。他们中的一部分是生在农村、长在农村，以后由于种种原因进了城，写起了小说，但无法抹杀农民的习惯、农民的心理，甚至农民的生活方式；也有一部分作家虽然生长在城市，可他们的父辈却是农民出身，他们跟农村有着千丝万缕的联系，骨子里流动的依然是农民的血液；还有一部分较为年轻的作家，从来没有离开过城市，可是我们都应当承认，中国的几百座城市中，属于真正意义上的城市只是有数的个别几座，大多数城市人的生活传统、思维习性，尤其是文化心理，仍然是农民式的。这几类作家由于上述特点，决定了他们写农村题材小说会感觉轻车熟路，非常顺手，而他们无疑是中国作家群体的主要组成部分。这套《北岳风·中国原创长篇小说》系列丛书中，像《肥田粉》《玉香》《柳暗花明》等，都是典型的农村题材。

3. 城市题材的典型性

与农村题材长篇小说占主导地位相比，这套书中城市题材长篇小说是偏少的，只有《天上有太阳》一部。面对三十年中国城市快速发展现状和内涵丰富的现代工业社会的形成过程，长篇小说创作的步履显得比较乏力。从全国范围看，也很难列举出一系列在读者中引发轰动效应，或者在文学圈子内引人注目的长篇小说的篇目。实际人口已经超过总人口一半的城市人，阅读不到多少真正反映他们丰富生活、复杂感情、追求希冀的长篇佳作。应当说，大多数市民是具有阅读能力和阅读要求的，他们的文化基础已经和他们的前辈不同，不必围在一起听别人读，阅读的选择性越来越明显。

我以为，城市题材长篇小说创作之所以不尽如人意，关键是众多作家对快速发展的城市生活有一种隔膜感，他们还停留在传统的、单调的老式城市生活认知层面，这样，自然难以激发出创作时具备的热烈情绪、流动意识、审美感受等等，人们在现代文明与传统观念发生撞击时爆发出的火花，负载到城市题材中，似乎还进入不了熟悉的境界。另一方面，我们也不排除一个事实：由于熟悉写作对象，作家们更乐于去农村或者历史生活中寻求较为捷径的创作素材，去相对于稳定的农民和古人心态中挖掘民族文化特色，而动荡不定的现代城市生活，让作家们在短时间内就思考出较为深刻的内容来，显然是勉为其难的。这种现象也反映到《北岳风·中国原创长篇小说系列》丛书作品中。

4. 历史题材的启示性

历史题材长篇小说的创作，一直是小说家投入较多的一个方面。这是因为，相对于现实生活的变幻莫测，历史题材更容易被作家们所把握，已经成为历史的人物或者事件，可以承载小说家的诸多艺术手段的尝试，承载小说家关于民族、关于社会、关于人生的多方思考。另一方面，读者对历史题材有着陌生感，求新、求奇的心理，驱使他们对历史题材小说不能不产生兴趣，这种阅读心理自然是作家熟悉的，也就要多在这个题材领域下点功夫。这一点也体现在了《北岳风·中国原创长篇小说》系列丛书作品中，从《中国丈夫》《中国劳工》等几部作品可以看出，作家们都是用新的历史观表现历史人物或历史事件，能够产生较强的启示现代的作用。

三

三十多年来，整个国内长篇小说创作，比较趋向一致的艺术主张，可以概括为：追求平实的叙事风格，直面社会，冷静表达，强调故事的感染力，注意可读性，让读者阅读之后能够获得某种对人生、对社会、对历史，甚至对未来的启示或联想。事实上，这也是山西长篇小说创作的基本艺术特色。

我理解，这种艺术现象表明了这一代长篇小说作家已经开始走向成熟；他们似乎要寻找一条既能充分显示自己关于人生、关于生活、关于艺术的探索，又能唤起读者的阅读兴趣的写作途径。这样的途径按说是不难寻找的，然而，几十年来的长篇小说创作总是把握得不够准确。由于20世纪50年代、60年代是被动地适应读者的阅读能力而忽视作家自己的理解，导致80年代、90年代则偏向重视作家个人主体意识的宣泄而忽视读者阅读要求的一端，造成创作与阅读的隔膜。长篇小说创作属于艺术生产的一种方式，存在着生产与消费的过程，如果处理不好生产与消费的关系，会影响到作品的传播力。可喜的是，经过一段时期的探索,长篇小说创作的艺术走向,越来越适应阅读的需求,找到了一条合理的道路。

从《北岳风·中国原创长篇小说》系列丛书作品中可以看出,这些年来作家们切入的角度,往往是凡人俗事较多,更接近普通老百姓的日常生活。我们在20世纪50年代、60年代长篇小说中常常读到的悲壮、英雄、理想主题和宏阔的大场面大冲突等等,已经很少出现在当今的作品中,让读者阅读到的主要是逼真的生活过程,逼真的细枝末节,逼真的人物心态,逼真的文化氛围。

由《北岳风·中国原创长篇小说》系列丛书艺术特点,我产生了一点关于长篇小说创作艺术精神的思考。近三十年来山西的长篇小说创作,数量是创纪录的,一些代表性作家在创作方法上的有益探索也是值得赞赏的。但是,如果我们站在文学史的位置上观照,就会明显地感觉到,真正可以称得上具有突破性意义的扛鼎之作还是少数,大多数作品属于探索之作。

为什么会出现这种乐观的数量与有待提高的质量共存的现象呢?我以为,简单地概括其直接原因,不外乎作家生活经历简单,人生体验不够深刻,感情投入不彻底,艺术积累不厚实等几个方面。实际上,这些直接原因的基本症结在于,作家缺乏一种博大精深的艺术精神。这种艺术精神决定着作家在理解人生、透视历史、叙述故事等过程中,能否具有不同于别人的独特风范。

不难确认,在大多数小说家的思维里,虽然不能说没有急功近利的意念,但是,他们总还是希望自己的作品能跳出平庸的圈子,用艺术的魅力感染读者。那种就事论事的思维方式,那种肤浅单一的生活判断,那种直奔主题的建构形态,都不可能是作家在创作长篇小说时愿意出现的景况。我不否认,由于整个国家的社会环境的冲击,例如随着经济体制改革的不断推进而强化了人们的务实精神,商品经济大潮的席卷使许多人转向了"向钱看"的实惠主义,国外各种思潮的渗透致使部分人的价值观出现了某些失落,等等,这些都会对作家产生一定的影响。但是,长篇小说创作毕竟是一种艺术精神的活动,不能让外界的干扰过多。所以,能否写出优秀作品,关键还是艺术精神本身的体现。

从明、清时期的《红楼梦》《三国演义》《水浒传》等经典大作,到"五四"以来茅盾、巴金、郁达夫、老舍、钱锺书等文学泰斗的长篇代表巨著,之所以能够成为传世之作,成为中国文学发展史上的一个个辉煌纪录,成为长篇小说创作永远的楷模,最根本的一点,就是这些作品有着一种悠远而充满了生命力的博大艺术精神的缘故。当代长篇小说作者,必须要在生活阅历、艺术修养、思想基础、情感投入等方面向经典作家学习,才能逐渐树立自己的艺术精神和品味,创作出优秀作品来。

2017年5月

(杨占平,山西省作家协会原副主席,《三晋百部长篇小说文库》专家组组长)

目录

第一章	001
第二章	036
第三章	073
第四章	101
第五章	130
第六章	161
第七章	193
第八章	221
第九章	246
第十章	264

第一章

快要哈班了,窑黑子们或躺或坐或靠在窑壁上休息。

某些时候,我受到某种情绪压抑,就会说出家乡话。事实上,我不想说家乡话,家乡话让我忧伤,让我畏惧,尤其是在我经历一场生死劫难后,这种感觉就更加强烈。

阁老村土话里所说的"哈"就是说"下"或"吓"。

还有,阁老村人说挖煤工不是说挖煤工,是说当窑黑子。

我也是窑黑子,我挤在大家中间刚坐下就睡着了,刚睡着就看见我爷爷在阁老村街里奔走,奔走到我面前一闪而过,冲我大喊大叫说,猪猪,不要当窑黑子哈煤窑挣钱了,叫上你爹和阁老村人快跑,过一会儿阁老村要发生一场天塌地陷毁灭阁老村人的大灾难。这宗千古弥天大灾,我一个多月前就感知到了,就开始给阁老村人制造征兆,阁老村人不叫征兆叫显迹。一个多月过去了,阁老村平静如石,稳重如山,白天哧溜溜滑过去,黑夜哧溜溜滑过来,没有一个人因我制造的显迹警觉过。

我爷爷完完全全就是说家乡话——说下就是说哈。我心怀忧伤,心怀畏惧,想把我爷爷的原话转述给朋友们。

我爷爷几年前就死了,死之前已瘫痪好多年,哪里能在村街里奔走?我爷爷不光瘫痪,还嘴眼歪斜了,想说话说不出来,瞪大眼睛只是喉咙里咯吧吧咯吧吧不断响,脖子里和脸上有一些青筋紧绷绷暴凸起来,像是就要迸裂,迸裂出乌黑乌黑的血水水喷射到房梁上。房梁上挂着一只荆条编织的小篮子,篮子里放着馒头、核桃、干枣之类,逢年过节或雨雪天气,我爷爷还会自制各种油炸小食物,比如油麻花、油蛋蛋、油饼饼——我爷爷和我爹统称油食儿,阁老村也有人说是油食饵——就是小娃儿们哭闹的时候用来打哄小娃儿们不哭闹的食物。不管是油食儿还是油食饵,凡放进篮子里的食物,我爹和我爷爷都只叫"小吃耍",到底"小吃耍"包括哪一些食物,我爷爷说不清,我爹也说不清,这是阁老村的一个专用名词呢。但有一点很明确:"小吃耍"只让我一个人吃。我爷爷没瘫痪那一阵儿,每次让我吃放在篮子里的"小吃耍",都是踩一只板凳,踮脚伸臂颤颤巍巍去探摸那篮子。那篮子上覆盖一块蓝棉布,我爷爷揭开蓝棉布,从篮子里摸出一把"小吃耍",迫不及待颤颤巍巍递给我。有时候我缠着让我爹和我爷爷吃,我爹和我爷爷都会说,都是些"小吃耍",只应该小娃儿们吃,大人们吃了,嘴上会生疮。这样说过,我爷爷会问我:你想让爷爷嘴上生疮啊?我爹会问我:你想让爹嘴上生疮啊?实际上是我去村小学上学之后,我爷爷常偷着让我爹吃油饼饼,我爹也常吃呢。

我爷爷除了给我和我爹吃"小吃耍",还给我哼唱道情戏:

一非是泰山崩倒难扶起
二不是病入膏肓药难医

我爷爷说这道情戏不是我爷爷爱哼唱,是我奶奶爱哼唱,我奶奶不光爱哼唱还想教我爷爷哼唱。我爷爷说:爷爷脑子笨,哪里能学会,是日久天长听你奶奶哼唱记哈这两句。我爷爷名叫康奎,小名奎奎,中条山西麓阁老村人,宣统二年(1910)生,2007年殁,走过清末走过民国走进共和国。脚下走过的路比蚕一辈子吐过的丝还长,经历过的事比一个人一辈子收获的谷子还多,捏坏的筷子竖在灶台上,比我爷爷后半辈子在阁老村前山梁上植出的那片杨树林还稠。

我爹大名康跃进,小名钢钢,公元1958"大跃进"大炼钢铁,全村男女老少齐上山。我奶奶即将临产,但不上山不行,上了山不出力流汗不行。大炼钢铁现场生下我爹,我爹安然,我奶奶说是要吃药,实际故意吃上毒药,歪脸,吊眼,吐舌,连续抽搐,抽搐成瘦瘦小小一团然后死了。我爷爷为我爹,也为我,没有再娶妻。实际是想娶娶不上。家里除了锄头、铁锹、一锅两碗、一盘土炕再没有其他,谁肯嫁给我爷爷?我爷爷四十五岁娶妻,四十八岁得子丧妻,婚龄三年光棍一生,得失甘苦不能和旁人细说,甚至都不和我爹细说——噢,只和我细说过。每次和我说起,都是眼睛红红嘴唇颤颤直至哽咽。或者正和我说呢,看见我爹进屋了,立刻就起身捅火坐锅,或扫地抹灶台去了。我爹和我爷爷发脾气说,你说一次哭一次还要说还要说,想寻死是不是啊?我爹不想让我爷爷"回锅"多年之前的伤心事。"回锅"的次数多了,我爷爷伤心我爹能不伤心吗?我爷爷和我爹都伤心我能不伤心吗?可是我爷爷顽固不化,过不了几天逮着机会就又要给我讲述我奶奶。我奶奶死了,但我奶奶喜欢哼唱的道情戏的调调在。我奶奶喜欢哼唱的道情戏我爷爷不知道是哪一出,唱词没记全,调调也没记全,只记得我奶奶经常唱:

  张霞俩且嗨哈
  也马尔怪哈嗨哈
  张霞俩且野哈嗨哈嗨哈

  这不是唱词是调调,我不懂曲谱,我爷爷更不懂,我爷爷给我讲述时,我只能用和曲谱声音相近的汉字代替。我爷爷说,我奶奶是逃荒逃到阁老村来的,逃来的那个晚上,他刚睡哈,还没睡着呢,就听有人敲房门,咯嗒,咯嗒,声音小小的、柔柔的,像小麻雀啄门。
  我爷爷说,还呼唤他的名字呢,呼唤声也是小小的、柔柔的,穿针引线式的似有似无。
  那一夜,月色正好,有一点儿小风,早落的杨柳树叶,从院墙顶滑落进院子里,唰啦唰啦响,声音也是小小的柔柔的,但刺耳。我奶奶披头散发一身泥水,怀抱一个大包袱气息奄奄地趴在我爷爷门槛外。

我爷爷说,祖宗,你是谁?

我奶奶说,奎奎好人,救救我。

我爷爷说,你怎么就晓得我的名字,还晓得我家的家门?

我奶奶说,好人,不用问了,有好人指点我来找你,求你救救我。你要是愿意,从今往后我就是你老婆了;你要是不愿意,从今往后我就是你妹子了。好人先给我一口水喝。

我爷爷毫不犹豫扶我奶奶进门,不仅给我奶奶水喝,还给我奶奶饭吃,还捧过来一大木桶热水,让我奶奶洗头发洗脸洗身子。我奶奶洗过头发洗过脸,姣好的容颜就显露出来了。

我爷爷说,你不像是一个庄户人家的女人。

想凑近仔细看又不敢,只管把豆油灯的捻子往长拨,灯光越亮越不敢看我奶奶了。我奶奶要脱衣服洗身子,刚比画出一个要解衣扣的样子,我爷爷就像看见蛇遇见狼一样呀呀叫着往门外走,在门槛上绊了一下跟跄出门,想回身闭门呢,不敢了。蹲在房门外翻白眼看月亮数星星,倾听杨柳树叶从院墙顶滑落进院子里所发出的声音。我奶奶把豆油灯吹灭说,夜气重重的,你小心着凉。

我爷爷装没听见。

我奶奶说,我是一个来路不明的女人——有人说我是一个怕挨批斗逃亡在外的地主小老婆,你要是怕我连累你不想收留我,我现在就走。

我爷爷说,你放哈心洗漱吧。

我奶奶说,你不怕连累你?

我爷爷说,我单身独自怕什么,有什么怕头?怎地一个敌人还有本事吃了我!

我奶奶说,可是你躲在门外把房门大开着,我哪里敢洗漱。

我爷爷起身闭房门,但闭不上,左边的门扇被我奶奶用肩膀靠住,右边的门扇被我奶奶一只脚尖抵住。月光之下我爷爷还是不敢正脸看我奶奶。我奶奶说,人家说你是一个好人,可真是一个好人呢!你进来,我要闭门了,你不会是怕我吃你吧?

黢黑地里我奶奶开始洗身子,我爷爷面向我奶奶背靠房门蹲着,只听见水响,只看见一条白晃晃吐丝的大蚕似的人影儿晃动,耳朵拉长眼睛瞪大忽然跃起,荡起风带起尘向我奶奶蹿过去,我奶奶被一双臂膀铁箍子似的箍紧时只说了一句:这辈子是死是活就在你这里了。说话之间已像一片洁白的羽毛无声无息飘落在我爷爷土炕上,脚底下大木桶被踩翻,稀里哗啦倾倒出一片清亮亮的水响声,木桶撞击上水瓮,啪嗒啪嗒响。

我爷爷生下我爹,我爹又生下我,三代人无兄无妹无姐无弟,是典型的细麻绳绳那一种。阁老村人说世代单传不说世代单传,说细麻绳绳。还说:麻绳绳专捡细处断。我爹和我爷爷最担心我家这一条细麻绳绳会从我这里断掉。

我爷爷说,爷爷就是常盼望咱家哈一代比上一代过得好。

我爷爷常拿我爹的境遇和他的境遇做比较。我爹的境遇像我爷爷的境遇,但又不像。像我爷爷:得子丧妻,没再娶,一手抚育儿子长大。不像我爷爷:二十几岁娶妻,三十几岁得子丧妻;新盖四间土坯房;还供我上大学——哪里是我爹供我上大学,是我爷爷供我上大学,是我自己供我上大学。我小名猪猪,大名康沛然,某名牌大学硕士研究生毕业又考上博士研究生。暑假期间回阁老村当窑黑子下煤窑挣钱,我从高中一年级就开始每年暑假回阁老村当窑黑子下煤窑挣钱——我爹不是一个爱挣钱会挣钱的人——唉,不说这些了,说这些让我有一点点丢面子——不管谁供我上大学吧,反正我是上大学了,还从大学里带回来一位如花般娇艳的女朋友。比较下来,我爹比我爷爷的境遇强,我比我爹的境遇又强些,我爷爷指望我将来比我爹的境遇更强呢。

我爷爷最害怕我未来的女人会有我奶奶和我妈的悲惨遭遇。我奶奶服毒自杀在大炼钢铁的工地上,我妈遭遇开山炸石被炸死在我爹曾经开办过的一个石料场的工地上——噢,可能是我爷爷的这种忧患情绪幻化入我的血液里去了,所以才刚睡着就梦见我爷爷。

我做那个没来由的梦的那一天,也就是我和阁老村人大难临头的那一天。事后回想,实际不用我爷爷制造显迹,我自己就有显迹了:想去下煤窑又不想去,感觉着疲倦感觉着烦躁。那一天我上中班,下午四点钟进坑,深夜十二点出坑。坑外澡堂洗澡、换衣,晚上一点时候回家。上班之前大半个白天不想出门不想见人,甚至我爹叫我吃饭我都不想去。我爹后来给我讲述他那一天的经历和感受时说:爹身上其实也有显迹呢,早饭没有吃,午饭和晚饭也没多吃,不知为什么就是不想吃。正因为一天三顿饭都亏空了,半夜这一顿饭老早就做好猪肉炖粉条子配西红柿拉面条。猪肉炖粉条子放入一只砂锅,西红柿放入一只小瓷盆,都在火炉上熥着,只等猪猪你哈班回家后往锅里煮面条吃饭了。爹独自在家里等,等得烦躁,就走出院子在大门口坐哈等。

  我爷爷没瘫痪那阵儿,就常给我吃猪肉炖粉条子配西红柿拉面条。不光常给我吃,每一次给我吃我爷爷就和我面对面坐下,目光像拉面条一样柔柔的软软的细长细长,在我脸上七缠八绕不绕出我一头汗不罢休。有时候我不高兴就发脾气说,爷爷你只管看我,看得我都不会吃饭了。我爷爷嘿嘿地笑说,谁让你看爷爷啦,你不看爷爷,怎的就知道爷爷看你啦?伸手捡走我嘴角上斜挂着的半截细粉条放进他嘴里慢慢嚼,目光还是柔柔的,软软的缠绕在我脸上。我爷爷说得有道理,我不看我爷爷怎么就知道我爷爷看我啦?我爹知道我受我爷爷宠惯,爱吃猪肉炖粉条子配西红柿拉面条,我爷爷过世后就也常给我这样吃,开水锅一直在火上温着,我一回家我爹就往锅里拉面条。

  高中时候,我一个暑假挣下的钱,我一个学年花不完,让我爷爷给我积攒起来准备上大学时候用。我上大学读研究生后给导师或导师的朋友整理科研资料、翻译外文材料,能挣到劳务费,我一学年的所有费用就足足富裕了。暑假回家不例外带回来那么多材料,每天按时到村煤矿上哈煤窑——哦,我又说哈了。业余时间翻译那些材料。这几年煤炭金贵,一个壮劳力下一天煤窑能挣三百到四百元,我读研究生实际根本用不着那些钱。我爹嘴上不说心中享受:我是给爹挣零花钱呢。

  需要说一说阁老村的村名了,阁老村有一个传说,我爷爷多次给我讲述过:几百年前阁老村没有人迹,只是深山老林中平展展一片未开发过的洼地,洼地四周山丘树木环绕,村后西北方向青石岩哈头一股清泉潺潺流出,环洼地流淌大半圈,缓缓往山沟下流去了。一位风水先生的说法是:阁老村西北那座青石岩就是一颗龙头,青石岩后连绵山梁就是一条龙身,青石岩东南方向这块平展展洼地分明就是一只龙眼了。战乱年月康氏家族先人携家带口从平川颠沛流离逃进山里,受高人指点直奔这片平展展洼地。那位高人断言:龙眼安宅,不王亦侯。最初阁老村村名叫龙眼洼村;随后康氏家族先人和那位高人青龙白虎玄武朱雀讨论一番,改龙眼洼村为阁老村——求富求贵心切直奔主题,康氏家族先人从一开始就做上阁老梦了。我爷爷每一次给我讲述这些,我爹总要在旁边坐下,表面看是在专心一意吸烟,实际是在认真听呢。有时候就会摆出一副深思熟虑的样子插上一句话:老说那些有甚意思,都是些空话,阁老是宰相是总理,谁有那样大本事! 说罢,就目光热辣辣地看我和我笑。我爹说得没错,阁老村至今没出过阁老,连一个乡科级官员也没出过。阁老村人对于阁老梦早已不存念想了。不过自从我爷爷过世我考上硕士又考上博士,阁老村人震惊、仰慕之外一直蛰伏在心底的对于阁老梦的念想就又被激活,我爹就按捺不住和我说过:咱做不上阁老,做个乡长镇长总是可能的吧? 做上乡长镇长逢年过节就有人提上点心,背上猪头羊头,揣上红包上门拜望了。何况未必就一定做不上阁老,朱洪武当初就是个放牛的吗? 世事变化,谁能说得准?! 说过目光就又热辣辣地看我和我笑。在阁老村人面前我爹说话做事甚至吃饭走路都有了一些小变化,比如说话:节奏慢了声音低了脏字没了,文绉绉的模样摆出来了;比如走路:脚抬得低了步幅迈得小了脸仰得高了,目光不往左右流转了。甚至晚饭后在大门口坐下遭了凉气偶然咳嗽一两声,都要拿捏分寸:别转脸,远避开人群,声音浅浅的,以手掩口,喀一声,热气冲出口,没冲向人群,冲向自己的手掌心,没全部冲出就立即收敛。在阁老村人眼里,是一种很讲究的咳嗽方式呢。不过,那一场灾难过后我爹给我讲述:灾难发生前几天,爹一直因一件事苦恼,猪猪你的女朋友温小婷吃里爬外,趁你哈煤窑不在家的时候,和煤矿老板家二儿子王乙涛好上了。好上好上吧,还不避讳爹,当面就欺哄爹。爹怄气不敢让猪猪你看见更不敢告诉你。唉,那一段时间,真是活憋死爹了。

温小婷,天津人,领导干部家庭出身,身材长相皮肤,不用细说,百分之百美人胚子。当然老师和同学们都夸我:高大、帅气,校园学霸,男子汉里百里挑一千里挑一万里挑一。我俩是大学同班同学,大三时候开始谈对象,一直谈到今天。近两年每年暑假都要和我肩并肩手挽手相随回阁老村,说是对象实际就是夫妻了,吃在一起住在一起不是夫妻是什么!我爹着着实实又被阁老村人仰慕了一回:旁人家花十几万甚至几十万娶不回一个媳妇,我爹的儿子一分钱没花从大城市白捡回来一个仙女模样的媳妇,也正是这种仰慕招来了是非。煤矿老板王乔谷的二儿子王乙涛天天来我家找我玩耍。事过境迁我爹给我讲述这件事时还克制不住咬牙切齿。我爹的原话是:人说黄鼠狼给鸡拜年没安好心,王乙涛就是一只大黄鼠狼呢。一开始黄鼠狼还打着找猪猪你玩耍的旗号,人在大门外呢就开始猪猪猪猪地喊叫了,喊叫声穿房过脊标枪一样破窗而入,甜腻腻的满嘴里含着蜜糖呢。

  说到此处,我爹就现一脸轻蔑的冷笑。后来那黄鼠狼连这种声音也没有了,专拣猪猪你哈煤窑走了才来。悄没声地就来了,悄没声地就走了。不知几时来的,不知几时走的,不是一个人走,是和温小婷相跟上走了。我爹留意了,事件发展到后来,王乙涛根本就不进院里来,直接从后窗口就把温小婷接走了。我家房后是一片玉茭地,玉茭地外是一道小斜坡,小斜坡下就是一条出村的大道。王乙涛的宝马轿车就停放在那大道上。玉茭地里玉茭秆子黑油油近两米高。我爹说,温小婷爬出后窗口身体从后窗口挂哈来,两条腿白白的细嫩细嫩像两根新鲜的葱白。王乙涛从哈头接住,先托住双脚再抱住双腿,然后慢慢往哈顺溜。顺溜到半道停留那么几秒钟,王乙涛的头罩在温小婷的裙子里,看不清做什么只看见温小婷小脸儿红扑扑含羞带笑,半推半就挣扎着要落地,一落地就蛇盘兔和王乙涛盘结成一团。吐信子吐得像猫洗脸,不是洗自己的脸是洗对方的脸呢。爹就隐藏在玉茭地边边上,按捺不住就想学你爷爷的样子,吼喊上一句道情戏:张霞俩且嗨哈。你爷爷在世那阵,恼怒时常要吼喊上一两声道情戏,不是吼喊唱词是吼喊调调。爹比你爷爷笨,和你爷爷一起生活几十年,你奶奶最喜爱哼唱的道情戏连一句唱词都没记哈——实际是爹懒得记。我爹也说他懒。实际我一边听我爹说话,一边在心底翻腾着一个字:懒。我幼小的时候,就常听见我爷爷这样评价我爹;不光我爷爷这样评价,阁老村人也这样评价呢。我爹三十几岁开办过一个石料场,改革开放初期,阁老村家家开办石料场,先是村干部康饱饱开办了,阁老村人一股风都开办。不过开办石料场的最终结局是:村干部康饱饱家发财了,全村人都亏了。我爹不仅亏了,还开山炸石把我妈炸死了。炸死我妈的那一天也就是我出生的那一天,我爷爷说自从我出生我爹就没再做过任何能够挣到钱的事。甚至散散漫漫都不肯好好耕种自家的几垧地了。不过我总是自欺欺人式地遮掩阁老村人和我爷爷对我爹的评价,听见只装没听见——尤其害怕这种评价传播进温小婷耳朵里。温小婷本来就看不起我爹,一旦晓得了那种评价,会看不起上再加一个看不起,我成家立业后若我爹随我一起生活了,我爹那日子还怎么过。

我听我爹讲述温小婷在阁老村的那些往事,眼前居然出现了幻觉:和我面对面坐着的不是我爹而是我爷爷。我爷爷说话说到激动时,会龇起牙瞪起眼,眼睛还通红——给我讲述 1958 年大炼钢铁那阵,他攻击村干部康来顺,边讲述边比画,比画出的样子就是我爹现在这样子。我爹说,面对黄鼠狼和被黄鼠狼拖走的鸡,虽然爹当下没有像你爷爷一样吼喊出一声道情戏的调调,但是情不自禁拍打了一哈大腿,没拍打出大的响声,但触碰着玉茭叶子了,玉茭叶子嗦啦啦响。响也白响,人家爱做甚还做甚,哪里在乎爹拍打大腿弄出的那一点儿声音。更不在乎爹拍打在大腿上的手,正狠拧着自己大腿上的皮肉呢。

噢,我记起来了,某一天我爹神色凝重地和我说:猪猪,你不用哈煤窑了,回学校去吧。要不就歇在家专心做你带回来的那些营生吧,让温小婷也帮你做。那时候我根本想不到温小婷会和王乙涛做那种事,只奇怪我爹说那种话了。我千里迢迢赶回家,就是为当窑黑子下煤窑,实际我爹也渴望我赶回老家当窑黑子下煤窑呢——我当窑黑子只当最后一个暑假了,明年暑假回来带我爹到大城市生活。我爹人老了,爱钱了,把我下煤窑挣下的钱不说积攒起来,说都花没了还不够花,目的只有一个,想让我每年暑假都下煤窑挣钱。不过明年要带我爹到大城市生活的话,我还没有和我爹说过,等到明年再说也不迟。我爹说到温小婷的名字语气,特意阴沉沉了一下。只怪我太草率太不在意我爹隐藏在语气里和声调里的情感色彩了。换了是我爷爷用那种声调那样说话,我一下就能感觉出异常来了。后来我才理解:当时我爹是打掉门牙往肚里咽,所能做的只能到此为止了。我爹的本意是:提醒我关注温小婷的踪迹和情感痕迹。其实哪里用我爹提醒,我怎么会不关注!正因为关注,才带温小婷回阁老村呢。

　　正好那几天我上夜班,晚上十二点进坑,早上八点出坑,一进家门就吃饭就开始翻译我带回家的那一大摞资料,翻译得累了困了,就抓紧时间睡觉。实际也没时间或没心思理会工作和学习之外的事情。下班回家即便温小婷不在家,也只当是在家的样子,该做甚还做甚,我不想让我爹替我操心,更不想因为一些琐碎事分心,耽搁下这一个暑假我应该做的事。我爹说他当时担心就担心在这上头:只顾了学习和做事挣钱了,被别人合起伙儿来卖了还要帮人家数票票呢——数完,还要帮人家往人家兜兜里装呢。某一天早上我下夜班回家,因为饿,只顾了吃饭只顾了想吃过饭之后赶紧翻译一会儿资料。很快就吃完饭,吃得满脸热汗,热汗里潜伏着倦意,起身和我爹告别:爹,你也睡一会儿吧,为给我做饭你总是起那么早,其实用不着那样早起床。话还没说完已走到门外了。我爹其实一直满脸无奈在看我,我居然没时间留意一下我爹的眼睛,实际也是不敢留意呢。我爹说,你那一段时间和爹说话,绷着脸的时候多,带着笑的时候少;大学老师的那一种气势多,做儿子的那一种气象少。一副亮晶晶的眼镜把当爹的推出去老远,想和你心贴心靠近一哈万难呢。即便你摘哈眼镜,鼻梁上留哈戴过眼镜的痕迹,一样有戴眼镜时的那一种威势。那威势不在你鼻梁上,在你眼睛里,在你爹心里。咱家祖祖辈辈是受苦人,忽然出了一个读书人,爹心里不适应,你心里也没想过要俯就一哈爹。爹现在想想只想笑,当初目光短浅,没有脚趾关节长;想头狭小,没有牛蹄小坑阔。那时候放开爹的胆儿想——就连你爷爷算上,也都想不到你读大学能读到八士这个位位上。我爹说博士不是说博士,是说八士。我爹继续说,也是你爷爷一向宠惯你,一向打骂爹,倒弄得你和爹的关系疏远了许多。我爹从不说我爷爷嫌他懒,也从不承认他懒。

　　我爹说的都是实在话,单从我爹新盖的四间土坯房就能说明这一点。我爹新盖的四间土坯正房从中间分隔开,东两间我爹和我爷爷住,西两间空着,留给我,我结婚生子就占用西两间了。不过我爹说:是你爷爷一向宠惯你,一向打骂爹,倒弄得你和爹的关系疏远了。这话就虚空了,实际是我爹人懒心虚,自己就不踏实,方方面面都不像我爷爷那样实打实对待我。我爹不实打实对待我,从心理上不就和我隔了?我爹和我隔了,我还能不和我爹隔?也就是那一天,我吃过饭和我爹告别过,刚走到西正房门口还没有进门呢,我爹就追到当院说,猪猪,叫小婷起床吃饭吧。我当时不知道我爹怀揣着什么心思,那心思又是怎样地折磨着我爹,只看见我爹一副要大着胆子豁出去的样子,说那一句话的时候眼睛里有火花窜,脸上有黑尘飞。我爷爷要攻击敌手的状态又出现了。我感觉到了深埋在我爹心底的伤痛,我不想让我爹有伤痛,我爹有伤痛就是我爷爷有伤痛,我爷爷有伤痛比我有伤痛都要痛。有那么一刹我脸上现一点尴尬,看住我爹说,小婷到镇上看歌舞去了,临走没和爹说一声?

我爹说,没说嘛,我做哈早饭又躺在炕上迷糊了一会儿,没听见脚步声也没听见门响。

我爹说他当时那样回答我是在编谎话。当天晚上十二点我前脚上班出门,温小婷后脚就爬后窗走了。温小婷从后窗口一落地就和王乙涛亲嘴,亲嘴声喘息声我爹都听真切了,月明地里我爹像一只猫头鹰蹲在玉茭地边边上,想要扑过去捉奸捉双,又不敢。前面说过了,我爹只有和我爷爷一样的想头,没有和我爷爷一样的胆气。

其实我也得承认,我当时也是在编瞎话,一点不假,那几天镇上真的是演歌舞呢,村里歇白班的年轻人那几天纷纷往镇上拥,一村人有半村人去了。如果不是有我当窑黑子下煤窑拖累着,我爹一定也要去看呢。但是温小婷绝对没去镇上看歌舞——后来温小婷给我讲述:王乙涛带她在一家叫情梦缘的娱乐城的一个大包间里听过音乐。至于情梦缘娱乐城在哪一座城市,温小婷已没一点印象。温小婷说那一场灾难损伤了她的记忆,需要慢慢恢复呢。

我爹回答过我之后,我和我爹笑说,爹,你不用管小婷。小婷是大人了又不是孩子。早饭她到哪里都能吃。你管得多了她不但不领情还不高兴。今早上我刚出坑,小婷就给我打电话说她要到镇上看歌舞。省城歌舞团来小镇演出,稀罕呢。不等我爹再说话我已经走进门,又回头和我爹说,过几天小婷要先回天津,怕走时忙乱我和小婷都忘记了和爹说,趁我现在记得先和爹说一说。不过也说不准,今天看完歌舞她就直接从镇上走了呢。我爹说,怎的好好地说走就走了？我微笑说,和我闹了一点儿小别扭,耍起娇小姐脾气来了,人家确实是娇小姐。我爹突然龇牙瞪眼说,康家要的是媳妇不是娇小姐,想做娇小姐到别人家做去。男子汉大丈夫没这点气势,一辈子让女人看不起。猪猪,你可得有一点儿大丈夫气势呢。你今后晌也去镇里看歌舞去吧,多陪陪她看她究竟想怎样。我爹明显是生气了,我爷爷生气时就是这样子。

我说,爹,你看你又说这话。这几天你老说这话,烦不烦嘛。这个月就剩十几天了,我再上一个整月班下来,下一个月我就要回学校了,你想让我再当窑黑子也只怕不能当了呢。嘴上这样说呢,心里实际反感上我爹了。这两年我回老家下煤窑挣钱,哪一年不是我爹老早就叫喊说没钱花了。我爹说没钱花了,我心里能不急？急了又不愿动我在学校里打工挣下的钱,因为一动,温小婷就看出来了,就要掏钱补贴我的亏空,我不想要温小婷那样,我是男子汉,不想靠女人过活,尤其不想招温小婷母亲小看。我既然下煤窑挣钱了,我就当一件正经事做了,正经事我一向认真对待,凡我认真对待的事都是神圣不可侵犯的——人若犯我,我必犯人——呵呵,毛泽东的这句话我在这里都派上用场了。我必犯人的具体表现就是:我脸上没一点儿笑影儿了。从大学老师那里习染来的气势凸显出来咄咄逼人,有过之而无不及。我爹一看见我脸上布起那一种气势,马上就不敢吭气了。其实我爹是不想惹我不高兴。后来才理解,我爹不怕天不怕地,也不怕老妈和老婆过世早,就怕我不高兴。我不高兴了我爷爷就不高兴,我爷爷不高兴了我爹心头就猫抓就刀搅,习惯成自然,即便我爷爷过世了,我爹也这样。

我爹后来说那一天他真是生气了,主要是温小婷和王乙涛私奔了,阁老村人都知道,就你猪猪还装没事人,我爹只觉得丢人丢大了——前一天还坐在自家大门口和阁老村人说笑,人说育儿教子不可娇惯,娇惯儿子是害儿子。猪猪爷爷就娇惯我家猪猪了,我也娇惯我家猪猪了,但没害了我家猪猪,算是阁老村一个奇迹呢。没想到温小婷第二天就——唉！我爹继续给我讲述:那个夜晚爹独自一人坐在咱家大门口等你哈班回来,夜越来越深了,夜气跟着越来越清冷,月明地里爹孤零零瘦小的影子平铺在地面上,已戒烟多年,去年暑假又开始吸上了。一开始吸是因为高兴,是想在阁老村人们面前耍派,吸烟的姿势爹都讲究:浅浅地一小口一小口地吸,往外吐烟也吐得舒缓,一个小圈儿紧跟着一个小圈儿,小圈儿从爹脸前慢悠悠旋转着飘走;现在吸是大口大口吸,吸一口小半根纸烟就烧没了,烟吸进去也不往外吐咽了。咽进肚里的不光是烟,还夹带了愁烦、愤恨。你的事情爹想管不能管,不管又想管,心里烧着一高压锅炉热气,是上刀山哈火海的那一种感觉。

噢,爹讲述的让我想起来了,也就是那个夜晚,我和众多的窑黑子们靠窑壁坐下来休息,刚坐下就睡着,刚睡着就看见我爷爷在村街里奔走呼喊。我爹说那一夜夜深之后就起风了,风夹带着尘沙直往脸上扑,扑得人脸皮痛。村街里柴草响、树响、电线响、落叶响。谁家的屋瓦落在檐前一片,碎裂声凄厉。我和我爹说那一段时间我老是瞌睡老是梦见我爷爷,甚至醒着时,也恍惚能听见我爷爷的咳嗽声或说话声,某一瞬间,还能看见我爷爷微笑着,正云影山影一样向我走过来——我弄不明白怎么会有那一种现象。我爹若有所思点头说,那是你爷爷的在天之灵现世了——阁老村人不叫在天之灵,叫魂灵。我爹的原话是说,那是你爷爷的魂灵游荡到阳世间来了。阁老村人所说阳世间或阳世上,就是说人世间或人世上,相对而言想象中的阴曹地府就是阴世间。我反驳我爹说哪有什么魂灵,明明是我思念我爷爷的一种心理反应嘛。我爹假装生气说,阁老村人人都说有,你说没有起什么作用!我想说:既然我爷爷有魂灵,怎么就不见我奶奶有魂灵?至少应该是我爷爷和我奶奶相随上一起在人世间出现吧。还没说呢,我爹就叹息一声喃喃自语说,爹倒是盼望有,有时候爹真怕独自一人保佑不了你一辈子平安无事呢,自从你爷爷过世,爹心上就负累上一块石头了,重重地压得爹心疼。我爹喃喃自语的时候,目光躲避我,眼睛也泛红了。

我当窑黑子是在阁老村煤矿一坑当,煤矿还有个二坑,距阁老村五里路,工资虽然比一坑高,但上下班路太远,我只能选择一坑了。今天上中班,下午四点进坑半夜十二点出坑。这一段时间都是这一个班,每天提前一小时出门,下到煤窑沟,爬上坑口对面的山坡搬石头摆字。摆出一个"胜"字又摆出一个"禾"字,连起来是"胜禾"两个字——其实是要摆"胜利"两个字。禾后面那个刀字旁暂时不摆了,要等到当窑黑子当完了才摆呢。为什么要摆"胜利"两个字,别人不问,我也不说,实际也说不清。或者纯粹为玩儿,孩子气残留在我心性里那么一点点,不摆"胜利"两个字挥发不干净呢。或者是想向全世界宣告:当窑黑子的日子即将彻底结束,就剩下几天了。事实上我最初想要当窑黑子下煤窑,我爹是坚决反对的,尽管只是暑假一个月。我爹说,就是一天也不行!阁老村人说,窑黑子自己也说:在私挖滥采的黑煤矿上哈煤窑挣钱,是拿人肉换猪肉吃呢。你说,爹能让你做那种事不能?

爹说的是事实,阁老村这座煤矿其实就是真正意义上的私挖滥采的黑煤矿,阁老村人和煤矿上的窑黑子们都叫黑窑。来黑窑上当窑黑子的人只增加不减少的原因再简单不过:工资高。老板图眼前利益最大化,付给窑黑子们的工资高,相对应给工人的定额产量也就大。在黑窑里当窑黑子虽然没有大家说得那么玄乎,危险总是有。我是我爹屁股后延伸出来的一根细麻绳绳,或者说是我爹十亩地里的一株谷,何况还不满十六岁,还是一株嫩谷苗,我爹怎么能舍得。可是我从小主意厚,拿定主意要办某一件正当事,不办成就亲娘老子想阻拦也拦不住。为此我爹和我吵闹过哭过绝食过,能使用的法子都使用过了,不顶用,只好放下身段陪我去当窑黑子。一个暑假下来我和我爹都平安。煤窑里的情况没我爹想象得那么糟糕。第二个暑假,也就是我上高中二年级那一年,我和我爹说,我还要下煤窑挣钱。我爹微笑说,你想哈就哈去,谁管你,谁还用绳绳拴你来?

我爬上坑口对面的山坡,莫名其妙老觉着我爷爷在身后尾随着,回头看又什么也没有。我站在那个禾字旁嘟囔:今天不用搬石头,从家里出来得早了。扶扶眼镜在禾字旁坐下,天空蓝幽幽爽净,晴空万里四字用在这里最恰当不过。我今天的心情大概像蓝天,原因不复杂:一、很快就要回学校了。学校是我放任自由最能畅想的场所。二、我坚持读博不报考公务员,温小婷同意了。因为我不报考公务员,温小婷和我闹别扭闹了两年了。连续两个暑假愿意随我回阁老村,其实如意算盘一直在心底拨拉呢:纠缠我放弃读博,随她一起报考公务员。温小婷哪里知道,我之所以愿意带她回阁老村让她亲眼看到我的原始生存状态,是我为搭建一个我和她能够共享的、扎实的情感基础平台而精心设计的一种生活体验——也就是说,温小婷有温小婷的目的,我有我的打算。实际我也不一定就是不想报考公务员,是想读完博后——情感基础平台搭建牢固后再考虑。不想多想这些烦心事,头枕禾字仰躺下闭住眼睛假装睡。也不是假装睡,是刚躺下就睡着了。刚睡着就看见我爷爷在山梁上花草间奔走呼喊:猪猪,快跑,今天不要进坑了,一场天塌地陷毁灭阁老村人的大灾难就要发生,快回村叫上你爹叫上阁老村人往村外跑,跑得越远越好。我爷爷龇牙瞪眼,眼睛血红,荡起风带起尘土,那尘土黑乎乎遮天蔽日像是天塌下来了。我被惊吓醒了,出一头热汗,很诧异:怎么眨眼之间就又梦见我爷爷了?刚才老觉着尾随在身后,难道真的是尾随在身后吗?一只花蝴蝶落在一片草叶上,尾部伸到叶片底,双翅扑腾腾颤振,只颤振不起飞。我扶扶眼镜屏息敛声向那片草叶爬行,相距半米远停下,叶片下头黄黄的新产下一片卵。我第一次见着花蝴蝶有这样的小动作,回头冲坑口那边喊:郭三星,你快来看,蝴蝶正往草叶上产卵呢。不是往叶面上产是往叶片背面产呢。郭三星不是阁老村人,但在煤矿上和我上同一个班,高中毕业没考上大学,想复习父母不支持,自己出来挣复习费。这时候正在坑口懒洋洋躺着晒太阳。听到喊叫闭着眼睛说,此时此地不要说产卵,说摆籽好不好,产卵文绉绉酸。我们农村人宁愿吃一颗半生不熟的绿杏儿,也不愿听你文绉绉说话。郭三星从和我认识就坚决反对我下煤窑,反对的具体方式就是冷言冷语骂:羊群里蹦出来你一个大叫驴,你蹿错地方了。意思是:博士应该和博士们在一起讨生活。每逢郭三星这样骂,我只笑不回应,心底一句话想说没法说:燕雀安知鸿鹄之志。这时候被郭三星那样呛一下,心里不服气,明知道不服气也不行,郭三星是对的。嘴上偏不服输瞪眼说,你说什么我没听清。郭三星自顾逍遥自在晒太阳,哪管我听见没听见,说过的话绝不重复说。郭三星就有这定性,我不佩服不行呢。我自己给自己搭梯子说,噢,有人叫产卵,有人叫产籽,也有人叫排卵,俗称摆籽,明白了。拉开架势要做学问的样子。向花蝴蝶靠近一步伏下头向上看,果然叫摆籽更准确,蝴蝶真是往上面摆籽呢。双翅扑腾腾颤振的同时,尾部也不停地颤动,颤动一次往叶片下摆一粒黄卵。摆好一粒又颤动一次又摆一粒黄卵。一粒紧挨着一粒,不挤压不疏远密密麻麻摆下指甲片大一小片,还在摆。我四下张望,不再有我爷爷就在身边的感觉了,好奇怪。

　　进坑的铃声骤然响,正在坑口啄食面包屑饼干屑的麻雀受惊起飞,叽叽喳喳向坑口对面山坡上飞过来。路过我头顶刮过一股小风,携带着鸡粪的酸腐味,有一粒鸟粪跌落在我脸上,我摘下眼镜抹在手掌上一道白,间杂着一缕黑。要是我爷爷活着真尾随在我身后,看到这现象,一定会觉着这是不祥之兆,一定会强迫我:今天不要进坑了。我爷爷信鬼神,不过,我不信。正是这时候,带班长常二茂——大家只叫茂头儿,或头儿,头儿常二茂吆喝窑黑子们进坑,吆喝罢张三吆喝李四,大骂郭三星几句,又扯筋吊嗓和我发脾气:屎博儿,你这几天老是吊儿郎当不好好哈坑,看我怎的收拾你。今天你不多出五吨炭,这个月领不到全工资。

　　常二茂五十几岁,当过武警代理过班长,从当武警开始练拳脚到现在还在练。放开手脚和人打架,三五个人近不得身。煤矿上窑黑子们都知道头儿的身手,一般不惹他。有惹过的吃过亏不但不记恨常二茂,反佩服得五体投地,到处宣传常二茂:茂头儿厉害,好人;只可惜是个睁眼瞎,要不然早在部队上提拔成大官了。常二茂还真是个睁眼瞎,工人们的名字认不全。全靠记性好,无论谁只要在常二茂班上进过坑,隔一年半载也能叫出名字来。甚至半年前谁谁谁哪一天上过半天班,在班上说过什么话,和谁在一起,都一清二楚记着呢。不过做带班工头光靠记性好不行,要有出勤表,没出勤表煤矿上不给做工资。出勤表主要靠找人抄写,我抄写最多,不光抄写当月的还抄写前几个月的。张某某、王某某、李某某,常二茂口述我手写,表格是现成的,只录入名字就行。其实出勤表做不做没意思,工人们的工资早从账上借走了,借条都由常二茂签过字。有辞职走掉的外地来的窑黑子,即便还在账上挂一百二百元也不来领了。也有多借走一百二百元的,常二茂也不追着要了。常二茂三月或半年做一次出勤表,拿做好的出勤表一次性把所有的工资领出来——根本领不到钱。挂在账上的和多借走的相抵,常二茂不赔不赚刚刚好。有人笑骂常二茂:鸡儿不尿尿,肚里有排调。抄写出勤表的唯一好处是:矿上财务手续齐全了。常二茂叫我时不叫我的名字,只叫屎博儿。算是一种昵称吧。阁老村人博、巴、八读音不分,常二茂其实是叫我屎巴儿,是用骂的方式表示亲昵呢。有时常二茂叫一声我的大名:康沛然。我倒觉得不自在。想笑一下又不觉得好笑,笑挂在脸上收不起也掉不下,就和常二茂说,茂头儿,你还是叫我屌博儿吧。常二茂说,为甚啦?我说,你叫我的名字我怎么听都别扭。常二茂生气地说,把你个屌博儿,我是农民、文盲,你是硕士、博士,我不配叫你的名字是不是?我瞪眼扶眼镜,脸红脖粗看着脚下说,茂头儿,我不是那意思。从心底不想惹常二茂生气,不为其他为自己暑假期满走后我爹领工资或借工资顺畅些。常二茂这种人随时可能骂人随时可能给工人加工作量或克扣工资,多见面少说话最好。

  我紧赶着从山坡上往坑口走,哪里还敢走,奔都只怕奔不出茂头儿的好心情来呢。拼命奔跑的样子,活脱脱就是一只听到惊雷要瞬间逃回窝的兔子了。我非常清楚,跑得越快常二茂就越高兴,就越可能忘记今天多出五吨炭的那句话。果然我狂奔到常二茂面前嘴巴大张着呼哧呼哧只有往出呼的气少见往里吸的气。常二茂就笑说,你看你这个屌博儿,我说让你今天多出五吨炭就真让你多出五吨炭啦,你当真成这样还能进坑?我内里不服外表低眉顺眼说,多谢茂头儿了。常二茂立刻仰脸大笑说,别急着进坑,来来来,让季大师看看你。我早已看到季大师了,就提防着常二茂来这一手,早从常二茂面前飞奔过去了。常二茂伸手抓我的肩头没抓住,我故意闪跌一下,燕子双展翅扑进坑里去了。扑进坑的一刹那,忽悠一下听见有人吼喊了一嗓子:张霞俩且嗨哈。那一种吼喊声只有我爷爷有过,其实窑坑里好宁静,是我敢怒不敢言,窘迫之间产生幻觉了。也不尽然是幻觉,分明就是听见了,分明遍寻不见我爷爷的影子,细想下来,我身体里流淌着我爷爷的血液,那血液会吼喊,一定是那血液吼喊了。

  需要大致介绍一下季大师了,季大师是老板王乔谷聘用的风水顾问,煤矿上或老板创办的其他厂子里盖楼房或开坑口,都要季大师先勘验。季大师说行就开工,季大师说不行就罢手。甚至煤矿上或老板创办的其他厂子里招工,都要季大师到场流水作业式看相,看不上眼的一律不得录用。这时候季大师就站在常二茂身边,身材瘦小,额头悬一副墨镜,摆出一副笑模样。面部各个器官平平整整,唯独嘴巴鸟喙一样尖尖的,像一只大鸟刚转化成人形,某一部位还没完全转化过来呢。季大师在坑口贴出的符我见过,黄表纸上画粉红色图案,整体看像一口倒扣着的大钟,仔细看都是些粉红色道道,曲里拐弯像人工养殖的蚯蚓在太阳底哈晒干了。哦,我又说哈了。就是这样一位养殖蚯蚓的人笑眯眯要见我。我是一个养殖蚯蚓的人说见就可以见的吗?我闪跌进坑里,呼吸一下均匀了,我的呼吸本来就均匀着,只是老远看见季大师就设计好要表现出一副奔跑得气喘吁吁刹不住车的样子。

经历过一场劫难,温小婷像是更懂得珍惜和我的感情了,和我交往多了一份主动少了一份矜持,多了一份柔情少了一份撒娇耍赖。有一首民歌唱得好:山中只见藤缠树,世上哪有树缠藤。我理解男女恋爱,男人是藤,女人是树。也就是说男人应占主动多一些女人应占主动少一些。可是现在通常是温小婷占主动多了。比如吃饭,我正说要去学校食堂买饭呢,温小婷已经捧着两盒饭笑盈盈地向我走过来;比如我身上的衣服刚换洗过才两天,温小婷就又来催促我换洗。那一场灾难后我爹凡提到温小婷必说一句:好闺女。到底好在哪儿,为什么忽然间就又说好了。我爹一副木讷状,有上一句没有下一句,只等着我想象了。岂止木讷,还有一点儿羞涩呢,目光老是躲躲闪闪,不和我的目光接触。是后来温小婷给我讲述我遭受那一场灾难后她所经历的苦难历程我才寻找到我爹凡提到温小婷必说好闺女必表现出羞涩的原因。无论如何我没有想到,我遭受那一场弥天大灾的那一段时间,温小婷也正遭受一场另类的弥天大灾呢。我和温小婷其实就是同一平面上两个不可分割的异种电荷了。我更没有想到在我命悬一线,有人伸手援救则生,没有人伸手援救则死的危难时刻,真正不顾一切伸手援救我的,居然是弱女子娇小姐温小婷。

当然温小婷也承认,她在我心上也狠扎过一尖刀。

那是我躺在医院里的那一段日子,温小婷给我委婉地讲述她遭受劫难的经历,还没开始讲述,先泪流满面不断伏下头用纸巾敷脸,一边说,书虫儿,你要是生气了,想骂我或者想揍我,你尽管骂尽管揍,随时都可以。接着说,这一场生死灾难像一道撕裂长空的闪电,照亮我照亮你,尤其照亮了那一个王乙涛。王乙涛身上背负着一个小行囊,小行囊里大大小小桩桩件件全是商人的小计谋。应该说是奸商的小计谋,其实王乙涛早已打听明白我的家庭背景,只是在装傻。我不敢说他一定就不是真心喜爱我,但敢说他一定是对我的家庭背景更加感兴趣。我的家庭背景对于他创业以及他的家庭业绩的发展,都有着至关重要的影响力。所以他不择手段要诱捕我控制我。我之所以能逃脱诱捕逃脱控制,是因为我心里有爱有上帝有灵魂的主宰——书虫儿,书虫儿你就是我的心灵的上帝、我的灵魂的主宰。是我的心灵的上帝、我的灵魂的主宰给了我力量,让我冲破重重难关和我的心灵的上帝、我的灵魂的主宰重相会。我的心灵的上帝、我的灵魂的主宰——我的书虫儿,你只说我拯救了你一回,你怎么就不说你也拯救了我一回?正是我的心灵的上帝、我的灵魂的主宰我的书虫儿拯救了我一回,我不能原谅我一时任性伤害到了我的书虫儿。我就是要向我的心灵的上帝、我的灵魂的主宰、我的书虫儿忏悔,忏悔得越通透,我心里就越透亮越轻松。假如某一天我发现我心灵深处的某一个夹层里还隐匿着一点点关于王乙涛的私藏,我会被那一点点私藏恶心死。我的心灵的上帝、我的灵魂的主宰、我的书虫儿,或许我这种忏悔会再一次伤害到你,但是请你原谅,我宁愿用这种方式与你今天同归于尽,也绝不能容忍往后的某一天因为我心灵深处隐匿着的某一些肮脏的私藏,会对你造成人生最惨烈的伤害——书虫儿你应该懂得,我采用这种掏心刳肝的方式向你忏悔,其实对我也是一种伤害呢,我其实好难受好痛苦,唯其难受痛苦才是去掉病根儿的好办法。温小婷压抑已久哽咽了一声,长舒一口气开始讲述:那一天书虫儿你上早班,下班后领着王乙涛走进西正房,我刚喂完鸡进屋手里还抓着半把谷。在天津,我温小婷从小到大只见过鸡蛋,哪里见过"咯咯哒咯咯哒"活生生聒吵不停的鸡,我温小婷格外喜欢它们呢。那是我温小婷第一次和王乙涛接触。也是书虫儿你和你爹之外我温小婷在阁老村近距离接触到的第一个男性客人。书虫儿你身高一米八一,王乙涛身高一米八五;书虫儿你瘦高,王乙涛粗壮。我眼前星光灿烂,脸上流露出一点儿意想不到的欢喜状态,或许书虫儿你当时就看出来了。

噢,多日来,我早班中班晚班轮着上,下班回家还要紧赶着翻译和整理那一堆资料，真正能陪温小婷说话解闷的时间几乎等于零。正是几乎等于零，每次上班出门温小婷都要相送到村外山梁头。温小婷说其实在山梁头隔几丈远看见过王乙涛几次，每次都是王乙涛驾一辆宝马轿车或保时捷轿车，嘀——嘀嘀，嘀——嘀嘀，一路按响车喇叭从身后驰过。不过温小婷看见只装没看见，一心遥望我在山坡底转弯处消失还恋恋不舍和我摆手道别；我每次下班回家温小婷都要到村外山梁头等候，即便夜深人静时分也照等不误。隔老远看见我立刻就欢叫着，小山雀小白鸽一样扑棱棱向我飞过来。我那时候只顾了下煤窑、翻译和整理资料了，丝毫没有意识到温小婷会感觉着孤单和寂寞。送我上班和接我回家正是努力随顺我和努力排遣着孤单和寂寞呢。去年暑假温小婷随我回过阁老村，二十几天时间眨眼之间就过了。因为过得快，温小婷倒念念不忘留恋山村的宁静和祥和，尤其留恋没有城市喧嚣和忙碌的甜甜蜜蜜的二人世界。今年暑假温小婷和我同时硕升博，开学时间晚，暑假时间长达两个多月，山村的宁静和祥和摇身一变，成了难耐的寂寞和无聊，每一天都像是被人强迫着吃蜡烛——温小婷后来讲述这些时，仍然觉着忧伤，一声接一声地叹息说，即便我寂寞你也寂寞，你也不应该和王乙涛这种人交朋友，还把他领回家。我也叹息说，哪里是我要和王乙涛这种人交朋友，是煤矿上茂头儿一定要把王乙涛介绍给我，纠缠我都纠缠得我烦了。自从和王乙涛见过面，王乙涛就纠缠着要和我交朋友，主要是要和我来咱家里下围棋。我哪里能想到王乙涛心怀着别样的图谋，到咱家里了，反倒没有一点儿要下围棋的意思了！温小婷说，哪一个茂头儿？你说的倒像是一件工具的名称。我说，就是这场灾难中丢掉一条腿的那个带班长常二茂，窑黑子们都叫他茂头儿，我就也跟着那样叫。茂头儿待老板或老板的儿子们的那一份热情。温小婷叹息说，哦，我明白了，当时你也犯难呢。

　　王乙涛站在温小婷面前，不等我介绍完毕就说，小婷好，认识小婷真高兴，他对小婷比待亲娘老子还要热情几十倍。直呼温小婷的名字，亲切温暖老熟人一样。还和温小婷微笑，微笑带响声，响声磁性、柔软，足足能柔倒一座山。不用细述，温小婷的目光在王乙涛身上多停留了一会儿，都没注意到王乙涛伸到她面前的一只手。我急忙提醒说，小婷，小王要和你握手呢。温小婷急忙和王乙涛握手。两只手握在一起长时间没松开。张霞俩且嗨哈。我身体里有一个声音吼喊，分明是我爷爷和我奶奶爱哼唱的道情戏的调调。我眼前一个影子一闪而过，分明是我爷爷龇牙张目的样子。温小婷遭受那一场弥天大灾后给我讲述她和王乙涛握手时的感受：王乙涛手大，我温小婷的手小；王乙涛的手温暖且柔软，我温小婷的手冰凉且坚硬，一只小手放入一只大手里被簸箕盖碗整个覆盖了。覆盖得我温小婷有一点儿激动，感觉着王乙涛格外用力了一下，匆促间目光和王乙涛的目光交织在一起，王乙涛的目光坚定而缠绵，我温小婷想逃避哪里逃避得了啊，被缠绵在其中只顾小兔子小松鼠一般瑟瑟发抖呢——噢，只有我知道，温小婷的小手其实白皙温软，是很吸人眼球的那一种。温小婷说，是书虫儿你咳嗽了一声，才帮我从如飘如飞的那一种幻境中挣脱出来。我不记得我咳嗽过，只记得温小婷和王乙涛握手的时间太长了一点儿，心有醋意了，又不是老朋友见面，用得着握那么长时间吗？温小婷就用那只被握过的手轻轻一扬，指着两只旧沙发说，您请坐。转身去泡茶。两只沙发不光旧还破，破布烂絮上面覆盖着崭新的沙发巾。温小婷捧过来一杯茶水放到王乙涛面前的茶几上，特意不看王乙涛的眼睛。王乙涛的目光一直追踪温小婷，温小婷身材高挑，线条精致，一句赶着一句问温小婷：哪儿人，兄弟姐妹几人，在哪所学校读书，学什么专业，父母做什么工作。全把我忘光了。我在另一只破旧的沙发里坐下，找不着说话的机会。温小婷忙碌一阵，神色平静地在我膝前摆一只小板凳坐下，胳膊肘搁在我膝上——这还差不多，我心里踏实了一点儿。直觉告诉我，王乙涛这种人属花花公子那一类。对于王乙涛的问话，温小婷逐一回答过，对于父母做什么工作只回答：政府机关普通职员。紧跟一句，不求上进混口饭吃吧。回答罢有一点儿歉疚，冲王乙涛友善地一笑。王乙涛大手扬起临空劈下说，不要小看普通职员，当今社会普通职员最好也最受欢迎。不像那些贪官们贪得无厌，处处克扣百姓，处处挖国家墙角，哪儿有贪官哪儿必倒霉。话说过了愤然犹在，不是真愤然是居高临下想要和温小婷拉近距离的一种即兴表演的愤然。温小婷指指茶几上的茶杯说，您请喝茶。那茶是温小婷从天津带过来的，我爹和我哪舍得买茶。

差不多耗掉我两个多小时，有人打来电话要王乙涛回矿上开会，王乙涛才走掉。送走王乙涛,我嘴上不说,心里有一点儿怨恨常二茂,怎么一定就要把这样一个人硬推入我的生活里。还说要让那个季大师看看我——是什么居心啊?我初步观察:常二茂最喜欢把别人当资本,拿这种资本讨好老板或老板的儿子们了。他手底下有我这个名牌大学的在读研究生当窑黑子,他就有一点导师或校长之流的长者或尊者的感觉了,煤矿领导或公司高管偶尔来坑口转悠,常二茂准要把我介绍给人家,还要我陪伴他接待客人。我想推脱都推脱不掉。

　　温小婷埋怨我说,说你是个书虫儿,你就越是个书虫儿了,你把客人领回家来,你从始至终不说一句话,只顾端坐沙发里,眨眼睛什么意思啊?温小婷说当时其实有一点儿试探我:我被撇在一边,她只顾和王乙涛聊得那么热闹,我心里会怎么想。我当时哪里知道温小婷是试探,只觉得温小婷说那种话有一点儿莫名其妙,尤其有一点儿委屈。一脸茫然扶扶眼镜说,我说什么啊?随即又说,你们说话说得那么投入,我插不上口嘛。温小婷说她当时就听出我话里有醋意——怕有醋意果然就有醋意,心里莫名其妙有一点儿甜蜜,也有一点儿酸涩。温小婷要化解这种醋意就惊叫说,怎么是我们,你什么意思啊?我当下就意识到我失口了,连忙说,我不是那个意思,我是说人家小王和你说话说得那么投入,我怎么好意思插口啊。再说了,即便插口你让我和王乙涛说什么?言外之意:我和王乙涛不是一类人。所谓"道不同不相与谋"。用在我这里就是:道不同不相与言。温小婷说,我就和王乙涛有话说了,你怎么这样说话?是你把王乙涛领进家门的你懂不懂?我明白我又一次失口了。和温小婷越亲近越不愿意掩饰自己的真实心情了。没有办法只有用憨笑求和解。温小婷说其实当时她心里就有"诡"了,不想因为一句话和我纠缠,顺势转移话题说,你怎么叫人家小王?人家看上去比你成熟。想说老相,觉着说了心痛改说成熟。温小婷说她自己都奇怪:初次见面怎么就怜惜上人家了?指点茶几上的茶杯催促王乙涛喝茶,其实也是不想让王乙涛当着我的面过分暴露热情呢。后来和王乙涛说话说得忘情,都顾不得检点那些小节。现在想想到底说了些什么一句也想不起来了。说废话说得忘情从未有过呢。温小婷说当时她多瞅了我几眼观察我脸上的神色,怕我吃醋吃出心病来,我有了心病会三天五天只看书不看温小婷,也就是只把温小婷当物不当人。那状况比炮烙温小婷都难受呢。我当时只是不喜见温小婷和外人太亲热,尤其不喜见温小婷说"人家看上去比你成熟"。因为这两个不喜见心情就不爽,心情不爽说话的语气就邦邦硬,人家比我小两岁比你小一岁还不该叫人家小王啊。温小婷以硬回硬说,这小伙子年纪不大说话老气横秋,我听着不舒服,往后你不要领他来家里了。语气柔中带刚带刺。我说,人家老子是煤矿老板,有钱人说话都那样。人家说要来咱家和我下围棋,还不止是一次说过,我都没有答应。今天我下班回来,老远就看见常二茂和王乙涛守候在咱家大门口,王乙涛一看见我就满脸是笑迎住我和我拥抱,然后坚持要和我手拉着手走路。我怎么好意思不让人家进家门啊。想说:那个常二茂没觉着就悄悄地骑上他的那辆破电动车走了。全是那家伙为讨好老板家二公子,把王乙涛硬推介给我才这样的。没有说。温小婷最后那句话我爱听,听了心里爽快,语气跟着也和缓了。撇撇嘴耸耸肩表示轻蔑,不知道是轻蔑我自己还是轻蔑有钱人,或者是轻蔑温小婷?或许是轻蔑常二茂?在学校谈论学术谈论人生,很多时候我要撇嘴要耸肩,明知道那是大城市里洋派人加强表达意味的一个小动作还是想借用,回到阁老村还是第一次使用呢。温小婷说当时她看见我使用那样一个很洋派的动作,心里一下就轻松了。不光轻松还直想笑,她转移话题成功投石问路成功,谢书虫儿那一份书呆子气了。我需要休息没有时间翻译和整理那一堆资料了。

  我睡在被里伸出一只手想要看一会儿书,温小婷一把把书夺走说:书虫儿不要捣乱,好好睡觉。从我脸上收走眼镜。温小婷说那时刻我就像个大孩子听任她摆布,她心里挺享受。

  温小婷趴在茶几上开始替我翻译那些资料,说是翻译其实心不在焉呢。王乙涛目光带强电微笑带强磁,神采飞扬扬起云扬起雾,还扬起无数毛毛虫。毛毛虫在温小婷心上身上悄悄地爬行,爬得温小婷从里到外痒痒的舒服惬意在心底赞叹:额呀小王从头到脚眼睛鼻子胳膊嘴巴,桩桩件件都袭人,袭人煞啦。二十几年间温小婷城市乡村都走过,这是第一次真正遭电击遭磁吸。城市人怎么啦?还是我过这种寂寞日子害上什么病啦?温小婷自问,问不出结果,忽然觉得:王乙涛回公司开会是假,找借口离开书虫儿在野外等着我温小婷是真。临去回眸多瞅我温小婷一眼就是那意思。心烦意乱坐不住了，起身和我耳语说：书虫儿你安心睡，我上一下茅房去。直接走出大门外去了。要不是温小婷后来讲述，我都不记得这些细节了，尤其接下来发生的事放开我的胆儿想，也想象不到那些事情上。温小婷往大门外走，几只鸡尾随到大门口，小脑袋左歪一下右歪一下想要搞清楚温小婷要干什么去。温小婷上茅房从不进院角落里那个千里香客栈。去年暑假温小婷随我初回阁老村进去过一次，刚进去就退出，捂鼻子捂嘴蹲在当院干呕吐。哪里是什么茅房，分明就是一套催人呕吐的特殊设施。当日傍黑，温小婷当着我爹的面踮脚举臂在茅房门脑上歪歪扭扭写下五个粉笔字：千里香客栈。我爹好奇走过去端详，前面四个字认识，歪嘴笑笑转身拿铁锹扫帚杀虫剂进千里香客栈去了。千里香客栈是一座简易小屋，小屋里一个深坑，坑四周竖四块大石板，上面盖两块长条形石板，中间留一条长缝，长缝里插一根木杠。要上茅房就得踩着那两块长条形石板，骑在那条长缝上，粪便要先落到木杠上，然后滑落入茅坑里。无论谁蹲那茅坑必须瞅准那根木杠，瞅不准大便直接落入茅坑里，击打起汤水噼里啪啦要打湿屁股的。问题是茅坑里的粪汁表面蠕动着密密麻麻白白一层蛆，击打起汤水也击打起了蛆，蛆随汤水吸附在屁股上蠕动，谁有多大胆敢蹲那个坑！即便击打不起蛆，蛆们也会顺那根木杠爬上岸在脚底爬窜，或者爬窜上鞋面；绿蝇、茅蜂密切配合蛆们行动，在人脸前脸后嗡嗡嗡飞翔。温小婷说她尝试替我把那声音翻译成阁老村方言，原来是在不断呼唤：闲客来闲客来。自从我考上大学把农村户口转走，我爹就只种二亩地，一年四季在村里或村外闲游荡，不是闲客是什么！哦，这两年连那二亩地也不种了，漱洗打扮得干干净净，像个退休干部的样子。温小婷明摆着是讥讽我爹。这件事我一辈子忘不掉。我当时一脸无辜说，小婷你无聊。扶扶眼镜眼睛眨得飞快还泛了红。我情愿温小婷讥讽我，讥讽我爹我心里难受，换一个人胆敢这样，我和他用拳头说话。还是那句老话，我身体里流淌着我爷爷的血液，我眼前游动着我爷爷的身影呢。我爷爷不允许任何人伤害他儿子，我不允许任何人伤害到我爹。温小婷跑到野外没有上茅房，站在村西高高的山梁上东张西望，望不见王乙涛也望不见煤矿办公楼。我和温小婷说过煤矿办公楼是一长溜楼房，四层或五层，在西山梁那边一个山弯里,距一坑坑口四五里。可是那个山弯在哪里?温小婷摸不着头脑。温小婷有一点儿失望,平白无故自作多情了。找一片茂密松树林钻进去解小手,密密麻麻树干间隐约可见阁老村通往煤矿的大道,几只花喜鹊、几只灰斑鸠和一大群麻雀飞过大道又飞回来。麻雀就在树林边觅食,叽叽喳喳相互通报:树林里有个从城市里来的美人儿呢。一辆白色宝马轿车从煤矿方向飞驰而来,在树林边停下,王乙涛从驾驶位置钻出来,打开后车门放出两个二十来岁仙女一样漂亮的女娃子,女娃子们叽叽喳喳又是说又是笑,还揪王乙涛脸蛋上的皮肉,相随向树林走过来。温小婷说当时她猝不及防遭受到惊吓,差一点做了逃命的兔子。幸好两个仙女距温小婷十几米远钻入树林里去了。一个仙女朗声命令王乙涛:不许走开啊。另一个仙女娇滴滴说:不许进树林里来捣乱啊。莺声婉转悦耳怡人。温小婷说她不是男人,若是,当下就给这两个女娃子送尿壶送卫生纸或许也心甘情愿呢。王乙涛微笑,微笑带响声,响声磁性、柔软,说,给你们二十秒,二十秒不出来我就进去检查你们的工作进展情况了,到时候都不许乱叫乱动啊。

一个女娃子说,三十秒三十秒吧。

一个女娃子说,一分钟我要一分钟。你先检查小琳儿吧。

温小婷说当时她真想找一个地缝儿钻进去,手指甲掐自己小腿上的皮肉,掐得两眼泪汪汪还是掐。三十秒、一分钟,比一万年时间还长呢。两个女娃子先后从树林间走出,王乙涛帮助整理衣裙,拿走女娃子们肩头发梢上挂着的树叶和草屑,手挽手扶女娃子们钻进车里,一道尘头往县城方向驰去了。

温小婷遭受一次羞辱,心灰意冷不再胡思乱想了。我上班走后老老实实趴伏在茶几上准备替我翻译或整理那些资料。我爹在我上班之前就拿了连枷、簸箕、口袋,到打谷场上打豌豆去了。我得做一个解释:阁老村人叫连枷不叫连枷,叫肋(le)戈。为什么叫肋(le)戈,我爷爷说和阁老村人祖先做阁老梦有关。阁老村人祖先战乱年代就做上阁老梦,毫无疑问崇尚勇武,崇尚勇武不善勇武,上得谷场上不得战场,权且把谷场当战场,把打谷打豆打麦当打仗,把连枷当戈。勇武之士手执铜戈、铁戈勇猛杀敌,阁老村人祖先手执连枷上下舞动尘土飞扬,谷粒豆粒麦粒飞迸嘭啪有声,飞扬的尘土酷似战场上的狼烟;飞迸的谷粒豆粒麦粒酷似战场上敌人滚落的头颅;嘭啪之声酷似战场上戈矛互击铁甲互撞之声。不把连枷当戈当什么?铜戈铁戈之外叫木戈?斟酌再三最终叫肋(le)戈。阁老村人的连枷:三根细长木棍用一根生牛皮条捆扎成一排,形同三根肋(lei)骨整齐排列,打谷打豆打麦一根木柄外,主要靠三根肋骨拍打,不叫肋戈叫什么!有意思的是,对于肋字,阁老村人读音读肋(le),取意偏取肋(lei)。呵呵,我把我的学问和我爷爷讲述的故事糅合在一起,关于肋戈的解释就有了。我爹就是拿着这种有三根肋骨的连枷上打谷场去了。阁老村人叫打谷场也叫得拗口:张里。温小婷当时听了几次听不明白就问我:阁老村人方言里的"张里"两个字怎么写呀?我笑说,你只鹦鹉学舌学会读音就行了,没必要细考究怎么写。阁老村人对于一些地域或一些工具的方言称呼都是一辈接一辈往下传承着读音,有一部分传承下来过相对应的文字,有一部分就没有传承下来过相对应的文字,一定要考究那可是一部大学问。全国各地方言千种万种,阁老村方言只是其中很细微很细微的一部分,你得从汉语言学基础知识开始学起。

温小婷不信服我这些话,十二分认真和我使娇耍赖说,我偏考究,我只考究阁老村方言。考究懂阁老村方言就考究懂你和你爹了。眼下我最读不懂你和你爹。

你说,你最读不懂哪方面。

比如当窑黑子哈煤窑——你爹就是说的哈煤窑。温小婷的语气里明显有揶揄嘲弄我爹的意思了。我有时候也把下煤窑说成哈煤窑;把受惊吓说成受惊哈。明晓得温小婷心底里从来就瞧不起我爹,但只想让她把这种瞧不起私藏在心底里,不想让她流露出一丝一缕来。一旦流露出一小缕,哪怕只是一小缕气味,我心里就反感就难受。

眼下,温小婷不只是流露出一小缕瞧不起我爹的气味,还纠缠我下煤窑的事,还嘲弄上我爹了。我烦恶说,早说好不纠缠了又纠缠!你这是要做什么?我真想爽性告诉温小婷:下煤窑和瞧不起我爹,是我心中两个不愿让人触碰的疮口。之所以当窑黑子下煤窑也是我心中的一个疮口,是因为我不想当窑黑子下煤窑了,但还得当还得下。我自己也知道,阁老村已有人在背地里嘲笑我爹懒惰了——不只是懒惰,是过分懒惰了。实际也暗含着瞧不起我爹的意味呢。这时候温小婷偏偏要再触碰我的这两处疮口——相当于再次宣示:书虫儿我看不起你爹——什么破爹、烂爹!远不止于此,还有一个潜在的意思:我爸那才配做爹配做爸呢!咒骂、嘲弄扭结在一起,我心中的疮口出血了,不是一点儿一点儿往外渗,是像下雨天山涧石上的涓涓细流一样汩汩往石崖底下流淌呢。还要再揉上去一把烧碱,再揉上去一把铁蒺藜!我强忍住痛,强忍住呼呼呼往上冲的怒气,扶扶眼镜和温小婷微笑说,这问题存疑待考吧。提醒你一下,不要搞错研究方向啊。如果你一定要考究阁老村方言,我只能告诉你,阁老村人所说"张里",其实就是我们通常说的"场里",或者场上。就是打谷场的意思。这就牵涉到发音了,阁老村人读长短的长不说长短,而说长(音zhang)短,而场和长(音chang)同音,连带把打谷场的场字也读场(音 zhang)了。所以才有"张里"这么一个不伦不类的名称。一家之言不可不信也不可全信啊。我微笑变憨笑,笑出声来了。想尽早忘掉我疮口处的剧痛——站在阁老村这片土地上,用阁老村文化糊弄阁老村之外的任何人,我有足够的资本装一回庖丁,也是以嘲弄应对嘲弄的一种最佳选择吧。

温小婷笑说,你不用下煤窑了,这个暑假咱们专门研究阁老村方言挺有意思呢。

我面目肃然说,你能不能说个别的啊。早说过了当窑黑子下煤窑或不当窑黑子不下煤窑是我的军事禁区,你不要乱闯。同样的道理你的军事禁区我也不乱闯——我乱闯过吗?

温小婷也有一个军事禁区:节假日或夜晚,他们家客人总是川流不息,带着银行卡还带着小礼品。心中烦恶还没法阻止。唯一办法,装没看见。从不和我提起,也从不让我提起。

温小婷说,你和你们家的军事禁区太多,我都有一点儿不知所措了。

我说,我们家还有什么军事禁区啊?

温小婷说,你说过的那只小扣箱和小扣箱里的那一些东西。

我笑说,那是我爷爷留给我爹的遗产,是我爹的军事禁区,我都不敢随便乱闯呢。

到底小扣箱里有什么遗物,你只说你也不知道,是真不知道还是不便说啊?

你不光要闯我的军事禁区,还要闯我爹的军事禁区,累不累啊?你来我家不是要做媳妇,是要做一个世界知名的福尔摩斯呢。

小院里安安静静,一只花公鸡领一群母鸡高视阔步正在当院闲庭漫步呢;小麻雀小燕子偶尔在檐前鸣叫一两声,正是做案头工作的好环境。不过温小婷老是想起那一天那一场羞辱。那天是犯神经病了还是怎么了,跑出去上茅房怎么就跑到那地方去了?爸妈含辛茹苦养育自己这么大,不说光宗耀祖给爸妈脸上贴金,起码不应该给爸妈丢脸吧。何况自己什么出身,王乙涛什么出身啊,不就是一个土豪家庭吗?这念头刚起,温小婷的脸颊一下就泛红了。老说不要拿自己的出身装自己的门面,还是要装呢,有病啊。念头紧跟着转换,王乙涛不就是长相帅气一点儿吗?初中毕业花钱上高中上大专,有什么好啊?错把一个笨蛋当张生,失态成那样——什么张生,书虫儿才是我的张生呢。还要关心人家小扣箱里有什么遗物,书虫儿没说错,我不是来做媳妇,是来做福尔摩斯的。真的不要搞错研究方向好!

开始翻译资料,温小婷遇到一个小难题:英文单词"switch"翻译成中文"接通电源"或翻译成"切断电源"都不错,是翻译成"接通电源"还是翻译成"切断电源",需要书虫儿裁决呢。温小婷说,她当时不得不承认,同一个导师带出来的学生,学识或把学识转化成实际应用的技能,是有天差地别的。比如英文翻译成中文,书面或口语书虫儿就远比我温小婷强。某些时候可以做我温小婷的导师呢。温小婷在页面上做一个标记,搁置这句话翻译下一句。新问题出现了,这句话不确定,下头的句子都具有了不确定性不方便翻译了。独自趴在茶几上嘻嘻哈哈笑起来。嘟囔:就这点本事还翻腾花花肠子呢,还拿爸妈的牌子装自己的门面呢。翻腾什么呀,装什么呀。一下不笑了,侧起耳朵听,后窗外有人按响车喇叭,嘀——嘀嘀,嘀——嘀嘀。温小婷当下就喘气不均匀了,燕子双展翅扑向后窗口,侧身踮脚往后窗外张望,玉荽地外斜坡下停一辆黑色别克轿车,一个陌生男子正从车窗里探出头和不远处一个阁老村人说话。笑嘻嘻双手比画出一个椭圆形——哪里有王乙涛的影子!温小婷说,她当时简直恨死自己了,这女娃子神经兮兮要做什么?还真爱上王乙涛这个笨蛋了?人说一见钟情,这就是一见钟情了?大城市里像王乙涛这样外表帅气内里稀松软蛋的男人,地铁公交车上天天见,大学校园里身前身后都是呢,怎么就没发生一见钟情这种事?温小婷烦躁不安起来,想打自己几耳光。起身出门失魂落魄在村街里踅一圈,别克轿车已开走,空气里弥漫着一股淡淡的汽车尾气味。温小婷返回家,不明白上新添加一份不明白:为什么要到外面踅一圈?趴在茶几上愤恨自己一会儿,就又起身出门,当街里遇一只小花猫讨好她尾追她几十米,站在她脚边蹭她的小腿,小腿赤裸皮肤细滑细滑白白地晃眼。温小婷用脚拨开小花猫嘟起嘴唇骂一句:讨厌。脚面也细滑细滑白白地晃眼,转身又返回大门里。捡一块黑炭蹲在当院在地上画一个大圆圈,圆圈里画几条黑道道。花公鸡只当要在圆圈里放食物呢,领着一群母鸡围过来,看不到食物就咯咯嗒叫,像是质问温小婷:你骗我们是不是!不过温小婷说她当时真正听到的是:寡淡寡淡。是表示轻蔑呢。温小婷进一步做解释:黑道道纵横交错代表城市的大街小巷,黑炭代表某个男人或某个女人。某个男人或某个女人在纵横交错的城市大街上行走,行色匆匆一边走一边抬腕看手表。几点几分之前必须赶到某公交车站点,几点几分之前必须坐上从某站点开出的地铁,几点几分之前必须赶到飞机场,几点几分之前必须赶到火车站检票口。城市人的生活用一个字概括:赶。赶不到事小耽搁了上班时间,单位要扣工资扣奖金;耽搁了上课时间学生老师导师都不高兴;耽搁了约会时间朋友要误解;耽搁了手术时间会死人;耽搁了签约时间损失过万过亿不可挽回了。哪个人敢耽搁或愿耽搁?哪个人有时间瞻前顾后关注身前身后的其他人?温小婷紧挨大圆圈写一个字:赶。噢——温小婷自嘲说,她当时那份心思好复杂好细腻,复杂细腻到快要和国内某一位知名社会科学家比肩了。紧靠大圆圈温小婷又画一个小圆圈,小圆圈里曲曲弯弯画一条短线,短线中间摆一块黑炭。短线是阁老村的街道,黑炭就是温小婷,温小婷孤零零站在当街里东张西望,想见到一张新面孔见不到,寂寞一阵紧赶着一阵铺天盖地袭过来。阁老村人的习惯,当街口出现陌生人必定问:你是谁,从哪儿来,到哪儿去,要找谁,要办什么事。陌生人没靠近阁老村人行色匆匆掠街口而过,阁老村人必定要交头接耳揣测一番那人的行踪。阁老村人的生活用六个字概括:有闲、寂寞、好奇。哦——温小婷再次自嘲说,谁说生在天津长在天津的女娃子一定就只晓得阳春白雪的事情了?你看看你看看几天工夫阁老村人的粗鄙不是已经掌握了不少?嘲笑归嘲笑,嘲笑罢温小婷接着讲:温小婷紧挨小圆圈把这六个字写下就仰脸笑。逻辑学里讲过:外延越大内涵越小,反之外延越小内涵越大。自己正在实地演示内涵和外延谁大谁小的关系呢。温小婷还觉着有欠缺,画一个箭头由大圆圈指向小圆圈,在箭头上面写:谁能跳出大圈儿外,不是神仙必是寿星。写罢吓一跳,阁老村人夜晚坐在书虫儿康沛然家大门外闲谈间,不就常说这一句话吗?呵呵——温小婷又要嘲笑自己呢,我爹扛着半口袋豌豆从大门外走进当院里,看见温小婷蹲在当院独自笑,只当温小婷捉住什么心爱的小虫小鸟了,凑过去歪头看见一大一小两个圆圈和一小块黑炭,明白温小婷只是在摆家家耍呢。笑说那有甚意思,咱村人耍"老虎吃绵羊""八子打架",都比你这种耍法有趣儿。甚时有空大爷教你耍。我爹说在他最初的印象里,温小婷是城市人,父母又有地位,人前人后应该显摆出一点儿高高在上的架子来,但实际上没一点儿要显摆的样子。他心里当然高兴,人前人后或在心里常念叨:是你爷爷和你奶奶或你妈前世里积德了。我爹因此在阁老村人眼里又增光添彩了,从心底爱惜未来的儿媳,点点滴滴满腔热情对待温小婷。

实话实说,一开始温小婷也是全心全意想和我爹和平共处呢。第一次见面无论温小婷骨子里怎样看不起我爹,现实版的温小婷还是满面带笑甜腻腻喊了我爹一声叔。假如我爹稀里糊涂就那样任由温小婷叫着,温小婷也就稀里糊涂一直那样叫下来了。我爹偏是个喜欢较真又死爱面子的人,在当院打个照面的工夫就询问温小婷父母的年纪、职业、爱好等等。在我理解,我爹的意思再清楚不过:一方面两亲家之间大小事必须要理清,不理清让人家说咱农村人不懂礼数呢;另一方面亲家那边的情况村人们冷不防问起来,自己说不出个子丑寅卯太丢脸面了。温小婷这边叫叔或者叫其他,都只是一个临时应酬或者说是一个过渡性称呼。什么时候结过婚办过喜宴了,那才是要认认真真叫爹或叫爸呢。因此上对于我爹的问话,温小婷除爸妈的年龄认真回答外,其他一如既往只回答:市委机关普通职员。也就是说,我爹和温小婷之间的鸿沟从此时就开始显现了,只是我爹浑然没觉得。对于温小婷的回答深信不疑外,还略有一点想要夸张起来的冲动:市委机关普通职员足够了。宰相门房七品官,市委机关是大机关,比宰相衙门小不了多少,即便普通职员也比一个县长乡长权力大。我爹借题发挥乘风而上在阁老村人中间炫耀。潜台词就是:阁老村的阁老梦可能要圆在我家了。凡和温小婷说话必微笑,微笑里毫不掩饰流溢出讨好的蜜汁:小婷,我比你爸大五岁,你应该叫我大爷,往后就叫大爷吧。是实话实说呢,也是指教呢。这种指教恰恰像一台大功率挖掘机,把我爹和温小婷之间的那一条鸿沟一铲子就挖掘得深不见底了。温小婷心里弯弯绕:一个临时称呼都这么认真啊。你儿子任由你摆布,我可不愿任由你摆布呢。温小婷说从她知道我暑假期间回阁老村当窑黑子下煤窑那刻起,心底就看不起我爹这个农村懒人了。一个老农民该做苦力活不做,让儿子——不该做苦力活的硕士研究生去做,明摆着就是一个烂爹、破爹,毫不怜惜就把细米细面铺了街——哪里只是烂爹、破爹,简直就是一个烂人、破人。第一次见到这种烂人、破人呢。温小婷说,那时候她心里想得最频繁的一点是:假如她不幸遭遇上我爹这一种烂人、破人做父亲,她宁愿死。温小婷看不起我爹的具体表现是:一般不和我爹说话,躲不过有话要说也是绕一个弯儿让我转达。遇上我上班走了,又遇上有事必须和我爹直接说,温小婷就学我爹的模样儿先往脸上摆笑,不是一下都摆上去,是一小点一小点往上摆。那笑足够吸引我爹的目光了,立刻就不摆了,把正要摆上去的一点点笑也要悄悄收回,颇有一些斤斤计较的吝啬意味呢。宁愿这般吝啬,也不愿称呼我爹一声大爷,连叔也不叫了。我爹凡看见温小婷脸上摆起笑,就知道有话要说了。就也往脸上摆笑,远比温小婷摆得快捷,眨眼之间就一字长蛇阵全摆开说,小婷有事啊?温小婷忽然改变了主意不想和我爹说事了,连连摆手说,没事没事,我不是要和你说话。摆在脸上的笑稀里哗啦崩裂成粉尘鼠窜猫追进空气里无影无踪了。

我爹扛着豌豆进东正房里去了,温小婷尾随进去帮助把豌豆放下。我爹只当温小婷当下就要他教"老虎吃绵羊"和"八子打架"呢。一脸微笑说,小婷,你自己耍吧,大爷这一阵没空,要紧赶着给你和猪猪做饭呢。鸡们尾随进屋咕咕咕叫着,向温小婷和我爹要吃食儿。

温小婷笑着说,猪猪说我爷爷给咱们家留哈来一只小扣箱,里面有一些小宝贝,能不能让我看上一眼啊。温小婷说她当时不知为什么突然就起了那个怪念头:吓唬我爹一下。为表示亲近,还学我爹语气把下说成哈。我爹真被吓着了,脸色煞白慌慌张张向窗户外张望说,娃儿快不敢瞎说,你爷爷光棍一条穷得嘴啃炕席呢,哪有甚小扣箱小宝贝!

温小婷恶作剧成功,在心里诡笑,不相信这么一个胆小的农村老汉,会带领一村人和村干部康饱饱抗争。温小婷听我讲述过我爹大半生中唯一的一件英雄事:因为开办石料场,带领阁老村人和村干部康饱饱争斗。那一年康饱饱当村干部,开办石料场,开山炸石接待客户等等费用都是村委会开支,石料成本石料价格大幅下降。阁老村几十家石料场,家家石料场上石料堆积如山,唯独康饱饱家石料场上空空如也,石料供不应求。我爹揭竿而起带领一村里人上书镇里县里,举报康饱饱假公济私贪污腐败。

温小婷转移话题说,我是不想让猪猪当窑黑子哈煤窑了,他劳累过度晚上老喊腰腿痛。温小婷说都是她瞎编瞎说呢。劝说我劝说不住直接和我爹说了,当然是带有恶作剧性质还又想保持亲近关系的那一种说法。我爹遭温小婷惊吓有一点惊魂不定,心中埋怨儿子:怎么可以把小扣箱的事随便说出去!走到灶台前又退回来一步,面目肃然说,我早不想让猪猪哈煤窑了,他一定要哈,我有什么办法嘛!嘴上说的和心里想的不一致,实际是我坚持每年暑假回阁老村当窑黑子下煤窑,已成为我爹——阁老村人心中的新《二十四孝》故事。是阁老村人的一种荣耀,已在四乡八里广泛传播。我爹不想失去这种荣耀这种传播,十七八岁能顶哈那份苦,二十几岁倒顶不哈来了?不就是暑假回来哈么二十几天或一个月两个月吗?又不是一年到头让他哈。我爹维护既得利益的心思已根深蒂固了。

温小婷辩解说,我爸想让猪猪当公务员,猪猪自己想读博。无论猪猪选择做什么,他自身价值都不会是一个煤矿工人体现出的那么一点点。我们应当比猪猪更清楚地认识到猪猪的价值。温小婷说那种时候她不用"你"而用"我们",同样是想和我爹保持亲近关系来对话。

我爹凑近温小婷一步说:我是说,咱先不要到处宣传说猪猪要当公务员或读八士,万一当不了公务员读不了八士,倒惹人家笑话呢。这可不是胡耍的,你说是不是?

温小婷说,就因为我爹这一句没水平太小心眼儿的话,惹她更加看不起他来了,当时就惊叫说,怎么可能当不了公务员读不了博?不会有那一种万一,奇怪,你怎么会有这种想头?温小婷有一点儿激动了,右手在脸前挥一下,干脆利落,小脸儿都涨红了。差一点儿就说出:康沛然怎么就遭遇上你这个烂人、破人做这种烂爹、破爹了!还那样尊敬你爱惜你,不可思议呢!我爹那才是一个真正的父亲呢,那才配让儿子或女儿叫爸叫爹呢。感觉出自己的幸运和优越来了。感觉出来的具体表现是:嘴角微微翘起,双眼微微迷离,有一点儿想笑但绝不让一点儿笑意流露出来的样子。尽管温小婷时时处处检点,无论在学校还是在朋友家,或者是坐公交车或游公园——只要是在有人的地方,包括和同学朋友们交往,都要努力忘记掉自己的家庭背景,但每遇事或每说话,总还是情不自禁要依托了自己的家庭这棵树,去肯定或去否定。温小婷说,这种情不自禁、身不由己的东西,就潜藏在每一个人的血液里,人人都有呢。书虫儿你也不例外,你细想。

我爹呵呵笑,笑里有一种温小婷不易觉察的狡黠说,猪猪真当了公务员或读了八士,能发展成个甚样儿?能做多大个官官?温小婷说她当时被这一个问题问得恨不能双肋生翅飞回天津去,今辈子下辈子不要再见到提出这种问题的这个人。不过温小婷还是神色平静回答说,县长市长省长中科院院士都可能做到,你先说,你想让做到多大个官官?我看能不能做得到。语气里愤怒、鄙夷、嘲弄都有了。

我爹回到灶台前捅火坐锅说,阁老村有一个传说,猪猪或许和你说过了,咱不要瞎想空想,空想没好处,想得高跌得重。咱只图实在只图安然,实实在在安安然然有吃有喝把一辈子过哈来比甚也强。你说不是?我爹弯弯绕上了。继续绕下去,至于当窑黑子哈煤窑,你和猪猪商量,猪猪愿意哈就哈,不愿意哈就不要哈,我不强求,我只要你们高兴只要你们上进。

温小婷说,当窑黑子下煤窑有危险。声色俱厉警告上我爹了。

我爹说,能有甚危险?咱这地方方的山脉你大城市人没经见过。窑里所有顶板都是完整一块的大石头,像一层天或一块完整的水泥预制板房顶,用炮炸也不一定能炸塌。从我记事起到现在,阁老村人当窑黑子哈煤窑,没一个人在煤窑里出过事。你甚时有兴趣,悄悄随猪猪进窑坑里看一眼你就歇心了。话到结尾,我爹还笑了。温小婷至今不明白那笑是甚意思。只觉得那笑可恶、恶心,今辈子下辈子再不想见到。甚至在心底声嘶力竭呼喊说:康沛然,你怎么会出生在这样一个家庭,怎么会有这样一个爹!

温小婷说当时她实在无话可说了,再说她可能会疯。走出房门走出大门外,踢踢踏踏往煤矿一坑坑口那边走。每天接送书虫儿上下班,这条路走熟了,闭着眼睛也不会走错。和书虫儿手拉手走在山村小路上,草绿,花香,松柏树林茂密。红蝴蝶绿蝴蝶白蝴蝶赤橙黄绿青蓝紫,各色蝴蝶在花丛间树林间上下翻飞,翻飞着翻飞着一只白蝴蝶没了,一只绿蝴蝶也没了。两只黄鹂一前一后追逐蝴蝶们,闪电一般从蝴蝶们中间一闪而过。蝴蝶们丢失了同伴麻木不仁没觉出危险就在身边呢。

温小婷说,你爹真做上阁老梦了,都是因为生育了你书虫儿这么一个出色的儿子。说这话时,温小婷靓丽的小脸蛋上飘过一缕似有似无的笑影儿,嘴角跟着撇一撇。是在心底嘲笑我爹呢。绝口没提和我爹说过小扣箱的事。我当下真想反驳她:你一方面嘲笑我爹做阁老梦,另一方面又一直在做阁老梦!温小婷靓丽的小脸泛红了,是揣测到我的心思了。人说知音难觅,难道我和温小婷这一种方式的知音就不是知音?后来温小婷自我检讨说,我温小婷一心想让书虫儿你做公务员,说到底正是做着阁老梦呢!我爸妈在官场一步紧赶着一步艰难跋涉,恰恰也是在做着阁老梦,阁老村一个老人空空洞洞做一做阁老梦,我温小婷倒嘲笑人家,是我温小婷欺人太甚了。

温小婷走出村,在山梁头爬上一块虎头石骑虎头坐下,每天和我在这里分手,在这里会合。今天不回家吃午饭了,要一直等到我下班了才相随回去。虎头石脖子伸得长长的,向煤矿坑口那边张望,恰符合温小婷此时此刻盼我下班回家的心思。掏出手机给妈妈陈洁婷发飞信聊天:妈妈,你干吗呢?想跟上一句:你和我爸做没做过阁老梦啊?觉着无聊没有那样问,静候妈妈回复。

在阁老村用手机要挑选地方,地方挑选不对手机信号就不好或没有。温小婷坐在我家西正房,手机信号就是一时好一时坏。即便好时通话发短信可以,飞信就不行;不好时通话发短信飞信都不行。想正常使用手机就得离开我家西正房到虎头石这边。妈妈陈洁婷很快回信说:今天是星期天,妈正和你爸在你姥姥家。温小婷惊叫,哇,我都不记得星期几了,好羡慕爸妈噢。妈妈陈洁婷回信说:乡村生活有乡村生活的奇妙处,既然去了,就快乐过好每一天。温小婷说,妈妈,我好寂寞,我想你和我爸了,也想我姥姥。还想跟上一句:当初你不让我和康沛然做朋友是有一定道理的。迟疑一下没说。妈妈陈洁婷回信说:呵呵,想回来就回来吧,不要太勉强自己。身后有人按汽车喇叭,嘀——嘀嘀,嘀——嘀嘀。一长两短,柔柔的暖暖的让人听了舒服。温小婷一副端庄贤淑样,听见权当没听见,小脸儿都没往响声那边偏一下。和妈妈陈洁婷告别说,妈妈,我有事要办呢,再聊吧。问我爸和我姥姥好。不等妈妈回信,就掐了手机。有人用双手从后面捂住温小婷的双眼,温小婷想问:谁?没等问呢就听见磁性、柔软的笑声。温小婷直挺着的身体一下柔软了,嘟囔出一句阁老村女人嘟囔不出的话:你是天使呢还是魔鬼啊!嘴唇向另外两片嘴唇飞奔而去,身体也从虎头石上蛇行而下,和另一个身体麻绳绳打结盘缠在一起,脚踝崴了一下崴疼没崴疼没觉得。我清楚听见我爷爷吼喊一嗓子:张霞俩且嗨哈。我爷爷云影山影一般从我面前一闪而过。

第二章

人说你真是个事后诸葛亮。其实人人都是事后诸葛亮。现在回想那一场弥天大灾发生前几天,我身上确实是有显迹了。实际也不是什么显迹,应该是人们所说的第六感觉的一种现实体现吧。那一天也是快下班时候,窑黑子们离开工作面背靠巷道壁或躺或坐休息,我远离开窑黑子们小便,还没有小便完就看见我爹正在打谷场上挥舞肋戈帮张一文叔打豌豆。在阁老村,张一文叔是我爹的铁杆支持者,开办石料场时是,我上大学读研究生后就更是。张一文叔天性爽直,有一点儿二不愣脾气,脾气上来不管你是天王老子还是飞蛾毛虫,敢和你舞刀弄棒,直打得你头破血流才罢手。又有三个膀粗腰圆的儿子做后盾,在阁老村遇事,村人们都谦让几分——听我爷爷说,张一文叔的爹张石头,和我爷爷就是铁杆好朋友。我奶奶被逼挺着大肚子在大炼钢铁的工地上忙碌那阵,就全凭张一文叔的爹张石头帮衬——我爹正帮张一文叔打豌豆打得尘土飞扬呢,我爷爷就云影山影一样围着我爹和张一文叔绕圈儿奔走呼喊说:阁老村即将发生一场天塌地陷毁灭阁老村的大灾难,快跑吧,跑得越远越好。

后来我想或许真是我爷爷的魂灵游荡到人世上来了呢。我爷爷活在人世上最后五年多时间里,早不能说话不能动弹了。也就是那一年我爹暑假期间要陪我到煤矿上当窑黑子挣钱。我爷爷躺在东正房的土炕上眼瞅着房门外要相随去煤窑沟的我和我爹,喉咙里咯咯咯咯咯咯响不停,唇齿间呜呜呜,呜呜呜。眼珠儿像一只离了水的鱼在眼眶里突突突乱跳。想说话呢说不出,想动弹呢动弹不了。我爹还是陪我到煤矿上去了。我爹说当时他能听懂我爷爷呜呜呜的吼叫声是在吼喊说,张霞俩且嗨哈,你这个敌人——猪猪还是个没成年的孩子!是吼喊着骂我爹呢。

  我爷爷那样吼喊是我爷爷愤怒了,实际我爷爷高兴了也要那样吼喊,那一年我小学毕业统考获全县第一名,县城里一所重点初中通过县教育局指名道姓要跨界录取我。那时候农家子弟上初中不是特殊情况一般都在乡初中,想要进县城重点初中读书,必须投亲访友让帮忙跳沟坎,跳过一个又一个,即便艰难曲折,阁老村人还是纷纷带孩子进县城去了。我能被跨界录取,是全乡全县一件破纪录的事。我爷爷高兴,站在我家大门口放开嗓子吼喊:张霞俩且嗨哈。阁老村人都知道我爷爷爱吼喊道情戏,只是没有人能区分出我爷爷吼喊的是道情戏的调调呢还是唱词呢。我爷爷哪管别人区分呢还是不区分,想吼喊时就要尽情尽意地吼喊。我要进县城读初中,我爷爷要陪伴我进县城,不忍心我爹从此再吃不到油饼饼,想把制作油饼饼的技术教我爹。那是一个暑假期间的早晨,我爷爷把制作油饼饼的各种材料都摆放在灶台上——阁老村人叫锅台,也叫锅圪台。我和我爹还睡在被窝里,实际早醒了,只是在装睡。我爷爷吼喊我爹几次,我爹一声都没有应,我替我爷爷着急,手伸进我爹被窝里推我爹一把说,爹,我爷爷要教你怎样制作油饼饼呢。我爹捉住我的手,用手指头掐我的手掌心,那意思再明白不过:不让我叫喊。我爹有一个习惯,晚上出去串门儿,夜深以后才回家睡觉,早上吃早饭时候才起床。我爷爷走到我爹枕头跟前,脸伏在我爹脸上说,你不会制作油饼饼,我随猪猪走了,你可就再吃不上油饼饼了。我爹不吭声。我爷爷伸手到我爹膀子上推一把说,你倒是说话啊。我爹说,我不吃。我爷爷说,嘴上说不吃,我每次给你吃,你怎的就都吃啦?再说了,你不吃猪猪可要吃,你不学会制作油饼饼,将来我老了,猪猪想吃没有人给制作了。我爷爷说他老了实际就是说他死了,阁老村方言就是那么说。我爹才不管那么长远呢,只是管了一时说一时,把头缩入被窝里不理睬我爷爷了。我爷爷不强求我爹,转身制作油饼饼去了。转身的工夫,我看见我爷爷悄悄撩衣襟抹眼泪。我有一点儿烦我爹：怎么可以这样对待我爷爷！穿衣下地依傍我爷爷站在锅台前，全神贯注看我爷爷配料加水制作油饼饼。我说，爷爷，你教我制作油饼饼，将来我制作油饼饼让我爹吃也让爷爷吃。

我爷爷回脸俯身看我，面目慈祥眼睛里噙着红噙着泪，嘴唇快速哆嗦着，像有许多话要和我说，但说话的通道过于狭窄出现拥堵一时又说不出，就干憋着，憋出一脸亮晃晃的红，微笑说，小娃儿操这些心做甚，吃上头的事有爷爷管，你只管学习上头的事，上炕睡觉去，睡足精神好好学习，将来长大做一个有出息的勤谨人。

我爷爷不仅愤怒了，还伤感了，都是我爹懒惰惹的祸。我爹还做过一件更让我爷爷伤感的事，也就是我进县城上初中前一年秋天，是一个傍黑，气象预报说即将大风降温。阁老村各家各户挑灯笼打火把连夜抢收各家已成熟的谷子——不抢收，一场大风刮过，谷穗上的谷粒就都泼洒在地里，一年的劳作就白费了。只有我爹不相信气象预报，也不是不相信气象预报，是正赶上我爹不舒服，吃过晚饭就钻入被窝睡下了。好一场大风，夜深时分开始刮，一直刮到天大亮。我爷爷独自在谷地里抢收我家的谷子，天亮时候只抢收了一半，剩下的一半不抢收了。一方面风停歇了，另一方面抢收不抢收谷穗上差不多已都没谷子了。我爷爷怀揣镰刀手脸红肿回到家，一进家门就吼喊说：你这个敌人！舞动镰刀柄打我爹，镰刀柄打在盖在我爹身上的被子上噗噗响，我爹被打醒，穿衣服下地拿着镰刀出门去了。我爷爷怒气未消，突然放开嗓子冲门外吼喊：张霞俩且嗨哈——你这个敌人！

那一场灾难后，张一文叔去医院看望我，也给我讲述过我爷爷的往事。那一年我爹带领阁老村人和康饱饱康建设闹事，我爷爷劝阻，劝阻不住就和我爹吵闹说，张霞俩且嗨哈——你这个敌人，和人家闹事你能得到甚好处！康建设1960年生，乳名饱饱，其实是我爷爷的儿子。康来顺只是康饱饱名义上的爹，康来顺乳名顺顺，新中国成立初期是阁老村的头儿。我奶奶其实就是死在康来顺手里，康来顺大炼钢铁的口号是：生在钢铁山，死在钢铁山。不许即将临盆的大肚子女人们请假——主要是不许我奶奶请假。康来顺认定我奶奶是逃亡在外的地主小老婆。我爷爷说你胡说，我老婆是我爹给我定哈的娃娃亲后来被人拐卖到外地,我外出扛长工打短工其实就是打问我老婆的新住处,千辛万苦打问多少年才打问见。康来顺说,你说,你老婆的爹妈是谁?是哪里人?你老婆被拐卖到哪里来?谁家来?我爷爷说,要我告诉你,你算老几呀!用康来顺的话说,我爷爷是想蒙混过关呢。不蒙混过关又能怎么样!康来顺问我爷爷的问题,我爷爷一个也回答不上来。我爷爷只知道我奶奶爱哼唱道情戏,还不敢在别人面前哼唱,只在夜深人静时分声音低低地哼唱。我奶奶原来是谁家老婆,是哪里人,打死我爷爷,我爷爷也说不出。我奶奶只和我爷爷说过:我的身世和是谁介绍我来你身边的,你都不要问,我要是能在你身边平安活下来,将来你自然会知道;我要是不能在你身边平安活下来,你问也是白问。一方面是我不会告诉你,另一方面是我即便告诉你你也弄不明白呢。

我奶奶和我爷爷说过那些话,就开始哼唱道情戏:

一非是泰山崩倒难扶起
二不是病入膏肓药难医

我奶奶直到咽气时才告诉我爷爷,她不仅是地主小老婆,还是个杀人犯。不过首先是被她杀死的那个人杀死了她曾经的男人——后来的事后来再说吧,这里只说我奶奶哼唱的道情戏我爷爷只记下几句调调,也只记下这两句唱词,其实我奶奶哼唱的道情戏的唱词岂止这两句。我奶奶每次哼唱罢,都叮嘱我爷爷:出去可不能说我会哼唱道情戏。我爷爷说他听了那话只笑不回答,那还用叮嘱吗?谁家老婆不让自家男人往外说的事自家男人往外说过了?我爷爷的原则是:我奶奶不主动告诉他的他绝不主动问,我奶奶不主动让他看的他绝不主动要求看,即便我奶奶说,这个你出去说吧没事,我爷爷也不会往外说。我爷爷说不是有事没事的问题,是夫妻间的事为什么要搬到人前说!

生在钢铁山,死在钢铁山。我奶奶果然就死在钢铁山上了,我爹果然就生在钢铁山上了。我奶奶死后我爷爷逮着机会就睡了康来顺老婆。我奶奶活着时,康来顺明地里正人君子,暗地里到我家调戏我奶奶。我奶奶咬破他的嘴唇,还打了他两耳刮,康来顺记恨,扬言要告发我奶奶,实际没告发是怕我爷爷和他结仇,和我爷爷结下仇,他这辈子就没有好日子过了。我爷爷打大半辈子光棍,没有人怕过我爷爷,我爷爷又怕过谁!康来顺害死我奶奶,我爷爷和康来顺分老婆,理所当然的,我赞成。我爷爷没想到康来顺不仅没恼我爷爷,还和我爷爷亲兄弟一样相处了。更没想到大炼钢铁前康来顺老婆一直不生育,大炼钢铁后康来顺老婆一股气生了两个儿子三个女儿,康饱饱康建设是大儿子。康饱饱刚出生,康来顺就把我爷爷叫到他家里和我爷爷商量,给孩子起个甚名儿好?

康来顺说,全国都在闹饥荒搞建设,乳名就叫个饥饥吧。咱得子晚名字越贱越好养活,你说呢?官名就叫个建设吧,咱不浮夸不瞒报实事求是,叫建设就合适。你琢磨琢磨你定吧。

我爷爷说,叫饥饥不好,人们叫成鸡鸡,一辈子取笑娃儿。叫饱饱也贱也好养活。人人都叫宝宝是孩子的福气。实际上我爷爷知道孩子是谁的不想让名字难听成那样。

康来顺说,听你的,乳名就叫饱饱了,官名就叫建设了。吃饱了轰轰烈烈搞建设,好,好。

我考入县高中的那一年,康饱饱康建设到学校看望过我,请我到校外饭店里吃过一顿饭。饭桌上问我,你说你妈怎么死的?我说,我爹没有告诉过我,只是听我爷爷说是我爹开山炸石炸死的。康饱饱康建设愤怒无比说,是你爹急发财害死的!然后给我讲:那一年阁老村一村人开办石料场,石头价格上涨,我爹急着督促石料工人多开采石料,中午不回家,午饭要我妈送上山。全不体谅我妈怀孕将近九个月,又不和我妈约好时间,我妈送饭上山正赶上我爹放炮,一块石头飞过来,刚好砸中我妈的胸口,我妈从山梁上飞落到半山腰,当时就死了,我在我妈裤裆里随我妈一路往半山腰飞落,一路哇哇哇大哭。我至今不明白康饱饱为什么要给我讲这些,不明原因对康饱饱心怀着戒备。

温小婷说我上班走了才一会儿,王乙涛就进门了。我一直疑心,是常二茂和王乙涛暗中联起手来算计我。因为那一天还不到我上班的时间,常二茂就打电话叫我:快一点儿来矿上帮我抄写出勤表。怎么就又有了出勤表啦?我昨天才帮他抄写完。我急急忙忙真到了矿上,常二茂只顾和几个工人吵架,没再和我说起过抄写出勤表的事。我甚至疑惑:常二茂会不会怂恿季大师也去我家?一直想追问:你什么用意啊?一直没敢问。假如可能,我想把常二茂和王乙涛这一对活宝当作一个研究课题研究一番。我爷爷当年被人称呼过活宝,我今天也想要称呼别人活宝了。阁老村人的血液里,隐伏着称呼别人活宝的遗传基因呢。灾难发生后,我和常二茂一起被深埋在地底下受难,有相当充裕的时间和常二茂探讨他和王乙涛、季大师之间的扭结程度,或扭结的纽带中的利益含量和情感含量孰轻孰重的问题呢,但最终还是放弃了。我的研究课题自自然然也就流产了。温小婷崴了脚,脚踝红肿没出门送我。实际上脚踝没红肿是我只管用热水毛巾捂捂红了。那天我下班回家吃过饭准备翻译一会儿资料,听温小婷说从虎头石上往下跳把脚崴了,就烧开水要给温小婷捂脚踝。温小婷说不用不用,休息几天自己就好了。我说自己能好了,还要我这个外科大夫做什么!温小婷的脸一下就红了,说书虫儿你那样大声音说那话,让外人听见笑话你。我说这院里就咱俩和我爹,我爹听见听不懂,你放心。我和温小婷夜半私密戏言:外科大夫和白娘子。其中意义只有温小婷听得懂。我晴天朗日说出这种话,温小婷受惊吓责备我,还使小性儿用手指甲掐我胳膊上的皮肉。我觉着疼,不喊疼,扶温小婷坐在沙发上,把温小婷崴伤的脚踝摆在一把小凳上,把热水毛巾捂到脚踝上。热水毛巾有点烫,我先送到嘴跟前吹一吹,往脚踝上捂也不是一下就捂上去,是一点一点靠近。扶扶眼镜密切观察温小婷的神色,热水毛巾接触到温小婷的皮肤,温小婷感觉着舒服,和我甜腻腻微笑,手指甲松开我胳膊上的皮肉。就这般细致,热水毛巾捂紧的那一霎,温小婷还是龇牙咧嘴呻吟了一声说,呀——好舒服。我歪嘴变脸笑说,这就对了,本外科大夫责任之关键就在这里,不然就愧对外科大夫这个称呼了,你说是不是?不管温小婷觉着好笑不好笑,我先仰脸笑成一朵在微风里摇摇摆摆的向日葵。向日葵不完全像向日葵,眼镜片像向日葵上安装着的窗玻璃,那窗玻璃向下滑溜,快要滑溜到向日葵的边缘地带了,向日葵还是摇摇摆摆还是笑。面对我那份笑,温小婷没觉着高兴只觉着心疼,心疼源自温小婷的妈妈陈洁婷。温小婷的妈妈陈洁婷不喜欢我这种样式的男孩子,只看一眼照片就投了否决票:不行不行瘦高瘦高,站着像一根电线杆,躺下像一根旧丝线,目光还呆呆的,是不是有一点儿傻气啊。事实是:温小婷的妈妈不想要一个来自农村的男孩子做温小婷的男朋友。温小婷说在别人眼里,你那种笑不是傻气是什么?多次想要求你改掉,每次话到嘴边又收住:改什么改啊,谁就十全十美啦?我妈妈陈洁婷身上的那些缺点,不是把我爸气得半死过几回,也没一点儿悔改的迹象吗?温小婷从不在我面前说她妈妈看不上我的家庭,一方面是怕伤我的面子,另一方面是不赞同她妈妈的观点。温小婷不管我笑不笑,低声哼唱:海红红熬成果干皮,挨打受气因为谁。去年暑假阁老村一位老婶儿哼唱过这歌子,温小婷也学会哼唱了。哼唱罢看我的反应。我止住笑叹息说,可惜了我那位婶子了,睡在被窝里让煤烟熏死了。阁老村再找不到会唱这首民歌的人了。我脸上的傻气一下没有了,温小婷跟着也一下踏实了。

那一天我前脚刚出门,黄鼠狼王乙涛后脚就一路"猪猪、猪猪"叫着走进我家大门里,我爹站在当院说,猪猪上班走了。黄鼠狼王乙涛何尝不知道猪猪上班走了,要的就是猪猪上班走了呢。和我爹微笑说,小婷在也行,我和小婷说一句话就走。急急忙忙进房门里去了。我爹想吸一支纸烟,打火机打几次火都没打着,把打火机扔在院墙根孤零零躺着。我爹说这种事情放谁头上谁也会生气!

温小婷闭着眼睛仰靠在沙发里,一只脚踩在地上另一只脚踝摆在小凳上,保持着我摆布好的姿态。知道王乙涛进屋来了,神色淡定,偏装不知道。昨天中午王乙涛闪电式捂眼、亲嘴、搂腰全套程序做下来,前后没用三十秒,是沾了虎头石的光。温小婷被王乙涛从后面捂住双眼身不由己从虎头石上滑溜入王乙涛怀间。温小婷说她当时被吓蒙了,第一反应是:用鞋跟猛踩王乙涛的脚面。王乙涛不是铁打铜铸的,经得住踩几下?只踩两下王乙涛就松了手。温小婷退开两步用手背来回抹嘴唇,抹出一股难闻的气味。和王乙涛面对面眼瞪眼暗惊讶,怎么会用鞋跟踩他?想说一句道歉话:对不起我没有看清楚是你。又想骂一句:你流氓。犹疑片刻嘴皮没动,掉头往家里疯跑。洁白色连衣长裙修饰出修长丰润的身体,半道闪跌了一下,感觉着脚疼了,顾不得脚疼跑进我家大门里还跑呢。

  王乙涛站在温小婷面前,温小婷没一点儿反应。王乙涛微笑,微笑带响声,拿捏着嗓音说,小婷,我看见你崴脚了,来向你道歉。声音磁性、柔软,窗外听得见说话听不清说什么。王乙涛继续说,如果你接受我道歉就继续睡着,不接受我道歉就站起来赶我出门,我等你二十秒,二十秒你不动就说明你接受我道歉了。说罢放在茶几上一个长信封,然后高楼大厦一般笔立着。又是二十秒,二十秒三个字不知对多少女娃儿说过。留给温小婷的这个二十秒把温小婷搁置在两难境地,动不行不动也不行。不是情场老手不是采花仙人,不会有这样老辣的手段。现实问题是二十秒过了温小婷没动。王乙涛跨前一步弯腰,脸逼近温小婷的脸低声说,姐,我要创办公司,正在寻找我未来的贤内助,遇着你,直觉告诉我:非你莫属了。求你了,嫁给我和我共同创业吧。我在你家后窗口等你个准信儿。转身往外走,脚步没响声。怎么会没响声!张霞俩且嗨哈!我听见我爷爷吼喊了,我爷爷的身影云影山影一样从我眼前滑行而过,吼喊声迅速扩张膨胀,我的血管就要炸裂了,我清清楚楚感觉到全身上哈的血管都胀痛。哦,我情绪激动又把下说成哈了。

  我爹手拿大扫帚站在窗根下,院里没一点儿清扫过的痕迹。王乙涛刚出门,我爹就挥动大扫帚哗啦一声扫过去。实际没扫起尘土,关键是一个形式,扫帚尖快要扫着王乙涛的裤脚了,没扫着裤脚肯定是扫着一只专心觅食的母鸡的屁股了,那母鸡惊得一跳,呱呱呱叫着从王乙涛脚面上飞蹿而过。王乙涛打磨得青光瓦亮的皮凉鞋上被鸡爪刨几下,留下几道尘土写就的横竖勾。王乙涛惊得一跳,和我爹笑说,小婷睡觉呢,钢子叔在自家院里也只顾忙。我爹说他当时真想骂一句:你爹的骷髅,哪里是我只顾忙,是你跑到我家院里来只顾忙呢。

  王乙涛的老子王乔谷不是阁老村人,在阁老村开黑煤窑,乡里县里没重要人物撑腰,做梦吧。有王乔谷撑着,阁老村人在王乙涛眼里没有煤炭金贵。王乙涛称呼我爹钢子叔,多少年是头一次。我爹听了没觉得享受只觉得胆寒,越说明我猪猪的婚姻遇上沟坎了。人常说黄鼠狼给鸡拜年没安好心,就是说黄鼠狼想要吃鸡呢,这道沟坎猪猪过去过不去全在王乙涛父子让过不让过了。论家当,猪猪和王乙涛比是拿地比天了;论本事,猪猪只是个学生娃,王乙涛是煤老板的公子;论长相论身板,猪猪和王乙涛顶多是个差不多。差得多差不多,现在的女人看钱看家当的多,看长相看本事的人少,何况是天津人,天津人能挡得住金钱的吸引力?我爹说盼阁老村出阁老呢,出屁,正常娶个媳妇都祖祖辈辈沟沟坎坎这么艰难,哪里就能出阁老了!

　　我爹失望悲观,知道温小婷没睡觉,明摆着是黄鼠狼胡说。既然睡着你王乙涛还蛇吐信子嗞嗞嗞说那么多话?明和你小子说,我康钢子什么场面没见过,是你个初生的牛犊能哄弄得住的吗?心里骂呢脸上笑呢,问王乙涛:这几天你爸在不在矿上?

　　王乙涛说,不在,怎么有事啊?

　　我爹说,想和他说几句知己话。

　　我爹故意语气冰凉冰凉的,一边不紧不慢扫院子,想用这一招威慑王乙涛。王乙涛父亲王乔谷为人和善,治家从严。除阁老村这座黑煤矿外,县城工业园区还经营一座钢铁厂、一座机车车辆配件厂和一座焦油厂。煤矿生产出的煤炭大部分是自家的厂子消化了。少量煤炭套用别家合法煤矿的手续上市场销售,价钱好就销售,价钱不好就囤积。王乔谷向社会公布过一条消息:监督他的子女们在社会上的行为,认真监督者有重奖。我爹和王乙涛说话从始至终不看王乙涛,心里忐忑慌乱没一个准谱儿,尽管脸上铁笊篱罩着,但条条缕缕间仍清晰流淌出忐忑慌乱的墨绿色汁液。王乙涛微笑说,钢子叔你忙,我走啦。微笑像果树上早黄的叶片随风摇摇晃晃随时会飘落,没飘落呢,人已慌慌张张往大门外去了。我爹的威慑起不起作用只有天知道。我爹说他只是在尽力,走一步说一步。好歹,温小婷和猪猪一起读那么多年书,不见得三天五天就真上了黄鼠狼的道儿吧。王乙涛刚走出大门,我爹就扔掉扫帚坐在房檐下吸烟,只吸半根不吸了起身叫,小婷,你没睡着吧?

　　温小婷几时接触过王乙涛这种人,几时听过王乙涛那几句话,新鲜刺激外还零距离。尤其"嫁给我"三个字,火辣辣脆生生,差一点儿就让温小婷缴械投降睁开眼睛和王乙涛微笑了。可惜王乙涛机关算尽没算到这一步,假如再坚持二十秒,哪怕是十秒呢。温小婷自责说,天底下还有像我温小婷一样天真易上钩的鱼儿吗？我当时真不知道是患上什么病症了。

温小婷睁眼第一件事就是打开茶几上的长信封。信封里一沓钱估计五千元以上，一张微型电子遥控掘进机发明专利证书，一页纸上几行字：求贤，所以追随；急想创业，所以鲁莽。求姐谅解了。姐这几天的点点滴滴小弟都从对面山梁上用望远镜观察到了，何必扭曲人性戕害自己。嫁给我和我共同创业，求你了姐。温小婷读纸条读得忘情都读出声来了。读罢纸条，小脸儿红扑扑说：这小王不但人帅还有才呢。温小婷讲述到这里，感觉着羞耻，忙伏下头躲避我。

我爹在窗外喊温小婷，温小婷急忙把纸条收起，把现金塞入信封，在当地转一圈找不到合适的存放处。王乙涛恰巧轻敲后窗口玻璃，温小婷突然迁怒王乙涛：谁要你给钱啦。还写什么字条！到我家里找我爸我妈办事的那些人庸俗，原来你也这样庸俗啊！踩一把椅子打开后窗把一堆碎小扔出去。搬开椅子重坐回沙发里，心跳得厉害喘息得厉害，不做亏心事不怕鬼敲门，这回好像是做下亏心事啦？心慌成这样不休息一会儿不行呢。知道我爹喊过以后要进来，不着急，坐着等，要死要活不就是家里来过一位客人吗？谁家就限定了不准来客人了？要是让你到我家看到我家每天晚上川流不息的客人，还不受惊吓休克掉啊。温小婷一不做二不休放开胆儿了。

温小婷坐一阵不见门外有动静，就高声答应说，我没睡，在沙发上坐着呢。

我爹出现在当门口，脸色黑沉，像传说中的阎罗地煞的样子说，这几天你让猪猪多留心煤矿上，看见王乔谷老板来煤矿上了告诉我，我有话要和王乔谷老板说呢。

温小婷说，王乔谷老板是谁我不知道。声调急促、颤抖，心虚呢。

我爹说，你只把原话告诉猪猪就行。语气特别加重了一下，略略皱一皱眉头。

温小婷说，知道了。声音低沉、拖长，是极不情愿接受这种指令的声调。隐约还有一点儿受到侮辱的屈辱感。尤其，有一点儿后悔做康沛然的女朋友，还随康沛然来阁老村了。

我爹说他要的就是这效果。大半辈子含辛茹苦培育出一个阁老村人惊奇、尊敬的八土研究生,怎么能让你一个不相干的外来女娃子玷污了!我赞成我爹的这种想头,我爹做得对。

我爹转身出门在房檐底坐下,手指间的半根纸烟没吸一口就燃烧没了,重新点上一根。自己能做的都做过了还能做什么!干咳两声再次表示一下自己的存在。就是这两声咳嗽让温小婷的尊严和羞耻心受到更进一步严重的侵害,强烈品尝到蹲监狱的滋味。温小婷讲述到这里,呜咽出声,泪水也下来了。温小婷说,我不是囚徒,但我正过着囚徒的日子,我不要囚徒的日子!从小到大,温小婷受爸妈喜爱信任放任,习惯了在信任和放任中生活。在学校是好学生,在家里是乖孩子,亲戚朋友眼里聪明、漂亮又懂事。突然遭遇阁老村式的囚禁,哪里受得了!照这种囚禁法发展,说不准哪一天也要我温小婷当窑黑子下煤窑去呢——那一天已经流露过那一个意思了。后悔把信封和纸条从后窗口扔出去。我做的什么蠢事!心急慌忙踩上椅子向后窗外张望,王乙涛正启动保时捷轿车要走呢。打开窗户探出头扬臂挥手喊一嗓子:喂。故意放大小喇叭音量,阁老村半个村子被那一声呼喊覆盖了。遗憾保时捷轿车留下一道淡淡尘烟飞蹿而去。温小婷从椅子上跳下往门外狂蹿,一方面为追赶王乙涛,另一方面为表演一次百米冲刺的小节目。看客是现成的:我爹。就是要我爹看呢。温小婷站在当街四顾,保时捷轿车已无踪迹。心疼起王乙涛来:大热天连一口水都没喝上。忽然跺脚骂:可恶王乙涛,偏不往我这边看一眼,白忙急活该的。这才发现是赤着两只脚追兔子呢,兔子没追着倒把两只细皮嫩肉的脚掌弄脏了。掉头回家赤脚呱唧呱唧拍打地面,路过我爹面前没觉得羞耻,倒觉着骄傲,温小婷懂事以来算首例。

王乙涛满怀希望到后窗口守候,不敢明站在窗根,蹲在玉茭林子里。太阳热熬熬当头顶照着,玉茭林子里湿气蒸腾,闷,像蹲在蒸笼里,人不是人,是一枚半熟的黄汤馅儿包了。只蹲一会儿黄汤就漫溢出来了。这样天气王乙涛坐在开着空调的车里都嫌热,哪里受得了这种罪。后窗口到地面大约三米或四米。王乙涛自带了铝合金梯子,也藏在玉茭林子里。后窗里一直没动静,王乙涛耐不住性子,也被蒸烤得熬不住了,搭梯子上窗口敲窗玻璃,没敲几下后窗就开了,温小婷神色慌张把信封和纸条扔出来,同时扔出三个字:讨厌,滚。信封沉重,像一架失事的小飞机,从王乙涛头顶飞过,一头扎入玉茭林子里,扑簌簌乱响;纸条、专利证书轻飘飘像两片羽毛,飘飘摇摇落在王乙涛肩头又滑落到窗根下。

王乙涛后来向温小婷诉苦:我几时经见过这场面,一脸汗水脸色煞白从铝合金梯子上滑溜下来,弄破裤脚弄疼膝盖,收拾梯子、纸条、信封、专利证书,滑滑跌跌穿玉茭林而出,坐进保时捷轿车里,伏在方向盘上放声大哭。泪水、汗水、清水鼻涕搅和在一起,把方向盘弄得水淋淋的。发动了汽车挂上五挡往村外飞驰。有谁见过当村街里轿车刚起步就像箭一样射出去,拐弯处小巷口不但不减速还加大了油门,哞,哞,哞,像地底下有牛吼呢。满村街里鸟雀惊飞,小狗惊叫,鸡们呱呱呱聒吵扑腾腾上墙撞树。幸好阁老村人该上班的都上班去了,该下地的都下地走了,正是村静人稀时候,不然出一条两条人命案是铁定无疑了。张霞俩且嗨哈。温小婷正讲述着呢,我爷爷的血液又在我身体里吼喊,我爷爷又云影山影一样从我面前飞奔而过。这一回我不明白我爷爷是愤怒了还是高兴了呢。

保时捷开出村外老远停下,王乙涛不哭了,抹干眼泪给老妈打电话:妈,有人打我。

老妈说,涛儿,谁打你啦,快告诉妈。

王乙涛说,一个天津来的女娃。

老妈沉默一阵说,涛儿,妈早和你说过,不要只管找女娃们混日子。混到爸妈老了帮不上你了,你一事无成,往后的日子可怎么过?

王乙涛说,妈,我不是找这个女娃混,是爱这个女娃,想要她嫁给我。

老妈说,你现在在哪儿?

王乙涛说,我在阁老村。妈,你来吧你见见她。

老妈说,阁老村怎么会有天津来的女娃?

王乙涛说,阁老村有那女娃一个同学,她随那同学回来了。

老妈说,你是说阁老村那个要读博士的男娃领回对象来了?

王乙涛说,什么对象我不管,我就要她嫁给我。

老妈立刻认真了,说,涛儿,你可不能胡来,你爸很尊重那家人,你给你爸惹出事来,看你爸不要了你和你妈的命呢。涛儿,听妈一句话,回城里先把你爸分配给你的工作做好,愿意嫁给你的女娃成千上万呢。你爸想让你报考公务员,抽空好好学,将来你哥在商场,你在官场,相互有一个照应,省得你爸和你哥老求人。

王乙涛说,不要和我说其他,我不听,我就要这一个。我也早和你说过了,我不做我爸分配给我的工作,也不报考什么公务员,我要自己开公司自己创业!妈,你听见没听见?!

温小婷说此时此刻的王乙涛差不多快疯了,哪管什么工作不工作。一向吵闹要自己创业开公司,原因再简单不过:坚决反对老爸不办理煤矿合法手续私挖滥采开黑煤矿。当面就大喊大叫顶撞老爸说:国家禁止私挖滥采你偏私挖滥采,还要推我下水我偏不干。你给我资金我自己开公司自己创业。王乔谷分配给王乙涛的工作是:煤矿矿长助理。县城和煤矿办公楼内各配备一套办公室,规定每周至少三天在阁老村煤矿办公楼内办公,其他时间随便。这是王乔谷想让二公子安心做矿长助理做出的最宽松的决定。换了其他人,哪来的两套办公室,哪来的随便啊。王乔谷被二公子顶撞的那些话气急了,干瞪眼说不出话。老婆在旁边帮腔说,涛儿,你上大学学的就是煤炭开采专业,你不做矿长助理谁做。王乙涛冲老妈吼说,你愿做你做去。掉头出门把房门洞开着,暑气、湿气、苍蝇、蚊子结成大队一齐往房间里拥挤。老妈紧走几步去关门,冲电梯口空喊几句:涛儿。回身连哄带骗劝慰王乔谷:咱娃说气话,你不要当真。王乔谷不领情,冲老婆发脾气:少和我说废话,你宠惯的好儿子,我不管他了。老婆说,怎么是我宠惯,你就不宠惯啊。当下就使泼撒野坐在沙发里呜呜呜哭了。王乔谷有两个儿子,一个叫王甲涛,一个叫王乙涛。王乔谷给两个儿子的评价是:王甲涛稳重恬静天生的刘玄德性情,王乙涛急躁好动天生是一个猛张飞。和宠惯不宠惯没多少关系,宠惯只是药引子,天性才是药。意思再明白不过,对二儿子失望了无奈了。看见老婆只管哭闹不管做事了,半是解释半是劝慰说:王乙涛我就宠惯来,王甲涛我就没宠惯?应该做的工作都做不好,还要资金自己创业,创屁,我哪敢把资金拨给他。

这时候老妈又在电话里呼喊说,涛儿。呼喊声尖啸——是无可奈何的那一种尖啸,尖啸声严重刺激王乙涛的神经。王乙涛也呼喊,我就要这一个,你不帮我办,我就不好好做我爸分配的工作,也不要别的女娃了,一辈子打光棍,更不报考什么狗屁公务员。把电话挂断,启动保时捷一阵风返回阁老村。在我家大门口转一圈,长鸣着汽车喇叭向虎头石方向驰去。路过虎头石,车头一扭向虎头石撞去,距虎头石十几公分急刹车倒车,加大油门向煤矿一坑坑口驰去。扬起的黑色尘头像一条要摘星摘月的黑色老龙,张牙舞爪遮暗半边天。老妈一直给王乙涛打电话,王乙涛一直不接,老妈打累了不打了,发过来一条短信:妈心脏不好,在医院输液呢,你开车慢些。温小婷苦笑说,书虫儿你说,让他爸和他妈都头痛的一个人,我怎么就鬼迷心窍跟上他跑路了?!

我说小婷你先喝口水歇一会儿,王乙涛驾驶保时捷驰入煤窑沟后的表演,不用你讲述我也知道:距一坑坑口几十米远停车不熄火,空调开着放倒车座靠背躺倒睡。常二茂第一个看见保时捷轿车,嘟囔说,呀,牛二来了。就这么一嘟囔,消息迅速扩散,一时间坑口外坑口里都知道王乙涛来了。王乙涛之所以被称作牛二,是因为十年前王乙涛初中毕业随王乔谷来煤矿上玩儿。王乔谷在煤矿办公室召集煤矿各部门负责人开会,王乙涛驾车到一坑坑口,看见距坑口几十米远几个窑黑子漱洗得干干净净正在更衣室外玩儿扑克。把车照直停在坑口和煤场之间的输煤道轨上,坑口里出煤的矿车斗被阻滞成一条龙。那个时刻常二茂刚下班,和矿工们一起随另一个刚接班的工头围聚到王乙涛车跟前,工头满脸挂笑问发生了什么事。王乙涛端坐车里扭嘴变脸不说话。工头急忙掏出纸烟送上,王乙涛看见只当没看见;工头赶紧让人倒过来茶水,王乙涛一扬手茶水泼工头一脸。工头急了说,小祖宗你把车停在输煤道轨上,煤矿都停止生产啦!所有工人本月的工资奖金都要大打折扣了,你今天要是想打我就哈车来,用镐把还是用铁锹随你选,你想打几哈就打几哈。我要是躲一哈或求一哈饶,日后我不叫我爹是爹,认你是爹了。话没说完,泪流满面了。一听口音就知道是阁老村或阁老村附近村里的一个老实人。

王乙涛这才冲更衣室那边努嘴说,上班时间谁让他们玩儿来?

那几个玩儿的窑黑子早不玩儿了,也聚集到车周围看热闹,相互问:上班时间谁玩儿啦?

王乙涛指点车窗外,他,他,还有他,刚才在那儿玩儿扑克。

刚接班的工头如梦初醒拍额头说,人家那几个哈班了,玩儿是人家的自由。

王乙涛说,什么哈班不哈班,有工夫玩儿,倒没工夫哈坑出煤了?学阁老村人说话,是故意要嘲弄阁老村人呢。

刚接班的工头说,哈班了当然就不用哈坑出煤了。

王乙涛和刚接班的工头瞪眼说,照你这样说,他们在岗位上玩儿倒有理啦?今天必须下坑。不下坑我就不离开这道轨。闭目扭脸装聋子不回应刚接班的工头了。刚接班的工头看看犟不过,和那几个工人努嘴挤眼睛。那几个工人也灵透,嘟囔说,哈坑就哈坑,有什么了不起。到更衣室换过衣服进坑里去了。其实只在坑里黑暗处蹲一会儿,瞅见王乙涛驾车走了就出来了。有读过《水浒传》或看过戏剧《杨志卖刀》的,说老板家二公子像《水浒传》里那个牛二。有人接口说,不是像,就是个牛二呢。

那以后不明原因王乙涛一直没再来过一坑坑口。间隔十年再次来了,常二茂一眼看见吃一惊外也欢喜:天赐一个和老板接近的机会。眨眼工夫笑脸就像瀑布一样悬挂出来了。跑步赶到保时捷轿车跟前敲车窗玻璃。毒太阳下头敲半天,王乙涛一直没睁眼,车刚停下十几秒,怎么可能睡得这样死,明摆着不想搭理常二茂。常二茂不敢再敲,和围过来的几个窑黑子摇手,制止他们靠近。又舞动双臂驱赶大家散开各做各事去。窑黑子们都听说过当年牛二的故事,都低眉顺眼,正玩儿的不玩儿了,正聊天的不聊了,正吵架的不吵了。有一个擦伤胳膊肘的窑黑子正让人包扎伤口,也不包扎了,搭乘矿车斗回坑口里去了。

实际上王乔谷开煤矿是捎办,煤矿采煤设备原始陈旧,还使用绞车和矿车斗。绞车是大绞车,一次能往坑外绞十辆矿车斗。原因有两方面:一方面是这座煤矿储藏量有限,开采多年——王乔谷靠开煤矿起家,眼看再开采三两年就油尽灯枯了;另一方面是国家实行矿山资源整合,年产量不足九万吨煤炭的煤矿吊销一切合法手续,该关的关该停的停该并的并。王乔谷这座老得满嘴掉光牙的煤矿,年产量不足九万吨,还关什么停什么并什么。往里面投资,相当于往黑窟窿里扔钱,往臭水坑里扔金砖。王乔谷是谁,会做这种傻事吗?合法手续吊销就吊销吧,吊销了更赚钱。

中午时分太阳岂止毒,是张着千个亿个小嘴巴小眼睛灼人咬人呢。坑口四周的山坡上蝉声四起,蝈蝈也凑热闹,嗡嗡嗡嚓嚓嚓嘈杂成一片。王乙涛在嘈杂声里"起床"了,打开车窗玻璃探出头来冲坑口正忙碌的窑黑子们招手。坑口外窑黑子们不多,两三个推矿车斗的,一两个做杂活儿的。常二茂进坑趸一圈出来上茅房拉巴巴去了。窑黑子们畏惧王乙涛,王乙涛招手没一个人响应。王乙涛就摁响车喇叭,嘀——嘀嘀。习惯性手法到哪儿摁都一样。

常二茂没看见王乙涛招手,听见王乙涛摁车喇叭了,提着裤子从茅房里跑出来,一脸紧张一脸微笑和窑黑子们嘟囔,不要人时是不要,要起人来立逼眼哈连个茅房都不让上。狼追呢还是狗咬啦?急煞煞把个喇叭摁疯成这样,要人的命呢。除了牛二谁还能做出这种事。一边说话一边和窑黑子们挤眉弄眼。没有汽车喇叭声遮盖,再给常二茂两个胆,敢那样说话?

常二茂跑到王乙涛车跟前,被阳光的小嘴巴小眼睛灼得咬得睁不开眼睛,气喘得不均匀,慌里慌张系裤子。有几分夸张有几分真实,这种时候谁分得清!

常二茂说,老板你什么事?我急屙了,刚进茅房蹲哈还没屙完呢。

王乙涛说,不要叫我老板,我不做你们的老板。温小婷说,王乙涛是想说,开一个私挖滥采的黑煤矿,还要什么老板不老板,人家我哥我爸那才叫老板呢。我说,他肯定不会当着那么多窑黑子的面那样说。只递到常二茂怀间一张百元大票子说,给我来一碗红烧牛肉拉面,再来一条清炖鲤鱼外加一个油糊茄子。

常二茂惊叫,活祖宗,这里是煤矿不是酒店。我去哪里给你弄这几样东西啊?

王乙涛说,你们不吃饭——没食堂?

常二茂说,怎么能不吃饭,怎么会有食堂!不吃饭还用起早搭黑给老板打工啊,有食堂还用我们从家里带着干粮吗?老板你看,我们各人带着各人的食儿呢。

王乙涛说,和你说过了,不要叫我老板,我不做你们的老板。

常二茂说,矿长办公室可是挂着任命你做矿长助理的文件呢。

王乙涛说,不要和我说那些,我不知道什么狗屁文件,只知道我不是什么狗屁助理。你敢再叫我老板,看我怎么收拾你,要你立马走人都可能,你信不信?

温小婷说在那样一座破煤矿上还要那样耍威风,真让那威风踏踏实实落到实处时,那么多矿工也不至于糊里糊涂在那一场弥天大灾中送了命。

我说那时候谁能想到会有那一场大灾难!

常二茂听王乙涛那样说话,连忙点头说,信,信。还挂出一脸比哭还难看的微笑。

王乙涛笑了,笑声充满磁性,柔软地说,你说,你们能带什么干粮啊?

常二茂说,面条、烧饼、馍。回脸向坑口一个推矿车斗的工人吼一嗓:二不愣,你过来,你带着什么干粮啊?二不愣少气无力回答:我老婆回娘家去了,我能带什么干粮,带了两轱辘玉荽棒子。嘟囔:我过去做什么,我又不指望老板提拔何苦溜贴他。站在原地没动。

王乙涛问常二茂,你带了什么?

常二茂说,我带了一碗冷面条。白给老板吃老板也不肯吃。老板拿去喂狗狗还差不多。

王乙涛说,我就吃面条了,快给我拿去。把那一张一百元的大票子塞给常二茂说,不用找零头了。常二茂遭刀捅了一样号叫:这怎么可以,一碗冷面条我要老板这么多钱做什么!要把钱还给王乙涛。王乙涛黑沉下脸说,少啰唆,快给我拿面条去,快去。

常二茂心头一喜也一沉。一喜:一碗冷面条卖了一百元。一沉:冷面条不合这牛二的口味就惹出事来了。不敢抬头,不光是在王乙涛面前不敢抬头,路过窑黑子们身边也不敢抬头了。进工棚里去了。一会儿出来双手捧一只老旧的不锈钢饭盒,慌慌张张小跑步送到王乙涛面前。王乙涛接了饭盒,揭开盒盖闻闻,关了车窗玻璃不理睬常二茂了。常二茂一直在车窗跟前候着,等候王乙涛一个准信儿:吃还是不吃。吃,没说的,钱物交易你情我愿,买卖做成了;不吃,说明面条不合人家老板的口味,把钱还给人家老板,买卖不成情分在,咱要的就是个情分,还指望要什么!起码不能让一碗冷面条惹老板火儿了。因了这些想头,心悬悬着落不到实处,吃一碗面条的时间早过了,车窗里还是没响动,常二茂只顾木呆呆地原地站着,既不敢太靠近车窗玻璃往里瞅,也不敢走开。脸上热汗像海岸线上涨潮水,涨上来一批退下去一批,紧接又涨上来一批。坑口一个打杂的窑黑子从车正面挡风玻璃上看见王乙涛又上"床"睡下了。跑过来和常二茂耳语说,头儿,你只管那样站着,想招牛二发脾气是不是?那牛二没吃面条又睡下了。他可爱吃不吃呢,他自己要掏钱买的,又不是你强卖给他的,你自管上茅房屙去。

常二茂扭嘴变脸发脾气说,我哪有心思屙啊,早不想屙了。

下班铃声响起,王乙涛推开车门,一只脚车里一只脚车外探头往坑口张望。常二茂心怀不安不敢有丝毫松懈,一直蹲在阴凉地里观察保时捷轿车。这时候打着一把红雨伞跑过来,高举在王乙涛头顶笑嘻嘻说,我看出来了,老板是在等人呢,等谁呀?坑里头可都是棍棍没有缝缝啊。眼睛偷瞟车里没瞟见不锈钢饭盒,想要呢不敢要,心还是悬悬着。王乙涛退回车里一边关车门一边说,让猪猪来找我。表情严肃,老板模样老板口气。听见常二茂说棍棍说缝缝了,只装没听见,不愿混同到和常二茂开粗俗玩笑的地步。坑口四周山坡上蝉声依旧蝈蝈声依旧——不能说依旧,是尤其激烈了。常二茂摸着底牌了,悬悬着的心踏实了,说一声好嘞,打着红雨伞向坑口跑去。红雨伞不是要给自己打,是要给老板打,老板没说冷面条只说让他做事,心中高兴忘记手里还打着红雨伞,站在坑口一心等候我康沛然出来。

我身上黑污脸上黑污,眼镜明亮,和众多窑黑子相随着从坑里出来。不适应强光不适应暴热,埋头,眯眼,脚步蹒跚。不只我如此,所有窑黑子刚从窑坑里出来都是这走势。常二茂一眼就从黑人堆里认出我说,屙博儿,老板叫你,在那边车里。我没抬头就知道是王乙涛来了。没说什么照直向洗澡间走去。心里愤恨地说,你这家伙老要这样,我讨厌死你了！常二茂一把把我拉住说,先去见老板。我脚不停地进洗澡间去了。我听说过王乙涛绰号的来历,烦恶常二茂,更烦恶王乙涛。王乙涛这几天常纠缠我下围棋,实际一点儿不懂围棋。相对而坐摆几粒棋子,一眼就能看出是个不爱围棋只爱拿围棋装点门面的主儿。富家公子无所事事,无聊极了拿别人消遣。我惦记温小婷惦记翻译和整理那一堆资料哪里赔得起！要求到家里走一遭,也带他到家里走过一遭了,还要怎么样！

洗罢澡我没走正门走小旁门,小旁门通小道,小道上过一道沟坎爬一面山坡距虎头石最近。不用细说温小婷在虎头石那里翘首等待多时了,热灼灼太阳底下哪里受得了,早劝说过不用那样了温小婷不听劝。我当时只以为是因为爱,现在才明白还因为寂寞,还因为躲我爹。

常二茂一直站在洗澡间正门口不断张望小旁门。看见我从小旁门走出来,眼疾手快赶过去抓住说,屌博儿,老板叫你,你得和老板见个面,不然我没法向老板交代。

我说我家里有事,我对象在山坡上等着我回去呢。

常二茂说,你老婆等你是私事,老板叫你是公事,你得先办公事。

我扶扶眼镜想说什么没说,肚里藏着的和嘴里含着的,都是最恶毒的骂常二茂骂王乙涛的话,怎么能说出口。随常二茂向保时捷走去。常二茂说:老板叫你是你的福气,别人想见老板见不上,你是老板要见不愿见,我看你是念书念成傻子了——你不要以为就你念的书多,人家小老板念的书也不少,你进人家车里看看,车后座上全是书。

王乙涛老早就在车门外站着了,隔老远就和我带"响声"微笑说,嘿嘿,见贵人如此艰难。是拿戏剧《十五贯》里的一句唱词调侃我呢。

我说,我得先回家。我爹和我对象都在家等我,我不回去他们不开饭。

王乙涛说,我有事路过坑口,顺便捎上你回家,不行？

我扶扶眼镜笑笑没说话,不相信王乙涛说的是真话。不过毕竟是老板抬举,当着常二茂的面真是一种体面呢。体面事面前没有人不动心,一动心我就变成一条咬上钩的鱼了。

王乙涛驾车没往阁老村开,转过山弯开上一座小桥,向煤矿办公楼那边的一个山洼里飞驰。王乔谷盖办公楼之初,请季大师勘察过风水,那个山洼四面环山状如一只聚宝盆,煤矿枢纽安置在聚宝盆里聚财。王乔谷办企业,员工序列外额外聘用了两个人:一个法律顾问,一个季大师。法律顾问监管企业各个方面的事务违法不违法,违法的要设法变通一下让合法了;季大师监管企业各方面事务犯忌不犯忌,犯忌的要设法破解一下让不犯忌了。

王乙涛不是在开汽车是在开飞机,保时捷轿车四个车轮早不是车轮是四只翅膀了,我想让停车想要跳车都没那个可能。回望车后山样高的黑色尘头声色平静给温小婷打一个电话:坑口有事,我过一会儿回去。更坚定了那个念头:明年暑假带我爹离开阁老村再不当窑黑子下煤窑了。王乙涛果然有些牛二的样子呢,常二茂说他车后座上全是书,实际只有一本美国·雷格著《机器人学导论》,包裹在一层塑料薄膜里,像从没有翻动过。

保时捷轿车在一个山弯后面急刹车,山弯对面恰好是煤矿办公楼,办公楼院内老板王乔谷正陪季大师散步,一边听季大师指指点点说话。王乔谷身材矮胖季大师瘦小,像父亲领着未成年的儿子的状态。王乙涛骂一句:这个季狗孙一百句话里没一句有用的,又在编瞎话骗我爸。往后面倒车,倒到刚好能看见煤矿办公楼,煤矿办公楼那边恰好看不见保时捷轿车的位置停下说,我爸要走了,你看司机都发动了车了。果然季大师指指点点说一阵,王乔谷也指指点点说一阵,相随着钻进车里一道烟走了。往车里钻时季大师像只猴子,一忽闪一出溜就进去了;王乔谷却费劲,先钻进去上身然后把双腿收进去。王乙涛发动保时捷轿车飞驰进煤矿办公楼院内,在煤矿餐厅门前停下熄了火。餐厅门从里面锁着,王乙涛离开我几步打电话,我觉着逃跑的机会到了,扶扶眼镜钻出车门向大门外跑去。出大门过小桥上山坡往沟掌跑二里路往山梁上狂奔,热熬熬太阳已西斜,温小婷坐在虎头石下一片阴凉里正向我这边张望。我哪里是狂奔是要展翅飞呢,保时捷轿车在盘山公路上绕来绕去追赶上来了,惊飞麻雀惊飞黄鹂惊飞画眉和蚂蚱我想不飞不行啊。

王乙涛打完电话找不见我了,火爆爆大喊一句,猪猪,我是要吃饭不是要吃你,你跑什么!餐厅门开了,一位食堂师傅白衣白帽站在门口迎候。两位小师傅一位扛一箱啤酒一位正往餐厅一张餐桌上摆凉菜。王乙涛顾不得和食堂师傅们打招呼,驾驶保时捷轿车往阁老村方向追赶我,老远看见温小婷身着白色连衣长裙靓丽无比坐在虎头石下阴凉里,目光一下就散乱成一摊泥。泥石流汹涌把王乙涛整个人吞没了,该转弯不转照直向土崖底开去,车到半空还踩一脚油门。幸好土崖只有一丈四五尺高,保时捷轿车四脚朝天落地,四只轮子像四只乌龟脚高速扑腾着。张霞俩且嗨哈。我受到惊吓也感觉到了羞辱,清清楚楚听见我爷爷吼喊了一声,清清楚楚看见我爷爷白发苍苍云影山影一样从我面前飘飞过去。

  温小婷惊叫一声向土崖底飞奔,扑到保时捷轿车跟前,从驾驶位置旁的车窗玻璃上向里望,只望见蓝莹莹一片。趴下从挡风玻璃这边向里望,车头快贴住地面了,只留一条二十几公分宽的缝隙能看到挡风玻璃里。王乙涛头朝下窝成一个大肉团,满脸血糊糊的挣扎着打手势:砸窗玻璃。温小婷满山坡上摸石头,摸着了搬不动,摸得满怀间蚂蚱跳蜜蜂蝴蝶飞,冲我吼叫说:快来救人呀,只管愣在那里做什么!还呜咽出声来了。温小婷说,她当时只记得心疼王乙涛,只记得快一点儿救王乙涛了,丝毫没想过:我会吃醋;阁老村人会说三道四;王乙涛心里会滋生出别样的念头。其实温小婷最清楚不过:她之所以那样忘情,还是依托了她的家庭那棵树。骨子里根本就没有真正在意过阁老村人。不过时过境迁温小婷不说破,我也没必要说破,只是接口说,小婷,我一开始是被吓傻了,都不记得救人了。听到你那一声吼叫,才如梦初醒从土崖顶跳下,绕车观察,向车窗玻璃里打手势,意思是说:王乙涛,你不要乱动,你乱动车就动,外面是一个十几丈高的大土崖,你和车随时可能翻下去,翻下去就完了。王乙涛看懂手势想点头没法点,和我翻白眼笑一下,居然笑得出。只安静一会儿就又挣扎,激烈挣扎得车窗玻璃、车门都在砰砰响,车身摇荡起来了。趁王乙涛安静一会儿的工夫,我给煤矿办公室打了一个电话,给我爹打了一个电话,开始从山坡上往车跟前搬石头。煤矿办公室答应老板那边他们联系。我搬来石头往起垫靠山沟这边的车身,几趟石头搬下来,汗水把全身浸透,头发紧贴住头皮,衣服紧贴住身体。车身逐渐稳定了,车头渐渐被垫高,一个人可以爬进爬出了。我搬起一块石头照副驾驶位置上挡风玻璃砸去,嘭一声,石头弹回来砸脚,挡风玻璃上却没一点裂痕。我退开几步蹲着看。温小婷惊叫,嘛事啊,什么时候了你还有时间歇着。温小婷一着急天津语气出来了。我到山坡下找一块单手可握带尖的石头,二次爬进去侧身挥石猛凿挡风玻璃中间,挡风玻璃一下就碎成一朵花,花中心一个小洞,顺小洞一点一点拓展,整块玻璃稀里哗啦脱落了。王乙涛往外爬,一边狂吼乱叫说:猪头,你的动作怎么这么慢!牛一样喘息着,血水汗水搅和在一起,手上脸上衣服上驾驶室霞色满天了。一个庞大的人肉团儿没法往外移动半毫米。温小婷挤开我趴伏到破洞前往里看,伸手进去说,小王,姐拉你一把。王乙涛不狂吼乱叫了,往外面伸手,胳膊肘被方向盘卡住纹丝动不得,五指挣扎得青筋暴起,哭着说,姐,我出不去了我不能活了。温小婷跟着呜咽说,小王,你没事,我们会救你出来的。我紧挨温小婷趴伏着,扶一扶眼镜说,小婷,你这是要玩儿还是要救人?温小婷不哭了,面带羞涩退开嘟囔说,你可要诚心诚意救他啊,你看他都成那样儿了,好可怜。温小婷说,当时她心底里只怕我记恨王乙涛,会趁车祸报复呢。我说,我和你相处多年,有过那种小心眼儿没有啊?温小婷摇头,叹息说,是我小心眼儿了。抓住我的一只手亲吻着。我把头伸进车里观察一阵说,小王,你想要早点出来就不要哭,听我指挥好不好。王乙涛吼,你猪头滚开,我要和我姐说话。我吼说,你不要命啦,你再折腾连人带车翻到山沟底,你放屁也没有机会了。用带尖的石头猛敲一下车身,王乙涛小男娃一样一下安静了。我满面怒气指挥王乙涛收腰,往后移左脚膝盖跟进往后退,慢慢往副驾驶位置伸头。温小婷在一旁说,书虫儿,和小王好好说话。我一脸汗水瞪温小婷一眼,恰好抓住王乙涛一只手,憋足劲往外拉,拉出车外一截,往外退身体,继续拉。王乙涛像一具尸体,一动不动全凭我拉呢。呸,我真后悔拉那只黄鼠狼。

温小婷说,小王,你配合些自己也往外爬。

王乙涛说,姐,你拉住我这只手。

温小婷说,小王来,姐拉你。

两个人一呼一应,呼得急切应得热烈都泪流满面了。汗水模糊了我的眼睛,我眼前出现了一个幻象,我爷爷云影山影一样在车前车后奔走呼喊:猪猪你快跑,弥天灾难就要降临,跑得越远越好——你这个敌人。推起一股黑尘击打在王乙涛脸上,王乙涛立刻就哑巴了。

我爹带着阁老村人赶到虎头石,煤矿上的救援人员也赶到了,我眼前的幻象消失,也正好把王乙涛救出来。阁老村人带着绳索木棍,煤矿上的救援人员带着医生、吊车、钢丝绳、饼干、罐头和矿泉水。我扶王乙涛靠土崖坐下,检查过王乙涛的头和四肢都完好,站起,退开几步扶扶眼镜,和王乙涛孩童一样笑说,没事啦。话没说完软绵绵向后倒,后脑勺撞在一块土坷垃上人就昏迷了。我爷爷奔过来扶住我继续呼喊说,猪猪,和你爹叫上阁老村人快跑,弥天大灾就要发生——实际是我爹抢上一步把我抱在怀里,掐人中压屁股猪猪猪猪地呼唤呢。在场的人作证,温小婷对我不理不看正忙着用矿泉水给王乙涛洗脸,我爹脸面上能下得来才怪了。阁老村人和煤矿上的救援人员都开始忙碌,最主要的工作是检查王乙涛的伤情,从土崖下把保时捷轿车起运到土崖顶。王乙涛正依靠在温小婷怀间,医生刚靠近,王乙涛就和医生带响声微笑说,到一边歇着吸烟吧,等我自己当上老板,一定高薪聘你到我公司里当医生。从裤兜里掏出大半盒软中华香烟扔到医生怀间。医生接了烟走开笑说,老板,那我就等着了。到我这边来了。王乙涛那张脸面积有些大,温小婷足足洗过半小时还没洗干净还在洗。王乙涛一会儿说耳朵眼儿里还有血,一会儿说鼻孔里还有泥,一会儿又说眼角缝儿里还有块石头。得空脸颊就到温小婷胸脯上摩挲,手指就到温小婷小腿上捏一把,和温小婷挤眼睛诡笑说:求贤,所以追随;急想创业,所以鲁莽——温小婷嘴角清泉一般流淌出一缕笑意。温小婷说,当时,她心底里莫名其妙竟有一种说不清道不明的甜蜜感。受这种甜蜜感驱使,身不颤手不摇,擦洗王乙涛的眼角,面巾纸向下一滑,塞进王乙涛嘴里,柔声细语说,从哪本书里抄下来的那几十个字?那张发明专利证书真的假的?王乙涛歪脖子扭脸想把面巾纸从嘴里吐出来,可面巾纸和嘴角勾连在一起只是吐不出。有人叫起来:老板娘来了。果然阁老村外尘头起处,两辆奥迪一辆宝马驶进村街里。温小婷一回脸恰看见我康沛然,低叫一声书虫儿,扑向我急切询问:猪猪你这是怎么啦?呜咽出声来了。

我中暑两天没上班,我爹两天寸步不离陪着。晚上温小婷不能睡,只能和衣在沙发上半坐半躺着。我爹整夜吸烟温小婷受不了,把门窗都开了,室内的蚊子纷纷往室外逃。正刮着小风,房檐下挂几只小铜铃,不紧不慢丁零当啷响;后窗外玉茭林簌簌簌像笼鸟们呓语。这个暑假怎么啦?温小婷,我爹,还有我,都觉着不得劲。

爹,你过你那边睡去吧,我有小婷陪着就行了。我中午晚上都没吃饭,说话没力气。虽然请来煤矿上的医生吃过药打过针,还是清醒时少昏睡时多,话没说完就又昏睡过去了。一旦昏睡过去就梦见我爷爷在村街里奔走呼喊:娃儿们,弥天大灾就要降临了,快跑吧。龇牙瞪眼,眼睛血红,像是疯狂了想要杀人吃人了。或者真是我爷爷的魂灵来到人世上来了。

我说过的话我爹没听见,我爹没一点儿反应,今天所见所闻太刺激我爹了,我爹不愿离开我。阁老村没出过阁老,但出过杀人犯,张一文的婶子用毒鼠强毒死张一文的叔,随另一个男人逃跑被公家抓回来枪毙了。《水浒传》里潘金莲毒杀武大郎,阎婆惜想往死里整宋江。我爹说,他那时认为那一天王乙涛翻车,实际是温小婷想让王乙涛用车撞死我,没撞死,谁知道半夜三更还会发生甚事!从另一个角度讲,在女人的事情上,我爹有亏欠,我爷爷也有亏欠,我爹只怕我吃亏。那一年我刚考上大学,张一文叔请我吃饭,饭罢领我到虎头石旁边说话,说到我妈被我爹开山炸石炸死,就替我爹辩护说:实际是你妈和一个来阁老村买石头的男人约好私奔,到私奔的日子那个男人没影儿了,你妈就踏风踩尘到各家采石场上寻找,又要躲避你爹,偏又误闯误撞走进你爹采石场的地界,才出哈那种人命事。

其实我爷爷都和我说过了,我爹这辈子两件事自责:头一件,为促销石头让我妈挂搭来阁老村买石头的男人们;二一件,偏是我妈误闯误撞进自家采石场地界时点炮!点炮点吧,偏多装了两公斤炸药!多装多装吧,偏把炮眼凿歪了一点点。

我爹说当时他凭直觉判断:我眼前面临的状况比他当年面临的状况惨烈复杂一千倍。也不仅仅是凭直觉,还凭事故现场温小婷给王乙涛洗脸那一幕。至于翻车的场面我爹没看见,但正在对面山梁上刨山药蛋的张一文叔和张一文婶看见了:

嗨呀,猪猪在前面跑轿车在后面追,那轿车不是轮子跑,是翅膀膀飞呢。要不是嗵一哈翻腾哈土崖,就撞上你家猪猪了。

是你家猪猪命大,也是老天爷爷开眼呢。

我老婆一直喊一直喊,猪猪快跳沟猪猪快跳沟,一眨眼轿车跳沟了。

尘土烟一样飞起几丈高,把天色都遮暗了,响声惊天动地打雷呢。

那场面只在电影电视上见过,我老婆吓得尿了一裤裆,尿水水把鞋袜都浇湿了。

你臭嘴胡说,狗才尿裤裆了呢。

夜深了,风停止,房檐下铜铃,后窗外玉茭林,都寂然了。我昏睡一阵出一身汗清醒一些了,看见我爹还坐在炕沿上吸烟,温小婷还在沙发里窝着。我着急上火说,爹,你看你不去睡小婷也没法睡,你何苦。求你啦,你过你那边睡去吧。原本想和我爹说,我这几天老是梦见我爷爷说阁老村要有大灾难发生,着急上火没心思说了,一忽悠,看见我爷爷眼睛血红,龇牙瞪眼从我眼前走过说,猪猪,不要管你爹了,你先快跑吧。

我说,爹,我爷爷,快看,我爷爷来了。

我爹说,哪里,在哪里?声音变调,是受到惊吓的那一种。

我没有回答,已经昏睡过去了。

我爹说,猪猪,你看你病成这样,都说起胡话来了,你的病甚时好了爹甚时才离开。

我爹说当时他不想惹我生气,不想像往常一样热情对待温小婷,不想把对温小婷的不满明朗了,不想我知道温小婷背后的不良。因此凡说话必和我笑一下也必和温小婷笑一下,即便我昏睡过去也那样。我的记忆里,当时我爹那笑,哪里是笑是哭呢。

后窗外有声音,像猫上树狗跳墙。我一时昏睡一时清醒当然没听到,温小婷也没听到。但我爹听到了,疑心有人在后窗外偷听,趴在后窗口吐一口痰出去说,好像有狗糟害咱家的玉茭呢,明天我在玉茭地里哈几个套狼的套子。把窗户关了窗帘拉严又回到炕沿上吸烟。表面上是吸烟,实际用心倾听着房前屋后的所有声音呢。我爹说当时他尤其疑惑另一个场面,王乔谷老婆赶到王乙涛的翻车现场关心我康沛然胜过关心王乙涛,一出车门就蹲在我康沛然跟前摸脉搏试体温,叮嘱煤矿办公室主任和煤矿上医生:不要收医药费;多给买营养品;最近几天跟踪小康的病情,有问题及时送县医院;让多休息几天休假期间工资照发。眼睛一直不离开温小婷,既不问这是谁家的姑娘,也不问这姑娘自哪里来。

我清醒一些了,欠起身和温小婷说,小婷,你不用管我爹上炕来睡吧,我爹就那样儿。明摆着是和我爹妥协了。温小婷离开沙发说,没事没事,我自己处理吧,你只管睡你的。和我笑笑,笑是甜笑也是假笑。甜笑在脸上假笑在心里:你们家能够男女老少不分一窝儿睡,我可不能够——阁老村人原来还有这样过日子的一面啊,什么烂人、破人做的这种烂爹、破爹啊!这种烂日子、破日子还怎么过!妈妈,你没有说错,康沛然身上各种各样的缺陷太多太多了,我和书虫儿缘分眼看是完了。

和妈妈陈洁婷的一段对话蜜蜂一样在耳畔嗡嗡嗡:婷儿,人家讲究门当户对,咱顾不上讲究,至少应该找一个家庭背景有一点层次的回来吧?哪怕仅仅有一点文化层次呢。

妈妈,你怎么说话啊,什么叫顾不上,好像我是心急忙慌在菜市场里乱抓乱抢人家的蔬菜似的。小康出身农家,朴实、智慧、好学、帅气,门不当户不对就低人一等啦?

他身上可能带有什么遗传性疾病,只是你处于晕头转向状态还没有发现。

康沛然没病,他有体检证明书,我拿给你看。

我不光说身体,也说思想品质、人生观念、道德水准,等等。这些方面即使与生俱来有遗传疾病,短暂接触你很难发现的。

哦,真的是短暂接触很难发现的。温小婷叹息说,像是自言自语,又像是和我说。见我一脸懵懂,连忙又补充说,书虫儿,我是说,短暂接触,很难发现你身上潜藏着的许许多多优点呢。我淡笑说,你是想说,短暂接触,很难发现王乙涛身上的许许多多的缺点吧。温小婷连连点头,泪水跟着也下来了。我抚摸她的手腕,安慰她。

温小婷决心远避开我爹,俯身搬沙发搬不动就拖,沙发脚摩擦地面咕咕咕,咕咕咕,小牛呼爹唤妈呢。拖上一只沙发一直倒退到谷囤后。用同样的办法把另一只沙发也搬运到谷囤后。两只沙发面对面摆好,中间隔开三十几公分,坐在一只沙发里,双腿放入另一只沙发里,盖一床薄被单睡下了。一只手无意间触碰到谷囤上一个木质的东西,灯光昏暗隐约可辨是破旧的谷囤被一只小木箱的一角顶破裸露出来了。温小婷说,不用盘问,她当时就断定:那只小扣箱就埋在谷囤里。她是真做了一回福尔摩斯了。有那么一霎她希望谷囤突然破碎垮塌,把小扣箱全部裸露出来,我奶奶的气息和体温温润无比,她已真真切切感觉到了,老人家目光灼灼有神,正热切渴望和她交流呢,是我爹的一声咳嗽把她拉回到现实里。

我爹种地主要种土豆和谷。莜麦、豌豆、黄豆、玉米都是兼种。有时间有空闲地就种一点儿,没时间没空闲地就不种了。事实上空闲地有时也有,只是我爹不愿搭太多麻烦——种地越多麻烦事越多。一年收获的土豆能卖即卖,给钱就卖,卖不掉的储藏到大窖里第二年春天再卖。一年收获的谷别人家用扣箱或大瓮储藏,我爹沿袭我爷爷活着时的老办法,储藏在谷囤里。谷囤透气谷不会霉变。我家也有大扣箱也有瓮,留着储藏莜麦、豌豆、黄豆、玉米各种小杂粮。谷囤是两节旧谷囤席片子,旧谷囤席片子是用芦苇片编制的,宽三尺长两丈,不需要囤谷时席片子当煎饼卷成一小卷儿放在墙角;需要囤谷时打开席片子弯曲成一个大圆圈,两头重叠衔接用粗麻绳缝起来。我爹和我妈结婚那年谷子大丰收,我妈去供销社买回来两节谷囤席片子,谷囤上摆谷囤,人样高的谷囤冒了尖。我妈说谷好保存也好卖,往后就多种谷。我爹就记住这话了,年年多种谷,谷囤不是谷囤是我妈,我爹想念我妈时就坐在谷囤前吸烟,一吸一上午或一吸一整天,那谷囤真的是破旧不堪了。

温小婷说那只小扣箱惊扰了她,她睡不着。哦,也不是小扣箱惊扰了她,是她本来就睡不着,和妈妈陈洁婷的那一段对话全面占据了她的心神:康跃进老汉的思想品质、人生观念、道德水准诸项绝对是病态的,一只小扣箱神神秘秘成那样,有什么可神秘的啊?这种病态果然遗传给康沛然了,怎么办?温小婷想心思想得愤怒了,急切想要破解掉眼前的危机。灾难后我把我奶奶的故事和我奶奶遗留在小扣箱里的遗物一桩一件告诉温小婷,温小婷惊得目瞪口呆,直叫是她误解了我和我爹了。我想在我和温小婷之间建立一座可供我和温小婷平等对话的平台,意想不到一场灾难帮我建立起来了。之前我没有勇气毫无保留地和温小婷讲述我奶奶和我奶奶的遗物的故事。

我只当温小婷睡熟了,放下心想和我爹说会儿话,不知为什么我在家或在学校凡生病都想见到我爹,尤其想见到我爷爷。见不到听听声音也安心,我爹的声音里可分离出我爷爷的声音。有一次我生病用宿舍楼里的公用电话寻找我爹,电话通了没人接我就哭了。那份委屈像决堤江水浩浩荡荡汹涌而下,我连忙跑回房间头蒙在被窝里,哭声还是消失不掉。温小婷闻讯赶到场,我的哭声倒更见繁闹了。

爹,你说,我和小婷去年暑假回来怎么就没见过老板家二公子王乙涛?

灯光之下我仰躺着双手抱住后脑勺,眼睛迷离,随时可能睡深沉,很享受的样子。

我爹说,怎么想起来问这个?我爹说他那时非常害怕我听到村中的那些风言风语呢。

我说,想问,随便问。

我爹叹口气吐出一口烟气说,去年他大学毕业暑假没回家。

我说,没正当理由不是学校需要,放假期间学校一般不允许学生住宿的。

我爹说,人家有钱住哪里不行?即使不放假人家也不在学校住。在外面租房子住方便、自由,有钱人和没钱人想法不一样。

我沉默了脸红了,起码的常识居然要我爹做解释。

我爹猛吸几口烟,目光悠悠,望着谷囤说,那后生上高中时不好好上,仗着有钱常领男女同学们外出旅游或到矿上来玩闹。光高中就上了五年。煤矿上人给他起个绰号叫牛二。《水浒传》里有个叫牛二的角色。我倒是觉着叫西门庆最合适不过。说这一串话时声音提高了一下,不用说是想让温小婷也听到呢。

我知道我爹的用意,烦躁不宁接口说,爹,这些我知道,他有钱是他的事,咱没钱是咱的事,人前人后咱不说他这些。尤其说人家的绰号,人家会说咱人品有问题,睡吧睡吧爹咱睡吧。不等我爹说同意睡觉的话,我就把电灯拉熄了。

我爹想借古讽今警醒温小婷一下,适得其反惹我烦躁了。我爹说他当时嘴上不说心里自责:说那些有什么用,瞎说呢。也责怪我:傻宝们都能看明白的事你偏看不明白。又担心我心里明镜儿似的甚也知道只是在装糊涂,只会窝憋出病来。歪起脸倾听后窗外,隐约有脚步声,细细听又没了。从我妈殁了那一年起我爹的一只耳朵听声音就模糊了,吃药扎针不顶用。我爹捉住我一只手慢悠悠抚摸,口中念念有词:我娃从小到大受没娘的罪,可不要再受别样的罪啊。我听明白我爹念叨什么了,不过不想再招搭我爹说话,只装睡不吭声。后窗口突然亮起雪白色灯光,整个房间被照亮,我爹从炕沿一跃而下往后窗口小跑步,温小婷从谷囤后蹿出直奔后窗口。灯光一下没了房间里又陷入黢黑,我爹丢掉纸烟开亮灯,对我说,你和小婷在家我出去看看,我今夜怎么老觉得不安静。

温小婷接口说,我也出去看看。

我没办法装睡了,和我爹笑说,爹,你不是睡着了说梦话吧?咱后窗口临街,有车路过车灯照亮后窗口有什么奇怪。你出去看什么。小婷,半夜三更你凑什么热闹。

我爹赶紧笑说,猪猪你说得对,爹是糊涂了是说梦话呢。退回炕沿继续吸烟。

温小婷说,我睡不着想出去散散心呢。不等我和我爹说话已出门去了。雪白长裙在门槛外灯光里闪亮一下消失了。温小婷说,那一个夜晚,她心底里烦恶我和我爹,烦恶透顶了。

我说,爹你看你,你要吸烟只管安安心心坐着吸烟好了。神经兮兮说那么多没用的话做什么。扶扶眼镜目光冷峻看我爹,大学老师的气象出现了。凡和我爹认真都这样。我爹喜欢这气象也畏惧这气象,实话实说面对我爹这种人,某一个年龄段以后,就是老子怕儿子才对。

我爹说,我出去看看吧。

我说,爹,小婷出去上茅房,你也出去上茅房啊。是一步赶一步质问呢。

我爹说,人家一个女娃儿,从天津随你来到咱村里,咱村里现在尽住着外地人,你敢担保里头没一两个地痞流氓?万一有个三长两短你怎的和人家爸妈交代。

我说,我上中班夜夜十二点多回来,小婷夜夜十二点多出去接我出过什么事?

我爹说,我夜夜尾随着小婷,夜夜不让你和小婷发觉,你不考虑小婷的安全我得考虑呢。语气加重是有些生气了。等出了事你后悔来不及,你要知道小婷爸妈让小婷跟你来咱家是人家爸妈信任你托你了。想说当年自己遭遇过的那些事,还没说就听见远处汽车喇叭响嘀——嘀嘀,嘀——嘀嘀。一长两短,夜深时分听起来悠长悠长有几分阴森森冷飕飕的感觉呢。父子俩沉默无语,对望片刻,我爹出门去了,我穿衣下地摇摇晃晃追随出门外。满天星斗月光浅淡,村中小街小巷深处和远处的山梁、树林,黑魆魆阴沉沉,是有些不安全感呢。我叹息一声嘟囔:看来,我为搭建我和温小婷能够共享的、扎实的情感基础平台而精心设计的原始生活体验——底层生活体验,是没办法体验下去了。

温小婷说她跑出大门就直奔那灯光去了。心中一路愤然絮叨:什么牛二什么西门庆,背后给别人起绰号,说别人这不好那不好你就全好了?你多大年纪了还做阁老梦,不是病态是什么?!在我眼里王乙涛是个有志男儿呢。那灯光已掉头往村外移动,移动得犹豫、缓慢,一副蜗牛模样走走停停,不是王乙涛的车灯还能是谁的!那家伙命大翻车没伤着胳膊没伤着腿,只碰破鼻子。惊吓了别人成就了自己:和温小婷握过手了;温小婷给洗过脸了;脸颊摩挲过温小婷的胸脯了;偷偷捏过温小婷的小腿了。一步成功步步会成,王乙涛信心大增。随赶来救援的老妈回县城,半道找一个借口开一辆奥迪车返回阁老村来了。趁热打铁今夜不拿下温小婷绝不收兵。晚饭到矿上餐厅吃了,饭后让矿上开一间客房洗一个凉水澡大铺大盖睡了。老妈打王乙涛的手机说,你在哪里?王乙涛回答,老妈不要骚扰我,我要睡觉。我在哪里,你打电话问煤矿办公室吧。把手机掐断,老妈又打,索性关机真睡了。一觉醒来已是夜里十点多。事不宜迟,当然也不宜早,开车悄悄溜进阁老村。我家的大门从里面关着,想不出好借口叫门。想翻墙进去又不敢,不怕我康沛然书呆子但怕我爹康钢子。听阁老村人说过,我爹康钢子当年为赚钱怨恨老婆和城里来的有钱人相好,一炮把老婆炸死了。阁老村的一个凶神,老婆都敢炸死不敢炸死谁?开车悄悄溜出村到村外那片小树林里拿了铝合金伸缩梯又悄悄溜回村。距我家房后玉茭地几十步悄然停车,扛着伸缩梯走进玉茭地,熟门熟路弓腰小步移动到我家后墙根。伸缩梯在后窗根下摆好攀缘而上,房间里景象扎扎实实把王乙涛吓一跳,差一点从梯子上掉下来。我爹正坐在炕沿不断头吸纸烟。温小婷过来开窗户王乙涛急忙招手,温小婷没看见开房门开前面的窗户去了。王乙涛欲喊嘴巴一张一翕没敢出声,老妈的告诫起作用了。

  距车灯几十步远,温小婷掉头慢慢往回走,走得犹豫、缓慢,心底自问:深更半夜我这是做什么?真的烦恶上书虫儿,真的要嫁王乙涛要随王乙涛出走?我真这样浅薄吗?书虫儿真遗传上病态心理了?这一个问题刚泛滥起,温小婷立刻就否决:没有,真没有!像妈妈就在面前,又和妈妈发生争执了。争执的结果是,又派生出另一个问题:书虫儿持久爱着一个浅薄人儿,王乙涛会持久爱着吗?快要返回到我家大门口了,心底突然有一个声音呼喊说,书虫儿就是遗传上病态心理了。温小婷像是受到惊吓了,掉头又向车灯走。车灯在村外那片小树林旁停下,按响车喇叭:嘀——嘀嘀,嘀——嘀嘀。一长两短,听起来柔柔的暖暖的招人魂魄呢。温小婷不顾一切小跑起来了。没向车灯那边跑,半道九十度转弯往村北方向去了。

  煤矿老板王乔谷在阁老村北——距村三百米修一座小庙,庙左几十米一股清泉,汩汩汩碎金属般细响着流过小庙流向山沟。紧靠清泉王乔谷盖一座小房,房内一个水泥池子,池水清洌洌明镜一样透亮。王乔谷给阁老村铺设了自来水管道,自来水水源就是这个水泥池子。水泥池子外沿留一个小孔,小孔紧连排水小槽,小槽一律用二十公分塑料管道,深埋地下,直通半山坡一座人工小湖。小湖阔大,浅显,清洌洌见底。湖沿几个排水小孔,小孔外是一座人工石崖,清泉顺崖壁淙淙淙流淌而下,夏日是一道瀑布,尽可遥看瀑布挂前川;冬天是一帘悬冰,飞冰直下三千尺。石崖下是一个天坑,占地百亩有余,坑水一人多深,有人在里面放了鱼苗,常有几十公分长鲤鱼跃出水面,啪叽有声水面波纹荡漾。

温小婷一口气跑到天坑边,坑边水草、小树繁茂,拨开水草、小树找到一个水泥石墩跃上石墩席地而坐。感谢王乔谷老先生在天坑沿岸间隔三米修建一个石墩,像是专为这时候到来的这个温小婷修建的。隔岸人工石壁上淙淙流水声音悦耳,月光在淙淙流水间闪烁、跳荡。去年暑假和我相随坐在这石墩上钓过鱼,今年想钓呢七事八事搅和成一团乱麻,钓屁。捡一块石头扔进坑里,扑通一声响,小水花翻腾了一下,水中月牙立刻碎成无数小块或小线条。不想回我家里去了;也不想去见王乙涛。王乙涛要创业要求贤——是真爱时怎么可以深夜这么搅和!说穿了起码的尊重都没有还说什么爱!爱是要付出要呵护要尊重的。王乙涛有过付出有过呵护有过尊重吗?充其量是在搅浑水,浑水摸鱼能摸到手就摸,摸不到手就只管搅和。这么一想,温小婷吓一跳:那不就是个牛二就是个西门庆吗?难道让我有过一见钟情这种感觉的人真的就这么下作就这么不堪?不可能!温小婷开始搏斗了,不是和别人搏斗是和自己搏斗,想要推翻自己的最新研究成果:王乙涛是牛二是西门庆。搏斗的最终结果是自己生自己的气了:我这不是和康跃进老汉一个思维模式了?起身顺坑岸向人工石壁走去。石壁下一个人工大平台,长约十米宽约三米,三面安装了护栏,炎炎夏日,阁老村人可在上面戏水冲澡。可惜王乔谷一片惠民苦心没惠到点儿上,残留在阁老村的老弱村民们哪有心情戏水冲澡啊。

我和我爹一直跟随在温小婷身后,我爹的心理是:一方面保护一方面监视。我的心理是:小婷,快点回家吧,我实在没有力气陪你在外面闲逛。温小婷钻入天坑边小树林里,我爹立刻紧张起来了。前一段时间一个外地来的煤矿工人到天坑边钓鱼,一脚踩上一条菜花蛇滚落入天坑里。幸亏张一文家二儿子看见及时吆喝阁老村人救援。温小婷在石墩上端坐一会儿,起身向石壁底走去。草丛、树枝拨打她的身体沙沙沙小响,身体左摇一下右晃一下,时不时紧抱一株小树歪斜倒。嗓眼里情不自禁低叫,哎呀天。再配上微微娇喘比在人前更显娇气秀美一些呢。我爹说,他脚下发力心中着急身上早大汗淋漓了,想喊一声:娃,看清脚底,大爷怕你踩上会窜的草呢。怕温小婷因此看不起一个"老特务",更怕惊吓着温小婷没敢喊。阁老村人敬畏蛇,说蛇不直接说蛇而说草。比如谁家的羊被蛇咬了,不说是被蛇咬了,是说让草剐着了或说让草剐伤了。

温小婷走到石崖底开始脱衣裙,乳罩、短裤一件一件脱,旗帜一样白晃晃挂在一株小树上,小树旁白晃晃滑腻腻透亮儿竖起一尊玉雕。温小婷多日没洗过澡了,在我家里只能像我奶奶那样夜深人静熄灯后躲在黑暗里用热毛巾擦擦身。温小婷扶栏而上,清泉乍然喷溅到雪白的肌肤上身体就一哆嗦,像挨了一鞭子,鼻尖一酸哭声喷涌而出。在学校洗澡有同学们陪伴,在家里洗澡有妈妈帮助。洗澡水愿冷愿温任由自己调节,温馨惬意外还爽。在阁老村洗澡像做贼,真正从温小婷唇间喷涌而出的不是哭声是歌声:海红红熬成果干皮,挨打受气因为谁。有所不同的是一边唱一边泪流满面嗓眼里哽咽。清洌洌泉水把泪水冲走,淙淙水声把哽咽声覆盖,歌声像一只勤劳的小鸟从淙淙水声中袅袅飞出,在月光里自由自在飞翔。

我恰好摇摇晃晃尾追到我爹身边,我爹愤然说,快拦住你媳妇,她不想活啦。起身走开,走出去又返回,把打火机给我说,到石崖底生一堆火给逼一逼凉气。往后家里的事该说的才说,不该说的不要在女娃儿跟前乱说,乱说哈惹出事来你担待不起呢。

温小婷站在瀑布里,片刻工夫身上热量被泉水冲刷馨尽,打战抽筋想洗澡不能了。小树旁有火苗儿一窜一跳烧起来,火光里我全身赤裸向温小婷走去。

温小婷惊喜、委屈,和我拥抱在一起。我精神抖擞没一点儿病人的迹象,温小婷脸颊深埋在我怀间放声号啕。温小婷说没遭人打过没遭人骂过,那一阵就是想号啕。歌声彻底消失了。我一动不动任由温小婷号啕,只是喃喃低叫,小婷,再过十几天咱们就回学校,往后咱再不受这一份罪了。温小婷号啕够收拾眼泪扑哧一声笑说,书虫儿,吓着你了吧?

我说,你看我就那样胆小吗?

温小婷说,我从没这样大声哭过呢。

我说,算是一次尝试吧,山村野舍夜深人静时分,正适合这样哭呢。

温小婷说,你是说我像个山野村妇了?嘘,你不要说话听我说完,至少你的话里有嘲讽我是山野村妇的这个潜台词是吧?

我说,准确说是有这个迹象了。任何一个地方传统文化和地域文化都极具包容性,包容性里最突出最强有力的是同化性。尤论你是谁,任你有多么深厚的文化知识,有多么强悍的独立见解能力,一旦进入某个区域内,时日久远,不可避免要在不知不觉中被当地的传统文化和地域文化所同化,这是一个不可逆的规律。

温小婷说,她不想讨论文化,在城市在学校整天泡在文化里。暑假期间本想寻求一些文化以外的滋味,没想到我带回来那么多资料还是让她孤独地泡在文化里,泡得她喘不过气来缓不过神来还在泡。都躲到山野石壁底下了还要说文化,立刻就有些烦,也记起和我爹的种种不愉快来了。说,书虫儿,你怎么会来这里呢?

我回答,我的白娘子都来了我敢不来吗?

温小婷一把推开我说,你还病着怎么还脱得光溜溜!咱们回家。推我往平台外走。我说,你不洗澡啦?温小婷说,不洗啦,快回家。我微笑,右手食指习惯性地到鼻梁扶眼镜,没扶着却轻轻戳鼻梁一下,刚才脱衣服连眼镜也脱掉了。和温小婷手拉手相随到火堆旁各自穿好衣服。温小婷往火里添一点干柴,面向火堆席地而坐满面忧郁一声不响了。温小婷说,是忽然想起我爹和我爹今夜拼命吸烟的丑陋模样来了。

我紧傍温小婷坐下说,不回家了?

温小婷说,我怕回家。心里暗暗惊讶:刚才怎么就说要回家了?

我仰面叹息说,也许我不该硬拉你来阁老村过这种日子。我只是想让你体验一下我生活过的生活,你更容易理解我支持我。我说过了再过十几天咱们回学校,再不受这种罪了。

温小婷说,理解你什么支持你什么?

我说,我读博,今辈子搞科研不做公务员。

温小婷说,我体验过啦,反倒更厘清了我对你未来人生走向的认识。你当公务员更能体现你的人生价值,甚至更能做大做强你的事业,也和你所谓的地域文化更契合。话没说完一下不说了。温小婷说当时她第一次意识到:正强迫我做阁老梦呢。她还承认：她一直就做着呢。不光做着还不允许阁老村人做了。一下就心虚气怯耳热脸烫起来，只怕我嘲笑她呢。

我说，什么事业，什么地域文化，你说。

温小婷说，你胸怀大志你心里明白。此时此地只想意会不想言传，言传相当于掏出她心底的陈谷子烂芝麻——阁老梦，摆放在一个不愿做阁老梦的人面前供他品评和嘲笑。

我叹息一声没说话，还有什么说头呢，做不做公务员和下不下煤窑这两个问题，讨论过无数次，每次讨论都是不欢而散。温小婷之所以愿意随我回阁老村，抛开温小婷心怀着的小算盘外，还因为阁老村蕴藏着城市里寻找不到的新鲜，为这份新鲜，温小婷才愿意屈尊俯就我。除此而外，温小婷的出身环境和成长环境决定了她高高在上的生存理念是不可更改了。月牙斜照，旁边一片镶着黄边的黑云像一只大灰狼横卧在一只小绵羊身边，不知那只小绵羊是祸是福呢，人生不是一样也蕴含着这种道理吗？

温小婷说，怎么不说话啦？

我淡笑说，还说什么，我早说过了，人类文明是靠科学技术引领或推动，绝不是靠官员或政治引领或推动——咱们基本说定了的事情就不想再说了。

温小婷说，你另有话说但不愿说或不敢说，我希望你说，说出来你痛快我痛快，咱们心里的隔阂会少一些，你说，你何乐而不为？

我说，我怎么就不敢说啦？

温小婷说，那你说。

我嗫嚅一阵说，你可不能恼，更不能闹。头上出汗了，伸手抹了一把。

温小婷说，听你这口气，我什么事上头和你恼过啦闹过啦？你这是要说什么呀？

我说，你看你看我还没说呢，你就这样了，我说过了你还不又纠缠啊。

温小婷说，你说你说。嘻嘻嘻笑起来。我受到惊吓的模样老惹温小婷嬉笑。不过，温小婷这一阵的嬉笑，做作的成分大，自然情绪流露的成分小。是特意做样子迷惑我呢。

我说，你和我爹是不是闹别扭啦？

温小婷说,什么意思啊?

我说,有人说你当着阁老村人的面给王乙涛擦脸,把王乙涛搂抱在怀里。我说罢,暗舒一口气:终于说出口来了。其实都是我爹气急了告诉我的。之所以不敢说是怕我爹和温小婷的关系更恶化。温小婷不忙回答歪脸望月,脸上悬浮出得意和不屑,过一会儿说,那是我和你爹赌气故意做样子让你爹看。你爹找你告我的黑状了是不是?温小婷说,她当时其实是心里有"诡",是故意那样狡辩——想威吓我或蒙混我呢。

我笑说,看看看又来了不是?我爹肯和我说这些?想说,我爹肯和我说这些不堪事?中途舌尖打一个旋转,把后三个字删节下来当糖块儿咽了。咽了歇心。

果然温小婷不追究了,说,那一定是煤矿上那个庸医和你说的。我看见他早早地就走到你身边和你嘀嘀咕咕去了,看我——差一点儿说出看我让王乙涛收拾他。半道移花接木说,看我的眼神像看贼,哪里有一点儿医生的样子。温小婷说,她想明修栈道暗度陈仓,把我心底的一份恨意或醋意,引导到那一位医生身上去。

我说,问题不在谁说或谁不说,关键是你自己要懂得适应当地传统文化和地域文化的道理。懂得了,自然而然就学会适应了,阁老村人眼里,未婚男女当众过分亲近是伤风败俗的事,所以才有看你像看贼一样的眼神。

温小婷摇摆身体说,又是文化,烦死人,明天我回天津。嘤嘤嘤啜泣起来了。温小婷说,她当时发现,我心底的恨意或醋意,根深蒂固没法转移到那医生身上,就急哭了。其实我心里最清楚不过:温小婷是开始使娇耍赖了。目的只有一个:掩饰心中的那一点点"诡"呢。

我说,小婷,我知道你还在纠结我回阁老村当窑黑子下煤窑的事。我说过了,再过十几天咱们就回学校,今辈子再不受这种罪了。也早说过我回阁老村当窑黑子下煤窑不光为挣钱,还为一种体验,一种让我和我爹都感觉到温馨的体验。因为我和我爹从当窑黑子下煤窑开始,一步一步走到今天,我和我爹今天这种状况,在我理解就是一种坦途,我和我爹走上坦途不容易。你一定要理解这一点,理解了,你我的共同点就增多了,就好沟通了。我每次给温小婷做解释都说这种话,实际是想掩饰我心中的另一个真正目的呢,说来说去自己都觉得苍白无力了。真正藏在心底的话始终不肯说出口。其实简简单单就几句话:不想依附于温小婷或温小婷一家,想独立自主多挣钱,想让我和我爹都生活得有尊严一点儿;想在我和温小婷之间,创建一个共有的情感平台。尤其想独立自主搞科研,假若做了公务员,其实就相当于钻入温小婷一家的羽翼底下过上安逸日子了。再说了,回阁老村下煤窑,捎带翻译和整理导师和导师的朋友的资料,一人同时挣两份工钱。不回阁老村就只能挣导师和导师的朋友这边的一份工钱。下一个学期的开支和我爹的生活费用就小有拮据了。我拮据可以,让我爹拮据我心痛。

温小婷停止啜泣,抱起一堆干柴燃起一团火苗像一朵霞色染过的白云,悠悠荡荡向小庙飘去,一路飘一路心语:除了烦恶还是烦恶,还说什么还有什么说头!我尾随在白云后说,小婷,你看你说不闹了又闹了,怎么还这样任性啊。温小婷不搭话,走进庙门把庙门呼隆一声从里面关了。我叫半天门叫不开不叫了,说,小婷,随你吧。你何时想通了何时叫醒我,我太累了。在庙门口歪躺下昏昏沉沉睡着了。刚睡着就梦见温小婷陪伴一名男子在一个小湖边钓鱼,那湖水黑幽幽看不清边际,比阁老村天坑湖里的水面阔大,也更幽深,有蓝光、绿光、红光在湖水深处闪现,一闪现一闪现,仔细看又什么也没有。我想辨别清楚那男子到底是谁,但是同样黑幽幽看不清。那男子忽然咳嗽一声,一下把我惊醒,我出一身冷汗——祖宗,怎么会是王乙涛。天坑边树丛草丛里有夜鸟扑腾腾飞起。奇怪,温小婷那样长时间在那边唱歌、号啕,没有惊飞起它们。尤其奇怪:怎么会梦见温小婷陪王乙涛在湖边钓鱼!各种念头都没有想明白呢,就又昏昏沉沉睡熟了。

第三章

　　我正在学校图书馆楼门外的台阶上坐着,就见我爷爷在我面前龇牙瞪眼眼睛血红奔跑呼喊说,猪猪你再不要当窑黑子下煤窑挣钱了。弥天大灾就要发生,快叫上你爹和所有阁老村人离开阁老村吧。我连忙回答我爷爷说,我再当十几天窑黑子就不当了,爷爷你放心——爷爷你怎么跑到我们学校里来啦?我爷爷不理睬我,自顾奔跑呼喊进图书馆对面的小树林里去了。我醒了,正歪躺在庙门口昏昏沉沉做梦呢,并且是一个梦紧连着另一个梦。月色正好,一两片白云穿星掠月而过,我爷爷活着时爱哼唱道情戏,爱给我吃"小吃耍",爱和我睡在一个被窝里给我讲述我奶奶的故事。通常,我爷爷给我讲述我奶奶的故事都是我爹吃过晚饭出门去了才讲。少数时候是我爷爷正讲述正哭泣呢,我爹就回家来了,我爷爷一下就拉熄电灯不讲了也不哭了。黢黑地里我爹怒不可遏地说,不让你说我妈你怎么还要说,好像是专门和我赌气是不是?本来高高兴兴的日子全让你给搅和苦焦了。光搅和苦焦你的日子也就算了,把猪猪和我的日子也搅和苦焦了。不只是怒不可遏地说,还摔锅打碗了,一脚把房门口一只铁盆踢得飞出去,好像是撞击到灶台下头的两只铁皮水桶了,稀里哗啦一片响,惊心动魄的。我后来才理解,我爹每一次听见我爷爷讲述我奶奶,我爹就会联想起我妈,一联想起我妈,我爹心里就刀搅呢,火烧呢——我爹心里头本来就有一团烦躁的黑烟没法释放呢,正好找到一个释放口。我爷爷像一个做了错事的孩子,脸埋入我怀间,嘴唇上坚硬的胡子和鼻孔里吹出的热气又扎又烫,我难受呢。我爷爷的脾气其实比我爹的脾气大得多,我印象最深的一次是我吃过午饭我爷爷想让我吃几口"小吃耍",踩上那只板凳踮脚伸臂颤颤巍巍去房梁上那只篮子里探摸出几颗大红枣几颗核桃,还有几片新制作的油饼饼。那油饼饼金黄金黄薄如纸片,捉在我爷爷手里颤颤摇摇,像风中的柳树叶。我爷爷把"小吃耍"放在一只空碗里摆在炕沿上,一转身工夫,一只花猫窜过去把油饼饼叼到炕角落里三口两口吞咽了。我爷爷吼喊一句:张霞俩且嗨哈——你这个敌人。一把抓起花猫照窗户摔过去,花猫撞破窗纸直接落到院子里去了。我爷爷凡攻击人都要吼喊那么一句,张霞俩且嗨哈——你这个敌人。幸好花猫没撞上窗框,撞上时三只五只也会瞬间丢失了性命。摔打过花猫,我爷爷余怒未消地站在炕沿前扬脸伸脖又吼喊:张霞俩且嗨哈!我猜想我爷爷是记挂起我奶奶来了,我奶奶没吃过一口我爷爷制作的油饼饼,阁老村一只淘气的小花猫倒吃上了。

  我在庙门口睡觉,我爹在村里也没闲着,在自家房墙后紧靠房墙挖一个深坑,坑深五尺多,坑口宽约二尺、一丈多长,与房墙平行正迎着后窗口,窗口里面没灯光。坑口另一边是我家的玉茭地,人站在玉茭林子里举起手臂只能露出几根手指尖。挖好坑回院里挑出来一担茅粪倒进坑里,接着又进院子里去挑。一连挑出几担茅粪,茅粪没有了就往外挑水,一担接一担都是清冽冽泉水,倒进坑里和茅粪搅和在一起,从坑口往外溢,不挑了。放下水桶沿坑口走,从坑口这头走到坑口另一头,一时蹲下一时站着,比画后窗口到坑口外沿的长度。比画一阵满意了,坐下从怀间掏纸烟开始吸。只吸两口,玉茭地里就嚓啦啦一片响,像有人蹿出玉茭地去了。我爹警觉地把正吸的纸烟抿熄放回衣兜里,循响声追出玉茭地,一口气追到村西山梁上松树林前,呼呼呼大喘气。我爹说他当时不知是眼花了还是出现了幻觉,只看见前面有一个人在奔跑呢。那人一时大一时小,一时有脚步声一时又没有了,感觉上就是一个夜游神在前面飘。阁老村有一个传说:夜深人静的时候,村街里常会有夜游神出现。夜游神可大可小,大时头戳破天钻出天外,只剩肩膀以下留在人世间,嘴巴往上和天上的神仙一边饮酒作乐一边谈天说地;小时像壁虎像蚂蚁,趴伏在地上阴凉地里,小眼睛一忽闪一忽闪,专看谁家孩子贪玩夜不归宿,看见一个抓走一个,抓住一个就送到天上一个,关起来不给吃不给喝,也不许拉屎撒尿,更不许哭喊找爹妈。夜游神从哪里来,天亮以后又到了哪里,自家爹妈说不清;问别人家爹妈,只笑不答。问得紧了答一句:回家问你爹妈去——那一场灾难后我爹讲述这些事,眼睛总是回避我,我感觉有一点儿我爷爷面对我爹时的那一种状态了。我爹说他追到松树林边,松树林里黑乎乎,松树林外静悄悄,没有夜游神跑进松树林里的迹象。攀上一个小石峁向山梁下张望,山梁下月色朦胧,看得见川看得见梁,看不清川底和梁上有什么。只看见脚底下这面山坡上有一辆小轿车亮着车灯正缓缓向川里移动,一会儿停住一会儿又倒车,一会儿又掉转车头往阁老村移动。移动几十丈又倒车掉头往山坡底疾驰。我爹骂:就知道今夜要闹鬼,还真就闹鬼呢。抱起一块大石头顺山坡滚下去,那石头像出笼的困兽,呼隆哐嗵怒吼啸叫,溅起火星一蹿老高直奔山沟底去了。我听我爹讲述时都吓得惊叫说,爹,山坡上正好有人走夜路怎么办,或者正好撞上那辆小轿车怎么办。我爹说当时只顾了追打黄鼠狼了,哪顾得想其他。我爹一连滚下山坡几块大石头累了,也准备让这场战斗告一段落了,拍拍手上尘土往脚底吐一口唾沫说,我先想法子治你这只黄鼠狼,治不下就真去找你老子讨个公道呢。想让我家猪猪走我和我爹的老路,呸,你黄鼠狼做梦吧。我爹把他和我爷爷扯到一起我不同意!我爷爷打半截子光棍是那个时代那一些人逼迫,我爹打半截子光棍是财迷心窍是自找,我考入县高中那一年,康饱饱康建设在饭桌上给我讲述我爹和我妈的故事,其中就讲到那一年,我爹为争抢石料市场,把一个来阁老村买石头的年轻人请回家好酒好饭新褥新被招待,只管一车接一车卖石头,一大把一大把收钱。不过三个月时间盖新房的钱有了,但我妈殁了。康饱饱所讲这些,我旁敲侧击从我爷爷嘴里得到过验证:我爷爷说他恨我爹。又说我妈是一个孝顺媳妇。我问我爷爷为什么恨我爹——我妈殁了,我爹肯定比谁都难受。我爷爷眼睛泛红说,他敌人自找。我爷爷龇牙瞪眼像是要哭出声来了。我说,怎么是自找啊?我爷爷用衣袖揉眼睛,老也揉不完,像没听见我问话,起身捅火坐锅去了。我后来才明白,我爷爷讲述我奶奶的故事时,除想念我奶奶外,其实也怀念或怜惜我妈呢。

我爹说他挖半夜深坑淘半夜茅粪,跑到西山梁上扔几块大石头,实在是累了。转身往村里走,想起我奶奶想起我妈心里难受,哽咽出声来了——主要是怕我女朋友也出事。不用细说,此时此刻我全能体会到我爹的难受处。尤其能体会到,我妈殁了,我爹多少年一把屎一把尿一口饭一口水地养我,粗手笨脚针线活儿还得做——尤其夜深人静时分没一个说话的人,那个难熬和谁说去!虽然有我爷爷替换——主要是我爷爷做呢。但毕竟我爷爷不是我妈!阁老村人有一句俗话:咸菜不好有一个啵咂的,老婆不好有一个倒歇的。说的就是这意思。阁老村人说哑巴品尝不说哑巴品尝,而说啵咂,说聊天儿不说聊天儿,而说倒歇。我爹面对山野荒坡哽咽,怎么能不哽咽,夜深人静时分的山野荒坡正是自由自在哽咽的好地方。张一文叔说得对,当年我爷爷不光丢了我奶奶,还丢了两个儿子三个女儿和一个儿媳妇:康来顺的五个儿女都是我爷爷的儿女,都应该是我叔或我姑。偏是我叔和我姑们多少年和我爹作对,想把我爹在阁老村挤对得一无所有了。那滋味谁体验过?谁愿意体验!我爹就时时处处体验过无数遍。

  一非是泰山崩倒难扶起
  二不是病入膏肓药难医

  我奶奶爱哼唱的道情戏不光我爷爷爱跟着哼唱,我也爱跟着哼唱,很多时候是我自己哼唱,我还只当是我爷爷在哼唱呢,我哼唱时我爷爷的声音容貌都在我面前跳荡。我爷爷活着时是这样,我爷爷过世了还这样,在我心中我爷爷就没有死。我爷爷说其实他夜深人静时分,黑灯瞎火地里跟着我奶奶哼唱过的唱词可多可多了,但就是喜欢哼唱这两句,这两句哼唱出来,心中就觉得爽快。有时候不哼唱只是在心中默念也照样感觉爽。也想哼唱其他唱词呢,可惜哼唱过就忘了,赏我爷爷二斗谷,我爷爷也记不下。每次我爷爷跟着哼唱还没哼唱完,我奶奶就抿嘴儿悄悄笑说,很雅致的曲儿,经你这么一哼唱,我再不想哼唱了,只觉得是鸡打嗝儿马喷鼻呢。我爷爷说我奶奶无论白天还是黑夜,凡笑都是抿嘴儿悄悄笑。和我爷爷说话时也是声音柔细柔细的那种。像笑出声或说话声音大了会惊吓着我家房梁上的一窝小燕子。我奶奶那样一说，我爷爷就不哼唱了，我爷爷知道自己粗喉咙大嗓门，不是个能哼唱好调调的货。放羊吼牛可以，唱曲曲调调不行，白糟蹋曲曲调调呢。我奶奶反倒催我爷爷继续哼唱：唱嘛唱嘛，黑灯瞎火地里声音低低地唱，又没人能听见。我爷爷说，唱不好只怕惊哈着你呢。我奶奶说，唱吧唱吧，我教你。我爷爷说，不唱啦不唱啦，等你日子甚时安定了，你大明大亮人前人后教我唱，我再唱。一句话说得我奶奶哑了，我爷爷也哑了。怎么好好地就说那么一句话，我奶奶和我爷爷安安稳稳睡在自家土炕上，我奶奶肚里已怀上我爷爷的娃儿，怎么就不安定了？什么样子的日子才叫个安定呢？谁规定了我奶奶这种时候就不能教我爷爷哼唱道情戏了？

我爹回到村里没回家又钻到玉茭地里去了。玉茭地里粪臭味浓烈，我爹没觉着臭还觉着香呢。是很有成就感的那一种香滋味。靠近那个粪坑边坐下点燃一支烟慢慢吸。烟火的光照亮我爹的容颜，枣红色微泛黑，皱痕粗细不均匀但沟壑有序。我爹从来浮躁现在还浮躁，抹泪水和汗水都没抹干净，沟壑深处泪水像小溪水一样流动呢。一夜辛劳没有辛劳出高兴，倒辛劳出伤感，这个暑假我的日子不好过，温小婷的日子不好过，我爹的日子更不好过呢。

我说过我记恨常二茂，是真的记恨呢。没有常二茂把王乙涛硬推入我的生活里这回事，我家就不会乱纷纷成这样。起码我爹不会深更半夜还坐在我房间里吸烟，温小婷不会深更半夜跑出门，我更不会深更半夜睡在庙门外。我眼下的愁烦、困窘，都是常二茂恩赐，我怎能不记恨他？我爷爷说，张霞俩且嗨哈——你这个敌人！常二茂就是我和我家的一个敌人呢。

我爹想要休息了，扔掉烟屁股收拾担杖、粪桶、水桶，走出玉茭地，走进自家大门里，把粪桶放到南墙根，水桶担杖放到房檐下，走进西正房找两根钉子把后窗户钉死。发现房里没有人，情不自禁"猪猪，猪猪"叫两声，嘟囔一句，怎的这时候了，猪猪还没有回来！掉头就往门外跑，一路嘟囔：怎的这时候了，猪猪还没有回来。

一非是泰山崩倒难扶起——极少时候我爹也哼唱我奶奶爱哼唱的道情戏。不管是我爹哼唱还是我自己哼唱，我老是会产生一个幻觉：是我爷爷哼唱呢,我爷爷云影山影一样在我面前奔跑呢。

　　需要介绍一下我和我爹我爷爷相依为命的深切程度了。我年幼的时候随我爹或我爷爷进山里砍柴或割荆条,或者采蘑菇。我爹或我爷爷一路嘱咐我:跟紧爹,或者是说紧跟住爷爷。我回答:爹,我晓得,或者是回答:爷爷,我晓得。但还是有走散的时候。其实也不是走散,只是走在后面的我被树或荆棘遮挡住了。我爹或我爷爷还有我必有一个先发现。如果是我爹或我爷爷先发现:立刻就喊,猪猪,猪猪。我立刻就应接,爹,爹,或者爷爷,爷爷。

　　呼唤的急切,回应的响亮,其实相距只有几尺远,中间只间隔了一株树或一丛荆棘。

　　如果是我先发现,同样会立刻就喊,爹,爹,或者喊,爷爷,爷爷。

　　我爹或我爷爷同样会立刻应接,猪猪,猪猪。

　　直喊到我和我爹或我爷爷拨开荆棘或绕过树面对面站在一起才停止呼喊。

　　阁老村人有一个乡俗:夜深人静不喊人的名字,尤其不喊年轻人的名字。阁老村人认为,那个时分正是鬼魂或邪气外出活动的时候,听见呼喊某一个年轻人的名字会乘势把那个年轻人的魂魄摄走。别的乡俗也罢了,这一条乡俗我爹或我爷爷最看重。不仅看重还有了新发展:一到夜晚我爹或我爷爷就不呼唤我的名字只用嗨声代替呼唤声了。比如我坐在土炕上煤油灯下做作业,我爹或我爷爷要上茅房,相隔不到几十步,我爹或我爷爷出门时总要嘱咐我:爹在茅房里要喊嗨,你听见爹喊嗨你就咳嗽。当然我爷爷是说,爷爷在茅房里要喊嗨,你听见爷爷喊嗨你就咳嗽。我说,我不想咳嗽。我爹就说,不想咳嗽也要咳嗽,你咳嗽爹屙尿就歇心。爷爷是说,你咳嗽爷爷屙尿就歇心。我说,我晓得了。我爹或我爷爷刚出门就开始喊:嗨。我在土炕上急忙就应接:咳。

　　我和我爹或我爷爷相依为命到这种程度,遇上伤害我的事,我爹或我爷爷可能袖手旁观吗?我爹之所以要在后窗根下挖那个粪坑,是因为那一天从天坑那里光膀子回家,穿一件衣服带一只手电筒到房后玉茭地里查看后墙根,发现后墙根下脚印零乱;后窗口下头的墙上有搭过梯子的痕迹。我爹这么多年打光棍,什么事情没有经历过。

　　那年我考入县高中康饱饱请我吃饭,饭桌上就讲述:当年我爹开办石料场做石头生意,白天开山炸石夜里装车量方卖石料,回家晚了怕惊扰我妈,就搭梯子翻自家的院墙,关键是梯子不是我爹搭的,是有人已经搭好恰好让我爹用上了。我爹踩梯子进院,蹲在房檐下气得发抖。房里正和我妈亲热的不是别人,正是答应多买我爹的石头的那一个客人。我爹不是情愿吃这种亏的那种人,几次想破门而入几次都按捺住自己了。当时政府提出的口号鲜红鲜红清清楚楚在村口房墙上写着:脱贫致富争做万元户。这个客人和我爹的买卖做下来岂止一万元!我爹屏息蹑足又踩梯子翻院墙出去了。往日忙到夜深懒得回家就在采石场窝棚里休息了,今夜怎么就鬼使神差回来了?回来时迷糊走时更迷糊,睡在窝棚里还迷迷糊糊回想:刚才那场景是不是梦见了?

　　不过张一文叔给我讲述的是另一个版本:那一年我爹开办石料场把我妈炸死,我家的石料场完全瘫痪。某一个夜晚我爹在石料场闲得无聊,离开石料场直奔康饱饱家,康饱饱老婆漂亮活泛和阁老村大多数年轻男人相处融洽。我爹早想和那女人融洽一回,因为我妈看门户看得紧,一直没有融洽过。那一夜没有月亮,黢黑地里我爹搭梯子翻院墙,其实梯子早有人搭好了,我爹踩梯子进院趴在窗户上气得发抖,康饱饱家灯光雪亮正和康饱饱老婆亲热的正是前两天答应多买我家石料场石料的那一个客人——结果一块石头也没买过,原来问题出在这里了。我爹从房檐下摸起一块断砖想从窗玻璃上扔进去最终没有扔,悄悄翻院墙退出,把梯子扛出村外砸断,扛回一摞带刺的荆棘把康饱饱家大门和放过梯子的地方都堵了。然后在康饱饱家后墙根下猛敲一只不锈钢盆,又往康饱饱家房顶上扔石头,石头在房顶上哗啦啦滚动最后滚落在康饱饱家院里。正和康饱饱家老婆亲热的那位客人受惊吓逃出康饱饱家,翻院墙没有摸着梯子失足跌落在带刺的荆棘窝里,划破手脸崴痛脚腕再没有在阁老村出现过。

　　我宁信张一文叔的讲述是真实的,而康饱饱的讲述是骗我的,顺藤摸瓜理解我爹那一夜挖粪坑,其实是为防止历史悲剧在我身上上演。我爷爷身上上演过,我爹身上上演过,我身上再上演,是老天爷杀人呢。

我爹直奔天坑边,一路嘟囔:怎的这时候了,猪猪还没回来。天坑边静悄悄的,惊飞起一只野鸡,月色地里呱呱呱,在半天空画出一条曲里拐弯的黑线落到山坡下去了。我爹的头嗡一声大了,不是因为惊飞起野鸡,是因为找不到温小婷和我了。绕天坑草丛树丛找一遍,扬脸大声吼嗨!一连嗨几声没回应,嗨声就更响亮了,还带了哭腔。只离开了一会儿,活生生两个娃就没了,千怕万怕就怕失足落进天坑里。我爹用手电筒在天坑水面上乱照,一边大喊:嗨,嗨,嗨。最初我不是听见我爹吼嗨,是听见我爷爷吼喊:张霞俩且嗨哈,你这个敌人!还看见我爷爷从我面前跑过去跑出门,上茅房去了,我不想我爷爷平白无故着急上火骂人赶忙咳嗽,声音微弱怕我爷爷听不见,想再咳嗽没有力气咳嗽了。不过即便声音微弱,庙里面真正睡熟了的温小婷还是被惊醒了。温小婷说她在庙里睡觉感觉好轻松好自在,有一种意想不到的解脱感,今辈子都不想回那个所谓的家了。

嗨。这回我分明听见我爷爷是喊嗨了,比刚才有劲。

咳。我努力回应。从小到大,习惯了我爹和我爷爷规定的这种应接方式,没想过要改变。只是声音还是微弱,几步之外就听不到了,听起来像敷衍上级的那种。

嗨!

咳。

嗨!

咳,咳。

毕竟是夜深人静,我爹还是听见回应了,停止嗨直接攀石崖过人工湖往庙这边来了。手电筒光直接照到我脸上,我一脸病容一脸无措低叫一声,爷爷。当下就泪流满面了。我委屈、愤慨,怎么能不委屈不愤慨!我病着没招谁没惹谁就被逼无奈睡到野外来了。我爹一看就明白是我和温小婷吵架了,我又在说胡话。我爹说他第一反应是想踹庙门,踹开庙门让温小婷赶紧滚,哪里来的神仙还滚回哪里去,阁老村康跃进家庙小放不下也不想放。天底下女娃子多得是,哪里就缺一个两个这样不安分守己的泥胎了?设身处地从我爹的角度想一想,怎么能不生气!男人病到说胡话的程度,老婆都不关心死活,那老婆还是老婆吗？在我爹和我爷爷身上,我几时受过这一种节制！

我爹生气归生气,实际没有真踹门,真踹了门时阁老村人会尊敬他？会和他抱成团举报康来顺儿子康饱饱康建设？那可不是一件只说一句话只签一个字的简单事！

也不是说我爹一点儿也不表现出生气,还是表现出来了,只和我表现,蹲在我面前低声质问:和人家娃闹架来？我爹全身上下湿淋淋的,有水珠滴滴答答往下掉。刚才攀石崖过人工湖急切地想见到我,不知是和谁抢命呢。

我完全清醒了,少气无力地咳两声,喘息说,我没和她闹。这回是真咳嗽。

我爹说,你没闹,人家娃就不回家了？声音提高了,是故意提高的,近乎吼喊了。

我最害怕我爹这声音,这声音不是我爹的,是我爷爷的。我爷爷这样吼喊时,总要紧跟上一个独特的称呼:你这个敌人！前面或后面再跟上那句道情戏的调调:张霞俩且嗨哈。随后就是拳脚并用,不打得你这个敌人口鼻出血不罢手。我扶扶眼镜说,谁知道。眼镜不扶时好好地挂在鼻梁上,扶一下歪斜到嘴唇上,无力气再扶了。或者是心里充满着对我爹的不满,故意做样子让我爹心里不好受。我爹心里真不好受了,低吼说,你还犟嘴,你病了,想让人家女娃也病了吗？人家女娃割舍哈爹妈随你来咱家,是真心待你呢,让人家女娃病倒,你就忍心啊。咱先回家,看我怎么收拾你。一边说一边敲庙门。我爹只是做一个低吼的样子,声音其实并不低,就是要提醒温小婷:猪猪病着你怎么能这样对待他。其实也在提醒自己:惹儿媳妇不高兴了,猪猪的日子能好过了？猪猪的日子不好过了,猪猪老子的日子能好过了？

温小婷听见我爹的那一串话了,那一串话恰和她妈妈陈洁婷的话相照应,温小婷和我相随离开天津时,她妈妈陈洁婷叮嘱温小婷:小康出身农家,缺失母爱,性格略有孤僻,但良善懂事,上进心强。你既然愿意和他处朋友,就要以诚相待呢。切不可倚势撒娇任性,那样伤小康也伤你自己。温小婷意识到自己做事做过头了,书虫儿真的是个病人呢。我这是要折腾什么？打开庙门,披头散发,满头满脸满身烟尘、黑屑,白色长裙不是白色,是黑白相间的花色了。站在我爹面前,我爹用手电筒光到温小婷脸上扫一下,只扫一下就移开了,不移开心惊胆战呢。从庙门里出来的不是温小婷,是一个逃荒逃难在外流浪多日的女子了。我奶奶流浪到阁老村那天的样子就是温小婷现在的样子。我爹岂止是心疼,是自责上了:今天这是做哈甚事啦!不是追赶着娃们走祖宗走过的路是什么?!我妈当年那样是非常年代种哈的恶果,我猪猪领回家的女娃儿这样又是怎的来?克制不住眼圈湿润,声音微颤着说,小婷,回家吧,从现在开始,大爷不当着你和猪猪的面吸烟啦,从今往后你不喜见大爷做甚,大爷就不做它了。呵呵。甜腻腻笑了。笑声未了,扯一把我说,还坐着做甚,不和人家娃儿相跟上回家,还等人家娃儿背你啊!

  温小婷想和我爹笑一下,脸上肌肉抽搐——只管抽搐却聚拢不到一起,想笑没笑成。懒洋洋地声微气弱地说,我只是想洗个凉水澡,不知怎么就进这庙里来了呢。躲避我爹的目光,弯腰往起扶我说,猪猪,你看你睡在这里算什么,怎么不叫我一声,肯定是你把我领到这里的,不然我来这里做什么。我一声不吭,起身往村里走,脚步蹒跚一摇一晃,我爹和温小婷赶上几步,一边一个要搀扶。我愤怒无比大甩臂,在心里吼喊说,常二茂,你这个敌人!我没有骂错,我眼前的处境,都是常二茂一手造成的。常二茂讨好老板家二公子,陷害我,不是我的敌人是什么!我烦恶我爹,也烦恶温小婷,我爹会表演,温小婷居然也会表演,是一对很不错的演员呢,应该推荐到长春电影制片厂或者——唉,不想说这些了。

  回到家我一头扎到炕上就睡熟了。温小婷要洗脸要梳头,我爹退出房门外蹲在房檐下吸烟。我爹说那一夜他一直默默祈祷,人家女娃可不能闹病啊。脚底烟灰烟屁股丢下一大堆,吸烟一直吸到天色大放亮。听见房里温小婷哇哇哇呕吐起来就嘟囔:怪我了,都是怪我了,怕病了还就真病了。原想为娃们好呢,反倒为出病来了。心急忙慌往起站,站得太快头晕,倚窗台站稳,冲房里说,小婷你等着,大爷给你去请医生。声音柔柔的软软的要流出热热的蜜糖汁来了呢。脚步一拐一跌匆促往煤矿上去了。蹲得时间太长,腿脚麻木得有些不听使唤了。可怜煞我爹了。不是我爹后来讲述,我怎么能知道这些事。

  温小婷重感冒,高烧、呕吐、腹泻,躺在土炕上昏睡。昏昏沉沉只叫嚷想妈妈。我爹心疼得不行,着急得不行——我何尝不心疼不着急。我爹从煤矿上请来医生,医生安慰我爹说,没事没事,年轻人感冒,服用两盒抗病毒颗粒冲剂就好了。果然一盒抗病毒颗粒冲剂喝下去,温小婷就愿意吃饭了。我爹每天换着花样给温小婷做饭。早饭:黄豆钱钱、南瓜稀饭、鸡蛋羹,小烙饼配老咸菜和清炖萝卜丝。午饭:青菜萝卜汤加一小块天坑鲤鱼,配小半碗拉面条浇西红柿酱。西红柿酱碗旁边摆几只小碗,黄瓜丝、香菜、小葱、香椿,想要哪样要哪样。拉面条细溜如丝,像商店里的细挂面那样细,滑溜如天坑里小鱼苗,刚入口哧溜一下进肚子里去了。晚饭:黄豆钱钱稀饭加玉茭面小发糕,糕里夹枣泥,配老咸菜和清炖萝卜丝,外加一个蒜泥拌茄子。西正房当炕摆一张小方桌,温小婷和我面对面盘腿坐小炕桌前,饭菜都摆在桌面上,她一口我一口吃得满头是汗,香甜呢。我也是病人,照顾不了温小婷,一日三餐全赖我爹伺候。从东正房做好,用一个大盘子热熬熬捧到西正房,催促温小婷和我趁热吃。我爹一头汗坐在沙发里,全神贯注地看着两个年轻人吃饭。我爹不是一个不精心的人,是我妈死后多少年,心灰意懒不愿精心了。沙发已从谷囤后拉出来照原样摆好了。怕烟味串了饭味,我爹想吸烟不吸,捏一根纸烟在手里把玩,隔一会儿到鼻尖上闻一闻。温小婷说,大爷,你也吃吧。温小婷生病了温顺了,七杂八念没有了。温顺不是因为我爹细致入微照料得周到,而是因为我爹这种细致入微的照料让温小婷感受到妈妈陈洁婷的气息了,在家生病的日子里,妈妈陈洁婷也是这般细致入微地照料温小婷,那种时候温小婷最温顺。我爹最喜欢女娃温顺,女娃温顺了,我爹会更温顺,我爹不是一个喜欢和人结仇的人。听见温小婷说大爷你也吃吧,心中高兴得像一口气喝了半斤蜜,连忙说,你们吃你们吃,大爷在那边吃过了。满脸甜腻腻的笑容。温小婷第一次按照我爹的要求称呼我爹大爷,我爹心头自然甜。

我最反对我爹虚假做作了,接口说,爹,小婷让你吃你就吃吧。

我爹立刻面目严肃说,吃你的,把鱼肉给小婷搛上一筷子,不要光管你吃。再敢惹小婷不高兴,看我不剥你的皮呢。恰好温小婷手指间捻到几根鱼刺,我爹急忙送过去一只小碗说,娃不要动,就放在这只碗里吧。声音柔柔软软,能柔软倒一株小杨树。

我在家休息两天就又开始下煤窑了。休息下还挣人家老板的工钱,我不自在不愿意。西正房又是温小婷一个人了。温小婷感冒一场也受感动一场,除依旧不肯进千里香客栈那个茅房外,凡和我爹说话必称呼大爷;许多话也愿意直接和我爹说了;还帮助我爹洗涮锅碗。这天早饭罢——温小婷早饭没和我一起吃,我开始上早班,早上七点半就吃过早饭上班走了。温小婷在被窝里多睡了一会儿,起床准备吃早饭时已是九点三十几分了。我爹先在门外咳嗽说,小婷你起来了吧,该吃饭啦。温小婷答应说,大爷,我起来了。你先吃,我一会儿自己过去吃。我爹已把饭菜用小托盘端进来了,把小饭桌在当炕上摆好,把饭菜放上去,和温小婷微笑说,趁热吃。你不用管大爷,顾好你自己,不要再生病就行。看这几天都瘦了。微笑呢,脸上肌肉僵僵的,说话呢,声音疲沓了,放饭菜呢,胳膊肘支撑在小饭桌边沿上无力了。温小婷正站在窗前对着一面小镜子梳头发,嘴上说,大爷,我自己来我自己来,你慢些。实际目光没离开镜子。镜子里一张脸粉嫩粉嫩,比几天前显小了,温小婷只顾心疼自己的脸呢。

　　阁老村人吃早饭一般也就是上午九点三十几分。温小婷食欲恢复,多吃了半碗鸡蛋羹和一小块葱花小烙饼,吃得一头汗。吃过饭已是上午十点过几分,太阳爬过院墙老高老高,阳光从窗玻璃上爬进来,小猫小狗模样在房门口卧着。温小婷稍歇收拾碗筷往东正房送。走出房门看见我爹怀抱小托盘倚窗根睡着,进东正房倒一杯开水出来放在我爹身边;把我爹的一件上衣盖在我爹身上;回东正房洗涮过锅碗,返回西正房抓一把谷子撒在当院喂鸡,然后准备要工作了。西正房里手机信号正好,先给妈妈陈洁婷发短信:妈妈,书虫儿中暑了,不过你不用担心,现在已好了。嘻嘻,我只是想告诉你,书虫儿中暑这几天的几件有趣事。妈妈陈洁婷回复:怎么就中暑了?中暑了还有什么有趣事,你说。温小婷说,第一件,书虫儿躺在被窝里昏睡呢,书虫儿的爹就把饭菜端到炕上一只小饭桌上来了。第二件,书虫儿昏昏沉沉说想喝水,书虫儿的爹就把温开水送到书虫儿脸前一小勺接一小勺喂,我想喂呢,人家还不让。第三件,书虫儿哇哇大吐一地肮脏,不用管不用问,书虫儿的爹一会儿就用铁锹一铲接一铲收拾干净了。第四件,书虫儿呕吐弄脏我的白色连衣长裙,我刚刚换下来,书虫儿的爹一声不吭拿去洗干净,叠得整整齐齐摆在我枕头边。第五件,自书虫儿中暑,书虫儿的爹就没睡过觉,不是守候在身边就是守候在房檐下,一整夜蹲在房檐下吸烟。妈妈你说,那样大儿子用那样守候吗?这还没趣吗?妈妈陈洁婷回复:你说得妈妈泪水都下来了,妈妈也感动呢。在咱家,这些事都是妈妈做,哪用你爸爸动手;在那边要沛然的爹做,难为他了。小婷你要珍惜这些呢。你是大人了,你男朋友生病,你应该帮着多做家务事,千万注意身体,要是不适应就回来吧。让沛然也回来。温小婷眼圈泛红说,妈妈,我没事,我会照顾好我自己。你说过了,既然来了就要过好每一天。不要为我担心,再聊吧,拜拜。

妈妈陈洁婷能被阁老村的事感动,温小婷欣慰,当初妈妈陈洁婷不接纳康沛然。温小婷想带康沛然回家不能带,爸爸愿见康沛然见不上。温小婷被迫和妈妈玩儿小伎俩:妈妈,这个周末我要和同学们郊游,中午要到咱家吃午饭行不行啊?妈妈毫不犹豫答应:妈好久没机会展示一下厨艺了,正好有了一个展示的机会,怎么不行啊。

温小婷没带同学们回家,只带回去一个我。带我回家也不是直接带回家,午饭前和我在她家附近的林荫道上胡转悠,接近午饭时,妈妈陈洁婷频繁打电话:在哪儿啊?温小婷回答:就到了,你赶紧炒菜吧。拉我走进一家肯德基门店,每人要一杯奶茶。我不仅口渴也饿,抱住吸管吱吱吱顾不得抬头了。温小婷一把把奶茶抢走说,我喝你这一杯,你喝我这一杯。温小婷这一杯有奶茶没吸管。我要找服务生讨要,温小婷制止说,我喝完你再喝不行?妈妈陈洁婷又打过来电话说:饭菜都好了,现在在哪儿啊?温小婷赶紧把藏在手提包里的吸管还给我,和妈妈陈洁婷说,堵车了妈妈,我们也着急呢。捂嘴儿哧哧笑,我说哪里堵车了?温小婷捂住手机冲我歪嘴挤眼睛说,你傻子没看见不要瞎插嘴。我吱吱吱一股劲把一杯奶茶吸完,东张西望看别人手里的食物。温小婷站起身说,回家吃饭。妈妈陈洁婷又打过来电话:还堵在路上吗?温小婷答:到是到了,可是就到了一个。其他同学半道下车买小吃,七零八落走散了,我在咱家小巷口等着呢。妈妈陈洁婷说,几点了还等,来一个就一个吧。

温小婷紧赶着帮我翻译那一堆资料,不紧赶着翻译怕这个暑假翻译不完了呢。温小婷感冒刚见好,伏在茶几上一会儿就大汗淋漓,不休息一下喘息得不行。

温小婷没和妈妈陈洁婷说深夜去洗冷水澡,没和妈妈陈洁婷说自己感冒过,没和妈妈陈洁婷说正被王乙涛追求。一方面怕妈妈陈洁婷担心,另一方面怕妈妈陈洁婷责备。这几天没一点儿动静,要创业要求贤的家伙人间蒸发了?自己都觉得自己轻浮呢,妈妈不觉得轻浮还能有什么!心底骂自己:感冒了还常想起王乙涛,什么东西啊,尽给爸妈丢人现眼了。

温小婷说她休息一会儿就回到茶几旁继续工作,没工作呢就感觉着身边宁静得出奇,哪怕掉一根头发都能听到落地的声音。那声音洪亮无比,震荡得温小婷的耳膜痛脑壳痛,是那种渴望救援但无法救援的痛。听见我爹在房檐下咳嗽,一声紧跟一声地激烈,咳嗽得没一点儿声音了,以为是不咳了忽然又大咳。咳嗽声还没停止又开始哇哇哇呕吐,吐不出什么,喉咙里兀自咯咯咯炸响。温小婷丢下工作跑出门,我爹趴伏在地,面色苍白,面前一摊黄黄的液体,脸上挂满亮晶晶的汗珠。

温小婷说,大爷,你病啦?着急呢也心疼呢想去一坑叫我呢。

我爹摆手说,娃你忙你的,大爷没事,说没事就没事,晒晒太阳就好了。继续呕吐。

温小婷找毛巾给我爹擦汗,又给我爹捶背。脊背滚烫,温小婷的小拳头像捶在火炉壁上。不是病了是什么!连续几天奔走操劳,连续几天熬夜可能不病吗?温小婷说关键是书虫儿你不在家,我有些手足无措有一些害怕。我爹不吐了,靠着窗根继续睡,嘟囔说,娃你忙你的,大爷说没事就没事,大爷大半辈子没吃过药没打过针。每次生病都是晒太阳,比吃药好得快。去吧去吧,忙你的去吧。我爹这话温小婷不信,我信。我爷爷说我爹从小到大就习惯晒太阳。

温小婷疑疑惑惑回到西正房,趴伏在茶几上继续翻译资料,暗自愧疚:自己生病,老人家请医生伺候都那么精心;老人家病了,自己束手无策干瞪眼,只能等书虫儿回来了。

后窗玻璃轻轻响,温小婷的心怦怦狂跳,像心脏要飙车了。那种让温小婷感觉着的耳膜痛脑壳痛的宁静一忽闪就消失了。第一判断是王乙涛来了,随后转念,多少天人间蒸发怎么可能说来就来了?没去创业吗?或许是麻雀、蚂蚱撞击窗玻璃呢。这一转念转得温小婷丧气,也冷静了情绪,当然那一种让人耳膜痛脑壳痛的宁静也再一次降临。没有回头看,坚持专心翻译资料,至少是一副专心翻译资料的样子吧。后窗玻璃连续响,响得有规律了。嘭,嘭。响声轻微、清晰,房间里能听到,房门外未必能听到。温小婷微偏脸,后窗口一张脸像长了长钩子,把温小婷的脸一钩子勾得九十度旋转,胸脯向前脸向后了。那一种让人耳膜痛脑壳痛的宁静小鸟模样展翅扑腾腾飞走了。王乙涛隔玻璃和温小婷挤眉弄眼诡笑,诡笑得放肆、执着、不可阻挡。那天,老妈半途放王乙涛重返煤矿时从车窗里探出头叮嘱王乙涛:你可不要做违法事啊。这是一种什么样的叮嘱?王乙涛会听不出其中的含义?老妈见过温小婷,被温小婷的容颜和风采打动了,不过真正打动王乙涛老妈的是温小婷的学历和家庭。王乙涛老妈用最快捷的方式给朋友打电话,朋友再给朋友打电话——也是一种人肉搜索的方式呢。打听真切了,温小婷确实是研究生学历,家庭背景有可能是大领导干部。单单就研究生学历,王乙涛老妈就发生兴趣了,儿子是大专学历,娶回的儿媳是研究生学历,是一种家庭荣耀,是一种家庭广告,何况家庭背景可能是个大领导干部。有一个大领导干部做亲家,对企业发展对家庭裨益,其能量其远景是常人可以估量得到的吗?

温小婷埋怨九十度旋转,看不起九十度旋转,自骂:不争气的小女子啊,你等着下地狱等着吃土吧!稳坐着只看没反应,小脸儿红扑扑的,悄悄喘息呢。

王乙涛不敲窗玻璃了,比画着让开窗户。温小婷矜持着摇手摇头指点门外:门外有人呢。回脸专心翻译资料,像已和王乙涛刀割水清,没有任何瓜葛了。王乙涛继续敲窗玻璃,嘭,嘭。保持着原有的节奏和力度。敲得温小婷心慌意乱,连专心翻译资料的样子也摆不稳当了。在一页纸上写一行字:你创业去,我正忙呢。斜身,歪头,双手举起,含羞带笑让王乙涛看。王乙涛嘴唇贴近窗玻璃让温小婷看口型:你打开窗户我只说一句话,说完就走。温小婷在那页纸上另起一行写:说话算话。王乙涛连忙点头。温小婷起身向门外张望,我爹顺墙根躺着,嘴巴微张睡着了,衣襟裤脚上沾满土。温小婷转身搬一把椅子放到后窗口下踩上去开窗户,开半天开不开,这才发现被一根铁钉子钉死了。王乙涛看见那颗铁钉子了,微笑比画:你看你过的什么日子,不如我送你蹲监狱去呢。温小婷恼了,冲玻璃外比画说,什么蹲监狱不蹲监狱,关你什么事,我自己愿意钉,怎么啦?从椅子上跳下坐回茶几旁,想这老汉怎么可以这样!表面关心我,暗里监管我,我真成你家犯人啦?岂止是一个烂人、破人做的烂爹、破爹,分明就是农村里的一个痞子,一个无赖!我怎么就这么倒霉,要遭遇上这种痞子、无赖式的人做我的长辈!越想越气,越想越愤慨。主要是当着一个有志向又帅气的男子的面,太丧失尊严太没面子了。茶几下有一个工具箱,拖出来拿出一把钳子卸那颗钉子。从没使用过钳子,钳子不听话,咬住钉帽了稍不留神手柄滑脱,差一点儿掉到地下。双手抱紧钳柄重新咬钉帽,咬得角度不对,双手使不上力气,空自嘎巴嘎巴响。王乙涛看得手心出汗眼里出血,隔玻璃指挥怎么卸,也比画呢也喊叫呢。温小婷隐约听出一点道道儿来了,踮起脚尖换一个角度,钳子咬紧钉帽,钳嘴尖点住窗框,双手用力往上推钳柄。推得粉面如花,樱桃小嘴儿噘起,小圆钉咯咕咕咯咕咕响着从深井底部往深井口缓缓爬行的样子。王乙涛鼓掌大叫,好,好。已经不是踩梯子在我家后窗口趴着,是在露天戏场子里看戏,看得高兴,控制不住叫好儿了。温小婷急忙停工,冲窗玻璃外连连摇手。王乙涛哪顾得管那些,看见温小婷不工作了,叫,比画,要求快点拔钉子。温小婷提着钳子从椅子上跳下,坐回茶几这边,回头冲后窗外龇牙说,你叫你叫,你不怕人听见,我可怕。只是比画出口型,实际没发出声音,王乙涛读懂温小婷的意思了,冷静下来,做两个飞吻的动作,望着温小婷讪笑,两手食指中指在窗台上连续敲击着。

其实王乙涛硕大一个活人儿,壁虎样趴在我家后窗口,说没有人看见谁信!不光看见,王乙涛的叫喊声也有人听见了。张一文叔和张一文婶吃过早饭相随到村西山梁畔刨山药蛋,路过我家房后,老远看见王乙涛在半墙上趴着又喊又叫还比画。张一文婶说,牛二上墙了。张一文叔说,悄悄地走你的。不敢照直走,绕到大道下头的山坡下去了。叮嘱张一文婶:人问起来就说什么也没见。张一文婶说,要是康钢子问呢?张一文叔生气说,康钢子不是人啊,人家的家务事,你插进去说三道四,你这辈子臭名声就担定了,阁老村还有谁愿和你交往。

温小婷坐一阵,气消了,回脸看王乙涛。王乙涛吐出舌头愁眉苦脸笑,一副做了错事想要讨好妈妈的顽皮样,隔玻璃给温小婷作揖。温小婷就喜欢王乙涛这模样,这模样带电带火,温小婷触着碰着都心跳。不过心里触电,脸上没触电,和王乙涛噘嘴巴说,不叫啦不叫啦,有本事你就一直叫。又开始拔钉子。那钉子本来就快拔出来了,哪经得住有过一回拔钉子经历的温小婷再拔,只一小会儿就拔出来了。温小婷拔出来不扔掉,放在窗台角落里,开窗户开得太快,把钳子碰落到地下砰啪响,差一点儿砸在温小婷脚面上。温小婷哪顾得上那些,和王乙涛脸对脸清晰可闻王乙涛的鼻息声说,不去创业又跑来做什么?王乙涛说,姐,总算和你见上面说上话了。你看看这外面,不是明摆着关你禁闭吗?你过的什么日子!你怎么这样执迷不悟啊。拉温小婷一把,温小婷踮脚尖往后墙根下看,一条长条形粪坑里白白胖胖的粪蛆在表面结成团,一团连一团,上面横搭一块木板,木板上摆铝合金伸缩梯,王乙涛就站在梯子上。

温小婷低叫,你会掉进粪坑里!

王乙涛说,不要管我,先说你吧。钉子是你钉的?粪坑是你挖的?

温小婷说,我怎么会!

王乙涛说,外面挖粪坑,里面钉钉子,你说干什么?

温小婷目瞪口呆,心里承认嘴上想辩白,一时想不起合适的说辞。王乙涛双手捧月般捧住温小婷的两腮,亲吻温小婷的嘴唇。温小婷猝不及防,呜呜哇哇挣扎几下不挣扎了,双臂勾住王乙涛的脖子给王乙涛助力。王乙涛一门心思用在亲吻上,只当温小婷是拥抱他呢,哪晓得温小婷还有其他的用意。温小婷觉着这种接吻方式费力气,挣脱出嘴唇在王乙涛耳边呢喃说:进来吧,我不怕,什么都不怕,让我好好抱抱你,只要你敢进来。

张霞俩且嗨哈。温小婷讲述到这里,脸红脖粗情绪有一点儿激动,泪水从眼眶里泉涌而出说,书虫儿——我心中的上帝我灵魂的主宰你听着,我实话实说,我当时真的是有一点儿要豁出去的感觉了,真不明白我怎么就糊涂到那种程度了。我放进温小婷手里一团干燥纸巾,心底吼喊了一嗓子,差一点儿就要豁出去骂人了,分明就是我爷爷吼喊时的状态,分明也看见我爷爷眼睛血红,面目黢黑云影山影一样从我面前飞奔而过。

温小婷继续讲,王乙涛有什么不敢的,手脚并用,眨眼工夫就站在房间里说,姐,我做梦都想好好亲亲你抱抱你——这是我的第一个愿望。

温小婷说她当时莫名其妙有一点儿想拖延时间,歪脸噘嘴问,第二个愿望是什么?

王乙涛说,求你答应嫁给我,做我的贤内助和我共同创业。

温小婷继续追问,第三个愿望呢?

王乙涛说,我们的实业上规模上档次,走向全国走向世界。

温小婷说,那张发明专利证书,花多少钱买的?

王乙涛说,怎么是花钱买的?你随我到我家,看看我的工作室你就相信了。

温小婷想说:真那样我会真爱你。没说呢,身体和嘴巴被王乙涛控制了。

打发走王乙涛,温小婷梳过头洗过脸整理好衣裙,心满意足趴在前面窗台上向外望。我爹敞开衣扣躺在窗根下,盖在身上的那件衣服早滑落在当院。阳光从头到脚全面覆盖了我爹的身体。正是近午时分,一般人受不得这种暴热,我爹却受得,还均匀地打着呼噜呢。

王乙涛进出过的后窗口留下许多夜游神似的脚印,温小婷里里外外擦抹过一回。后墙上留下搭梯子的痕迹,温小婷探出上半身擦洗了一遍又一遍,还是没有擦洗干净,索性不擦洗了。谁看见吧要怎么样?逮着来还是看见来?事情做下了,报复的快感储存在心底,心里踏实了。走出房门外,蹲在我爹身边,把滑落在地上的那件上衣重给我爹盖上,摸摸水杯还热乎——这样的毒太阳晒着,怎么能不热乎!温小婷轻轻推我爹一把说,大爷,你醒醒喝口水吧。是真怜惜老汉呢。就是这一种怜惜化解掉我心中一大部分愤恨。我爹醒了,连续咂巴嘴,咽一口唾沫说,娃,大爷不喝水。你忙你的吧,趁日头爷这一阵阵毒,大爷再晒一会儿就舒坦了。我爹说舒坦了就是说病况减轻或彻底好了。从神色上看,这一阵就比刚才舒坦了。温小婷到东正房窗台下捡起大扫帚开始扫院子。院子用碎石板铺过,雨天雪天不泥泞,但有尘土、鸡粪和鸡爪在石缝间刨挖出的小坑。我爹每天都要扫一遍,今天还没扫。唰啦,唰啦,扫帚划拉地面的声音,紧密配合我爹的呼噜声。我爹又睡"深沉"了,扫帚声丝毫打搅不到他。

温小婷回味和王乙涛交往的全程,呼唤和书虫儿的情感,几年时间的情分居然无影无踪了,满脑子是和王乙涛的滋润。就交往时间论,书虫儿是一条千里长万里长的曲线,王乙涛只是短短一根红头绳。从交往力度论,书虫儿是一只氢气球飘荡在半空,时日久远不落下来也不飞走;王乙涛是洪水猛兽,时间短促,眨眼之间就毁堤决坝一片汪洋呢。也是呢,谁不愿被爱得要死要活,被一片汪洋浸透全身呢!刚扫小半个院子,温小婷的手机就鸟鸣。温小婷返回房里看短信,是王乙涛发来的:姐,和你在一起就像和月亮在一起,是陪着你在云端里飞呢。又想念你了,我还要回去。温小婷回复:回来吧,那老汉提着根棍子在院里游走呢,他醒了。王乙涛说,姐,答应我,嫁给我做我的贤内助,和我共同创业吧。我没有走开,还在玉茭地里蹲着呢。温小婷燕子双展翅扑到后窗口,踩椅子向后窗外张望。王乙涛蹲在玉茭地里高昂着头,也正张望后窗口呢。玉茭花粉花蕊从头到脚落王乙涛一身,白茫茫像披一身雪花。王乙涛不是王乙涛,是一头刚从山涧飞蹿而出的野猪了。温小婷哭了,嘤嘤有声说,乙涛,看你受的什么罪,来吧进来吧。向窗外张开双手还嘤嘤有声呢。王乙涛就等着这句话,拖木板搬梯子几分钟时间就把通往后窗口的通道架设好了。俩人重新相拥在一起,都哭了,都没有哭声只是泪长流。你说,嘛事耽搁了咱们了,让咱们这时候才认识。温小婷嘟囔。

王乙涛说,姐,这辈子没你,我不能创业甚至不能活了,一会儿你和我一起走吧。

温小婷说,哥,我也是,随你安排吧。天涯海角任你选,我情愿跟着你走到老。

温小婷说她叫我哥叫习惯了,不愿意因王乙涛而改口叫弟。或许潜意识里只把王乙涛当我书虫儿的替身?温小婷自己都说不清,谁能说得清!再说了说清要怎样?不管怎样,那种叫法恰迎合了王乙涛的心理:叫哥最高兴。那一场灾难之后我去看望茂头儿,茂头儿说,在男女私情这种事情上,王乙涛喜做大,很多时候拿一叠钱做饵,让女孩们叫叔叫爹呢。温小婷还有两点不明白:第一点,怎么就答应随王乙涛走了?能走吗?那不就是答应要嫁给王乙涛了吗?第二点,为什么要哭啊?还哭成那样!有必要哭吗?泪水和王乙涛的泪水交融在一起,各自吮吸进嘴里,像蜜一样甜呢——旁人说不甜有什么用处!要我说恶心呢!

王乙涛说,姐,你答应嫁给我和我共同创业啦?

温小婷摇手说,不要说话,你快听。不知几时,我爹已开始扫院子了,唰啦,唰啦。温小婷和王乙涛不约而同直奔前面窗台。院子已扫完,我爹正拿着铁锹往一起铲尘土呢,铁锹撞击地面上石板,砰砰啪啪响。王乙涛收拾起身拽着温小婷往后窗口跑,温小婷一把甩开王乙涛气喘吁吁说,这时候还顾得上这些,你快走,你先走。王乙涛说,好吧,我在村西山梁上等你,不见不散。钻后窗出去了。

温小婷整理身上衣裙,洗过脸梳过头重新出现在房门口。我爹刚把扫到一起的尘土铲到院墙根,院墙根有一个土堆,房里院里每天清扫出的尘土都堆积在那土堆上。阁老村人称那为:腌(音a)沙。腌沙积攒成一堆,一年处理一次,开春拌茅粪做肥料,专肥玉茭地或谷地。今年已处理过一次了,现在积攒在一起的腌沙要等到明年开春种玉茭或谷子时再拌茅粪。温小婷当着我的面也嘲笑过这桩事:一铁锹土也这样金贵啊。温小婷嫌那堆腌沙刮风天扬尘,往土堆上倒过洗脸水或洗脚水。我爹看见,让我传话:脏水不能倒在腌沙上。腌沙遭脏水浇灌,明年玉茭地里或谷地里易生虫,那虫子专咬玉茭根或谷根。温小婷质问我:这事你或你爹验证过啦?我说,当然没有。温小婷说,没有验证过就没有发言权。我说,阁老村人一年四季播种收割,全是上辈人传下来的经验,如果一桩一件都要这辈人去验证,那还不把阁老村人耗死啊。谁还顾得上种地!再说了,我没验证过,但我爷爷或我爹验证过了,也是可能的。哦,还需要补充一句,需要农业专家们解决的事,你不能搬到阁老村让我爹和我解决啊。你读一读《齐民要术》,就明白什么是农民,什么是农业专家了。那是同一领域两个不同的板块,需要区别对待呢。说罢,我呵呵傻笑。论思辨,我比温小婷强千万倍。

温小婷站在房门口不说话,专心观察我爹,我爹脸色红润了,精神饱满了,挥动铁锹的力度强劲了。毒太阳底下暴晒几个小时病还真好了,不是奇迹胜似奇迹呢。我爹用过的水杯在西正房窗台上放着,温小婷摇摇空了,连忙又给倒一杯送到我爹面前说,大爷你喝水,你病着要注意休息呢,今天的午饭我做吧。我爹接过水杯摇手说,娃你不用管,才几个人吃饭,我一会会儿就做哈了。用得着娃也上手?你看我这精气神儿,像是病着吗?和温小婷甜腻腻微笑,笑得温小婷心跳快了脸也红了。刚才王乙涛进出后窗口响动太大了,老汉听没听见?记起后窗口那颗钉子,回应我爹一个微笑回房里去了。那颗钉子要恢复原样儿呢,万一老汉过一两天检查后窗口的钉子,发现不在了,可不是闹着玩儿的! 温小婷多虑了。我爹说自从把后窗钉死,又在后窗外挖了粪坑,我爹就不担心王乙涛再在后窗口和温小婷接触了。既然不担心了,还检查那钉子做什么! 我爹说这话时,我心疼得厉害。

温小婷安顿好后窗口,炕上地下检点一遍,确定没留下任何异常痕迹才安安稳稳坐回茶几旁。拿起手机想给妈妈发一个短信:我今天过得很愉快。发现手机上有许多条短信,都是王乙涛催促快走的。立刻回一条:你先说今天之前的几天时间里,你是创业去了还是和哪个女娃子鬼混去了?温小婷冷静下来,觉着有必要问明白这一个问题,也想借这一个问题转移王乙涛的话题。王乙涛回复:姐,创业就那么容易吗?你总该给我时间争取我爸的支持吧。你我都到这份儿上了,你还是不相信我啊,除了你,我还能和哪一个女娃子鬼混!

温小婷回复,真爱,要没一点儿漏洞没一点儿隐藏没一点儿遗憾。我要检点清楚这三点,没检点清楚之前,我是自由身。你不用等我,我不会跟你走的。

王乙涛说,姐,你想气死我啊,你刚才答应过我啦,不许反悔啊。

温小婷说,刚才是刚才,现在是现在。国家政策都有废止的时候呢,何况我的话。

王乙涛说,姐,我把我这几天的行踪说了,你不能笑话我。

温小婷说,我几时笑话过你啦,谁笑话你,谁是小猫小狗。

王乙涛说,我翻车那天晚上,我爬过你家后窗口。你嫌烟味儿重打开门窗那一阵,我就在后窗口趴着。我学一声猫叫,不但没引起你注意还招引得康跃进老汉一口痰吐出来,差一点儿就吐在我脸上了。

温小婷说,我知道你一直在村西山梁上按喇叭,可是我不能过去,原因你知道。你知道原因还那样难为我,就不是真心爱我了,是要搅闹我的日子呢。

我推断你有欲无爱,也无事业心。老实说,你哄骗过多少女娃儿,把我排在哄骗过的女娃儿的第几位或第几十位?王乙涛说,姐,你杀了我吧,你怎么会对我有这种成见。我向你坦白,这几天我爹关我禁闭了。那夜我一直开车在西山梁上下左右胡转悠,想等你出来,直等到深夜才开车回县城。一路打不起精神,走走停停,走得瞌睡上来,路过镇上没看见当道上躺着一个流浪汉,左前轮从那家伙腿上压过去。那家伙像挨刀的猪一样号叫,把我吓醒,想走走不脱,被几个在街边下象棋的村民拦住报了警。警察没关我禁闭,我爸关了,关了我一百二十个小时。一百二十个小时呢,没一个人和你说话,没一个人敢给你一顿饱饭吃。那样大一座仓库空洞洞的没一件摆设,白天黑夜亮着灯,像在茫茫荒野里。我没疯了是因为想着你,想着我创业的事——姐,那一百二十个小时里,我说我要写悔过书,要来纸和笔,连着给我爸写了三个报告。第一个:要资金。第二个:我创业的选项。第三个:选项的可行性。

温小婷鼻尖酸酸眼圈泛红,急忙去洗把脸,回复王乙涛:说一千道一万,我今天不能跟你走,原因慢慢和你说。你赶紧走吧,猪猪就要下班回来,我得去接猪猪了。

王乙涛说,姐,我还想拥抱你一回。猪猪回来前,我再回你身边拥抱你一回,就这一回了,这回过了我走,我一谋心思创业去。你甚时愿帮我创业愿跟我走了甚时通知我,我立刻回来接你走,好不好,行不行?

温小婷被说得心里热乎乎的,自己也不明白为什么会热乎乎的,毫不犹豫回复说,好吧,我要去虎头石那里等猪猪下班,你去虎头石那里吧,我也想多和你说说话呢。记着,有志男儿创业在先,我一会儿到。呸,书虫儿你说我是不是太幼稚太容易被诱拐了?

王乙涛说,姐,谢你了,一会儿见。

温小婷哪顾得上再看短信,连忙脱下白色连衣长裙,打开拉杆皮箱换上一套粉红色长裙,对镜自照看看前面,转身再看看后面,又看看腰间,没有一处不合心可意的。又在脸上搓了粉画了眉涂了润唇膏,打扮得十二分满意了才大摇大摆出了门。

我那天下班回家比以往晚，晚了整一个小时。以往我上早班，下午四点出坑，不过五点就回家了；上中班深夜十二点出坑，不过夜里一点就回家了；上晚班第二天上午八点出坑，不过九点就回家了。今天温小婷和王乙涛在虎头石旁拥抱纠缠，一忽闪工夫下午五点半过了没见我回来。温小婷连忙整理衣裙打发王乙涛走人。王乙涛黏糊温小婷正黏糊在兴头上，哪里是个让走就肯走的主儿。温小婷百般劝慰，创业在先。推出去返回来，微风把温小婷的连衣长裙吹起旗帜一样在王乙涛脸前飘扬，像是为王乙涛的黏糊劲头呐喊呢。温小婷着急起来娇嗔说，看不出你身上哪一点是有事业心的男儿样，想气死我啊！随即也陪下笑脸哄骗呢也装哭跺脚摇摆身体呢，女娃儿能使的法子都使上了。温小婷哪里知道，其实越使法子越招王乙涛十二分爱见呢，王乙涛越涎嘴涎脸不喜不恼纠缠上了，央求着：姐，跟我走吧，没你陪伴我创业我都创不安心呢。说话呢往温小婷怀间走呢，眼圈圈都红了。

张霞俩且嗨哈——你这个敌人。我爷爷又在我心底吼喊一嗓子，又眼睛血红，面目黢黑云影山影一样从我面前一闪而过。我爷爷的声音粗犷、豪放、凌厉、震耳欲聋还又穿云裂石。

我其实不到四点半就哈班回来了，哦，我又说阁老村方言了。温小婷昨天半夜时分咳嗽过几声，我惦记温小婷的身体，比以往提早了十几分钟呢。老远看见温小婷和王乙涛拥抱在一起，一条双头蛇模样攀附在虎头石上蠕动。我惊诧，只惊诧没愤怒。从一开始我就对我和温小婷的恋爱关系不看好，原因是我收集温小婷的家庭背景、个人爱好、性格特征等等各方面的信息推理研究，和我自己的家庭背景、个人爱好、性格特征等等各方面比较，得出三个方面的结论：一、我出身贫寒，父亲农民，母亲早亡，吃土豆炒面长大。温小婷出身高贵，父亲高官，母亲官员，从小呼风唤雨娇生惯养。二、我身材高挑，长相周正。温小婷身材苗条、匀称，长相顶级漂亮，在几千万人口的大都市里，走到哪里，哪里就多出一道靓丽的风景线。三、我追求踏实、淡雅、恬静和学识出类拔萃。温小婷喜好体面、热烈、肆无忌惮和学识其次，个人享受居首。这三方面的结论证明：我和温小婷不站在同一个平台上，恋爱基础薄弱——几近于零。与此同时，也把温小婷愿和我建立恋爱关系的动因推理研究一番，得出结论：我踏实、稳重,日常生活少言寡语,学术交流会上口若悬河滔滔不绝;学术论文连篇累牍,在国家级学术刊物上发表,其中一篇被美国一家国际知名的科学杂志选载,在国内同学科领域引起广泛关注。在温小婷眼里是一件很体面的事,非常羡慕和向往这种体面事。

因了三个不同点,也因了温小婷愿和我建立恋爱关系的真正动因,我对我和温小婷的恋爱关系不看好就顺理成章了。岂止是顺理成章,是在我心中深深地留哈病根了——哦,我又把下说成哈了。那病根就是不站在同一基础平台上的两个人,一个高入云霄一个卑微如尘,一个锦衣玉食一个刚刚维持温饱。高入云霄者忽然追求卑微如尘者,不是爱卑微如尘者这个人,是爱卑微如尘者这个人的科研才能和科研名声。某年某月某日卑微如尘者忽然变得愚钝,高入云霄者还会爱他吗?也正是因了这个病根,我坚决坚持暑假和温小婷相随回阁老村下煤窑。怀揣一个目的:沉淀到生活的原始层——最底层,静待大浪淘沙,淘尽污泥浊水留哈真爱——我其实深深热爱眷恋着家乡话。有真爱温小婷即在,无真爱温小婷身在心不在,不如身心都不在——是我读研以来还回阁老村当窑黑子哈煤窑的一个真正动因呢。隐约也有一个期盼,通过这种磨砺,温小婷和我之间共同点会逐渐多起来,共同点多了,真正恋爱的基础平台也就有了。当然,无论温小婷在或不在,我都会坦然面对——刚才说过了,我心底是希望温小婷身和心都在呢。温小婷是那种人见人爱的女人,说我不爱,是胡说呢。进一步推论,说我看见温小婷和王乙涛在虎头石旁扭结在一起没有愤怒,也是气糊涂了胡说呢。准确说我愤怒了,愤怒到撕心裂肺,没表现在脸上。隐蔽在一株松树后面,眼睛一眨不眨盯着虎头石。盯着盯着,泪水就下来了,一开始涓涓细流,一会儿就喷涌而出了。连带着喉咙里发出一连串咯咯声,似要号啕出声来了。把脸前的荆棘咔吧咔吧一根接一根掰断,没有号啕出声来。也是呢,号啕出声来时,我早向虎头石扑去了,那还了得啊,我书虫儿就不是书虫儿了。

我记恨常二茂,这种时候尤其记恨呢。记恨一:把王乙涛强拉硬拽硬推入我的生活里。记恨二:反复纠缠要让季大师看看我。那一天上班时纠缠,昨天上班时又纠缠,今天上班时还纠缠,说季大师这两天在煤矿办公楼里办公,要我抽空去见一面。我说，季大师不是老板不是矿长，我凭什么要见他，见他做什么！影响了我出煤，影响了我正常生活，谁补贴损失！

常二茂着急说，是季大师的意思，你必须去见一面。不见一面你会后悔的。常二茂着急了，眼睛就泛红，脖子也长了，鬓角边上一根青筋翩翩起舞，尤其跳得欢实呢。

我说，我后悔什么？有什么后悔？

常二茂说，只怕你想当窑黑子再也当不成了呢。那模样，像要哭。

我淡笑，没再回话走开了。早说过了，很快，我就不会再当窑黑子下煤窑了。

温小婷和王乙涛黏糊够了，终于打发王乙涛走了，目送王乙涛驾车一道烟尘去远。不等烟尘落尽，温小婷就整理衣裙回身向通往一坑的山弯那边张望。我恰好东张西望从山弯后面转悠出来。温小婷一脸喜悦，花蝴蝶展翅般扑腾腾向我扑来，双手挂在我的脖子上，倒退着走路，粉面仰起噘嘴歪脖说，你让人家等得好心焦嘛，怎么今天这时候才回来呀？我脚步没停，不喜不恼地保持着哈班工人本来的疲倦状淡然说，玩儿了一会儿。温小婷说，玩儿也得先喂饱肚子呀，玩儿到这时候你不觉得饿吗？我歪脸看别处说，你吃过饭了吗？温小婷松开我的脖子装生气说，看你说的，等你到这时候，人家有工夫吃吗？怎么一脸不高兴，在班上和人吵架啦？我说，吵什么吵。脚步快了。温小婷被甩在后面，翻白眼撇嘴，一步几寸远一步几寸远，想等候我像往常一样返回去，牵手肩并肩回家呢。我没回头，一直走进村街走进自家大门里去了。

我爹几次到大门外张望，正独自在当院里转磨磨呢，见我一忽闪从大门外进来，就满脸愁容跺脚笑说，嘀呀，再不回来爹就要到坑口找你去啦！我不管我爹什么表情说了什么话，进东正房吃饭去了。我爹追着屁股问，坑里有事耽搁了？我淡然说，不是，是我哈班后和人玩儿得忘记回家。我爹说，怎么能为了玩儿耽误了吃饭，和谁玩儿能玩儿到这时候？我说，能和谁玩儿，那家伙疯了，不陪他玩得满意了不肯放我走。我爹吼叫说，人家王二公子是闲人，你是受苦人，你哪里就能赔得起！我自顾埋头吃饭不理睬我爹了。有些不理解我爹，怎么会那么固执，一直以为我是一个受苦人！温小婷说那时刻她刚好走到东正房门口,听到我那些话,一下就全明白了。

我开始和温小婷打冷战,上早班要到晚上七点或八点才回家,上中班要到凌晨四点或五点才回家,上晚班要到第二天中午十二点或一点才回家。无论几点回家,一回家就吃饭,吃过饭就睡觉,睡一会儿就起来紧赶着翻译资料。任何时候我都必须清醒,我在学术上或金钱上都必须自强——也不仅仅是因为我对我和温小婷的恋爱关系不看好,还因为温小婷的妈妈像看贼一样看我的目光。那目光尤以第一次见面表现得最强烈:居高临下悬冰一样明晃晃带钩带刺,直戳向我的心脏。我差一点儿就喊出:您放心,我没想过要分享您的富贵,只想要和您分享您女儿的那颗心。那一段日子,我很少有时间和温小婷说话,即使说话也只是几句日常必不可少的客套话,比如你吃过啦、睡吧等等。温小婷说那一段时间是她人生中最艰难最难熬的一段时间,最重要的是王乙涛说话算话,也不来纠缠她了。不但不来我家后窗口,连阁老村也不来了。温小婷被闪跌一下,真的是被闪跌一下,正高高兴兴有说有笑陪伴王乙涛往前走呢,王乙涛忽然一声不吭撤身向后疾走,闪下温小婷孤身一人,前行不是后退不是,只顾原地转磨磨徘徊,连我的一份爱也丢失了。结果就是整天浸润在那种让她耳膜痛脑壳痛的宁静所发出的响声当中。温小婷已不是温小婷了,是一头刚从泥洞里钻出来的小老鼠,面对阳光有些无所适从了。最强烈的阳光不是来自天上,是来自地下:我和我爹的四只眼睛就是四只小太阳。四只小太阳不分昼夜地轮流值守,照耀得温小婷不愿抬头,不愿随便出门,不愿像往常那样有说有笑了。常独自一人斜身坐在茶几旁,目光痴茶,呆望着后窗口。茶几上的那一堆资料空摆设个样儿,其实一个英文单词没动过,一个汉字的撇捺没写过。吃饭时候温小婷不记得吃饭,要我爹大碗小碗一样一样送过来,像前一段时间患感冒那样。有时候我爹送过来饭菜,在茶几上一字长蛇阵摆开,温小婷都没觉得。我爹就甜腻腻微笑说,娃是想娘家爸妈了吧?心里明知道是小两口闹别扭了,只是不明白无缘无故为什么闹别扭。也正是不明白,笑颜里才充满柔软,声音里才充满关爱,目光里才充满慈祥。要是明白了缘由,那可了不得!温小婷冷不丁看见我爹那一张笑脸太迫近太逼真,吃了一惊,只觉得那笑脸上满是针刺,声音里满是砺石,目光里满是利刃。心中寒凉:

我被王乙涛撇下被书虫儿撇下被这老汉嘲笑呢！温小婷这时候才真正意识到：自己爱王乙涛是认真爱着——起码是想看看王乙涛创业能创出个什么样儿来。回敬我爹一个甜腻腻微笑，惊叫说，大爷，我好好一个人怎么能再让你送饭。想让甜腻腻的微笑像城市街头的地摊一样多摆一会儿，可惜只稀稀拉拉摆出几件物品，城管的巡逻车就一阵风刮过来了。温小婷脸红脖粗站起说，大爷，我也吃不了这么多——您别动我自己来。迅速转出茶几把我爹和茶几阻隔开，像一个精明老练的饭店服务员，不用托盘把茶几上大碗小碗双手连抓带捧，高举着一大摞往东正房去了。我爹空提着托盘尾随在后说，看慢些，呀呀呀，一个人空手一哈端那么多碗，饭菜还不外溢一点点，没见过。佩服呢诧异呢：娃真是个能干娃，这几天怎么老和大爷客气？我爹嫌这客气别扭呢。

这几天我上晚班，前一天夜里十一点多出门，第二天中午两点多才下班回家，明摆着是回家晚了。回家晚了没往西正房走，直接进东正房里来了，没看爹一眼也没问温小婷吃过饭没有，只管拿饭碗捞面条。捞好面条到房檐下吃去了。狼吞虎咽吃出一连串响声，片刻工夫就把一碗面条吃完，吃出一头汗。仰起脸看天空，琢磨：过一会儿再进屋捞面条还是这一会儿就进去捞面条？老也拿不定主意，倒只顾犀牛望月翻白眼呢。

我没心情搭理温小婷，不光是撞见温小婷和王乙涛那样，还有另一个原因：前一天下班时候常二茂在坑口拦住我一脸忧伤说，让你去和季大师见一面，你不去。这下好了吧？

我说，怎么啦？

常二茂说，你不肯去见季大师，得罪下季大师，季大师给矿长和老板王乔谷打报告说，那个叫康沛然的博士在煤矿上上班对煤矿上不利。博士是文曲星，矿山是地煞星。文曲星属阳，地煞星属阴，阳气冲撞阴气阴气必伤。地煞星受伤了矿上能好吗？

我说，是要我马上离开矿上吗？

常二茂背转身揉眼睛说，这几天老板王乔谷在外地忙碌，没有亲眼见过你，还没有人最后拍板定案呢。不然你还真是得马上就卷铺盖走人了。

噢，事实证明，真那样时，季大师就是帮我躲过去一场弥天大灾呢，我真该谢他了。

王乙涛再次出现在我家后窗口,是在一个电闪雷鸣风雨交加的深夜。我刚上夜班走掉,温小婷说或许连虎头石还没过呢,后窗口忽然嘭嘭嘭被敲响。温小婷被惊醒,睡意蒙眬赤身裸体就照后窗口扑去,不顾一切放王乙涛进来。王乙涛满身一身小溪哗哗流,温小婷扑入怀间没觉得沁凉,反像一只小猫小狗伸长舌头啧啧有声舔舐王乙涛脸上脖子上甚至耳根后的雨水。连续嘟囔一句话:哥,苦焦煞我了。王乙涛多日不出现,要的就是这效果,三下五除二把自己脱光,抱起温小婷和温小婷一同滚入温小婷被窝里去了。电光闪烁雷声轰隆,风声雨声把一个夜晚搅闹得鸡犬不宁了。

姐,告诉你一件高兴事,我爹终于答应扶持我创业了。

哥,这一阵不说这些事。

姐,我不创业,活得没劲。

哥,我知道你是个有志向男儿。

张霞俩且嗨哈——你这个敌人。我差一点儿就任由我爷爷吼喊出声来了,我爷爷云影山影一样从我面前飞奔而过,眼睛血红面目黢黑外,还龇牙瞪眼挥动拳头了。

我爹从东正房出来,披着雨衣在当院说,小婷,猪猪上班走了吗?温小婷根本没听见,哪里会回答!我爹说实际上他知道我上班走了,是没话找话明知故问呢。哪里就指望温小婷回答了。老天弄出那样大动静,我又上班走了,人家一个女娃儿遭惊哈,哪里还敢睡觉。有个人在窗外搭个话,娃就不害怕了,就能安心睡觉了。

我爹说那段时间他看不惯我不明原因冷待温小婷,有一种想要弥补缺失的愿望,毕竟人家女娃儿是离开亲娘老子出门在外嘛。人家女娃儿是图你财啦还是图你地方啦?不就是图你这个人吗?你这个人对人家女娃儿不好了,人家女娃儿还图什么!天底哈好男人多得是,怎么就缺你一个啦——我爹不愿往哈设想了,设想哈去也是一条不愿让我走的道道呢。埋怨到此打住,拿一根木棍开始在大门道里捅出水口。出水口其实通着,只是为弄出一点响声来,为温小婷壮胆儿呢。

第四章

　　千古弥天大灾就要降临，窑黑子们身上其实都有显迹了。有人觉着烦躁，有人觉着身上奇痒难耐，有人觉着闷热想要提前出坑。连声叫喊说：反正今天的定额完成了，与其在窑坑里闷着，倒不如早一点出去呢。实际叫喊是白叫喊，原本死寂的窑坑里，叫喊过后更加死寂了。提前出坑必须具备两个条件：一是接班的班组进坑了；二是带班长常二茂放话——事实上还有半个多小时才下班，接班的班组没有进坑，茂头儿不可能放话说大家提前出坑吧。茂头儿开了这个头，下一个班组跟着也这样，煤矿上还不乱套了？那一场灾难后细回想，人类除第六感官外或许真有人神同愤或说人神感应这回事呢，当时我站着或坐着都会感受到我爷爷的关爱，那关爱急切、凄厉、不容置疑，就是我爷爷关爱我和我爹的方式，说不准真是我爷爷的魂灵儿在人世间奔走呢。不然怎么可能我背靠窑坑壁坐着正休息呢，就看见我爷爷在我家大门口奔走呼喊：钢子快救猪猪，快救阁老村人。带起风荡起尘。我爹坐在我家大门口吸纸烟没任何反应，我爷爷扯拽我爹的衣袖说，钢子你随我到村北天坑那里看看就甚也明白了。

　　一非是泰山崩倒难扶起
　　二不是病入膏肓药难医

这两句唱词和我爷爷有缘,和我也有缘。我爷爷说从他记下这两句唱词的那一天起,就刻骨铭心地和他融为一体了,我何尝不是。我像我爷爷一样哼唱着那两句唱词,随我爷爷出现在阁老村北小庙跟前,奇怪,我爹怎么没有来？小庙左边的水泥池子里和半山坡上人工湖里的水都没有了,石崖底天坑里的水也没有了。那么多水怎么说没就没了？露冷风寒月色如霜如雪铺遍山野,我爷爷呼喊说,刚才我路过这里,明明还听到潺潺流水声,明明还看到波光粼粼的。水泥池子里和人工湖里的小金鱼被晾在水泥底子上弹跳,喘息都奄奄一息了;天坑底三斤二斤重鲤鱼——也有十几斤重的,一跳老高一跳老高,拍打得天坑底泥浆呱唧呱唧响。晾在天坑边缘草丛里的已没有力气弹跳,只是睁着灰蒙蒙的眼睛看我爷爷和我。怎么会这样?！我惊叫。不过我只是感觉着奇怪,并没有感觉着害怕——有我爷爷在,我还怕什么！我爷爷呼喊:这样重大的显迹——天造的显迹怎的偏偏发生在离开村子几百丈远的地方！偏偏发生在夜深人静时分！如果这显迹不起作用,老天又制造它做甚！无论如何我不能让阴曹地府里的康来顺再高兴,让阴曹地府里的我老婆和我儿媳再哭泣。康来顺活着时,实指望我一辈子无儿女,一谋心思养育他名哈的那些我的儿女们。我儿子钢钢我孙子猪猪万一有个好歹,康来顺的目的活着时没达到,死了死了意想不到达到了。我爷爷呼喊得声泪俱下,开始绕天坑疯跑。我尾随其后劝慰我爷爷:爷爷,天坑里有水没水和我奶奶我妈有什么关系？和康来顺更是一点儿牵挂都没有,你忙急成那样做什么？我明明声音老大三里五里都应该能听到,但是我爷爷明摆着是没听到,带着风荡起尘掉头向阁老村跑去。一边喃喃自语说,为我儿子钢钢为我孙子猪猪为整个阁老村生灵,只要还有一线希望,我就绝不能放弃,我凭什么放弃！几百丈远路程好像比几千里路程还遥远,我随我爷爷奔走得腰酸腿困、双眼迷离,还是没能跑进阁老村。眼前一个村子不是阁老村是镇上,镇上街道宽阔,门店一家挨一家,不过都已关门闭户,只有门店招牌或红或绿还亮着。有好再来饭店,有文曲星文具店,有时运兴百货店,有凤凰栖宾馆。我说,爷爷,从阁老村庙上到镇上必经过阁老村,怎么没见着阁老村,阁老村哪儿去啦？我是冲我爷爷呼喊呢。呼喊白呼喊,我爷爷没有理睬我,呜呜呜、呜呜呜地哭出声来了。

　　一非是泰山崩倒难扶起
　　二不是病入膏肓药难医

　　我爷爷哪里是哭,分明是在哼唱道情戏,我爷爷高兴时哼唱这两句唱词,听起来就像是哈哈哈大笑;愤怒时哼唱这两句唱词,听起来就像是嗷嗷嗷号叫;哀伤时哼唱这两句唱词,听起来就像是呜呜呜哭泣。这一阵我爷爷就是哀伤呢,但我不知道为什么哀伤,任我追赶呼喊,我爷爷就是不理睬我。面前黑森森一道尘头——噢,不能说是一道尘头,是一座像大山一样的尘头。一座大山一样的黑森森尘头正随风从我爷爷面前徐徐走过,确实是徐徐走过。因为我清晰地听到尘头走过的脚步声,那脚步声不是人一样马一样踢踢踏踏的那一种脚步声,而是类似远雷类似千个万个空铁桶在地底下滚动的声音:轰轰轰、轰轰轰。有几人听过这声音?谁听了谁心惊,谁听了谁胆寒。月亮、星星、明镜似的天空,被尘头吞没,山野、树林、遍铺霜雪的大地被尘头遮暗。除了那种让人心惊胆寒的声音外,脚底下还剧烈地颤抖。我和我爷爷是踩在簸箕里,簸箕在剧烈地簸动。我和我爷爷随时会被簸到黑森森尘头里。我知道那尘头的力道有多大,一旦触碰着那尘头,粉身碎骨,从此消失得无影无踪是我和我爷爷唯一的下场。我不往前面跑了,尽全力稳稳地站在原地呼喊我爷爷:爷爷,前面危险,你不要再往前面跑了。我爷爷兀自奔跑兀自嘟囔:康来顺你不要高兴得太早啊,我警告你,你害死我老婆,你的目的当年只达到一半,另一半你今天达不到!

　　我爷爷说,我奶奶说过道情戏里最迷人最有趣儿的不光是演员的唱腔、身段、扮相等等,还有一种器乐是笛子伴奏。我爷爷说,我奶奶说笛子伴奏不说笛子伴奏,是说哨枚。我爷爷问我奶奶说,什么是哨枚啊。我奶奶说,哨枚你也不懂啊,就是吹笛子,笛子伴奏啊。我爷爷说,噢,知道了。还想问怎么就把笛子伴奏叫成哨枚了,怕我奶奶嘲笑没敢问。我爷爷说我奶奶像他肚里的蛔虫,猜着他的心思了,补充说,那个道情戏班子里的人就是那么说的,她也就跟着那么说,她也不知道为什么。我爷爷说,大概是他们那地方的土话吧。我奶奶说,笛声悠扬、婉转、绵长,隔三里两里就柔柔细细绵绵长长听到了。听到了不觉得是听到,是觉着自己飘荡起来了,飘飘荡荡飞上天空飞向遥远,摸着了白云,依傍上了小鸟,靠近了星星,靠近了月亮。我爷爷说他只听到过我奶奶哼唱的道情戏,没听到过那笛子伴奏的道情戏,好遗憾好憋屈。

  窑黑子们中间有人很响亮地咳嗽,我被惊醒,居然出了一身汗。回想梦境,觉着不可思议,怎么会胡梦成那样?再一细想也不奇怪,自从我爷爷过世我就老是思念我爷爷。在学校思念我能够用做学问缓解,在阁老村思念我没有任何办法去缓解。原因一:我幼小时我爷爷粗壮的大手牵着我柔嫩的小手到村前小树林里掏鸟窝。我爷爷像一只猴子,脱掉鞋,双手抱树干,噌噌噌几下就从树干底爬到树干顶了。一双赤脚比树皮坚硬,树皮屑像雪花一样纷纷扬扬从我爷爷脚掌底往下落,我爷爷脚掌上划出无数白痕,但一点儿皮没掉。我爷爷怀揣一窝鸟蛋或一窝小鸟从高高的树干顶滑溜下来,双手捧到我脸前和我笑,那笑容往外面渗水,晶亮晶亮,在纵横交错的皱痕里流淌。原因二:我爷爷每年春夏秋三季夜里总要跳进天坑里摸鱼,白天村委会领导康饱饱不让摸,谁胆敢去摸,就派人往断刨通往谁家石料场的道路。康饱饱一家却可以随便到天坑里下网,一网子网上来三十斤或二十斤大鱼,或赠送或低价卖给到他家石料场拉石料的客户们。我爷爷会游泳——也不是会游泳是胆子大,腰间系一根绳子,另一头拴在天坑边的某一株小树上,整个人慢慢没入水中,水面上的水纹丝不动。一会儿慢慢浮出水面,一只手抓绳子往岸上爬,一只手高擎一条大鱼,从始至终没有弄出过一点点响声。即便岸上有守护的人也没法发现我爷爷。每一个夜晚都要被我爷爷腰断成四截,第一截:刚入夜就睡觉。第二截:夜深人静时分出去摸鱼。第三截:摸回鱼来趁天没亮就用小铁锅给我炖好。第四截:天刚亮就叫醒我,让我爹喂我吃鱼。但凡我爹喂我吃鱼,我爷爷就要到大门外放哨,也不是放哨,是扫大门口的尘土。有尘土要扫,没有尘土也要扫,一看见有人向我家走来,我爷爷立刻就和人家笑着说,穷鬼饿鬼天不亮就起。我是穷鬼也是饿鬼,你不穷不饿,怎的也起这样早啊。一听见我爷爷说这话,我爹就捏着嗓子催我:快把嘴里的咽了。慌慌张张把剩下的鱼往水瓮里藏。有一次没藏好连碗带鱼落进水里,只水面上飘着一层油花花。事后我爷爷骂我爹:你个敌人——你就会吃。原因三:每隔一段时间我爷爷就要给我制作"小吃耍"。我最喜欢吃我爷爷制作的油饼饼。我爷爷制作的油饼饼不是通常人们吃过的用麦子面制作的烙饼、煎饼、火烧之类,是我爷爷用鸡蛋清、土豆泥土豆淀粉掺和上白面、莜面、玉茭面、高粱面制作而成,里面是核桃仁配大枣泥馅儿——也不是馅儿,已经和面团挤压在一起了。油饼饼单薄、小巧,一个油饼饼比一枚大铜钱大不了多少,捏在手指间稍一抖就纷纷扬扬往下掉饼屑,那饼屑香、甜、脆,入口就化,让人舍不得下咽呢。我爷爷说做油饼饼的手艺其实是我奶奶手把手教他的。那时候全阁老村的人都吃食堂,家里没粮食,我奶奶怀上我爹"发娃儿",正规说法叫妊娠反应,但阁老村人就叫发娃儿。我奶奶妊娠反应没有别的奢望,就想吃一种叫油饼饼的"小吃耍"。我爷爷不知道油饼饼是一种什么东西,要我奶奶比画出一个样子来,他到食堂偷偷求做饭的师傅们做一两个。我奶奶摇头苦笑说,家里就能做的,何必去求人家。我爷爷说,你快说怎的做,我当下就给你做。我奶奶叫我爷爷倒两杯清水,抓一把黄土,抓一把红土,抓一把灰渣,抓一把柴灰,抓一小块黑炭,抓一小块石头,都摆在我奶奶面前。我奶奶随我爷爷翻山过梁,刚从炼钢铁的工地上回家,靠被垛斜躺在土炕上喘息,昏黄的豆油灯光照不亮我奶奶面前的那些东西,我爷爷就点亮松明子。松明子火旺烟大,我奶奶一般不让点,但那一天让点。不光让点,我奶奶还望着松明子的火苗子笑说,倒像是打家劫舍的贼寇们进咱家里来了。指点面前那一堆东西说,这一块黑炭是一颗核桃,这一块土块是一颗大枣,这一杯清水是蛋清,这一杯清水里加一点儿黄土是土豆泥,这一把柴灰是土豆淀粉,这一把红土是高粱面,这一把灰渣是莜面,这一把黄土是玉茭面——你记下了没有?我爷爷连忙说记哈了。我奶奶就指点:先把什么面和什么面掺合在一起到火炉旁发酵两晚上,第三天再掺和进去什么面,再在火炉旁发酵一晚上,第四天配进去蛋清淀粉揉精到。把大枣去核煮熟制成泥,把核桃仁切碎成粉末状和大枣泥搅和在一起——我爷爷瞌睡上来,一头撞在我奶奶怀里,差一点儿把火旺旺的松明子扔到我奶奶脸上。我奶奶抚摸我爷爷的脸颊笑说,你炼钢铁累成这样,好不容易熬到回家能够休息了,我还要排调你做这做那,是我的不是了——睡吧睡吧。我爷爷着急说,你教你教,甚时教会我做油饼饼了,我甚时睡。我奶奶说,遇上一个阴雨天咱们休息下了,我再教你吧。这一阵我只想睡,什么食儿也不想吃了。话没有说完已经睡熟了。我爷爷只好铺褥展被,服侍我奶奶进入被窝里。我爷爷说当时实际上是我奶奶先睡着,他才跟上睡着的。

下班的闹铃响起时,我刚把一矿车斗煤炭打发走,正撩衣襟抹汗。工作服被煤尘染污得黑上加黑,脸也被抹得黑上加黑了,黑眼珠儿被抹没空,剩两颗白眼珠儿在矿灯下头,白白地瘆人。还想再抹两把呢,一只空矿车斗已来到面前,我丢开衣襟说,催命啊,今天这矿车斗怎么来得这么快。我今天上中班,一个班上的生产定额已完成,心情不好,不想多挣那份超产奖,双手扶着铁锹柄站着。刚站下就看见我爷爷在轰轰轰哗哗哗响着的黑尘里奔跑,一边呼喊:猪猪,叫上你爹叫上窑黑子们快跑,毁灭阁老村人的灾难已发生了。常二茂,常二茂,快领上我家猪猪和窑黑子们往坑口外跑哇!我不晓得我爷爷怎么就能晓得茂头儿的名字,还呼唤得那么急切、爽利,过往时候从没有这样梦到过。

那一年我爷爷陪伴我在县城里读书,学校给提供一间宿舍,我爷爷嫌住在学校院子里不自在,在学校附近租一间小房。那小房不光小,还破旧,房顶上顶棚破了,黑乎乎裸露出老旧的椽子。有时候我爹进县城看望我和我爷爷,三个人睡一盘小土炕,我睡在中间,我爷爷和我爹就都得侧身睡。有一个仰面睡下,胳膊肘就会戳在我肚子上。我爷爷租住这样破旧这样憋屈的房子,有我爷爷的打算:白天我上学走了,我爷爷就上街捡破烂,捡回来的破烂堆积在房檐下,搭黑夜分类打包,第二天一早就挑到废品收购站卖了。一个月辛勤劳作挣下的钱付过房租水电费外,足够我和我爷爷一个月的生活花销了,甚至还有结余呢。没结余时我爷爷不会那么奢侈:每一个周末都要买一条鱼给我吃。每一次我吃鱼,我爷爷都要守候在我身边看我吃。有时我挦一块鱼肉送到我爷爷嘴边让我爷爷吃,我爷爷推我挦鱼肉的手臂说,娃快吃,娃正是长身体用脑子的时候,不补贴上一点细吃耍可不行。在我爷爷嘴里,凡是他认为有营养好吃的食物都叫细吃耍。我挦鱼肉的手臂被我爷爷推回来,我又送过去,一定要我爷爷把这一块鱼肉吃下去。我爷爷看看推不过，就一只手捉住我的手腕，一只手扶住我手里的筷子，用牙尖尖浅浅地咬一点点鱼肉，在舌尖尖上咂巴说，唔唔，好吃好吃，爷爷吃过了，一脸知足幸福的笑模样，把我搛着的鱼肉又原般原样推还给我让我吃。我正和我爷爷吃鱼吃得幸福呢，常二茂抢几步凑过来说，屎博儿你干站着做什么？你没看见今天坑口拉煤车多，把往日积存哈来的一点儿煤炭全拉光了？咱们不急赶一阵，就要放客户空车啦。我被惊醒，惊讶是在做梦还是在回想往事？或者是我爷爷的魂灵儿进坑里来了？煤矿上规定：每放客户一辆空车扣当班工人每人半个月的出勤奖。其实不是煤矿上的规定，是常二茂的规定，常二茂拉大旗作虎皮把自己的规定打着煤矿上的旗号当众宣布，当时只有我不知情。我不情愿平白无故丢半个月的出勤奖，不想挣超产奖也得挣了。尤其感念常二茂无视季大师的建言，在等待老板王乔谷的最终批复之前，留我在煤矿上继续当我的窑黑子。我干活儿不惜力，挥舞大铁锹，嚓，嚓，一铁锹接一铁锹往矿车斗里铲煤炭。就因为这一点，常二茂不佩服不行呢，不宽容我也不行呢。

其实再有一个小时才下班，刚才下班的闹铃响，不是矿上的闹铃响，是窑黑子们自己的闹铃响呢。在坑里上班，没有白天不白天深夜不深夜的感觉，只能看时间。看时间窑黑子们不带表也不带手机，只在坑壁上掏一个小石洞，里面放一只陈年老闹钟，设定好了下班前一小时闹铃响。下班之前窑黑子们要占用上班时间解决个人问题：去某一条废弃的巷道里大小便。下班后直接进浴室洗澡，省下大小便这段时间，相当于提前十几分钟或半个小时下班了。实际上大家下班前即便不大小便，也会靠窑壁休息一会儿，甚至要违反煤矿纪律偷吸烟。

我那天不舒服——闹肚子，不是要拉肚子的那种，是有空气，孙猴子一样在肚子里翻上倒下折腾，一时在上腹部一时在中脘地带，一时又在下腹部。说是想放屁了，放屁的姿势都摆好了，偏又不放了。不但不放，还扭结到上腹部长时间麻花转，说疼不疼，说不疼吧还难受得出虚汗。我吃苦人家出身，其他窑黑子包括工头常二茂在内，都没看出我一直是咬牙坚持着。

郭三星突然叫喊说，妈呀，急尿得不行了，再让急赶活儿，我要尿裤裆里啦。

吴跃平应和说，我大便在裤子里，谁给我洗裤子啊。丢下铁锹和郭三星相跟上往狐狸巷道里去了。回头和我龇牙吐舌头说，我们的出勤奖全靠你挣啦，好好干活儿啊。正在我身边铲煤炭的原二辇丢下铁锹说，我也急尿啦。也追随郭三星和吴跃平去了。

黑煤矿的特点有以下几个。一、老板不纳税不缴各种费用，只从中攫取不往里投资。二、老板即便投资也不往煤矿里投资，只往县里市里管煤矿的实力派官员腰包里投资，俗称傍硬股。在官员那一边叫吃好汉股，实际就是权力股。老板小算盘打得精细，权当纳了税缴了费了，来之于官用之于官吧。一个目的：上下通气，应付一切检查或免除一切检查。有人举报某时某地私挖滥采，举报人的电话还没有放下，王乔谷已接到电话：某时某刻某人举报你私挖滥采，今天或明天县市联合调查组将去你煤矿上检查关停情况，望你提前采取应对措施。什么应对措施啊，老一套——往坑口放一包炸药，浅浅地炸塌一小段。检查组来了拍照、录像，上报检查结果：举报不实，该煤矿早已炸毁，没有任何开采迹象。上级官员心知肚明，批复：继续关注该煤矿，决不允许私挖滥采，死灰复燃。一桩公案就此了结。三、煤矿管理相对松散，各项安全制度徒有虚名，全靠煤矿、工头、工人之间的利益关系相互制约。

眼看三个工人到狐狸巷道占便宜去了，常二茂敢怒不敢言，冲我和我身边的几个窑黑子笑说，你们也上茅房去吧，要歇大家都歇会儿。回脸吼郭三星：狐狸巷里回采组开始回采了，他们今天的回采定额还没有完成，你们不要过去打搅，我过一会儿要过去查看他们的工作进度和工作质量呢，你们到蝴蝶巷去吧。狐狸巷是一坑主巷道最顶端的一条岔巷道，比主巷道还要开采得离坑口远一些。主巷道已不能往前开采了，再开采就开采到外县外市地界了。过一两天主巷道也要开始回采了，狐狸巷提前开始回采，一点儿不奇怪。

王乔谷开办煤矿之初就是两个坑口，二十几年过去了还是两个坑口。只是坑口和坑口不一样，原来的一坑二坑，坑口在阁老村西边的山沟里，现在的一坑二坑，坑口在阁老村东边的山沟里，阁老村南边山沟里也有过王乔谷的一坑二坑坑口。无论一坑还是二坑都采用一样模式开采：一条主巷道直接进入煤层区,然后左右分岔,主巷道越深入,岔巷道也越多。形状如一株树,主树干越升高,分岔出的树枝也越多。为区分岔巷道方便,按开采顺序叫一分巷、二分巷、三分巷,一直叫下去。这上头常二茂是一个另类,每个巷道不按顺序那样叫,只按动植物名称叫,比如狐狸巷、蝴蝶巷、花猫巷、杏树巷、核桃巷。窑黑子们寂寞,如此一叫不寂寞了,好像坑口里有许多动植物陪伴着大家呢。只是王乔谷太惜财,主巷道左右的岔巷道太密集,密集到中间的那一点点柱墙——对,只能叫柱墙,一虎头钻就能打透。就这一点点柱墙每一处坑口要放弃时都要回采掉。有一两个巷道里一边回采一边要防备顶壁往下掉石头或顶壁整体塌方,防备的办法就是七零八落、歪歪斜斜立一些木柱。

常二茂盼咐过郭三星,眼见郭三星掉头从狐狸巷口走开到蝴蝶巷去了,心底稍微平衡了一些,骂:你小子今天敢进狐狸巷,看我当下怎么整治你。在这座煤矿上,常二茂说话单单不避讳我。骂过,转身走进蝴蝶巷,背靠坑壁坐下闭眼打盹。眼还没闭呢,看见我独自一人一铁锹接一铁锹往矿车斗里铲煤,比平常时还卖力。就喊叫说,喂,屎博儿,没听见我和你说过的话吗?常二茂口气不善,是要杀我给郭三星那些人看——拿我显摆威势了。

我嘟囔说,听见啦,大家都去歇息了,这矿车斗谁装?外面煤场上放了空车扣谁的奖金!没一点儿不服从的意思,是只有怨气没有怒气的那种。大家一听就明白,我是要表明:不准扣我的奖金。实际上有一段时间了,我心底一直对季大师充满着怨愤:我倒要看看我怎么伤矿上的阴气了。当然对常二茂的感念也是时时刻刻记挂在怀的。怨愤和那一点感念纠集在一起,结果就是上班特别卖力气。常二茂笑了,起身走到我身边,一把夺走我手中的大铁锹说,屎博儿,比真正的窑黑子更像窑黑子呢。奖金扣我的和你不相干。拉着我走进蝴蝶巷。

蝴蝶巷全长两千米,是一坑主巷道顶端倒数第二条岔巷道,没开采到一千米就遇着青石岩。就是说,这个方向的煤层到此被青石岩切断了。郭三星和其他窑黑子们都聚集在蝴蝶巷巷道口里三四十米的地方,或站或坐,有人索性仰躺下,呼噜声已均匀地响起。头顶矿灯都没来得及关掉,白晃晃的光柱直照到顶壁上,顶壁黑亮黑亮,高一棱低一棱面目狰狞,像有无数只眼睛盯视着大家,随时会张开大嘴巴扑下来。常二茂拉着我刚走进巷道口,就听见郭三星嘟囔说,何必让大叫驴也进来,就让他装矿车斗好了。常二茂大声说,三星,你说什么呢,你再说一句!脚底一滑跌倒下了,我也被扯倒,滑跌倒不说还爬不起来了——也不是爬不起来,是爬起来就又滑跌倒下。噢,不是滑跌是地面簸动得厉害,伴随着轰轰轰,哗哗哗震耳欲聋的响声,大家的手脚都不是自己的手脚了。有人惊叫:地震啦!有人哭泣:妈呀,是要塌方了吧?

张霞俩且嗨哈。我听见我爷爷吼喊一嗓子,也看见我爷爷眼睛血红,云影山影一样从我面前跑过去又跑过来,哭着呼喊说,猪猪,活命要紧,快跑啊。我已滑跌得没了眼镜,没有眼镜了就是没有眼睛了,头顶的矿灯光雪亮,也只看见白森森一片。地面上湿漉漉,煤炭屑厚厚铺一层,怎么突然冒出来这么多煤炭屑!我慌慌张张在煤炭屑里摸索眼镜。地面簸动,煤炭屑成了铁制食人鱼,张牙舞爪一跳老高,撕咬我的脸,我脸上皮肉麻辣辣辣痛。我下意识嘟囔说,我的眼镜,谁见着我的眼镜啦。没有人回应,众人都在做同一个动作:左右摇晃,跳。站着的坐着的躺着的都在左右摇晃着跳;人在左右摇晃着跳,矿灯光在左右摇晃着跳,人影灯影都在左右摇晃着跳。可能真的是发生地震了,轰轰轰,哗哗哗,震耳欲聋的响声粉碎了窑黑子们充满恐怖的哭泣声和喊叫声,听起来微弱、凌乱,不成体系。常二茂在王乔谷煤矿上当采煤工当了二十几年,当带班当了十几年,这种恐怖情况虽然没见过,但塌方、透水、矿车斗撞人等等事故多见过,心里明白:临事不能慌,慌中出错,事故会更严重。吼叫说,鬼叫甚!都不要鬼叫了!吼叫声的尾音还在口腔里含着,一个大颠簸煤炭屑直冲进他嘴里,他一下就哑了。呸呸呸往外吐煤炭屑,一边挣扎着想站起身,刚站到半弓腰,被颠簸得往左倒,撞在郭三星身上,郭三星正恐慌得又哭又叫呢,没看清撞过来的是人还是物就猛推一把,常二茂身不由己又往右倒,一头撞在我胸脯上。我眼镜没找到,手掌、膝盖被煤炭屑划破,又不知被谁撞一下,烦躁起来,满腹委屈发牢骚高叫说,我的眼镜不见啦,我在找我的眼镜,知道不知道!话没说完,被簸动得一头撞向巷道壁。常二茂眼疾手快伸出一条胳膊挡一下,我头没撞着巷道壁,肩头后背撞上了。常二茂的胳膊被夹在中间,龇牙咧嘴说,屙博儿,你弄断我的胳膊了,我捡到你的眼镜了,你看是不是。把眼镜扔到我怀间,我没有接住又滑落在脚下。我挣扎着满地摸索,摸索到了,簸动得戴不上,眼镜在眼前晃一下,紧跟着频频晃,就要戴上了整个人忽然四脚朝天倒下了,眼镜差一点儿又从手中滑落。把眼镜捂在怀间,歪躺在地面上,死猪不怕开水烫,任凭簸动吧。地面忽然停止簸动,轰轰轰,哗哗哗,震耳欲聋的响声消失了,人影灯影都静止不动了,哭泣声喊叫声也一下终止,巷道里一时好静,只听见众人的喘息声。大家一时不适应,张口结舌相互看,然后目光一齐转向巷道口。一块齐整整大青石把巷道口严严实实堵死,紧挨大青石,巷道顶壁掉下来牛样大一块大石头,顶壁上留下一个牛样大的大缺口。常二茂踩着大石头查看大青石,上不见头下不见尾,左不见胳膊右不见手掌,哪里仅仅是大青石,是一座大青石岩壁把巷道口完完整整封死了。除那块紧挨着大青石岩壁的大石头外,干干净净连一小块小炭块都没掉落下。常二茂第一次见到这种情况,不由得软塌塌地跌坐在地上,心里直叫:完了完了。脸上却笑着,回看郭三星和我说,今天省哈咱们哈班了,就在这里过夜吧。胳膊上工作服不知几时撕裂出一道长口子,有血水往外渗。我把眼镜戴好凑到常二茂跟前,往上扶一扶眼镜说,咱们试试能不能推开这块大石头外面的大青石岩壁。

常二茂笑说,屙博儿,你试吧,你能推开那座大青石岩壁时你休三天假,我给你记三天工,外加半个月的超产奖。还请你到镇上和女娃儿们白玩儿一回。

我说,不是我一个人推,是大伙儿一起推。又往上扶一下眼镜。我着急了,最明显的表现是扶眼镜扶得频繁了,目光不松开常二茂的目光,只怕常二茂不答应试着推一推呢。

郭三星、吴跃平、原二犟也凑过来说,大家都上手试试吧。

常二茂突然大怒,龇牙咧嘴指点头顶大缺口说,你们也不看看能不能试,那上面一团碎石头正等着你们钻到哈头去呢。去,你们试你们试!话没说完,拳头大一块石头从大缺口里掉下来,砸在牛样大的那块石头上,迸溅出火花,弹跳起来直向人群飞过来。大家急忙闪避,那石头没砸着众人,砸着常二茂头顶上的矿灯了,那矿灯一下就熄灭了。常二茂立刻大叫:把矿灯都关了都关

111

了,只留哈一盏亮着。郭三星不服气,别人的矿灯全关了,只他不理不睬不关掉,倒正合了常二茂的要求。常二茂伸手抓郭三星头顶上的矿灯说,我查看一哈顶壁。郭三星一把推开常二茂说,用你自己的!常二茂顺手抓住郭三星的一只手轻轻用力,听得咔吧吧响,郭三星一只臂膀被拧到屁股后,头顶矿灯脱落下来,已高擎在常二茂手里。常二茂推开郭三星宣布:从现在开始,都不许乱说乱动,非常时期要步调一致,要服从指挥。矿灯不是私人财产,不许自由使用。郭三星被常二茂推跌出去几步远,爬起来说,矿灯是我们自己的,我们都交了押金。当初说好谁不要押金矿灯就归谁了,矿上不能说话不算数。常二茂冲郭三星龇龇牙说,不服气是吧?哪天你出去了找矿上说去!不管郭三星再说什么只是不理睬。觉着裤裆里热辣辣湿漉漉的,是尿裤裆里了,明知道黑灯瞎火没人能看见,还是怕窑黑子们看见,转身往巷道深处走,把矿灯光直照到顶壁上说,你们看顶壁上正常吧?不等别人看清爽顶壁,灯光已移走。没走几步听见巷道深处轰隆哐轰隆哐急响,断定是透水事故发生了,而且是从未经见过的大水,急忙回头呼喊说,都站起来手拉手靠紧巷道壁不要乱动。大家还没反应过来,一道黑乎乎亮闪闪水柱大蟒一样张嘴瞪眼直冲出来,把大家冲得七歪八倒蹿上跳下,眨眼工夫巷道里的水就沁凉沁凉齐腰深了。水柱头冲撞到巷道口青石岩壁上哇哐哇哐怪叫,折返回来击打窑黑子们的身体和脸颊。有人呼喊哭泣,其实也不是呼喊哭泣,是求生的本能发出的一种不受控制的绝望的呼号。郭三星呼号得最响亮,像猪嚎像狮吼;我最没声儿,只是像小男娃儿感冒发烧时睡梦里呻吟那样,也只是一两声;常二茂最惨烈,第一个被水柱托举起,第一个被水柱甩到青石岩壁上,连一声呼喊都没有就沉入水底无影无踪了。巷道里一片漆黑一片混乱,有人揪住别人的胳膊不放,有人脸贴着巷道壁,双手抓紧巷道壁上凸出的部位,牙齿啃住巷道壁上另一处凸出的部位,啃得巷道壁咯嘣嘣响都不松口。稍一松口一跤跌倒就没入水里去了。没有人特别在意常二茂的踪迹。水位还在继续涨,快要涨过肩头了。毫无疑问大家都感觉到死亡的威胁了。一反常态,没有人呼喊,没有人哭泣,没有人记起开矿灯。我个子最高,被水柱冲撞闪跌一跤恰紧靠住巷道壁,想再动动不了了。巷道壁上一块尖锐的石块和我后腰里的裤带及工作服纠结在一起,把我牢牢挂在巷道壁上。感谢常二茂粗心,每天在巷道里巡查,一直没巡查出这块尖锐的石头。如果巡查出,今天我和常二茂就一起没戏了。我放开嗓子喊一声:茂头儿!感觉到有人在水中摸我的脚抱我的腿,我已把眼镜从鼻梁上取下紧握在手里高举起,用力往起抬膝盖,膝盖上伏着一颗头,张大嘴巴啊哈啊哈大喘气。喘息一会儿说,屌博儿,我就摸得出是你,就知道你会救我一把,我是实在没力气往起站了。直挺挺站直身体说,谁的矿灯还能用,快开一哈矿灯。嘟囔说,三星的矿灯跌进水里,我摸半天没摸着。像只是想让我听见,怕郭三星听见和他恼。我尖声锐气叫起来,茂头儿你不要只管拽我,我后腰里受伤了,你一拽就刀捅一样痛,啊呀啊呀,痛死我了,快松手!正叫喊呢,脚下一颤整个地面又一次簸动起来了,轰轰轰,哗哗哗,震耳欲聋又轰响起来了。人在水里立足不稳,水在人脸前跳荡,往巷道壁上撞击噗哗噗哗,海岸线上浪头拍岸的那一种声音。我扑跌入水里尖叫了一声:啊呀!声音凄惨,带着哭腔,没扑跌入水里,扑跌入常二茂怀间,握眼镜的那只手仍然高举着。常二茂说,屌博儿,你不会是撒娇吧!我扶巷道壁站好,悄悄掉眼泪,只掉眼泪不抽泣。恼火常二茂那样问,这种时候你还要耍笑人小看人呢,我甚时和你撒过娇?恼火归恼火,不至于掉眼泪,是后腰里疼痛,催赶我想念我爷爷和我爹:今夜我爹等不回我去,不知要着急成什么样子呢。我爷爷从我开始要当窑黑子下煤窑就反对:瘫痪在炕上眼睛里往我爹身上喷火,喉咙里咯叭叭响着往我爹身上喷石头。我爹和我第一天当窑黑子下班回家,我家的房门敞开着,我爷爷赤身裸体趴伏在门口,满脸血满身伤,头枕着门槛,眼睛直勾勾看着大门口。一眼看见我爹和我相随走进大门,喉咙里就又咯叭叭响,眼眶里泪盈盈。我抢进门里把我爷爷紧抱在怀里,我爷爷喉咙里的响声响得激烈了。我知道我爷爷要和我说什么,但是我有话不能和我爷爷说。我不当窑黑子下煤窑挣钱,我上高中和大学的费用,我爹就拿不出。自从那年我妈被炸死,我爹就把石料场关闭了。不仅关闭了石料场,还有了一点儿赌瘾,大赌场不上小赌场三天五天总要上一次。不光有了一点儿赌瘾,还串门子,阁老村人说串门子实际就是说找女人睡女人。找女人睡女人是要花钱的,大钱不花小钱总得花一点儿,小钱都舍不得花一点儿的男人,阁老村的女人个个不待见。我想劝说我爹戒掉赌瘾戒掉串门子,可怜我爹孤身一人就那么一点点爱好最终没有劝,也没有告诉过我爷爷。或许我爷爷也知道,只是不愿意告诉我罢了。我把脸颊紧贴住我爷爷的脸,心疼我爷爷瘫痪在炕上,怎么就把自己赤身裸体弄到地上了,又是什么时候弄到地上的。我爷爷脸上的热泪和鲜血糊在我脸上只觉得滚烫呢,我当时差一点儿就号啕大哭了:爷爷,我长大了我自己的事该我自己办,我自己的路该我自己走了——眼下越想我爷爷就越觉得我爷爷正确,也越觉出我爹和我的无奈,眼泪跟着也掉得勤快了。所幸没有人看见,谁顾得上看啊。地面不是地面,是一辆破旧不堪的公共汽车了,正高速行驶在凹凸不平的乡间公路上。没有人开矿灯,常二茂也没有再吆喝,黢黑地里大家都咬紧牙关,静悄悄地等候着公共汽车到达目的地的那一刻。那一刻会是什么样子啊,只有人恐怖没有人想那后果了,实际是恐怖把大家的脑子冲洗成一片荒漠了。

　　破旧不堪的公共汽车继续高速在凹凸不平的乡间公路上行驶,轰轰轰、哗哗哗,震耳欲聋的响声没有一点儿要停下来的迹象,也没有一个人能站稳当。地面簸动激荡起水花不断击打巷道壁,不同地段发出不同的响声,和地面簸动发出的轰轰轰、哗哗哗震耳欲聋的响声扭结在一起,整个巷道里声音嘈杂不堪呢。尽管嘈杂不堪还是听见有人在黑暗里悄悄说话。

　　水好像比刚才少了!黑暗里有人低语了一声,像是不相信自己,正悄悄和人商量呢。

　　有人答,好像是。声音也是低低的,夹带着哭腔,果然是在商量呢。

　　水真的比刚才少了。有人大叫,惊喜、哭泣、求生的欲望复活了!明年此时此刻,这几个窑黑子应该增加一个节日:复活节。全称:蝴蝶巷窑黑子们的复活节。一个人大叫惊喜哭泣,几个人都开始大叫惊喜哭泣。

　　常二茂伸手到水面上摸摸,哪里就少啦?只是往上涨得慢了。刚才齐肩深的水现在就要过肩深了,是大家一厢情愿盼少呢。即便从现在起水位不再上涨,巷道里的人能坚持多久?即使外面救援及时,能在巷道里的人活着时救出去吗?常二茂叹息说,我在这座煤矿上做窑黑子做了二十几年,什么事故没遇过,偏就没遇过这种事故。事到如今我也没别的办法了,只能奉劝大家一句,尽量保持安静保养体力吧,有体力就有命。你们又哭又闹体力消耗大,关键时候没体力了,后果你们想象得到。声音不高分量重,巷道里人声一下静默了。

郭三星说,茂头儿,我们能活着出去吗?声音尖刻怪腔怪调,有调侃常二茂的意思。

常二茂苦笑说,三星,我知道你对我有意见,我这人不识字,说话粗野,办事草率,你看不上。但你要分清什么场合能耍小聪明,什么场合不能耍小聪明;什么事情能耍小脾气,什么事情不能耍小脾气。你不分场合不分事情胡耍小聪明胡耍小脾气会惹出乱子的。想说比如今天你不要带头休息,大家一直坚持上班,就可能关不在这里面——至少不会严重到这种程度。转念一想或许坚持上班时这一阵早成肉酱了。何况郭三星要进狐狸巷是自己让进蝴蝶巷的。人说善恶一念间,其实生死祸福何尝不是在一念间!阴错阳差都是个人当时一闪念做出的决定。那一闪念又都源于个人的出身、教养、成长环境,以及生活经历和当下的心境,不是谁想怎样就能怎样的。

郭三星说,你是带班的,把我们带到这种地步,我们问问能不能活着出去,不行啊?

常二茂说,怎么就不能活着出去啦,谁告你不能活着出去啦,我早和你们说过,矿上有紧急救援制度,也有紧急救援队,那制度是要实实在在实施的,那救援队也是实实在在打拼出来的,不是说空话让谁听摆空架子让谁看的。这种时候你说这种话你不觉得打击士气吗?口气尽量舒缓温和,让郭三星和其他窑黑子们都听得顺耳。稍停顿,郭三星没反应,在听呢,是个好兆头。接着说,我带你们到这种地步,我惭愧。问题是惭愧有什么用,一句空话谁不会说!要紧的是想办法带大家出去,怎么进来的还怎么出去,这是我的愿望,也是我的职责。所以我要求大家团结一致共同面对灾难。要紧时刻,常二茂代理班长的架势口气还是有模有样呢。

郭三星说,你刚才说你也没别的办法了,只能奉劝我们一句空话。那是什么意思啊?

常二茂一巴掌打在自己下巴上啪一声脆响,原本是要打脸的,地面簸动身体也簸动没打在脸上打在下巴上了。响声里夹带着水花迸溅的尾音,迸溅起的水花冲洗一下常二茂的半边脸,带哭腔说,三星,到这种地步了你还记得抠字眼儿啊。刚才是我遭惊哈不负责任胡说了还不行?常二茂努力笑一下让笑声干干地响几声,目的很明确:巷道里险情恶劣,不能让人气也恶劣了。笑声响过接着说,怎么地,想显摆一哈你这个高中没毕业的后生比博士没毕业的屎博儿还会抠字眼是不是?三星你说。一句话提醒大家:有一段时间大家没听见我康沛然吭声了。水花击打巷道壁的声音和地面簌动的声音虽然一直响,但巷道里谁有声儿谁没声儿了,大家心中有数。尤其是羊群里混杂着的我这个大叫驴,没有人不注意。

  常二茂低叫一声,屎博儿,你说我说得对不对?

  我没回应。常二茂又低叫一声,屎博儿你怎么不说话?巷道里除原有的嘈杂声外没有别样的人声。郭三星高叫一声,大叫驴!还是没回应。常二茂说,谁的矿灯能用快开矿灯。这时候大家才记起矿灯这回事,也意识到矿灯的重要了。有人说,矿灯都在呢,只是不知道能不能用呢。常二茂说,都试试看谁的能用谁的不能用了。有人补充说,郭三星的矿灯不在了。常二茂刚要说话,我把矿灯开亮说,我睡着了。有那么一霎真是睡着了,刚睡着就看见我爷爷眼睛血红泪流满面站在我面前说,早说让你快跑你不跑,这哈好了吧?我心疼我爷爷说,爷爷你的眼睛怎么了好像出血了。我爷爷像是没听见,自顾重复那一句已经说过一次的话。

  我爷爷陪伴我在县城读初三那一年暑夏一个傍晚,我爹进城找我爷爷要吃油饼饼。我爷爷刚捡废品回家,肩挑两个大编织袋,后背悬挂一只大布袋,手里还提一大捆纸袼褙,一齐放在房檐下说,你看我哪有时间制作那种小吃耍。这两年多时间猪猪都没吃上一口呢。制作那种小吃耍费事,要配料要发酵,我早就想教你制作你不学,你当下要吃哪里就能吃到。我爹不说话回房里睡倒在土炕上悄悄落泪——实际上是想念我和我爷爷了。我爷爷说是那样说,实际准备要做呢,打水洗手脸,洗脏一盆水再换上另一盆,洗干净手脸开始做晚饭。一边找面盆配料发酵制作油饼饼。晚饭还没有做好,配好的半面盆面还没有和精到,我爷爷就龇牙瞪眼张望我,嘴唇快速抽搐倚炕沿慢慢倒下去,仰躺在地上眼睛翻白,只有往外呼的气没有往里吸的气,送到医院抢救命是保住了,但身体瘫痪了。

　　我恰好听见郭三星高叫大叫驴,雪亮的灯光里面窑黑子们都是只有一颗头漂在水面上,摇摇晃晃蹦蹦跳跳,像雨点打在水面上跳荡起小水柱的样子,都面向着常二茂,一个一个唇红齿白面目脏污——白一片黑一片大花脸了。常二茂先哭出声,紧赶几步抱住我说,屙博儿你把我哈死了,怎么叫你几声都不回应一声啊!哭泣声变成哽噎声,一声接一声叫着屙博儿。抱得急促,两个人胸脯之间激荡起水花,从两个人脸前飞蹿而上,落下来又在两个人头顶心跌碎。我摇摇晃晃蹦蹦跳跳。身上筋骨在急剧地颤抖,声音也跟着颤抖说,我冷,我睡着了。重申不回应的理由口气发虚呢。实际就是晕厥了一下,哪里就是睡着了。我爷爷的魂灵儿真的随我走进窑坑里来了,不然怎么会那么容易就让我看见了。我后腰上的伤疼得心中战栗屙了一裤裆一直在用手悄悄往外抓。抓出一把放入水里再伸手进去抓,只怕弄出响声引起常二茂和窑黑子们的注意,还是让注意到了。怕常二茂闻着臭味儿双腿抖动得加速了,想通过抖动把粪便顺裤管抖动到水里。常二茂这时候哪管什么臭味儿不臭味儿,只顾摇摇晃晃蹦蹦跳跳哭泣了。不光是因为我说话了,还因为开亮矿灯那一刻,一眼看到水位上涨得已经过肩了,常二茂意想不到的害怕;还因为开亮矿灯那一刻,大家向日葵模样向着他,尤其感觉到责任重大呢。也正是感觉到责任重大,自责起来了不该哄骗大家:外面放空车了。还后悔抢夺郭三星矿灯那一曲。抢夺抢夺吧,抢到手了偏给弄没了。某种程度某个关键时刻一盏矿灯就是一条或几条命呢。常二茂一哭,大家摇摇晃晃蹦蹦跳跳间都觉得心酸,被郭三星挑逗起来的敌对情绪一时三刻冰消雪融了。落到这种地步,怎么能单怪茂头儿,还是自己想挣钱,不想挣钱时谁会闲得没事找事进这黑乎乎巷道里。谁不知道在这种煤矿上下煤窑就是拿人肉换得猪肉吃啊。

　　常二茂止歇住哽噎说,屙博儿,你这一觉睡得把水位都睡稳当了,我先要谢你了。水位明明还在上涨偏说稳当了是想顺应大家的企盼。松开我,茂头一张脸漂在水面上摇摇晃晃蹦蹦跳跳原地一百八十度旋转和大家笑着说,咱们这个班上一共三十几个人,除去回采组和绞车组的二十几个人,咱们这个工作面上一共十一个人,有两个人请假剩哈的九个人全在这里了。水位稳住了,巷道暂时不出事,咱们就有希望。还是我那句话,步调一致保持安静保养体力等待救援——回采组那十几个人离咱们远,不知道情况怎样呢。嘴上说呢心中凄凉,这可真正应了阁老村人那句话了:老牛回头看,谁也顾不得谁了。其实在这座煤矿上下煤窑的窑黑子们,比拉犁耕地的老牛惨多了。发现自己又走神了,急忙振作起精神说,检查一哈矿灯吧,咱们一般不开灯,必要时只开一盏。一时间巷道里的矿灯光闪烁。有人说,我的能用。又有人说,我的也能用。检查下来九个人六盏矿灯还能用。常二茂急忙说,只开一盏,只开屙博儿的这一盏,其他人的都关了吧。忽然惊叫说,怎的你们头上的安全套也有掉了的啊。常二茂说安全帽一向只说安全套,说习惯了大家也听习惯了,没有谁觉得不合适,没有谁觉得有趣想笑。常二茂努力开的一个玩笑白开了,呵呵呵干笑几声算给自己一个台阶下。摇摇晃晃蹦蹦跳跳看水位,水位又见涨,心中暗暗恐慌,再往上涨一两寸,有几个人的鼻子嘴巴就要进水了。忧心如焚,顺流水往青石岩壁那边看,隐约看见五只安全帽拥挤在青石岩壁跟前也随地面摇摇晃晃蹦蹦跳跳相互碰撞呢。常二茂往青石岩壁跟前飞蹿,身体左一摇右一晃只一颗头在水面上漂移。从我面前漂过时,我只闪避常二茂的头没闪避常二茂的身体,差一点儿被常二茂的胯骨撞倒。我明显比别人有优势,水面刚淹到胸部,一脸惊愕地看常二茂,常二茂头顶靠近青石岩壁的那个大缺口不缺了,一团碎石从缺口里挂下来徐徐往下垂。像牛屁眼里正往外拉一团牛粪还没完全脱离开牛屁眼那样欲掉未掉。我惊吓得眼睛瞪得老大,眼镜歪在鼻梁上。不知是谁在我身后叫一声:茂头儿小心头顶。喊声未落,喊叫的人先扑跌倒,鼓荡起水花冲击众人冲击巷道壁,有人跟着往水里倒。巷道里人喊水响,响声和回声纠结在一起,嘈杂、恐怖、催魂、夺命。嘈杂声里常二茂想疏通水道,没入水中不见了,双手扒拉巷道地面和青石岩壁之间的缝隙。缝隙被煤泥煤渣堵死,不扒拉开,巷道里的水不涨是不可能的。扒拉开一点了钻出水面大喘气,抱着五只安全帽匆匆忙忙离开青石岩壁不到两步,头顶上碎石呼隆一声掉下来,紧贴常二茂后脑勺落入水里,激荡起几尺高水花,尾随着一道黑乎乎的尘埃翻卷、弥漫顺巷道扩散,扩散出一股带药材味的泥土气。常二茂背脊上衣服被划裂,凤凰双展翅般黑乎乎两片翅膀漂浮上水面,像两片荷叶托着一颗枯焦的莲蓬头,从白花花水花和黑乎乎尘埃里钻出,摇摇晃晃蹦蹦跳跳漂移回大家身边,面带微笑让大家认领安全帽。手里还剩下一只高举起说,这一顶是谁的?大家轰的一声笑,开玩笑说,茂头儿年纪大了用不着安全套了是吧?常二茂如梦初醒叹息说,我真是老了。意想不到别人和他开玩笑,高兴起来顺势说,郭三星、屙博儿,你两个随我到巷道掌子里看看去,其他人原地不要动。郭三星说,我没矿灯怎么走。紧接着又嘟囔一句,老子不是你的屙蛋,你想怎的耍就怎的耍。常二茂只听见前面的一句没有听见后面的一句,回答说,用屙博儿的。屙博儿,把你的矿灯给三星。

  破旧不堪的公共汽车一直在颠簸中行进,轰轰轰,哗哗哗,震耳欲聋。我还在悄悄抓摸裤裆里的粪便,想提醒常二茂:郭三星和你结仇呢,你小心。有那么多人呢怎么提醒。抓摸出一把粪便到水里冲刷手,脚尖触碰到一盏矿灯,捞摸起来举起说——还没说呢,听见常二茂呼唤,赶忙把那盏矿灯高举着送出去说,茂头儿,我后腰里伤口难受得厉害,站都站不住了,哪能走。知道刚刚摸到的矿灯是郭三星的矿灯。郭三星爱矿灯如宠物,把矿灯全身上下打过蜡,掉在水里浸泡这样长时间,未必一定就不能用了呢。常二茂拿走矿灯摁亮说,三星,吴跃平——吴跃平叫起来,我哪里也不去,死也死在这里了。常二茂把矿灯的光照在吴跃平脸上,吴跃平攀附在巷道壁上下巴高翘起,龇牙瞪眼一脸惊恐状。即便如此,不停歇跳荡的水面也已经和吴跃平的下嘴唇齐平了。常二茂把矿灯的光移开改口说,三星、原二辇和我走吧。郭三星没再说话,一颗头漂浮在水面上摇摇晃晃蹦蹦跳跳往巷道掌子里去了。原二辇的头尾随在常二茂的头后面,像郭三星和常二茂一样在水面上摇摇晃晃蹦蹦跳跳悄没声儿往巷道掌子里漂移。我暗舒一口气:蜡打过的矿灯果然防水呢。索性靠紧巷道壁摇摇晃晃蹦蹦跳跳连屁股带裤裆一起洗。洗干净了穿好裤子歪靠在巷道壁上睡觉,这回真是睡着了,呼噜声还很响呢。

  其实我哪里能睡着!主要是不想睡也不敢睡了。一旦睡着就要见到我爷爷,事到如今我有一点儿畏惧老是做梦见我爷爷的这种梦了。我爷爷活着时吃苦受累照料我,死了死了变成魂灵儿还不能消停,我对不起我爷爷,亏欠我爷爷！呼噜声是我故意添加的，是我不想和人说话了。这一招果然奏效，谁也不愿把别人从睡梦里叫醒陪自己说话。也不是我的呼噜声奏了效，是常二茂一走，其他人一下都没心思说话了，落到这种地步说什么呢。等常二茂回来了，或许能找到活着出去的道道儿呢，常二茂是大家唯一的生存指望了。另一方面窑黑子们心里都明白，我不是真正意义上的窑黑子，是在另一棵树上攀爬的猴子。一条看不见的鸿沟横亘在我和窑黑子们中间，就像横亘在我和温小婷之间的鸿沟一样——分隔开我和其他窑黑子的鸿沟岂止这一条，还有一条呢，找个对象还让人拐跑，戴顶绿帽子还天天进煤窑，丢人现眼还博士呢。

  温小婷随王乙涛出走这件事，在阁老村和阁老村煤矿上已是公开的秘密，只是没有人敢随便说。我和我爹口径一致：温小婷回娘家去了。从我记事起，我爷爷就告诫我：人活在世上，宁要人嫉妒不要人同情。人嫉妒说明你是胜者，人同情说明你是败者。眼下我和我爹就是败者了。败者无能败者不言，败者不光记恨温小婷，也记恨常二茂，是常二茂硬把王乙涛推入我的生活里，常二茂是帮凶。我记恨温小婷，可以像从来就没见过温小婷这个人一样，用我脏污的工作服一把把温小婷从我记忆里抹去。这几天都没有想起过温小婷一回。但我记恨常二茂，就只能是一个空洞的意念，我无法把常二茂从我的记忆里或眼面前抹去，尤其不能不陪伴常二茂在这黑黢黢阴森森的窑坑里受难。

  我不想温小婷，但想我爷爷想我爹，也想我自己呢。爹千辛万苦把我抚养大，老了老了眼看就要幸福迁徙，跟随有本事有前景的儿子去大城市颐养天年了，意想不到呼隆一哈死寂死寂膝前无人走动了。对不起，我又把下说成哈了——是我爹的不幸更是我自己的不幸。不幸在于祖父和爹的人生轨迹都深深烙着时代的痕迹，痕迹祸多福少今辈子下辈子下下辈子不想让重复，居然有了重复的迹象了。哪里仅仅是迹象，是已经开始重复了！追寻原因，只有一个答案，因为贫穷。继续追寻，答案就多种多样了。我爹幼年丧母，中年丧妻；我爷爷娇惯我爹，我爹懒惰；我不该高攀温小婷，不该当窑黑子，不该和王乙涛交往——温小婷是鸡吗？不是鸡还能是什么啊！不想温小婷为什么要想温小婷？多少天了，怕我爹承受不起丢失儿媳的打击，我老是对我爹说温小婷回娘家去了，过几天就回来。我爹失去过妈失去过老婆，一定要再加上失去儿媳这一种打击吗？不想温小婷，不想一只鸡！我处在这种自相矛盾的思想境地里，拒绝思念温小婷偏偏要思念，每每思念都要在心底诅咒自己：找死啊，放着眼前的人眼前的事不想，为什么要想一只鸡。想起一次如此诅咒一次，诅咒的次数多了，咒语成谶，自己这颗蛋想不碎不可能了呢。落到这种地步，不是找死是什么？！眼见这座矿山就是我自己的坟墓了。如此说来，自己匆匆忙忙从一座世界知名的繁华大都市赶回这个小山村，就为做一件事了：为自己掘墓。爱情、婚姻、事业、生命，我自己都是掘墓人。难道不是吗？想搭建情感基础平台，想大浪淘沙淘尽假爱留住真情正是我自己的初衷！

毫无疑问，我最不想想起温小婷，实际想得最多的还是温小婷。从本科到硕士研究生一直相随，进教室进餐厅，或者在校园里散步，在花丛树影间席地而坐，谈理想谈志趣谈家庭情况、家庭趣事，谈老家的风情乡俗。谈论最多的其实还是某些学术观点或学术命题。温小婷最看不上那些伪科学家，准确地说是最看不上伪科学家制造的伪科学命题。每次说起总是滔滔不绝、慷慨激昂外加粉面如花。说得忘情到干脆忘记是和我在一起，只当是在某个学术讨论会上了。我不附和不反驳，只是静静地听着。温小婷说着说着忽然不说了，惊慌失措地瞪大眼睛看我说，我又违规了是不是？我微笑说，回头是岸吧。温小婷闭眼仰脸说，好吧，我认罚。我和温小婷有一个约定：面对学术话题只讨论学术本身不涉及其他。谁涉及谁违规，谁违规谁受罚。温小婷违规，我到温小婷脸颊上轻轻吻一下；我违规，趴下让温小婷骑行三米远。眼下温小婷违规了不受罚说不过去呢。事实上总是温小婷违规的时候多，我违规的时候少。原因简单明了，只要是我和温小婷俩人在一起，通常情况下都是温小婷话多我话少，我最喜欢静悄悄观察温小婷说话时的那种容颜变化风景了，学术讨论时就更是！我到温小婷脸颊上浅浅吻一下，冷不防嘴唇轻轻一滑滑到温小婷嘴唇上，不由分说把温小婷搂抱在怀间吻得温小婷喘不上气大扭动身体才松了手。温小婷鼓腮赌气说，你也违规了。之所以鼓腮赌气是因为看见有同学在树丛外偷窥了，可惜温小婷看见我没看见，情不自禁就顽皮淘气起来了。我爽快说，我认罚，来吧。四脚着地等候温小婷骑行。温小婷到我屁股上踢一脚钻出树林走了。这一场景被同学们用手机拍了视频发到同学微信群里再配上文字,被好一段时间热炒。热炒热炒吧,温小婷和我都满不在乎呢。我在同学微信群里坦言:爱温小婷漂亮、爽朗、娇柔。温小婷在同学微信群里发表公告:爱康沛然的学识、才华外加实诚、敦厚。如此一来,倒博得同学们一片叫好声:才子佳人,祝贺!祝贺!或者:金玉良缘,羡慕,羡慕啊!也有故意调侃的:我恨,恨我没有沛然貌,恨我没有沛然才,恨我不是沛然身。有的干脆说:死不瞑目啊!

  轰轰轰、哗哗哗,震耳欲聋的嘈杂声把我从美好的回想当中拉回来,都是过去的事了,说不想了不想了居然又想起。为拒绝想起,我卑劣无耻地又一次问自己那一个恶毒的问题:温小婷到底是不是鸡?紧跟着我给自己两个截然不同的答案。第一个:温小婷是鸡。不是鸡怎么可能随便跟一个认识才几天的男人出走。第二个:谁说小婷是鸡谁才是鸡呢!为证明温小婷不是鸡,开始想温小婷淑女贤德的地方,想得最多的是几天前张一文婶的几句话:你女朋友不愿意走,是被那个牛二强抱上车拉走的。牛二强抱起你女朋友那时刻,你女朋友都哭出声来了。我早起替你一文叔喂牛亲眼看见的。跑回家喊你一文叔出来搭救,那牛二早开车跑了。张一文婶还说了许多,但我只在意这几句。这几句话像猫爪子老在抓挠我的心,这时候抓挠得剧烈了:都是我不好。回阁老村找什么磨砺,找什么共同点,搭建什么真正的情感基础平台!温小婷说只有你这个书虫儿才能做出这样的事来。你爹说你怎么越念书越傻!可不真就是越念书越傻了!噢,温小婷天真、良善,被人拐跑了,张一文婶都按捺不住替我着急呢,我还装没事人样子天天下煤窑,也能装得出也能装得住!被装在煤窑里生死未卜了还固执已见傻不啦叽恨温小婷呢,还有恨的资本和恨的必要吗?可不是傻上头再加了傻是什么!古书里敌对双方两员战将在战场上两马相对时怎么说来?你死到临头还敢嘴硬!我这不光是嘴硬念头也硬呢!设身处地替小婷想想,眼下小婷的日子好过吗?既然是被王乙涛强抱上车拉走的,那么王乙涛玩腻了还爱小婷还珍惜小婷吗?小婷没带走多少钱,没带走多少衣服,显然就是没准备走是被强拉上走了,想要回阁老村或回天津有钱买火车票或飞机票吗?即便有钱,有行动的自由没有吗?没行动的自由了,小婷会呼救会哭闹吗?小婷呼救时哭闹时会有谁到场?我为什么不听张一文婶劝说去追寻王乙涛？我好恨！我是死有余辜了！

　　想到这些,我仿佛听到了温小婷哀哀的哭泣声,温小婷的笑声莺声婉转勾魂摄魄地迷人,温小婷的哭声笛声悠扬牵肠挂肚揪心呢。我心中对温小婷的恨意像一座掏空内脏的大山"轰隆"一下瞬间坍塌了,坍塌得无影无踪没留下一点点痕迹。具体表现是突然放声号啕起来了。意想不到的哭声盖过所有的声音,山崩地裂式震耳欲聋,巷道里一下亮起许多盏矿灯,一齐往我这边照。我用头撞击巷道壁,用拳头捶打自己的脸颊、胸脯说,我要出去,我要出去。没有人说话,没有人过来阻止,水位还在涨,已涨至窑黑子们的耳根下。吴跃平矮小嘴巴早已没入水中了,突然惊慌失措,狂呼滥叫:救命。丢掉矿灯,一颗头在水面上乱跳乱窜,时隐时现,双手击打起水花,把所有的人头都淹没入水花里。我不号啕了,摇摇晃晃跳跳荡荡漂移过去,托住吴跃平说,小吴没事没事,茂头儿离开有一阵子了,咱们相跟上去看一看,或许巷道深处有逃生的通道呢。吴跃平挣脱我,面目狰狞地冲我喊叫说,我哪里也不去,死也要死在这里,你不要碰我。被水呛了嗓子一下就哑了,跖脚伸脖双手紧抠住岩壁上一块凸出的岩石一动不动了。我环顾左右,没一个人响应,安顿稳当吴跃平,便独自往巷道深处漂移。一半是因为没有常二茂,巷道里轰轰轰、哗哗哗、震耳欲聋的嘈杂声一直让我惊悸,一半是因为我突然爆发的号啕声诱发出我的羞耻心,想远避开大家。我最清楚不过,没有常二茂带领,巷道里这些人千真万确是死定了。恨自己当初选专业没选煤矿专业,面临灾难,读过书不如常二茂没读过书。漂移出几百米,轰轰轰、哗哗哗、震耳欲聋的嘈杂声里忽然迸出一声地动山摇的爆炸声,紧接着整个巷道剧烈地摇荡,摇荡起的水花冲击巷道壁,轰、哗,加倍震耳欲聋响。我只觉得被什么从后背上猛推一把,一头扑出去,直撞向巷道壁。还没撞上呢又被什么猛推一把飞鱼一样顺水面往巷道深处飞蹿,无论如何我一只手攥紧矿灯一只手攥紧眼镜。后腰上伤口疼痛得尤其剧烈了,带哭腔嘟囔:我要出去,我要出去。其实是在嘟囔:我要出去找小婷,我要出去搞科研。只是每次嘟囔过前面四个字后面的两三个字就没力气嘟囔了,嘟囔是嘟囔了,嘟囔的声音太微弱,自己都听不到。正往前飞蹿呢,忽然又身不由己往后面漂移,一开始是缓慢漂移,后来是加速漂移并且是越来越加速。一旦撞击在巷道壁上或顺水进入一条黑咕隆咚的窟窿里就死定了，急忙依傍巷道壁想稳定住身体，一时稳定不住被强推着移动，手上、臂膀上、脸颊上被巷道壁上锋利的石头划出许多新伤痕。高举矿灯前前后后照，虽然视物模糊，但还是看清楚一条黑森森亮晃晃的怪物正迅速往巷道口方向飞蹿，水位也明显下降了，刚刚还齐肩深的水位眨眼间就齐腰深了，片刻之后就到膝盖以下了。那一声爆炸是在哪里响起的？是有人救援把什么地方炸开一个大洞了？是常二茂和郭三星他们在什么地方找到炸药了？还是巷道里发生大面积塌方了？我疑疑惑惑往巷道深处走，只怕巷道壁或巷道顶呼隆一声爆炸塌下来。巷道越来越宽阔越来越高悬，顶壁距地面足足两丈高，左右巷道壁距离在三丈以外了。嘟囔声继续：我要出去，我要出去。可能就是常二茂他们在什么地方找到炸药了。居然听见滴水声：叮、叮。有柔长细软的回音，像有靓丽女子在巷道深处柔声唱歌或低声吟诗呢。我稳稳当当站住发现自己不摇晃蹦跳了，地面的簸动轰响消失了。地面是稳稳当当的地面，脚步是踏踏实实的脚步了。巷道里异乎寻常的静谧。叮、叮，靓丽女子的低吟浅唱声遥远、悠长，给巷道里的静谧平添一种恐怖的感觉。我不适应这种新状态，长时间站着不敢动，嘟囔声也没有了，尿裤子的感觉又有了。矿灯盲目无助地向周围照射，顶壁、地面、巷道左、巷道右、巷道深处甚至长时间回头，像是想往回走，或者是想向巷道口的同伴们求助。巷道顶上有一道裂缝细细长长不足半米宽。不过地面上没有煤块或石块掉落下来过的痕迹。我试着往前走，走走停停，走过那道裂缝，走过一段狭窄处，左右巷道壁间距离超不过一丈，是常二茂设计出的佳作吧。常二茂每日在巷道里巡查，巡查项目中一项：留壁。留壁了没有，留壁了没有啊？常二茂走过一段宽阔地带必然要这样吆喝。某些时候窑黑子们为采煤快只顾了放炮往下炸煤层不顾及留壁。常二茂就大叫：不想活啦不想活啦是不是？不想活了就赶紧回你家上吊去，去，回家上吊去。常二茂二十九年在这座矿山讨生活，积累出一套为老板减耗增收的经验：巷道里间隔留壁，不用买钢筋木材打梁柱。这样一来掘进省时省工省材料，回采一样省时省工省材料，把狭窄处的留壁——柱墙全部回采拓展宽，任顶壁稀里哗啦垮塌掉，没人琢磨过后果。后果不后果吧，反正采煤工就是要采煤，把煤炭采空了，主要目的就达到了。山还是山,水还是水,村庄还是村庄,一切正常还要求什么啊。单就这一点,常二茂深受老板王乔谷倚重,多次大会小会表扬常二茂忠诚、勤劳,有头脑,号召全体员工向常二茂学习。也是呢,私营企业不倚重常二茂这种人,倚重谁?

转一个大弯,那弯不是一下子就转了,是缓缓地转呢,几乎感觉不出转弯就转了。转过弯就又到宽阔处,叮、叮,靓丽女子的低吟浅唱声消失了。取而代之的是另一种声音:呜呜呜,呜呜呜。像刮风像跑洪水像女人充满幽怨的呜咽声。我站住,感觉不是站在巷道里,而是站在陌生辽远的荒原里,四面有虎狼蛇蝎瞪大眼睛正盯着我,正悄悄向我靠近。我呼吸急迫,拿不定主意是继续往前走还是顺原路返回呢。歇一会儿吧,我安慰着自己——其实不是我安慰自己,是感觉着我爷爷尾随在我身后正和我说话正安慰我呢。

爷爷!我嘟囔着呼唤了一声,宁愿相信我爷爷的魂灵儿在窑坑里陪伴着我呢。

有我爷爷在,我胆壮了许多,歇一会儿敢动手脚了,用矿灯上下左右照射,顶壁上又有一道裂缝,比刚才那一道裂缝宽,钻得进去一头小牛。裂缝长长宽宽从顶壁绵延到左边的巷道壁上,距地面三尺或三尺多一点终止。像刮风像跑洪水像女人充满幽怨的呜咽声的那一种声音就是从那裂缝里发出。矿灯的光往前面照射,黑黢黢深不见尽头;往回照射,同样是黑黢黢深不见尽头。我呼吸急迫想要尿尿想要哭泣呢,坚持住没尿没哭泣,腿肚子转筋转得坐骨神经都在抖。最终——哦,实话实说我走身子了。阁老村人土话说遗精不说遗精,说走身子了。这种时候我走身子,我感觉到害怕还感觉到羞耻,羞耻心唤醒我男子汉应有的尊严,低声呼唤:爷爷。突然放声喊:茂头儿,茂哥!一向只称呼茂头儿,现在喊出茂哥来了,为喊出这一声,动作特别夸张了一下,胸脯挺得溜直,眼睛瞪得老大,全身筋骨都在咔吧吧响呢。

喊声在巷道里鼓荡起回声,长时间呜嗡呜嗡响,回声过后没有回应,常二茂、郭三星和原二莘一点儿痕迹没留下。这种状况激怒我,大踏步往前走几步,贴近巷道壁上裂缝往裂缝里照射矿灯的光。裂缝里有风吹到我脸上,沁凉沁凉夹带着浓浓的湿气。裂缝深邃,矿灯的光往下照看,看不见底部,往上照看,看不见顶部。裂缝两面黑黢黢峭壁直立,用手摸摸,光滑湿润、坚硬似铁、小有棱角,可供人攀爬。常二茂武警出身,顺这种峭壁攀爬没问题。郭三星呢,原二犇呢,也顺裂缝里峭壁攀爬上去了吗?要攀爬多远才能攀爬出裂缝,见着天日呢?有一点我判断清楚了,裂缝里的风来自裂缝底部,像刮风像跑洪水像女人充满幽怨的呜咽声的声音也来自裂缝底部。裂缝底部怎么会有风?怎么会有那种让人毛骨悚然的声音?

我软塌塌席地而坐,像坐在一只水盆里,水花四溅但我神情发苶地嘟囔:小婷,我顾不上你啦,你好自为之吧。只是嘴唇微微翕动,没有嘟囔出声音,矿灯拎在手里没记得关掉。眼前迅速飞过我爹满山遍野呼喊我的身影,迅速飞过温小婷在学校教室里安安静静读书的样子,迅速飞过温小婷父母陪我和温小婷同桌吃饭的场面,迅速飞过导师对我的论文表示欣赏变得异常明亮的目光;迅速飞过我爷爷血红的眼睛和满脸的血污。我爷爷瘫痪后,我爹就留在县城伺候我爷爷,陪伴我读书,直到我考入县城重点高中住校了,我爹才和我爷爷回到阁老村。

爷爷!爹!小婷!叔!阿姨!老师!我在心底呼唤,呼唤得心头暖暖的鼻尖酸酸的眼睛涩涩的。

我要出去,我必须出去!常二茂、郭三星、原二犇能攀爬出去,我也能攀爬出去!

我又一次嘟囔,同样没嘟囔出声音。记恨常二茂硬把王乙涛推入我生活里的那一种酸酸涩涩的念头又一次从心底泛起,泛起了好,泛起了让我清醒,我不能稀里糊涂就按照常二茂和王乙涛给我画定的人生路线图走下去——尽等着干死饿死;还给我力量还给我壮胆,我一定要出去,一定要活出个样子,让常二茂让王乙涛看看,他们没有能力左右我的人生轨迹,充其量只能是给我脚底下放一块石头或挖一个小坑,绊我一下或害我闪跌一跤。我的人生轨迹是我凭借我自己的智慧、才能或说勤奋奔波出来的或飞翔出来的。

刚才那一下惊天动地的爆炸怎么没一点儿爆炸过的痕迹?巷道里水都到哪里去了?我扶巷道壁站起,腿不抖了,后腰的伤痛微弱了,也没有想要哭泣的冲动了,只有屁股上淋淋漓漓往下掉水珠,掉入地面上的水里嗦啦啦响。把矿灯挂上安全帽,把安全帽的束带、腰间的裤带、脚上的鞋带都往紧系一下,抬脚往巷道壁上裂缝里攀爬。忽然听到常二茂微弱的声音:屙博儿不要,快来帮帮我。声音虽然微弱但清晰,我清清楚楚地听见了,矿灯的光托举着我的目光往巷道深处飞蹿,茂头儿,茂哥! 常二茂回应说,屙博儿,我在这里。常二茂倒背双手和一只脚捆缚在一起,趴伏在巷道壁上像一只还没化蝶的蛹斜立在那里,一点一点往我跟前挪动。以鼻梁为界,左一半在水里浸泡过洗白了,右一半仍然黑,白森森牙齿怪怪的瘆人。我在常二茂面前蹲下带哭腔说,茂哥! 常二茂的裤子连同内裤一齐脱到膝盖以下,小弟弟满脸满身的黑污比常二茂脸上的黑污还要厚实些。

茂哥,你这是怎么啦? 我半拖半抱,把常二茂向巷道口方向拖行,拖行一段放平在巷道底的地面上给常二茂松绑,泪水也下来了。

常二茂说,郭三星冷不防从我左小腿上踹一脚和原二犟联手用我的裤带把我捆起来,他们顺那条裂缝攀爬上跑了。他们怕我自己解开裤带打了死结了,你再看看我左边这条小腿,我觉着是断了。郭三星踹我那一哈,我听见咔嚓一声响,像隔着布口袋踩断干树枝的那种响。然后就不听使唤了,这一阵感觉着疼了,钻心摘肺的疼。

常二茂声音虚弱,气喘吁吁。我一方面因为害怕一方面因为心里急,还因为心里的那一点点记恨,裤带老也解不开,手指触碰到常二茂一只手,常二茂立刻紧抓着不放。常二茂的手滚烫、颤抖,指甲缝里堵满带血的黑泥。泪水妨碍我工作,我停止了啜泣,裤带是一条又长又扁的红色编织物,实际早已是黑色了,我手指牙齿全用上,出一身汗才解开。常二茂舒张开手脚趴伏在地舒出一口气说,屙博儿,你记着,人到关键时候看人心,一看一个准儿。我早看出郭三星心术不正了,但只是觉着不正,没想到他会不正到这种杀人放火的程度,你一准想不到他用怎样的手段偷袭我。

我愤然说,危难时刻做这种事闻所未闻! 心里偏是说,我也恨不能这样待你一会儿呢。

常二茂说,我趴在那条裂缝边上,上半身刚伸进裂缝里正上上哈哈查看裂缝里情况呢,郭三星突然从后面来那么一脚。不光一脚,还抱起我要往裂缝里那个黑咕隆咚的窟窿里扔。原二辈吼一句:你不能杀人。郭三星才放开我,我感谢原二辈,也憎恨原二辈。他无缘无故和我没有任何怨恨就帮助郭三星。

我说,我刚才听到一声天崩地裂的爆炸,你听见没有啊?

常二茂说,郭三星踩断我的腿把我丢在水里,我被淹得半死,只顾了挣扎想活命了,哪有工夫听甚爆炸声。你看我脸上这些伤,全凭这张脸勾住巷道壁把头一点一点从水里钻出来,让身体在巷道壁上立住,不然我早被淹死是一具尸体在水面上漂着了。

我说,郭三星为什么要这样,总有个原因吧?遇着问题分析研究,我习惯成自然了。没有原因,即便事实摆在面前,我也不会贸然相信。

常二茂烦躁地说,还有什么原因,屌博儿你明知故问,是看见我落难了想要捉弄我吧?

我说,茂哥,什么时候啦说这种话,我怎么会捉弄你。我想反问一句:不记得你帮助王乙涛捉弄我啦?

常二茂说,你不可能没听说我和郭三星闹矛盾。郭三星想当副带班,给坑口主任送钱送土特产还送女人。坑口主任把他推荐到矿上,我给否了,这矛盾的根儿就种哈了。郭三星给老板写信告我贪污超产奖出勤奖、损公肥己十几条罪状呢。

我说,一座私挖滥采的黑煤矿上的一个副带班,你给他不就行啦。

常二茂说,他不当头儿是我一个人受害,他当了头儿受害的人就多了。

我惊讶,心中嘀咕:年轻人求发展,老年人给年轻人让路是自然规律,也是老年人的一种责任或义务吧。大家当窑黑子下煤窑能受什么害。我只顾嘀咕了忘记说话了,一种不屑与语的感觉在心底泛滥,像秋雨像冷风一阵比一阵强烈呢。心中忽然翻腾起另一个念头:小婷,是我错了,当初回阁老村下煤窑不该不听你劝阻,是我像常二茂一样小心眼打小算盘了。一股暖风热乎乎从我脚底直吹上心头,我心窝窝里温暖,鼻尖尖发酸眼睛发涩,讨厌哭泣面带了微笑。忽又觉得我对于常二茂的评价不准确,无论如何郭三星既然能在这种时刻对常二茂下狠手,对于其他竞争对手同样可以下狠手。

常二茂说,屙博儿,你笑什么,怎么不说话?

我说,郭三星、原二犇能从这条裂缝里攀爬出去,咱们为什么不跟着爬出去?

常二茂冷笑说,我就怕你屙博儿错打了算盘,所以抓住你一只手不放。这一阵郭三星、原二犇说不准已在阎王爷那里报过到了。愣着看什么,让你看看我的左小腿断了没有怎么不看看。常二茂冷笑的模样怪异且可怕,嘴巴张着,眼珠吊起,鼻尖歪歪着簇拥在一片松松垮垮的皱皮里。像屁股上挨了刀想要叫一声,还没叫呢刀尖干脆直插入屁眼里想叫叫不出来了。

我说,你这样笑让我想起古装戏里的曹操。曹操杀人前或杀人后就是这种笑,我怕你这种笑。我怀疑是你把郭三星和原二犇推进那条裂缝里去了。还想说,就像你把王乙涛硬推入我的生活里一样。

常二茂叫起来:屙博儿,我把郭三星和原二犇推进那条裂缝里我自己能把我自己捆扎成粽子?还打断一条腿?你试试你试试!

我惊讶研究方向怎么拐到这边了!嘟囔说,我怎么胡说八道起来了?

常二茂叹气说,你这孩子好就好在人实诚,你念书念得出色估计就是因为实诚,人实诚了精力不分散,做什么都能做出个样儿来。你扶我坐起来,我坐起来咱们好说话。

我说,都是我不好,这种时候还胡乱猜疑你。是记起常二茂违背季大师的意愿,强留我在矿上当窑黑子的那一点儿好,真心真意悔过了。半扶半抱着常二茂往裂缝口移动。

第五章

  人说,大灾大难发生前动物会有异常反应,可惜窑坑里只有人,没有其他有灵性的动物。其实人也是动物,只是窑黑子们无论如何不会把出现在自己身上的异常反应和一场即将发生的灾难联想在一起。那一天距正常下班还有一个多小时,道轨出了问题,矿车斗被迫停运。轨道很少出问题,没有人把轨道出问题和灾难往一起联系过。常二茂紧赶着顺巷道往外走,巡查道轨上哪一个地段出问题了。常二茂刚离开,窑黑子们自带的那只小闹钟的铃声就响了,窑黑子们要的就是这铃声,丢铁锹扔镐头离开工作面靠巷道壁坐下或躺下私语、睡觉。我刚睡下就随我爷爷在山野里奔走,面前一座黑森森尘头山一样由南向北飘移,飘移得缓慢、滞重还沙沙沙往下落小黑雨。树不是树,是一座一座小黑塔;草不是草,是一根一根锈满黑斑的小尖刀或小长矛;房屋不是房屋,是一坨一坨落地久远的干牛粪;小溪不是小溪,是一条一条曲里拐弯细长细长的染了墨的黑绳子。小风微微吹动,黑尘乘势从树上、草顶、房檐前、小溪和小溪周边的地面上又一次飞扬起小雨雾。不是一小片一小片飞扬,是一小片连接一小片飞扬,黑森森尘头里又套着一座黑森森尘头——是黑森森尘头的爹怀抱着黑森森尘头的儿子;黑森森尘头的儿子怀抱着黑森森尘头的孙子。我已不是我,我爷爷也不是我爷爷,是两个在黑尘里弹跳的小黑球。

一非是泰山崩倒难扶起
　　二不是病入膏肓药难医

　　我爷爷弹跳得愤怒了恐怖了吼喊了一嗓子,吼喊的还是我奶奶爱哼唱的道情戏里的那两句唱词,只有我知道我爷爷是想念起我奶奶来了才那样吼喊。很多时候我爷爷想念我奶奶想念得煎熬不过就吼喊那两句唱词。有铁锹碰撞巷道壁的声音,我一下又醒了,是有人起身张望常二茂。如果常二茂出坑去了,大家也想跟着出坑呢。哦,我又在思念我爷爷了,其实也思念只是听我爷爷讲述过的我奶奶呢。我爹希望我爷爷的魂灵儿到人世上来游荡,我何尝不希望!尤其希望我爷爷的魂灵儿和我奶奶的魂灵儿一起来人世上游荡呢。我爷爷说我奶奶值得想念的地方是天上的星星,不是天上的月亮,你想数数不清。我奶奶教我爷爷学会制作油饼饼,用油饼饼喂养大我爹也喂养大我,但是我奶奶一次也没有亲口尝过我爷爷制作的油饼饼。我爷爷每次练习制作油饼饼都是用黄土灰渣柴灰之类模拟,模拟制作完成后,我奶奶把那种油饼饼送到鼻尖上闻一闻说,唔——好香,你学会制作了,好想吃上一口呢。比画出一个要往嘴里放的动作,我爷爷立刻泪流满面要出门。我奶奶说深更半夜你出去做什么。我爷爷说,我求食堂里做饭的师傅给我一点点制作油饼饼的材料。我奶奶微笑说,我和你开玩笑你也当真啊。强拉硬拽我爷爷上炕脱衣服和我爷爷耳语说,你这样急急忙忙出去找人家讨要,万一被人家检举揭发出去,满公社游街批斗不说,害我也提心吊胆呢——有心不怕慢慢来,我等着那一天。我爷爷说其实我奶奶是怕因小失大牵扯出她再连累我爷爷受罪呢。我爷爷还说他这一辈子最亏欠我奶奶,也最恨害死我奶奶的那个人。那个人就是当时阁老村的领导康来顺。康来顺强抱过我奶奶一次,也就是那一次我奶奶得罪了康来顺。康来顺多次说要告发我奶奶,我爷爷多次说,你敢告发我老婆,我就敢告发你强奸犯。康来顺说,你没有证据。我爷爷说,你等着,到时候你看有没有。我爷爷嘴硬心虚,手里真没有证据。即便有证据,我奶奶敢和康来顺找政府?幸好我爷爷的家庭出身是雇农,康来顺的家庭出身是贫农,一般情况下贫农是找不到欺负雇农的梯子的——九九归一我爷爷不怕康来顺。但康来顺陷害我奶奶折磨我奶奶是铁了心了，尽管我奶奶救过康来顺老婆一命，康来顺就是不念那一点好。那一年康来顺老婆肚子疼，到三十里外请来懂一点医道的四先生，手忙脚乱扎针放血一整天，病症没见减轻反而加重了。四先生悄悄嘱托康来顺：内崩了，活神仙也没法医治了，准备后事吧。四先生土生土长，是一个地地道道的土医生。说是土医生，不光因为四先生是本地人，还因为四先生没出过远门没经见过世面，还因为四先生没读过书没学过医，还因为上溯四先生祖宗三代没一个懂一点儿医道没一个认识一个汉字的。据说四先生行医源于四先生的老子，某年某月某日四先生的老子突然中风不语嘴眼歪斜瘫在炕上出不得门送不出屎尿，还得一天三顿喂水喂饭呢。听说五十里外有一个真正懂医道的老先生出门要骑马或坐轿子。四先生家贫，哪来的马哪来的轿子，请医生来家里医治，做梦吧；送县城医治，下辈子吧。时日久了，别人不烦，四先生嫌烦了，找出老婆的缝衣针一脸凶相给老子治病，一边自言自语说，不医治是个瘫子；医治大不过也是个瘫子，死马权当活马医吧。用缝衣针在老子身上胡乱扎，头上手上脚上脊梁上腿上胳膊上，扎到哪里哪里要见血，不见血不移针。说来奇怪四先生老子的病日渐减轻，慢慢恢复如初，竟能扛着锄头下地干活儿了。那以后四先生就名声大震，阁老村附近有人生病，都请四先生扎针。扎得病情日渐好转是四先生医术高明，扎得病情日渐沉重是病人病入膏肓，即便请来神仙圣手也不能医治了。按照四先生的话说就是病已成了。康来顺老婆年纪轻轻还没生育出现内崩，病情凶险病名也凶险。康来顺一时乱了心智，哭得昏天黑地，通知亲戚朋友娘家姑舅来见最后一面，阁老村沸沸扬扬、人情哀恸。我奶奶怀着孩子挺着大肚子不管不顾一定要去见康来顺老婆。我爷爷不许我奶奶出门，我奶奶眼睛红红悄无声息地哭了。我爷爷说我奶奶笑不出声哭也不出声，女人不出声的笑特别让男人们觉着暖心，女人不出声的哭泣更让男人们心疼，我爷爷心疼我奶奶，只好搀扶我奶奶出门。我奶奶带着一个小皮夹子——哦，是一个用蓝布包裹着的小皮盒子。我爷爷要替我奶奶拿着那皮盒子，我奶奶坚决不让。走进康来顺家门，病人一身汗仰躺在土炕上，我奶奶分开众人上炕，双膝跪下，跪坐在病人身边询问病人疼痛部位。病人动作缓慢，指点被子外面，声音微弱地说，这里。我奶奶把手伸进病人被子里,一边轻轻抚摸病人的肚子,一边询问,是这里吗?病人摇头。我奶奶手掌转移位置再问,是这里吗?再转移位置再问,这里疼不疼?直问到病人连连点头,再翻看一下病人的舌头,我奶奶笑说,没事没事,急性阑尾炎,打上几回盘尼西林就会好。声音柔柔细细牙齿也白白细细。康来顺老婆捉住我奶奶的一只手哭说,姐,你不该过来的。我奶奶淡然笑说,妹子,我不能眼看着你丢命。康来顺老婆哽咽说,可是姐救活我,你——呜咽出声来了。我奶奶打开蓝布包裹从小皮盒子里取出一个针管子、一个镊子、一个棉花球和一瓶药剂。小皮盒子里的药剂可真多,一盒挨一盒堆得满满的。我爷爷说,我奶奶懂医道! 蓝布包裹着的不是一个小皮盒子,是一个军用医药箱。

  一非是泰山崩倒难扶起
  二不是病入膏肓药难医

  我爷爷说也不是他就喜欢哼唱这两句唱词,是我奶奶就喜欢哼唱这两句唱词。我奶奶喜欢哼唱的唱词我爷爷不喜欢我爷爷成了甚人啦! 我奶奶活着时哼唱得最多的就是这两句唱词。我奶奶咽气那一刹我爷爷才明白,我奶奶老哼唱这两句唱词是想表达对于她曾经有过的那个男人的怀念,又不敢明表达,就把这两句唱词当一个寄托私情的小花或小树。我奶奶曾经有过的那个男人无病无灾可不就是:一非是泰山崩倒难扶起,二不是病入膏肓药难医。可是眨眼工夫被别人弄死了——说来惭愧,我奶奶在世时,夜深人静时分给我爷爷哼唱道情戏,哼唱着哼唱着我爷爷就睡着了,丝毫不关顾我奶奶瞌睡不瞌睡,丝毫不清楚我奶奶是什么时候发现我爷爷睡着的,又是哼唱到什么时辰停止的。第二天看见我奶奶眼睛红红的,想问一句:眼睛怎的红肿成那样了? 可是生产队吆喝上山大炼钢铁的锣声一声赶一声催得那么紧,迟到一步要扣工分要挨批斗,我爷爷和我奶奶本来就起晚了哪敢再耽搁,还能顾得上说什么!

  已过中秋,夜气寒凉,我爹在我家大门口独自冷冷清清地坐着,期盼有人来呢。有出门给牲口添草料的阁老村人路过我家巷口外,脚步忽然快了,我爹还没看清是谁,人家一忽闪就过去了。温小婷随王乙涛出走这一件事在阁老村影响坏极了,我爹丢尽颜面,我丢尽颜面,康家十八代祖宗的颜面都丢尽了。掰着手指数数我爹往上历代长辈们,中间没出过女人随野汉子出走的丑事。遭遇丑事遭遇村人们冷落,我爹不丧气就是傻子了。我爹说通常他在我家大门口坐下吸不了半根纸烟,身边就会围坐下一圈人。大门口有一块石头,上面铺一块蒲草垫,是我爹亲手编结的,厚厚的圆圆的,和石块绑结在一起。冬天坐着温暖,夏天坐着凉爽,一年四季在大门口搁着,谁想坐就坐,谁先到了谁坐。有人给我爹递烟有人给打火,我爹只管吸别人送过来别人点着的那支烟,等一圈人外又有了一圈人,我爹就开始给大家发烟。烟是好烟,二十几块钱一盒,阁老村没人吸这样高价钱的纸烟,我爹就吸。不是我爹怎样有钱,是我爹要做这个秀——呵呵,阁老村人不叫做秀叫做派,我爹就是要这个做派,有这个做派阁老村人就不敢小看,主要目的是要康饱饱康建设不敢小看。康饱饱这个人虽然不在阁老村住了,但眼线在,眼线这一阵就坐在我爹身边吸我爹发的好烟呢,过一阵就给康饱饱打电话汇报情况去了。汇报了好,汇报了康饱饱心里辛辣不好活。喝凉开水喝进去辣椒水就是那滋味。那滋味源于康饱饱违反计划生育政策生育两个儿子四个女儿,没一个考上大学。不光没考上大学,有两个连高中都没上完呢。康饱饱心里结一个大疙瘩,疙瘩像癌细胞一样繁殖,这辈子没法医治了。因为要这个做派我爹要付出,康饱饱也要付出。我爹付出的是钱,钱付出可以挣,我现在还在读书已是一个能挣大钱的人了,下煤窑——还有给导师或导师的朋友翻译资料的收入,暑假期间月收入不下万元呢,阁老村谁有这样高的收入!康饱饱付出的是心血,心血付出没法挣也没地方挣,今辈子下辈子挣不回来了。康饱饱你干瞪眼干难受着吧,你也有今天!

　　我爹在我家大门口独自坐得烦闷,拿着手电筒往虎头石那边走,没走几步就想起我妈来了。不是康饱饱玩心机强抢强占石料市场,我爹和我妈绝不至于走到那一步。20世纪80年代改革开放之初,城里镇里山里都大兴土木,山里的石头往城里镇里搬,城里镇里的砖头往山里搬成为一种物流大潮头。

阁老村人傍山吃山,康饱饱傍山以外还傍着村干部这个权力,哪里仅仅是傍着村干部这个权力,还傍着乡里县里的权力呢。遭我爹举报,镇里县里成立联合调查组只查出两笔共三万多元不符合财务规定的开支,事情不了了之。康饱饱家热火朝天的石料场照样热火朝天,外来拉石料的大卡车在康饱饱家石料场外排队绵延几百米,买石料要先买号,买号也需要排队。康饱饱家发财了,其他人家亏本了。有的人家靠借贷开了石料场,石料滞销不得不外出投奔亲戚家躲债。我爹被逼无奈,让我妈在客户中间热情洋溢地行走,我妈白净苗条,在阁老村女人堆里算不上最漂亮,但算得上是最整洁最有风采的一个。给客户们送水送烟送甜蜜蜜微笑,康饱饱家石料场外排队排得着急的客户,放弃排队改买我家石料场的石头了。我家石料场因此渐有些起色了。

　　我爹想我妈,其实不单是想我妈,也想我和温小婷。想找王乔谷质问:你生的儿子祸害别人家儿子和儿媳妇,你管还是不管?这念头刚起还没一个完整的形状呢,我爹就否决了,自己家儿子不争气守护不住自己的女人,去找人家,人家会说什么,骂他儿子王乙涛?表示同情猪猪?或者干脆面带微笑反问:你儿子的女人跟上别人跑了,你急什么?你儿子呢?这样一想,我爹就泄气了,第一次意识到每天晚上在自家大门口聚集一堆人挨个发烟是一件很失尊严的事了。失尊严失在自己在家坐着,拿儿子的血汗钱做派。为什么自己不去哈煤窑而要儿子去!儿子是八士,不是自己是八士,怎的会觉得自己去哈煤窑就很没面子呢?如果自己去哈煤窑,儿子在家陪温小婷,会有温小婷随王乙涛出走这种事发生吗?怎的可以让就要读八士的儿子去哈煤窑?!我爹说从我上高中一年级当窑黑子哈煤窑以来,他是第一次认真想这个问题。这样一想,不觉得是儿子不争气,而是自己不争气了。联想当年开山炸石,为甚自己不去拉客户,而是让自家婆姨去拉客户,那年我爷爷瘫痪在东正房炕上想阻止我当窑黑子下煤窑,除眼睛里往我爹身上喷火,喉咙里往我爹身上喷石头之外,还绝食过,往被窝里屙尿过。我爹想到这些心头就刀搅呢脚踹呢。哪里是在走是小跑起来了。距虎头石几十丈远,地面猝不及防猛烈抽搐了一下,我爹闪跌得往前扑几步又往后倒退,赶忙扶住路边一株老松树。老松树受惊吓,树干抽搐树梢嗦嗦响了好长时间。我爹嘟囔说,日了怪了,没放炮地面就鬼抽筋,不会是要地震吧？这几年看地震新闻看得多了，我爹对地震或多或少有一些过敏反应了。过敏反应的主要特点是，在心里祈祷：我儿子还在煤矿窑坑里呢，千万不能地震啊！离开老松树，脚步加快，临时改变主意，不只是要去虎头石，还要去一坑坑口呢。我爹说，他当时只有一个念头：早一步接到儿子早一步放心，从明天开始让儿子收拾洗涮准备去学校。再当窑黑子哈煤窑让人家耻笑呢，不耻笑你耻笑爹呢。再说了——我爹把要和我说的话都准备下了，见着我不说其他只倾吐珠子一般往外倾吐这些要紧话。

地面又一次抽搐，抽搐得剧烈、持久，意想不到。也不是抽搐是簸动，整个地面成了一个大簸箕，持久、剧烈地簸动。我爹被簸动得跌倒摔破额头、鼻子，鲜血像阁老村北庙旁边的泉水不出声地往外流。我爹挣扎着爬起来又跌倒，跌倒就再无法爬起来了。地面簸动像浪涌，鼓突起来又跌落下去，地面不是地面是一张可以打皱可以弯曲的破席片片了，或者是一块被人丢弃在风中呼呼呼抖动的烂棉布了。我爹就在这块破席片片或烂棉布上跳荡、滚爬、疼痛、流血。地面不光抽搐还轰响，隆隆隆，隆隆隆，看不见闪电就打雷呢。有黑烟从地面荡起，荡过头顶，荡上半空，把星星月亮全都遮挡了。遮挡星星月亮的那一刻是骇人的一幕：只见两头巨兽张牙舞爪从东西两面往中间夹击，星星月亮想逃呢，哪里逃得了！只片刻工夫就全被吞没，一点儿肉渣渣都没留下。

我爹惊叫，真是地震了！猪猪，快从窑坑里往坑口外跑吧！

我爹心痛但不哭泣，没有哭泣的欲望，多少年没有人见我爹哭过。我爹爬起来，脚底站不稳，跌跌跄跄一步一跌往前跑。哪里是跑是在跳，一跳老高一跳老远，不是我爹要跳，是地面要我爹跳，跳起老高跌落下来在地面上翻滚，双腿没停止过踢腾，双手没停止过抓摸，踢腾，抓摸，总在往前走——不是往前走，是往前弹跳。

温小婷随王乙涛出走，陪伴王乙涛在湖边钓鱼——现实生活里，真是陪伴王乙涛在湖边钓鱼了。我曾经做过的一个梦：温小婷陪伴王乙涛在一个黑幽幽的湖边钓鱼。哦，是一个夜晚，是躺在阁老村北的庙门外，我被那梦惊出过一身冷汗。现实生活里即将发生的事情，我怎么会早一段时间就梦到？百思不得其解呢——说是湖,其实没有湖那么壮阔,从湖这边放眼望出去,对面的树、石头,以及就要下山回家的牛羊和人都隐约看得清,甚至有一个放羊人钻进树林里大便,屁股白晃晃也隐约能看得清呢。湖面上没有船帆没有水鸟,粼粼波光之下有没有鱼游动待考察。夕阳西下,湖面上残留下一些霞光,红艳艳里跳荡出闪闪发亮的银光。

温小婷说,主要是随王乙涛跑路,十几天时间跑过大半个中国。哪里是旅游,实际就是一个字:奔。大清早还在新疆伊犁吃早饭呢,傍晚时分就到福建武夷山下了。王乙涛给温小婷新买两套高档套装,从头到脚再配上一套高档金首饰。名套装名首饰,温小婷珠围翠绕完全是一个楚楚动人的富家媳妇了。温小婷从小受爸妈教育,勤俭吃苦隐忍含蓄,从没有这样打扮过。被打扮成这样,一方面惊奇喜欢得不得了——书虫儿凡遇花钱事,往外掏钱时手必抖,哪有人家这气魄;另一方面觉着俗,战战兢兢不敢上大街,尤其不敢这样打扮了去见爸妈,更不敢想象某一天会这样打扮了和书虫儿或书虫儿的爹见面。

讲述到这里,温小婷面带羞涩,低下头闭住眼,任泪水顺脸颊往下流——准确地说,温小婷不是在讲述,是在教堂里忏悔呢。跪在我病床前的一只沙发里,那沙发晚上拉开可当床。紧接着讲述:正疑惑王乙涛怎么会来这样一个小景点,就听见王乙涛嘲笑说,这叫什么湖啊。

温小婷说,那你还一定要来呢!

这地方温小婷早来过了,那年高考结束温小婷估分估出高分打九折后向爸妈报喜,爸妈心情好重奖温小婷,领温小婷沿海岸线南下旅游,经上海过浙江中途突然向西北上,在一个县城短暂停留,就来过这地方。当地人不叫湖叫天池。天池奇就奇在不在山下而在山顶上。山顶上一个大坑,四面树木花草葱茏,大坑里面自然储水,不见来水不见出水;雨涝水面不增高,旱天水面不下降;冬天不结冰,夏日不溢水。夜深之后和爸妈在湖边坐着赏月聊天,一边倾听蝉声悠长夜鸟啾唧。累了困了相随回到租下来准备过夜的蒙古包里吃宵夜。感谢当地人智慧,开发旅游让温小婷度过一个充满诗情画意的夜晚,温小婷今辈子忘不掉那首诗那幅画。

王乙涛不屑于正面回答温小婷的问题,保持刚才嘲笑的口气说,去名山大川游玩我都去腻了，除人多热闹之外没别的好处。嘲笑之外主要是炫耀，炫耀的语气里蕴含着嘲笑温小婷孤陋寡闻没出过远门的意思。那一场灾难收场后王乙涛追寻温小婷，追寻不到就不断给温小婷QQ邮箱里发文件讲述和解释他和温小婷之间所有恩恩怨怨的前因和后果。其实在天池岸边钓鱼那阵，王乙涛已经知道自家煤矿上出事了，整座矿山往前滑行十几公里往下塌陷几十米甚至几百米，矿山消失矿山表面的阁老村消失，老爸王乔谷受惊吓心肌梗死正在医院抢救。和温小婷说话早心不在焉了。

　　王乙涛说他还知道造成三十人以上死亡或者一百人以上重伤，或者一亿元以上直接经济损失的事故，是特别重大安全生产责任事故。自家煤矿这场事故死亡人数岂止三十人，重伤岂止一百人，直接经济损失岂止一亿元！还是私挖滥采呢。面对这么多"特别重大"的变故，潜伏在王乙涛心底的对于父亲的怜惜心被唤醒，也正是这种怜惜心让王乙涛感觉到了压力，那几天反复想：或许我王乙涛坚持在煤矿上正常上班，煤矿上不会发生这种事，不发生这种事，我爸就不会心肌梗死。这样一想，王乙涛就心怀了歉疚，开始琢磨什么时候回去看老爸，怎样帮助老爸收拾那一个残局，温小婷这边又该怎么办——后悔这么长时间带温小婷在外游乐，哪里有一点儿要创业的迹象啊。

　　为尽早回归尽早创业，王乙涛要实施一个计划——刚进入天池地界路过一片松树林，推说要小便让出租车司机停车，下车钻入松树林里给老妈打电话，妈，我要回去。声音低微怕温小婷听见。温小婷一路无语，只管小鸟依人依偎在王乙涛怀里睡觉，这时候肃然端坐车里正向松树林这边张望呢。老妈回答，你不用回来，回来帮不上什么忙，空惹你爸生气。煤矿上事故没气死你爸，你紧赶着回来把你爸气死尽等着挨骂吧。事故处理以前，你不用回来，也不用再给妈打电话了。电话里声音嘈杂，老妈声嘶力竭。王乙涛说，妈，我还是想和我爸说答应给我资金让我自己创业，不能因为这次事故变化了……电话已被掐断。王乙涛还想问老爸的身体状况，没机会问了。从松树林里走出来，一进入温小婷的视线就和温小婷微笑，微笑带响声，响声磁性、柔软，温小婷隔车窗也回报以微笑。温小婷只看见笑脸没听见笑声，回报微笑算是一种新式版本的夫唱妇随了。这种时候温小婷这样做，实际也是没办法的办法呢。

王乙涛对名山大川品评、炫耀、嘲笑,实际是对心烦意乱的一种掩饰。温小婷只看到表面没看到内里,想笑没笑是已习惯了王乙涛夜郎自大的做派。也不是习惯是容忍,容忍的前提是:一、想尽快回阁老村,不想惹王乙涛恼自己;二、眼看就要开学,开学以后和王乙涛天各一方,往后见面不见面交往不交往都难说了。王乙涛和温小婷相恋以来从没打听温小婷家在天津的具体位置,也从没过问温小婷爸妈的情况。温小婷以此推断王乙涛实际也只是为玩儿,一旦玩儿上手了其他的就都次要了。次要次要吧,温小婷没心思研究,只在意王乙涛来这个荒凉无聊的小湖边的真实用意——呀,要是王乙涛玩腻了会是什么样想头?温小婷就觉着玩腻了呢。玩腻了就三番五次纠缠王乙涛要回阁老村。突然涌上心头的这个念头让温小婷感觉到一种凉森森的恐怖,其实这种凉森森的恐怖从随王乙涛出走的那一个清晨就有了。

那是一个天色昏暗的清晨,残月刚刚隐藏到西山梁上的松树林后面,温小婷按照约定爬出后窗口,一半是踩梯子一半是王乙涛搂抱,刚落地就泪流满面央求王乙涛说,今天我患感冒腿软得不行,咱们重约一个日子——不想随王乙涛出门了。王乙涛哪里容得温小婷推销后悔药,抱起温小婷往玉茭地外穿插,玉茭叶划拉疼温小婷的脸颊、手臂,温小婷挣扎了一下,王乙涛立刻臂弯锁喉,让温小婷呼吸都困难了。往保时捷轿车里塞温小婷像往车里塞一个硕大的包袱,迅捷、用力,车门碰疼温小婷的脚踝,温小婷忍不住尖叫了一声,想要跃出车门,车门已被锁死。温小婷心底还储存着王乙涛玩腻了的另一个佐证:那一天在一个名叫情梦缘娱乐城的一个大包间里听音乐,温小婷趴在王乙涛怀间撒娇、耳语,涛哥,你要我嫁给你和你共同创业,怎么这多少天一句创业的话不提,反倒跑到这种地方玩儿来了?就要开学了,我想回阁老村拿我的行李。实际原因是连续几天温小婷拨不通我康沛然的手机,心慌了。不等温小婷耳语结束,王乙涛突然说,你真不想和书呆子康沛然好了,我去和他说,保证书呆子不敢和你纠缠,任由你重找一个知心合意的男人去!牛头不对马嘴,显然是另有想头了。

温小婷惊讶说,我说什么啦?你就说这些?

就因为这种凉森森的恐怖,温小婷不敢和王乙涛再提回阁老村的话题了。

就因为这种凉森森的恐怖,温小婷后悔和王乙涛上演的这场"私奔"戏了。演出结束怎么收场呢?不声不响回阁老村?面对我和我爹甚至面对阁老村其他人说什么?有话说吗?不声不响回天津:爸妈问,小康呢,小康没和你一起回来吗?怎么不一起回来啊?直接回学校:书虫儿还愿意回学校吗?书虫儿不回学校了,自己单身独自留在学校干什么?那么书虫儿不愿意去做公务员,自己单身独自去做心里踏实吗?最后这两点,温小婷最在意——远离开我才清楚发现,没有我,她所拥有的一切都没有意义了。温小婷不能没有书虫儿!温小婷清晰无比看到和听到自己的心像一个愤怒的问题少年,正一蹦老高一蹦老高向自己呼喊着这句话。如此说来,温小婷最初对王乙涛一见倾心,是温小婷太过不理智太过玩世不恭了吗?温小婷说检点她和我的恋爱历程,妈妈陈洁婷制造出的那一段漫长的艰难时期,在她心里留下一块不大不小的阴影,阴影随温小婷的心境好坏收缩或膨胀。温小婷心境好时阴影就收缩,收缩到完全可以忽略不计的程度;温小婷心情不好时阴影就膨胀,膨胀成一顶大帐篷,完全覆盖了温小婷,想挣脱都挣脱不出呢。温小婷随王乙涛出走前遭我爹监管,心情就坏到了极点,那个阴影无节制膨胀。书虫儿曾经在饭桌上给妈妈陈洁婷讲过一个无聊的故事,不是他爹遗传的不知好歹的基因是什么!这样一来,温小婷出走就是自自然然、顺理成章的事情了。我想插话说,温小婷的妈妈陈洁婷制造出的那一段漫长的艰难时期在我心里同样留下了阴影:第一次清晰无比地看到了阁老村人的微贱和粗鄙。正由此我才尤其渴望我膨大起来或有尊严起来,让我爹也膨大起来或有尊严起来。坚持当窑黑子挣钱,读博是我当下最好的也是最有效的选择。最终没有插话是不想打断温小婷的讲述。温小婷继续说,也就是因为那种凉森森的恐怖,王乙涛刚说完关于名山大川那一串话,温小婷立刻就顺着说,那倒是。既没表现出惊诧也没想要反驳,只做出一副快活样,双臂抱住王乙涛一条胳膊,头倚在王乙涛肩头摇啊摇,想把一点柔情蜜意摇进王乙涛的身体里,把王乙涛身体里一点花花肠子摇出来。

温小婷太不了解王乙涛太小看王乙涛了,此时此地王乙涛只专注回家不回家这件事,哪有心思关注柔情不柔情。即便回家这一件事,也全看王乙涛自己要不要回家呢。王乙涛自己要回家,老妈说一千遍不要回来也照回不误;王乙涛自己不想回家,老妈说一千遍你回来吧也枉然。纠结的关键在于,要不要这种时候回去和爸妈要资金创业。不要资金创业就必须承认矿长助理这一个职务,承认了自己不仅要接受老爸王乔谷领导,还要接受哥哥王甲涛领导,哥哥王甲涛是副董事长兼副总经理呢。尤其还要接受煤矿矿长王乔黍的领导。王乔黍是王乙涛的亲叔,亲叔是亲叔,但亲叔残疾走路靠轮椅,有时扶双拐;小学文化程度,写字像老太太绣花,一笔一画认真卖力气;写王乔黍三个字要写几分钟,写罢出一脸汗。因为写字难写字慢就很少写字,很多时候要别人代写。因为要别人代写,王乔谷不放心,煤矿上大小事务都过问,王乔谷不放话,王乔黍连一个矿工都不敢招进或者开除——关键是私挖滥采的黑煤矿上的矿长助理,王乙涛宁愿吃枪子儿也不愿意承认不愿意让亲叔这种人领导呢。给资金创业是必须的。王乙涛除不愿承认矿长助理不愿意接受亲叔领导外,还纠结老爸王乔谷和哥哥王甲涛的经营思路——都是瞎折腾,虽然赚了一点钱,也是瞎猫撞上了死耗子了。凡事都有个起因,王乙涛之所以把爸和哥哥的经营思路定性为瞎折腾,起因是王乔谷为培训儿子王乙涛实际操作煤矿上的事务,先从外围琐事做起。王乔谷和县政法委宫书记电话里约好,今夜几点几分过去说煤矿上的事,没说明要带小儿子王乙涛过去。说是说煤矿上的事,实际有宫书记这把伞罩着能有什么事,宫书记一听就明白是要送分红来了。王乔谷给宫书记送分红比老婆来例假勤快,老婆来例假每月肯定来一次,但具体哪一天来甚至哪几天可能来没一个定规。有时不到二十天就来了,有时三十几天了以为不来了偏偏就来了。弄脏裤子弄脏被褥是经常的事,防不胜防呢。到医院检查,没病。王乔谷和老婆开玩笑说,你这不是来月经是发神经。发神经发吧,王乔谷无奈,老婆也无奈。王乔谷给宫书记送分红每月肯定送一次,哪一天送不一定,但每月26号或28号,暗含六六大顺或暗含发的这两个日子一定给宫书记打电话预约。宫书记说你过来吧王乔谷就过去,这件事就了结了;宫书记说过一两天吧,王乔谷就得惦记着这事,过一两天再预约。今夜宫书记痛快说你过来吧,王乔谷高兴说一句谢谢,领着王乙涛准时赶到宫书记家大门外。宫书记住一座小二楼带一个小院落,说是小院落实际一点也不小,院里栽两株枣树,枣树碗口粗,枝杈没做过修剪,没一根树枝蔓延到院墙外。那是一个初春的晚上,月明星稀冷风如刀,王乔谷按大门上的铃好久没有人来开门。父子俩站在大门外足足过了半小时,宫书记家大门开了,走出来一对陌生男女,宫书记在后面笑吟吟相送。看见王乔谷父子只当没看见,脸上笑没了,没关大门转身往回走。王乔谷看出宫书记不高兴,只当是本月26号没打电话预约的缘故,领儿子王乙涛尾随进屋,没等宫书记让座就解释说,26号公司事务太多,忙得我——话没说完,宫书记已在沙发里坐下,一脸严肃指点王乙涛问王乔谷:他是谁?王乔谷急忙解释:忘记电话里说了,刚任命小儿子王乙涛做煤矿矿长助理,往后要和您多接触呢,还请多——宫书记立刻摇手制止王乔谷说下去,说,往后来我家里和我说你煤矿上的事,不要带来任何人。我只和你打交道,不和你手下的任何人接触,你明白不明白我说的意思?王乔谷恍然大悟:怎么就没检点到这一点呢。赔上笑脸说,我只当我儿子,呵呵呵。宫书记又一次摇手制止王乔谷说话,王乔谷只好干笑两声结束了解释。宫书记微笑说,咱们坐会儿聊聊其他吧。王乙涛在一旁暗生气:这家伙是要和我老爸单线联系呢。想说出来没敢说,窝一肚子闷气。从宫书记家出来刚坐进自家车里就埋怨老爸:咱把煤矿搞得合理合法,哪用低声下气讨好这种人。

王乔谷叹息说,人活在世上,尤其办企业,某些时候低声下气是必要的。不低声下气你出力不落好,你的企业没办法发展,我带你出来就是想让你知道这一点。

王乙涛说,我不那样认为,也绝不那样学,那样做。

王乔谷说,你不像你哥成熟,你哥就吃得这种苦。有一句老话说得好:为人不吃苦中苦,终究难得人上人。这只是说一个为人,为人都那么难,何况咱办企业想获利想发展呢你说。

王乙涛说,我已和我妈说过了,我不做什么狗屁矿长助理,也不做什么狗屁公务员,给我一笔资金,我要自己创业。我今天正式和你提出这个申请,你考虑一下尽快答复我。

你投资什么项目。

采矿用无人机研发与生产。

你说梦话呢。

我在学校获得过多项这方面的科研专利,我要继续开发研究,然后投入批量生产。

王乔谷自顾开车不理睬王乙涛了。

王乙涛还是被任命当矿长助理了,任命书下去,王乙涛没下去,煤矿办公楼内从没见王乙涛的踪迹。任命文件挂在矿长办公室墙上,封面上落满灰尘,灰尘也是黑灰尘。

王乙涛还纠结:老爸常年聘用一个风水先生季大师——什么大师,就是一个地地道道的农村混混儿。凭一张善于胡说八道的臭嘴,凭一点粗浅的风水知识在社会上胡混,胡混到哪儿,骗吃骗喝到哪儿,专骗王乔谷这种信神信鬼没受过多少教育的农民企业家。

王乙涛最不能忍受自家客厅很显眼的位置张贴着季大师的一道神符。三十二开纸大小,右上角画一个圆圈,圆圈周边画许多曲曲弯弯的毛腿腿,圆圈中心写一个日字,日字变形,不仔细看,看不出是个日字。圆圈下头并列两行字竖着写,右一行:太阳星君;左一行:南斗星君。两行字下头又竖着写一行字:敕令六甲神将敕令天官赐福敕令镇宅光明。紧靠这一行竖着写的字的左边,下端连着写五个雷字,也是竖着写,五个雷字之间空两到三个字的距离。五个雷字往左,与三十二开纸右上角的圆圈齐头并行,也是竖着写"唵佛敕令",唵字的偏旁口字的上方,呈品字形画三个对勾;唵佛敕令下头紧挨令字画一个圆圈,圆圈中间写一个八字,圆圈外面写卦图两字,实际是横穿圆圈写着八卦图三个字。八卦图下头竖着写一行字"太岁壬辰年彭泰星君到此镇"。镇字下头空开三四个字的距离画一个Z字形图案,Z字中部画一条横杠,横杠两端分别画两条竖线,像一个人用扁担担着两捆稻草的样子。紧靠这一行竖着写的字的左下端,同样连着写五个雷字,和上一行雷字形式同。三十二开纸的左上角画一个圆圈,圆圈中间写一个月字,圆圈中部横穿圆圈和圆圈里的月字,画两条曲曲弯弯的横线,像云遮月的样子。云遮月的图案下头空开三五个字的样子并列竖写两行字,右一行:北斗星君;左一行:太阴娘娘。这两行竖写的字下头又竖写着一行字:敕令六甲天兵敕令招财进宝敕令合家平安。

有同学进门看见这幅黄纸,问王乙涛:那是什么东东啊?同学玩俏皮把东西说成东东,王乙涛心中尴尬,脸上淡然说,我爸瞎玩儿呢。轻描淡写一笔带过,只字不提季大师这个东东。同学不认识符咒之流,不但不见笑反倒恭恭敬敬。把戏只能玩一次,玩多了露馅是必然。王乙涛不愿露馅,此后很少带同学进门。

温小婷抱着王乙涛一只臂膀摇啊摇,摇得有一点儿瞌睡王乙涛没一点儿反应,忍不住扬起脸说,涛哥,你想什么呢,怎么这么长时间一声不吭?王乙涛扭脸和温小婷带响声微笑,响声磁性、柔软充满柔情的那种。嘴唇到温小婷额头上浅浅啄一下,冰凉冰凉像拿一块冷面包轻轻碰触了一下,说,姐,我除了想你还能想什么啊,你说。

不想你的创业啦?

怎么不想啊。声调忧伤、深沉,睡里梦里的那种。

也不见你读书呢。

你让我读吗?

某一个夜晚,已是夜深人静时分,王乙涛刚翻出《机器人学导论》要阅读温小婷就生气地说:离开一个书虫儿又遇上一个书虫儿,这日子还怎么过!我不要看见你读书,我讨厌看见你读书!一把把书夺走了。

温小婷说她的实际心理是:书虫儿——我康沛然读书,温小婷即便感觉到寂寞也认可;王乙涛读书让温小婷感觉到寂寞,温小婷绝对不认可。哦,温小婷也坦率承认她骨子里实际潜藏有她那种家庭特有的某种尽可以随心所欲,约略还有一点儿贪图享受的世俗的意识雏形呢。那种意识雏形时时处处事事都在不知不觉中左右她播弄她——也就是她的那棵家庭树的影子在她身上所起的作用了。

王乙涛的行囊里,除了那本《机器人学导论》外,还有一大摞外国科学家的著作,温小婷怕王乙涛翻看,全给倒腾到行囊的最底层去了。

温小婷叫起来,涛哥,你这是钓鱼吗?声音轻柔、温暖,眼睛瞪得老大,指点王乙涛手里的钓鱼竿。王乙涛手握钓鱼竿也握着钓鱼线和钓鱼钩,从来就没有抛进水里过。只是身体像模像样摆出一个钓鱼的姿势。王乙涛揉眼睛说,奇怪,我明明抛进水里去了嘛。甩动钓鱼竿,把钓鱼钩远远抛出去落进水里,没一点儿声息。自我解嘲说,可能是抛出去让风刮回来我没有看见吧。这回咱们盯紧它,看它还能不能不经我同意就跑回来。不看温小婷看水面,呵呵,笑声磁性、柔软,温小婷没觉着熟悉,只觉着陌生,没觉着温暖,只觉着凉飕飕有冷风从后心口刮过。

温小婷想过偷偷离开王乙涛独自回阁老村,可是王乙涛拿走身份证一直没有还回来。有几次趁王乙涛上卫生间的空隙到王乙涛的旅行箱里、书里翻找,没找到,有几个夜晚趁王乙涛睡熟,到王乙涛衣袋里翻找,也没找到。温小婷这些细微举动王乙涛不可能没察觉,表面上没明着表现出什么,内心里暗暗和温小婷较劲儿绝对是可能的。温小婷知道这一点,就是忍不住想要找到自己的身份证,只要找到身份证就相当于获得自由了。现在温小婷最渴望的是获得自由。温小婷真正惧怕王乙涛的原因是,既不了解王乙涛的过去,也不了解王乙涛的现在,更不了解王乙涛的家庭情况,尤其不了解王乙涛的内心。被玉茭叶划疼的脸颊、手臂和被车门碰疼的脚踝,一直在心里疼着呢。不了解王乙涛就随王乙涛往外面狂奔,真是有一点草率了。很多受害甚至因此丢掉性命的女孩儿毋庸置疑都是这一个原因了。

天色正渐渐沉入黑暗里,漂浮在水面上的夜光水漂渐渐亮起来,残留在远处松树梢的一点儿霞光彻底消失时,天色就完全黢黑了。天色实际是晴朗的,呈灰白色,这里那里一闪一闪亮起小星星,月亮怎么还没有升起来啊。温小婷依偎着王乙涛的臂膀,满腹惆怅满腹怯弱地这样想。一眼看见夜光水漂在水面上激烈跳荡,想提醒一下王乙涛。王乙涛目光发直,想心事想得正出神,哪管什么鱼漂跳荡不跳荡,又一次向温小婷表明:来这种声名弱小的小景点本来就不是为钓鱼。温小婷越发感觉到危机了,自己和那条咬钩的鱼有什么两样——连那条鱼都不如呢。那条鱼咬钩没咬死,跳荡几下挣脱了,只带走鱼饵,留下鱼钩水漂静悄悄不动让人空守候。温小婷忧伤起来,幽怨自己不争气,被抱起夹紧脖子穿出玉茭地那一刻,为什么不呼救?只要呼救,书虫儿的爹一定会出现。就后悔这一点——哦,还后悔总说书虫儿的爹是烂人、破人做的烂爹、破爹,难道老人家就没有一点好处了?是自己过于浅薄了,过于依仗自己的家庭这一棵树了。想着想着,眼睛悄悄泛了红。

有一段时间了,温小婷电话里不断和妈妈说谎:我挺好,小康也挺好,妈妈你放心,照料好我爸,照料好你自己。也说过别的,都是现编现说瞎编瞎说,没一句记得的。

月亮其实升上来了,是被一大片黑云遮挡了,那黑云又被高高的松树林遮挡住。温小婷往紧抱一抱王乙涛的胳膊,张望左边两三百米外的灯光。那灯光照亮一座房子照亮一片天空,让温小婷稍安心一点:有一对中年夫妻晚上在天池管理中心过夜呢。温小婷随王乙涛在管理中心租蒙古包交钱办手续时,故意和那位中年妇女亲热,一声接一声叫姨。凭温小婷靓丽的相貌和温婉的个性,以及来自大城市的背景,足以引起那女人的关注和爱慕。有这个关注和爱慕垫底,王乙涛即便今夜有什么异样想法也得掂量掂量轻重了。离开管理中心时温小婷和那个中年妇女耳语一句:你睡觉前提醒一下我,他只顾贪玩儿钓鱼,常整夜整夜不记得睡觉呢。和中年妇女吐一下舌头诡笑一下,恋恋不舍地出门,已亲热得像一对母女了。

温小婷其实最担心王乙涛玩腻了,想扔不愿扔带回家又不敢,找一个人迹罕至的地点神不知鬼不觉毁尸灭迹了。或者是花钱花疼了?或者是王乙涛爸妈要惩罚王乙涛断了王乙涛的粮草?或者是意识到温小婷还恋着旧情,心怀了愤恨?每揣摩到此,温小婷都要心惊肉跳一声赶一声否认:不可能不可能。随即又心惊肉跳一声赶一声承认:可能的可能的。依据是连续几天王乙涛对温小婷的身体视而不见了。

王乙涛一直没钓到过一条鱼,也一直没表示过烦躁,看情形还是要一直坐下去。且不说王乙涛是不是真有毁尸灭迹的歹意,单就这种枯坐不语的情况就让温小婷心慌。和我在一起时遇着这种情况,我老早就会恳求温小婷:再陪我坐一会儿好吗?或者喃喃低语:小婷你冷吗?或者干脆心贴心把温小婷拥抱在怀间,柔声细语给温小婷讲水鬼水怪们趁夜色浓重泼刺刺蹿出水面抢岸上的姑娘媳妇们做新娘的故事。讲着讲着忽然不讲了,静悄悄地注视着温小婷。温小婷说,怎么不说啦?我说,我看看再讲。温小婷说,看什么啊?我说,看我的白娘子的苗条身子怎么蜷缩得这么小,小手儿怎么烘烤得这么烫,小嘴巴儿怎么噘得这么高,猫眼眼怎么瞪得这么圆、这么亮,心窝窝这一小片片地方的动静怎么这么大。是不是人在岸上心已被水妖水怪抓到水里去啦?

温小婷说那种时候她只觉着温暖惬意了,哪还有一点点害怕的念头!

书虫儿,你这一阵在上班吗?今天该你上中班了是不是?当初,你怎么会把这样一个人领到家里啊,我害怕,害怕死了。求你救救我救救我吧——或多或少我有一点儿怨你恨你呢。

温小婷是真心惦记着我呢,不然怎么会把我哪一天上什么班都记得那么准确清楚啊!也真的是害怕了,真的是盼望着能回到我身边,或者是我出现在她身边。我怎么可能不记恨常二茂!就某种程度而言,是常二茂给我给温小婷带来了灾难。

温小婷设想过,设法给爸妈打一个电话,向爸妈通报一下自己眼下的危险处境。用不了一个小时,甚至是半小时或十分钟,自己就可能被解救。可是这念头刚起,立刻就又被自己否决了。自己做下甚光彩事情了?有甚英雄壮举了?自己不觉得羞耻,爸妈会不觉得羞耻吗?哦,还是那句话,爸妈含辛茹苦养育自己二十几年,不但不能光宗耀祖给爸妈脸上贴金,反回报这种奇耻大辱,自己是一个称职的女儿,算一个女儿吗?无论如何,不到生离死别的那一刻,绝不能牵扯上爸妈,尤其不能让爸妈遭羞辱之后再遭到惊吓。

温小婷心慌心愧不敢表露出心慌心愧,反而抿嘴悄悄笑,说是悄悄笑,实际是笑出声来了——想让王乙涛听见她的笑声,怎么可能不笑出声来啊。笑是笑出声来了,可是好像笑声太小,王乙涛根本没听见没一点儿反应。温小婷不相信王乙涛没听见,仰起脸柔声说,涛哥,夜深了,咱们回包里去吧。本想说,时间太晚了,我坐累了。没敢说。想说,涛哥,你有什么心思吗?没敢说。想说,涛哥,不会是因为我要回阁老村和我闹别扭吧?没敢说。阁老村三个字,放在温小婷心底深处再踩上一只脚,再用碎石烂草掩盖住。即使有人愿出大价钱收买,当着王乙涛的面温小婷也绝不往外掏,不但不往外掏,还会慌里慌张摇手连声说,没有,没有,我这里没有那三个字,你重找一家去买吧。

王乙涛木雕石刻般目光亮亮地看着湖面,不回应温小婷。没听见温小婷的笑声情有可原,没听见温小婷说话真的说不过去了——怎么可能!温小婷不是傻子,是傻子也不完全相信。温小婷鼻尖好一阵酸痛。温小婷说,书虫儿,要是你这样待我,我早哭得昏天黑地了。可是当时的我不哭也不闹,只是静静地仰望王乙涛的目光,一闪一闪老是看到我爸妈和你书虫儿充满忧伤的面孔。我必须设法保证我能再见到我的亲人们。

温小婷揣摩王乙涛的心思,实际是瞎费心思呢,仅凭和王乙涛短暂的一点点交往怎么可能揣摩得出啊。那一场灾难后王乙涛给温小婷发邮件讲述和解释:当时王乙涛不光纠结工作上的事,还纠结和温小婷的情感问题呢。王乙涛有一个全盘计划,煤矿上不出这个意外,就要一步一步按计划实施呢。第一步,把温小婷和温小婷所有的亲属割裂开,包括温小婷的爸妈。对于王乙涛和温小婷眼下的处境而言,温小婷多一个亲属就可能给王乙涛多增加一道障碍。在婚姻问题上,王乙涛绝对不情愿因为温小婷之外的任何人让自己陪伴温小婷跑一个马拉松式的障碍赛。第二步,纠缠爸妈把答应扶持他创业的资金给他,选择一座温小婷喜欢的城市,在那个城市里和温小婷创办公司。第三步,和温小婷结婚。结婚场面要高档、浩大,让温小婷感受一把有生以来从没有过的富豪人家的体面。王乙涛的计划因煤矿上的意外变故要全盘搁置——至少要全盘往后推迟了。可是绝不能推迟,不推迟就得尽快回家和爸妈把事情敲定——关键是资金,资金到手事情就好办了。那么自己回家的这段时间让温小婷去哪里?这问题几时想不出妥善的解决办法,王乙涛几时不得安宁呢。

温小婷有了应对的办法了,噘起小嘴到王乙涛耳根底部轻轻嘬一下,然后歪着脑袋微笑满面看王乙涛的表情。王乙涛打一个激灵伸臂膀往紧搂一搂温小婷的腰,和温小婷微笑,只微笑不说话,微笑没响声。

温小婷说,涛哥,和我说会儿话吧,荒郊野外夜深了,又靠水这么近,凉森森的我有点害怕呢——你今夜不想回包里读一会儿书吗?尽可能柔情,尽可能不带有强迫性。

王乙涛仰脸看看天色说,我只顾了钓鱼了,不记得和姐说话了,该死。脱下半袖衫给温小婷披上,自己光膀子只穿一件人称二股筋的那种白色棉背心说,姐,你不是一直不想让我读书吗?今夜怎么想让读啦?温小婷说,人家怕你想读提醒一哈嘛。温小婷说,当时她鬼使神差居然学上阁老村人说话了,因为阁老村人说话和王乙涛说话的发音最接近,算乡亲一族呢。想用乡亲一族的情感缩短和王乙涛之间的距离。王乙涛说,姐,你说,我今夜能钓到鱼吗?没有明显表示出对于乡音的敏感。温小婷不由得气紧,一句问话怎么体会都有一种凉飕飕的双关用语的感觉呢。从王乙涛臂弯里挣脱出回看一眼管理中心院里的灯光,夜鸟啼鸣一样笑起来说,涛哥,或许有鱼上过钩了,你直愣愣地只顾想心事没发觉那鱼又跑了。管理中心院里的灯光还亮着,不光亮着,那位好心的中年妇女还在灯光里洗衣服呢,正一边往晾衣绳上挂衣服一边往这边张望呢。温小婷心里热乎乎的,有这位好心的婶儿关照还怕什么呢?

王乙涛面现笑影儿说,你怎么知道我只顾想心事?

温小婷说,怎么会不知道,大半夜没钓住一条鱼,连有没有鱼上钩都没看清楚,不是想心事是做什么?撇撇嘴,微笑悬挂在嘴角,像一只羽毛华丽的雄孔雀故意长时间翘起尾巴在人前展示自己漂亮的羽毛。

王乙涛说,你看见有鱼上钩来?

温小婷说,我只看你,看鱼做什么。

我有什么看头啊。

你千变万化,一时是天上一颗最大最亮的星星,一时又是地上一颗最小最暗的石头;一时是一位骑马挥刀带领千军万马驰骋疆场的大将军,一时又是一个街头卖艺的混混儿;一时是一位豪车美女不离左右的大老板,一时又是一个坐在马路边上等待出卖苦力的小后生。

最后三个字,想说农民工,怕王乙涛多心,临时改换成小后生。

王乙涛故作惊讶说,我没一点定性,有这么多样子吗?该怎么办啊。

温小婷说,我希望我的心上人能有一个稳定的面目,只做天上那颗最大最亮的星星,不做地上那颗最小最暗的石头;只做骑马挥刀带领千军万马驰骋疆场的大将军,不做街头卖艺的混混儿;只做豪车美女不离左右的大老板,不做坐在马路边上等待出卖苦力的小后生。话没说完,趴伏在王乙涛怀里低声啜泣,啜泣声虽然低但泪水烫,一颗一颗滚落在王乙涛手臂上,烫得王乙涛心烦意乱,什么想头也没有了,只把温小婷紧紧搂住,像一只摇椅一样摇啊摇。咬牙切齿地说,姐,你放心,我会给你一个稳定的面目的。走,咱们回包里休息去。温小婷说她实际是表面哭泣,心里在认真演一出独幕短剧呢。王乙涛倒是真的哭泣起来了,说过姐你放心那一串话后,泪水就悄悄下来了。不要温小婷自己走,一定要他抱着,泪水打湿温小婷脸颊,温小婷闭着眼睛只装不知道。被抱着摇啊摇啊往前飘,眼见管理中心的灯光晃悠晃悠正一步一步逼近,心里自顾七滋八味乱糟糟享受,享受一时是一时吧。

　　温小婷一觉醒来是一个白天,第一个念头是记起我。书虫儿呢,书虫儿做什么去了?温小婷说,我潜藏在她记忆深处已是她记忆深处的一个基本层面了,房倒了楼烂了,这个基本层面还会在。温小婷躺在薄薄的夏凉被里纹丝不动,睁大眼睛盯着窗帘,慢悠悠回想昨夜和昨夜以前做过的事情。房间里光线幽暗,装潢雅致,壁纸是品牌壁纸,窗帘也是品牌窗帘,温小婷家也用过这种品牌的窗帘。品牌窗帘舒张开来,窗户被遮挡得严严实实。有光线从外面托着,更显出线条流畅。

　　我必须承认,我和温小婷的恋爱历程是经历过一段艰难时期的,那一个时期横跨本科和硕士研究生两个阶段。那一次我以同学身份走进温小婷的家,饭桌上给温小婷的妈妈陈洁婷讲一个故事。20世纪60年代农村某一个村庄的某一天,村委会——那时候叫生产大队,生产大队召集全村居民宣布,要架设高压电线给各家各户安装电灯。把各家各户应缴纳的数字宣读过,独遗漏下一户人家。那户人家只有一个盲人,那盲人就站在人群里,举手质问生产大队干部说,为什么不收我家的钱?生产大队干部回答,你家不用安装电灯,收你家什么钱。盲人说,为什么我家不用安装电灯?生产大队干部回答,你点灯和不点灯效果都一样,白花那个钱做什么。盲人说,你爹凡出门都必须坐轮椅,有腿和没腿效果都一样,把你爹的两条腿砍下来扔了吧,省得你一年四季给你爹买布买棉花做裤子,白花那个钱做什么!

　　这故事在农村是一个笑话,我书呆子呆气十足不分场合不看对象随便讲,本意是想活跃饭桌上的气氛。恰恰相反,温小婷的妈妈陈洁婷没有笑,也没有说话,起身离开饭桌进厨房了。温小婷尾随进去问:妈妈,我同学给你讲笑话呢,你怎么不笑啊?妈妈陈洁婷回答:笑什么,有什么好笑,拿残疾人说事,只有你们这些20世纪80年代末90年代初出生的书呆子做得出,我们这一代人想想这种事都难受。

一顿饭不欢而散,妈妈陈洁婷其实心知肚明,这位同学不是别人就是温小婷的准男朋友康沛然,叮嘱温小婷往后不许领他到家里来,我不喜欢他,我不管他是谁。

温小婷喊叫说,妈妈你有没有搞错,是你谈男朋友还是我谈啊?怎么叫你不喜欢!

妈妈陈洁婷没有回答,只说单位有事,不到上班时间就上班走了。路过餐厅目不斜视说一句,你们也该回学校去了。不像是和我说又像是和我说,我急忙说,阿姨慢走。算是一个应急性质的告别吧。温小婷第一次见妈妈陈洁婷周末也上班,为表达不满,在妈妈身后龇牙瞪眼嘟囔一句:好像你比我爸职位还高工作还忙呢!

这时候温小婷感觉到没一点儿力气,嘴里有残留的食物,床脚下有啃咬得残缺不全的汉堡包和曼可顿手掰面包。温小婷惊讶:谁干的好事,怎么会这样?多少天来温小婷处在身不由己的状态:稀里糊涂就见不着王乙涛了,稀里糊涂就又坐在王乙涛身边了,稀里糊涂就到一个新地方了,稀里糊涂就睡着了,甚至吃饭说话都处在半睡半醒状态下。温小婷不是温小婷,是一个温小婷式的布娃娃了。

温小婷的意识今天有一些清醒,躺在被子里——实际没躺在被子里,只是斜着身子躺在被子旁,双脚还悬挂在床沿外,纹丝不动,一会儿记起那一天晚上随王乙涛到情梦缘娱乐城一个大包间里听过音乐。一个女娃儿领王乙涛和温小婷走进一个豪华小房间,房间里亮着五彩的小灯泡。房间左边一个小舞台,舞台前脸墨绿色幕布遮盖。墨绿色幕布对面与墨绿色幕布相距七米或八米,摆一只做工精致的仿古红木大圆桌,桌面上摆着香蕉、樱桃、葡萄、柠檬、荔枝、糖果瓜子,等等。圆桌外侧面向墨绿色幕布摆两只同样做工精致的仿古红木太师椅;和红木大圆桌相隔几米有一只精致茶桌,桌面上茶和茶具一应俱全。茶桌外侧面向墨绿色幕布摆两把竹藤式凉椅。墨绿色幕布上方一溜小探照灯,一齐斜照墨绿色幕布。女娃儿站在当地柔声说,请问两位是尝果还是品茶？王乙涛说，品茶，品茶。不分青红皂白抓过一个苹果先啃一口。女娃儿想笑没笑往紧抿一下嘴唇，领王乙涛和温小婷在竹藤式凉椅里坐好，开亮茶桌上两只小灯泡，送到温小婷面前一份茶茗单子说，您和您先生用什么茶您请点。对面舞台上也下来一位穿红色长裙的女娃儿，送到王乙涛面前一份节目单说，先生劳您点曲目吧。王乙涛挥手对温小婷面前的那个女娃儿说，不用点茶，什么茶都可以，随便随便！语气里流露出一点儿嫌烦的意思。接过节目单浏览半天，微笑，微笑带着响声，响声磁性、柔软，一个曲目没点把节目单送给温小婷。温小婷早接了茶茗单子，粗粗看一眼就和女娃儿柔声说：就信阳毛尖吧。把茶茗单子还给那女娃儿，接过节目单又和穿红色长裙的女娃儿莞尔一笑埋头点：二胡独奏《田园春色》《阳光照耀着塔什库尔干》《二泉映月》，笛子独奏《相约九八》《城里的月光》，埙独奏《雪中莲》《荷塘月色》《深谷幽兰》，把节目单还给王乙涛说，我只点中国曲目，外国曲目今天不想听。你要听你点吧。王乙涛一脸严肃，问穿红色长裙女娃儿：全套中国节目演哈来要多长时间？穿红色长裙女娃儿回答：现在开始要到天亮。王乙涛挥手说，全套都要，开始吧。温小婷惊叫，我熬不到天亮就睡着了。王乙涛没回答，居然已睡着了，嘴里一大口碎苹果还没有咽下去，两腮被撑得胀鼓鼓的。

  温小婷也隐约记得陪王乙涛去一个叫天池的小景点钓过鱼，王乙涛还抱着自己在湖岸边走过。后来做什么了？一点儿印象都没有了。

  也不是温小婷今天的意识比往日清醒，只是情梦缘娱乐城和那个天池小景点留在温小婷心中的两小段记忆，像两块小石头沉甸甸坠落在温小婷记忆的基本层面上去了。只要温小婷能记起自己能记起书虫儿就能记起那两回事。记起是记起了，还是和其他事联系不起来。温小婷还是想不起这是在什么地方，还是想不起昨天做什么去了，尤其想不起我做什么去了。越想想起越是想不起，想得烦躁心里起了另一个念头：奇怪，电脑死机，人脑也死机啊！起身下地打开卧室门，客厅里的气象让温小婷惊讶：空当当大房间什么也没有，阳光从窗口扑进来薄薄地在地上铺一层洁白，洁白里薄薄地铺一层灰尘，有几溜脚印细碎且凌乱，从卧室门口直通到客厅门口。温小婷断定：不是自己家，也不是任何一个熟悉的朋友的家。逐个推开其他房间的门，包括厨房和卫生间都是空当当的,都是刚装修过还没来得及清洗擦抹,地面上都薄薄地铺一层灰尘,灰尘里覆盖着或红或白的干痂。

  这是在哪里?什么时候来到这里的?书虫儿呢,书虫儿呢?温小婷枯树独木一般站在客厅里有些张皇失措,眼前又浮泛出一个景象:一位身着白色落地长裙的女娃儿正二胡独奏《阳光照耀着塔什库尔干》。王乙涛双眼迷离仰靠凉椅椅背,一条腿搁另一条腿上,右手食指、中指、无名指、小拇指,小田鼠一样在右边扶手上随着音乐的节拍不停地蹿跳,只是蹿跳没蹿跳出声音——王乙涛入睡快,醒得也快,刚醒来就又开始吃苹果。温小婷忽然打一个寒战紧接着又打一个:怎么老是记起情梦缘娱乐城那回事?嘟喃:书虫儿去哪了?觉着口渴了也觉着肚子饿,细琢磨不是口渴不是饿,是舌头木木的干涩是肚子胀胀的困痛。到厨房里旋一圈,懒洋洋地返回卧室里,好歹卧室里有床可以坐可以睡。床头柜上一个手提式塑料袋,塑料袋里装满饮料矿泉水、三明治、曼可顿手掰面包、牛肉、水果之类。上面放一张小纸条:姐,我有急事得离开你三五天。你睡着了不敢打扰,留下字条告假,没有其他意思,实在是出于无奈,恳请理解、谅解,安静等我三五天,我带一笔资金回来咱们就开始创业。落款:爱你的哥王乙涛。

  有人在温小婷脑袋里放炮呢,老天也在温小婷脑袋里打雷呢,昨天——噢,好像是前天,温小婷和王乙涛在一家小宾馆里吵架了。也不是吵架,温小婷才不会和人吵架呢,只是和王乙涛闹不愉快了。王乙涛把温小婷的身份证拿走任温小婷撒娇讨好、哭泣乞求,王乙涛只是一句话:弄丢了我慢慢给你找。

  那是一个天清气朗的早晨,温小婷早醒了,洗漱完毕刚从卫生间出来,穿一件鲜红色斯尔丽雪纺真丝半袖衫,配一条歌莉娅黑色短裤,突显双腿雪白修长亭亭玉立之外,典雅、高贵还诗意。实际不是温小婷要这种打扮,是王乙涛要温小婷这样打扮,温小婷只是觉着新鲜好玩儿也恰好顺坡上驴顺从了王乙涛的喜好。尤其正是温小婷想要回阁老村的时候,顺从着王乙涛都未必能痛快回阁老村呢,不顺从了还有回阁老村的指望吗?不回阁老村,温小婷的精神状态难说不垮塌了。王乙涛在温小婷进卫生间后又在床上多躺了一会儿,这一阵刚起床,穿一件枣红色七匹狼半袖T恤衫,配一条雅戈尔深灰色休闲裤,帅气之外还有山一样的气势呢。王乙涛就喜欢山一样有气势的穿戴,与生俱来的喜好,从不管别人喜好不喜好,只要自己喜好,花多少钱都舍得。只是这一阵精神萎靡、目光发直、一副没睡醒的样子。

温小婷说,涛哥,早说好回阁老村了,今天总该回了吧。不然耽搁我开学也耽搁你创业。想和王乙涛抿嘴儿笑一下没笑成。为一件小事纠缠多少天还是纠缠不下来,纠缠得疲了,心中怨愤,容颜倦怠,哪里笑得出。

王乙涛说,阁老村有什么好,不是你家,也不是我家,回那个出鳖过神仙的地方做什么!一件屁事又要被纠缠,王乙涛烦躁了,言语间有了火药味,语速快了,声音也高了。

温小婷说那一刻的王乙涛,是真正意义上的原形毕露了。没有人和温小婷那样说过话,甚至围绕在爸妈身边的那些慈眉善目的官员们,在家里或在庭院,对温小婷都是笑眯眯的毕恭毕敬的和善和柔软。温小婷眼睛红了:不会真是个牛二吧。脸色苍白柔声说,涛哥,就要开学了,我有好多学习资料扔在阁老村。没等温小婷把话说完,王乙涛就吼叫说,不要说了烦死了,阁老村遭灾了毁灭了,康沛然一家死光了!容颜扭曲变形,把个凡说话就和人微笑,微笑还带着响声,响声还磁性、柔软的人的影子扭曲变形得一点儿踪迹也没有了。王乙涛刚吼叫完就后悔,这种事情不能让温小婷知道。老爸在医院被救醒那一刻,第一句话就是封锁消息,能封锁到什么程度就封锁到什么程度。第二句话是给我手机,我要找宫书记。他在煤矿上吃权力股,是需要权力庇佑的时候了。

温小婷只当王乙涛说疯话说气话,冷笑说,你蛮会咒人的。也正是这疯话气话戳疼温小婷的心病:书虫儿一家人虽没死,心一定是死了,我伤害他父子伤害得太重了。

温小婷说,你还我身份证,你不回阁老村我自己回。目光溜直看着王乙涛。过一会儿又说,我和你说话呢,你怎么不吭声,没听见我说话吗?王乙涛你怎么啦!

王乙涛歪嘴掉脸,不愿接触温小婷的目光。温小婷走过去要弄清王乙涛脸上是什么表情。王乙涛没给机会不等温小婷看清楚面目就眼睛红红地起身出门去了。温小婷追出门乘另一挂电梯下楼,眼见王乙涛到宾馆餐厅买早餐去了,又乘电梯回房间。这是一家小宾馆,早餐要自己到餐厅取。王乙涛解释说之所以住这里是因为距火车站飞机场都近。

　　只一小会儿工夫,王乙涛就满面微笑用一个小托盘托回两份早餐说,不凉不热正好吃,快吃吧。柔声细语,全然没了烦躁的影子。早餐简单可口:一杯牛奶、一小碗南瓜稀饭、一颗煎鸡蛋、一小碟蒜泥凉拌菠菜、几片层层缕缕金灿灿的小烙饼和两个雪白小馒头。王乙涛把早餐一样一样摆放到床旁边一只小茶几上,微笑着等温小婷入座,温小婷没入坐王乙涛就不坐。那微笑带响声,响声磁性,柔软春风一样温暖着温小婷的心。温小婷的心确实温暖起来了,但不是因为那微笑,是因为刚才看见王乙涛眼睛红红的了。没有其他原因,王乙涛不会烦躁成那样,还哭了。这样一想,心疼了一下:伤害过书虫儿了不能再伤害这个小兄弟。在小茶几旁坐下等王乙涛也坐下,目光柔柔说,刚才你哭了。你老实说,哭什么?王乙涛说,你看你瞎说什么,我怎么会哭,我有什么可哭的?

　　温小婷说,你骗不了我的,哭什么,说吧。是不是因为我你爸骂你了或者要惩罚你?声音柔柔细细,和风细雨似的往王乙涛心上浇灌,浇灌得王乙涛心痒鼻酸,眼睛又要泛红了。不过没等泛红,王乙涛就微笑起来,微笑带着响声,响声磁性,柔软说,姐,你的身份证找不到,我能不愧疚吗?愧疚了,心里不好受,眼睛里没反应可能吗?姐,你说。把温小婷那份早餐一样一样往温小婷跟前推,又说,姐,吃过饭咱们去宾馆前台找你的身份证,或许是落在那里了。凡事不要急,急了更出错。自己先埋头吃起来。温小婷受感动,拍拍王乙涛的下巴说,姐错怪你了,姐道歉。给王乙涛一个甜蜜蜜的微笑,也埋头用早餐。唉,温小婷太善良太单纯,难怪我爱她没商量。

　　温小婷的记忆到吃早餐为止,往后的记忆遭腰斩,茫茫荒野遍寻不见后半段。最主要的问题是王乙涛有什么事要独自离开。是什么时候用什么工具把自己弄到这里的?又是什么时候离开的?现在是早上还是下午?虽然有阳光从窗户上斜着照进来,但温小婷已没有方向感,丝毫判断不出太阳是悬挂在东面,还是悬挂在西面。床上没有王乙涛睡过的痕迹,说明王乙涛没在这张床上睡过觉。自己睡是睡过了,但没有脱过衣服没有洗漱过,衣服还是早餐前那一身衣服,嘴里还有吃早餐残留下来的小米粒。有所不同的是,衣服上多了些皱褶,嘴里多了些怪味儿。王乙涛呢? 或许刚出门还站在楼梯口等电梯呢。王乙涛,王乙涛! 温小婷低声呼唤着飞奔出卧室,想要打开通往楼梯口的那道防盗门。洁白小手抓紧门把手使劲儿拧,拧得脸通红手腕痛,门把手纹丝不动,嘲笑温小婷女儿家力气小,防盗门从外面锁死了。温小婷返回卧室找自己的手机,手机在,手机电池却不翼而飞。温小婷遭惊吓身上出汗了:遭王乙涛囚禁,王乙涛玩人间蒸发消失了。这是哪一路玩家又是哪一路玩法! 惊吓之后是冷嘲:一位贵家女子,一位名牌大学的研究生,一位正热气腾腾做着阁老梦的未来的博士或未来的国家栋梁! 咿呀也许是吧,温小婷羞涩起来了——自说自话空想吧,居然被一个土豪子弟玩弄了囚禁。冷嘲之后是恐怖,恐怖一阵紧赶一阵透心凉。

  书虫儿呢,书虫儿你在哪里,能帮帮我吗? 我错了我对不起你,对不起你爹,对不起我爸妈,尤其对不起对你和我充满期望的老导师。你带回家那么多翻译材料,我没有帮你翻译完,你自己有空翻译吗? 这段时间你换下来的衣服你有空洗吗? 明年吧,明年暑假你要回阁老村尽管回,不过无论如何不能再下煤窑了。都是我的错,都是我的错! 帮帮我,帮帮我吧! 温小婷泪如雨下,只是没有哭出声。温小婷讲述到这里哭出声来了,手指掐进自己另一只手上的皮肉里低声呢喃说,书虫儿,你我在同一时间经历不同的灾难,意外获得同一种东西——倾心倾情相知相爱了。难道不是更值得你我庆幸和更值得你我珍惜的东西吗? 你我获得救援获得新生的那一天我就说过了,从今往后你就是我心灵的上帝我灵魂的主宰,我真心诚意悔过,真心诚意求你原谅我宽恕我! 护士走进病房查看病人,只当是我和温小婷吵架了,责备我说,你女朋友那样体贴那样温柔,伺候你,你还要她怎么样啊! 温小婷连连摇头说不是不是,扑入我怀间,哭声响亮了。我向护士解释说:我爱人是想她爸妈了。温小婷扑哧一笑,起身掩面到卫生间洗脸去了。

  温小婷继续讲述:在那个房间里,那种独特的独角戏上演过多次,差不多每天都要上演一两次。全看温小婷吃喝那个手提式塑料袋里的食物和饮品多不多。吃得多喝得多就睡得深沉,吃得少喝得少就睡得浅显。睡深沉了,独特的独角戏一天或一天多上演一次;睡浅显了,独特的独角戏半天或不到一天就上演一次。糟就糟在上演过了没有留下一点儿记忆,还要去吃喝那个手提式塑料袋里的食物和饮品。温小婷今天情况好转就是这次睡前那种食物吃得少那种矿泉水和饮料喝得少,偏偏睡觉睡得深。睡觉深了,意识恢复接近清醒程度,觉着舌头发木肚子胀痛,也晓得琢磨自己眼前的利害晓得琢磨应对的策略了:没碰手提式塑料袋里的食物和饮品。那些食物那些矿泉水和饮料食用得次数多了本能得有一种抗拒:不想食用还反胃。转身拉窗帘开窗户往楼下张望,街道狭窄、遥远,人流车流微小、渺茫。自己高高在上,一幅动画片反复在遥远的脚下放映呢。探出头向上面张望,还有老高老高的楼层呢。向楼下扬手臂,只扬臂不喊叫,没有喊叫的习惯,想喊叫呢,小脸儿憋得通红,喊叫不出声音来。返身找自己的旅行包,从旅行包里取出一件鲜红色连衣裙送出窗外旗帜一样摇动。左右摇动一阵又上下摇动,摇动得腰酸臂痛手腕腕困乏,楼下头没一点儿反应。倚窗台喘息,软塌塌滑溜在地下嘟囔:书虫儿,书虫儿。记不起喊书虫儿要做什么了,只是想哭想睡,靠墙壁躺下稀里糊涂又睡熟了,居然均匀恬静响起微弱的呼噜声。

  一非是泰山崩倒难扶起
  二不是病入膏肓药难医

  是我在哼唱这两句唱词,是在心里骨头里血液里哼唱,眼前依旧飘过去我爷爷云影山影一样的身影。我遭遇灾难的根本原因在我,温小婷遭遇灾难的根本原因还在我。我奶奶哼唱这两句唱词是回念她曾经有过的一个待她好的男人;我爷爷哼唱这两句唱词是回念我奶奶;我哼唱这两句唱词是责备我自己,我是一个罪大恶极的罪人。温小婷说我是她心灵的上帝灵魂的主宰,其实温小婷在我心里所拥有的位置何尝不是那样的位置!我草率从事把我和我心灵的上帝灵魂的主宰差不多同一时间置于两场不同的灾难之中,可不就是：一非是泰山崩倒难扶起，二不是病入膏肓药难医。

温小婷再次醒来已是深夜时分，月光祥和宁静，铺满大半个卧室，月亮说圆不圆说缺不缺，像一只有些缺憾的鹅蛋高悬在窗口。鹅蛋里不是蛋黄和蛋清，是一盏小灯泡。小灯泡光线柔柔软软，只把鹅蛋壳照得黄黄的半透明，没有一点儿要烧焦或烧破的危险。

这回温小婷不用回想就清醒地记起自己身处何种境地了。又一次趴在窗口向楼下张望，街灯明亮，车少人稀，一幢一幢高楼黑黢黢地直插天空城市，已处在深度睡眠状态。温小婷只向楼下张望一眼就回身急匆匆拉床单摘被罩，从旅行包里找出一把小指甲剪往破剪床单和被罩。剪破一个小缺口顺势撕裂下来一长条，再剪破一个小缺口顺缺口再撕裂下来一长条。撕裂下来的长条或宽或窄甚至中途跑偏断裂，温小婷不管，只管撕裂下来，撕裂成条状物就行。卧室里不断响起嘶啦嘶啦的声音，声音锋利尖啸，具有穿墙裂石的功能。只要响，这座城市这个世界就都能听得到。温小婷刚才其实一直处在半睡眠状态，一时醒一时睡，醒时多睡时少，醒时就琢磨怎样逃脱出去，怎样向外面求救。不求救，单靠自己的微薄力量是逃脱不出去呢。天色明亮时温小婷情愿一直处于睡眠状态，因为温小婷推断：只要这座城市没睡熟，王乙涛或者和王乙涛有关联的人就可能突然闯进来。只要温小婷处于睡眠状态，即便王乙涛或者和王乙涛有关联的人闯进来，温小婷也是安全的。一面床单被撕裂成无数细长条，温小婷感觉着累了，斜身躺在床上吁吁吁大喘气，实际不是累，是饥饿和虚弱纠缠上来了。温小婷伸手抓那个手提式塑料袋，抓着了又松手，还是本能地厌倦、抗拒里面的食物、矿泉水和饮料。居然又迷迷糊糊睡熟了，睡熟的样子很放松，全然就是一幅现实版的贵妃醉酒的美人图，可惜没有人见着，也没有人有机会拍照。

温小婷又一次醒来是因为梦见情梦缘娱乐城大包间里的景象了：那位让点过节目的红衣女娃儿正用埙独奏《荷塘月色》，曲调幽怨、悠长，荷塘风情点点滴滴、袅袅婷婷盘旋不去。温小婷憎恶情梦缘娱乐城，但不得不承认对于情梦缘娱乐城印象最新奇也最深刻。月亮已不是悬挂在窗口，是隐蔽到窗壁后面去了，卧室里月光也呈半明半暗状态了。温小婷低声呼唤：书虫儿救我。嘟嚷:我居然又睡着了,这种处境居然还能睡得着。开始整理一面床单撕裂成的一大堆细长条,一条一条连接起,连接处打一个牢固的死结。心里估摸自己所在的楼层:至少二十楼。每层楼高三米,二十层楼合计就是六十米。也就是说这根连接起来的布条长度至少要达到六十米,达不到六十米够不到地面,够不到地面就徒劳无益、枉费心机了。卧室里光线幽暗,幽暗里作业温小婷踏实、放心,只是总是要打瞌睡。一面床单撕裂成的一大堆细长条没有连接到一半,瞌睡上来脑袋连续往前闪跌呢,温小婷着急上来又低声呼唤:书虫儿,书虫儿帮帮我,我不能没有你,你不能没有我是不是?你在哪儿?这几天该你上白班了是不是?这一阵你正在家呼呼大睡呢是不是?书虫儿帮帮我。呼唤一回书虫儿,缓解或驱散一回睡意。温小婷从中得到启发,这次呼唤书虫儿呼唤得频繁了,继续连接一大堆长布条。

温小婷也想起过爸妈,可是羞于呼唤,虽然心中翻江倒海想呼唤但还是坚持不呼唤。还做阁老梦呢,呸呸呸,哪里配!天底下的人最数我没资格最数我不配做阁老梦了。天作孽犹可违,自作孽不可活。我自作自受,不能玷污爸妈不能惊吓爸妈,我不配有那样的爸妈呢。这样想着,心尖痛鼻尖酸倒也驱散一些睡意呢。

长布条连接结束,张开双臂一截一截拉在胸前比,比过一截放过去再比一截。一共比过三十截,每截按一米六多一点的长度计算,长布条的总长度应该接近五十米长了还缺十几米。温小婷疲倦出虚汗,呼呼呼喘气,再次斜身躺倒,休息一会儿赶忙起来开始撕裂被罩,嘶啦嘶啦的响声再次一声接一声响起,声音锋利尖啸不惊吓别人惊吓温小婷自己:假如王乙涛或和王乙涛相关的人就住在隔壁,被响声吵闹醒我可就玩完了。自己把自己吓着了手开始颤抖,颤抖得抓不住被罩,一次一次从手中滑落。想要尿尿想要哭泣,憎恶尿尿憎恶哭泣,一次一次抓起从手中滑落的被罩,一次比一次撕裂得猛了撕裂得快了。没撕裂完就开始把撕裂下来的长条物往一起连接,连接得熟练了,一条接一条连接得加速了。连接完毕拉到胸前一截一截比,比过十截不比了,和前五十米连接在一起,从旅行包里翻找出一件雪白色斯尔丽雪纺真丝长裙,再翻找出一件天蓝色雅戈尔小袄,把天蓝色雅戈尔小袄拴缚在长布条一端,把雪白色斯尔丽雪纺真丝长裙在床上铺展开，用小指甲剪猛剪自己右手食指尖，鲜血似乎不情愿这种时候出头露面，只流出来一点点。急忙往长裙上写字：救我。我字没写完鲜血枯干了。再用小指甲剪猛剪鲜血枯干了的地方，这次剪深了剪疼了，受伤的手哆嗦不止不听使唤鲜血淋漓往白裙子上嘀嗒。左手握右手重新写我字，写得歪歪扭扭像几条红色毛毛虫胡乱摆放在一起。比救字大比救字清晰，是我的手机号码。鲜血还在嘀嗒舍不得浪费掉，想想又写上我爹的手机号码。不想让爸妈知道自己这种事：爸爸忙，妈妈身体不好，自己这种事会烦扰着爸爸，会惊吓着妈妈。爸妈其实做阁老梦正做得祥和，受骗受辱之后再受惊吓，谁家的女儿这般孝顺啊！写完天色已放亮，又出一身汗，汗都是冷汗，冷汗之后是微微地颤抖，全身都在抖。把白裙子扭结成一团拴缚在长布条另一端，站起身扶床扶茶几扶椅背向窗台靠近，趴伏在窗台上向街里观望，街里到处都是小太阳，小太阳不光照亮街面也照亮楼身；大车小车逐渐多了都还亮着车灯；人行道上这里那里有人急匆匆奔走，晨练的人们三三两两结伴同行，不急不缓，悠闲且自在。温小婷把天蓝色雅戈尔小袄先挂在窗口，和纱窗底部扭结死让街里恰好能看到；把扭结成团的白裙子送出窗口，捉住结了无数大疙瘩的长布条慢慢往下放。也不是慢慢放是小心翼翼放，速度实际相当快。早放下去一刻就可能早一刻获救；放得缓慢被人发现被人拦截，一晚上的拼死奋斗就白瞎了。还没有放到底楼底，就有人驻足往上面张望，一开始是一两个人，逐渐聚拢成一圈。半明半暗之中，一件白色物体从高层建筑物上一个黑黢黢窗口急匆匆晃悠悠放下来，本身就极具神秘色彩呢，何况黑黢黢窗口还有人和天蓝色物体晃动。温小婷激动得手抖得厉害，歇住手喘气，忽然想起居民小区临街这边楼底一定有栅栏。如果有，围观的人群里有人肯翻越栅栏取走我的这根救命稻草吗？温小婷着急起来，想摆动长布条把扭结成团的白裙子摆出栅栏外。还没摆呢已筋疲力尽趴伏在窗台上昏睡过去了。哪里是昏睡，祖宗，是昏迷过去了。

张霞俩且嗨哈。

我听得都着急，干着急没法子，情不自禁，骨头里血液里又吼喊了一嗓子。我爷爷龇牙张目又一次云影山影一样从我面前飘过去。

第六章

　　常二茂巡查轨道还没有回来,尾随出去的员工退回来说,茂头儿正趴在一段道轨上查看呢。我哪里顾得上茂头儿查看不查看,一心只在意我爷爷了。我爷爷在阁老村前后左右的黑色尘埃里奔走弹跳,一直在呼喊:猪猪你在哪里?我飞奔到我爷爷面前呼喊:爷爷,我在这里!我爷爷没一点儿反应,继续弹跳呼喊着。正刮着小风,地面上挂满黑色尘埃的小草被吹得仰面斜身,身上的黑色尘埃被吹走一点儿,后面赶上来的黑尘又给挂上去一点儿。我伸手抓我爷爷没有抓着,只抓到一手冰凉,吃一惊醒了。毫无疑问,我思念我爷爷思念得今天达到极点了,我爷爷瘫痪后我就再没有机会吃"小吃耍",我爷爷给我储藏"小吃耍"的那只荆条编织的小篮子就一直空挂在我家房梁上,那块蓝色棉布也一直空苫在那只篮子上。那是一个隆冬的夜晚——我读大学已读到大三,放寒假回老家过年来了。外面正下大雪刮大风,我和我爹陪伴我爷爷睡在暖烘烘的土炕上睡得正深沉,就听见噗哒一声响,空挂在房梁上的那只篮子掉在炕沿上又弹跳在地上。我要跳下地取篮子。我爹说,寒气袭人呢不要管它,天亮了爹收拾吧。第二天清早还是我比我爹早醒了,穿衣服下地收拾那只篮子,早已不是篮子,是一地碎小的干枯的荆条断茬了。我用扫帚簸箕把荆条断茬收拾在一起,送到院墙根下的腌沙堆上,再挖一个小坑掩埋在里面。我爹说荆条断茬沤一年也能沤烂,沤烂了同样可以做肥料。返回屋寻找那一块蓝棉布,居然藏到箱旮旯里去了。找一个棍子往外拨拉,拨拉一次破一个洞,拨拉了三四次就破裂成四五块,一块接一块捡起来,有一块上面粘连着一块油饼饼,干硬瘦瘪,早没一点儿油渍了。我爹把油饼饼接过去,反过来倒过去翻看说,可惜了,不知道里面还剩一个,你和我都没上去翻看过,不能吃了吧?和我怪怪地一笑,把油饼饼放到牙齿上浅浅地咬一下。有一点儿像是表示歉疚,也有一点儿像是嘴馋了。我回脸看我爷爷,怕我爷爷看见蓝棉布和油饼饼难受。我爷爷嘴巴微张脸色煞白,没一点儿声息,摸一摸胸口,冰冰凉——我爷爷死了。

  一非是泰山崩倒难扶起
  二不是病入膏肓药难医

  呜呜呜,呜呜呜。两句唱词是我在心里哼唱,呜咽声是我在哭泣,我爷爷帮我爹养育我多年,我只顾了学习只顾了升学只顾了当窑黑子挣钱,没有陪我爷爷多说几句暖心话。心想着等我博士毕业等我做学问做出一个样子我一定好好孝敬我爷爷。没想到在这个风雪之夜我爷爷悄无声息就死了,太突然太让我意想不到了。我心疼、难受、哭泣、趴伏在我爷爷遗体上长时间不肯离开。爷爷你睁开眼再看我一眼,再给我讲述一段关于我奶奶的故事,再听我说一句:爷爷我好想你好爱你。张一文叔也说,我爷爷爱哼唱我奶奶哼唱过的那两句道情戏的唱词,就是回念起我奶奶来了才哼唱。张一文叔还说,我爷爷常说男人活在人世上最悲哀的事情是没有本事护老婆。还常说:好狗护三邻好汉护三村,一个连老婆都护不住的男人连一只狗都不如呢。仅有的一点点祖宗给的小本事还不争气,肥水流入外人田——全用在了康来顺老婆身上。康来顺老婆生下我爷爷的儿子,我爷爷不敢相认,都留在了康来顺名下。我爷爷想要相认过,但是被张一文叔的爹张石头劝止了。张石头认为从吵闹要相认那天起,我爷爷和我爹就没法在阁老村生存了。康来顺那种人什么办法使不出!最简单不过的办法是让留在他名下的我爷爷的儿子们夜深人静时分打我爷爷个半死,抬到村外扔进一个深坑里,爬出来爬不出来就随缘了。即便爬出来,留在康来顺名下我爷爷的那些儿子们如狼似虎见一面打一次,我爷爷还能生存吗?何况阁老村人还可能嘲笑唾骂我爷爷不要脸,说我爷爷屁眼大了活屙人——阁老村的歇后语,借用讹字的同音字:屙——屙人,其实是说讹人。我爷爷担上讹人的臭名声在阁老村还怎么活!康来顺这个人,我爷爷瘫痪前几天还想剥他的皮吃他的肉呢。在我爷爷眼里,康来顺伤害我奶奶伤害得太过了。我爷爷讲述:那年我奶奶连续七天给康来顺老婆治病,连续七天按时上山炼钢铁,每天连续三次按时回村给康来顺老婆打针。除打针外,我奶奶还给康来顺老婆吃一种西药片,打一次针吃一次,一天打三次针一天吃三次那种西药片。我奶奶挺着大肚子从山上回村里,康来顺不许我爷爷陪着。我爷爷愤怒起来抱住我奶奶的一条腿席地而坐,我奶奶哭泣跪求我爷爷,我爷爷就是不说话不松手。远处的山梁上同样烟火气弥漫半边天,烟火气下头同样人影像蚂蚁乱纷纷窜过来窜过去,别人家村里也是正大炼钢铁吧。普天之下莫非王土,这种时候最能体会出这句话的道理来呢。我奶奶不断低声呼唤哀求我爷爷:亲,放我回村吧。你这样做只会连累你,我不要连累你。何况还牵扯着我的一个好妹妹性命呢,我紧巴紧急赶上一步,我的这个好妹妹的性命就救下来了;我迟缓拖延上一会儿我的这个好妹妹的性命就可能没有了。一声紧接着一声,声音凄婉哀切微弱,只有我爷爷能听得见。我爷爷的心随时可能碎,咬紧牙关,硬挺着不让碎;我爷爷知道我奶奶跪下了,坚持不看我奶奶一眼,只要我爷爷看我奶奶一眼,我爷爷立刻就稀泥软蛋了。我奶奶目光里充满着恐怖,那恐怖不是因为她,是因为我爷爷,我奶奶怕连累我爷爷遭康来顺批斗——后来我爷爷才知道岂止是遭批斗,搭进去一条命都可能!越是如此我爷爷越不肯说话越不肯松手。我爷爷为什么要说话为什么要松手啊,该说话的是康来顺,该求我爷爷松手的是康来顺。我爷爷只有一个要求:不能让我奶奶为救别人家的女人把命丢在山路上,救人可以但我爷爷要陪着我奶奶。

　　康来顺果然求我爷爷了,隔老远冲我爷爷吼,你要回村就赶紧回,要不回村就赶紧来动弹,这里是炼钢炼铁的工地,不是你夫妻生男生女的炕头——怎么还不动身?想挨一回批斗是不是啊?其实康来顺是怕耽搁了他老婆的病情呢。我爷爷怒气满面冲康来顺吼一声,你才最应该挨一回批斗呢!吼罢搀扶我奶奶回村,想说几句贴心话安慰我奶奶但想不起什么话最贴心,只好不断重复三个字:没事了没事了。一路慌里慌张给我奶奶擦眼泪弹尘土。之所以慌里慌张,是因为我爷爷心疼我奶奶,我奶奶太柔弱太善良我爷爷不心疼谁心疼。我爷爷搀扶我奶奶刚走进康来顺家大门,康来顺也就回来了,神神秘秘拉我爷爷退出大门外悄声说,众人面前你可不能没原则没立场,我早和你说过了,你老婆其实不是你老婆,是一个地主婆子,隐藏在一个贫下中农家里多少年,眼看隐藏不下去了才又逃到你这里。我爷爷没等他说完就说,你这个敌人!到康来顺胸脯上推一把,我爷爷只是想推一把,没想到一把推重了,康来顺倒退两步仰面朝天跌倒,后脑勺着地,砰一声响,像一块冻牛粪敲在水瓮盖子上的声音。我爷爷心里着慌嘴上抢理说,你从炼钢炼铁的工地上一路追回村,就是想故意跌倒讹我是不是?你这个敌人!我让你讹。扑过去骑在康来顺身上学武松打虎的样子打了个痛快。一边说,我明告你,别人怕你我不怕你,我老婆要是有个三长两短,你老婆就是我老婆。我奶奶赶过来,饿虎扑食模样把我爷爷从康来顺身上扒下来,用身体压住呢喃说,亲,冷静,我不要你这样;亲,冷静,你可以打我,绝不能打他。他是好人,亲。康来顺跌重跌痛了也被打重了,鼻青脸肿仰躺在地上,手捂后脑勺闭着眼睛嘶嘶嘶吸凉气。一边嘟囔说,你个猪脑子,我全是为你好,上面一直有人追查你老婆,我一直替你打掩护,最近追查得紧了,只怕是掩护不过去了——呀,疼死我了。我不管你了,你爱怎的怎的吧。爬起来往村外走了。我爷爷推开我奶奶一跳一跳要追赶,幸好一条腿被我奶奶死抱住不放。康来顺后脑勺上出血了,嘴里也满是血,康来顺一只手到后脑勺上抹几把,另一只手到嘴上抹几把,两只手上都是血,看见只装没看见,到裤子上擦手,又抓一把土在双手间搓捻,一路搓捻一路扬撒。我爷爷不相信他那些话,那些话是他瞎编的,编出来吓唬我爷爷,编出来陷害我奶奶。呸,黑心烂肚的货,一村当舍门挨门实指望帮衬呢,没想到还陷害呢。张霞俩且嗨哈!你这个敌人!我爷爷冲康来顺远去的方向吼喊了一嗓子。那是我爷爷第一次在村街里吼喊道情戏的调调。

话虽那么说,我爷爷还是疑心上我奶奶了,实际从我奶奶亮出那个小皮盒那天起,我爷爷就开始疑心上了。这夜夜深人静时分,我奶奶又开始哼唱道情戏里的那两句唱词：

　　一非是泰山崩倒难扶起
　　二不是病入膏肓药难医

　　我爷爷静静地听着没一点儿睡意，认识我奶奶以来，第一次这么认真听我奶奶哼唱，也就是这一次认真听我奶奶哼唱了，所以记下了这两句——我奶奶亮出那个小皮盒那天夜里，我爷爷就认真听过一阵，但那天我爷爷太累太不争气——主要是没和康来顺打过架。我爷爷这人迟钝不好事，对于我奶奶会哼唱道情戏还会医道，只是觉得新鲜和佩服，没觉着奇怪和刺激。但对于打架刺激就大了，尤其打架的对手是村里的头儿，别人都处处谦着让着，我爷爷居然打他。我爷爷不好打架也很少打架，一打架就兴奋，兴奋了就老想打追着打，夜里睡在被窝里还想打。今天不例外我爷爷老在想：怎的就没防着让我老婆把我扑倒了？再痛痛快快打上几拳头多好。又想：怎的就动手了？还出手那么重？明天遇着要不要再打他？不打吧？怎的就不打了？那家伙就是该打呢。越想越兴奋，越兴奋越睡不着觉了。我奶奶哼唱一阵不哼唱了，大概是想睡觉了。我爷爷伸手抚摸我奶奶的身体，从脸颊抚摸起一直抚摸到脚尖上。抚摸到腹部隆起的部位时，我爷爷把脸伏上去静静地倾听。我爷爷说，我奶奶的心跳之外还有一个心在跳，嘀嗒嘀嗒和我奶奶的心跳一样有力呢。那是我爷爷的种，我爹的心在跳——我爷爷的种开花结果了。我爷爷亲吻了我奶奶的肚皮没说话，我奶奶也没说话。我爷爷不是躺着是坐着了，我爷爷也不知道自己是几时坐起来的。我奶奶静静地躺着，白皙的身体任我爷爷信马由缰抚摸着，当我爷爷的手指滑溜到她脚尖上时才柔声说，你还没睡啊，怎么不睡呢？

　　我爷爷说，睡不着，你不是也没睡吗？
　　我奶奶说，睡吧，不要瞎想了。有些事，你白想，没用。
　　我爷爷说，你不该出面救康来顺老婆。
　　我奶奶说，我不救不行，我不能眼看着她死掉。那样，宁愿是我死呢。
　　我爷爷说，可是康来顺老是和你过不去，你也听见了，他今天又胡说八道呢。我爷爷今天表现得聪明机智了,想问我奶奶问题不直接问,绕着问有一个好处,我奶奶不为难,想回答就回答,不想回答就不要回答。我奶奶不想回答我爷爷,紧紧握一下我爷爷的手说,你不要恨他,他其实不和别人那样说,他是为你好,是怕我连累你。我爷爷说,你怎晓得?我奶奶说,睡吧,明天还得早起出工呢。我爷爷说,你也睡。我奶奶说,你睡了我就睡。

我爷爷不愿违拗我奶奶只能睡。再说了,我爷爷不睡我奶奶是真的不睡呢。于是我爷爷闭了眼睛睡,只一小会儿工夫呼噜声就响起。可是好长时间听不见我奶奶睡熟的鼾声,我奶奶也打鼾,只是鼾声柔弱、细长、均匀闪亮呢,均匀闪亮得像一根新鲜的蚕丝。只要我奶奶没睡着,我爷爷的鼾声就得一直响,我爷爷的鼾声没了,我奶奶就越发睡不着了。我奶奶说我爷爷的鼾声里有瞌睡虫儿,瞌睡虫儿飞出来没去处,一条一条都就近钻进我奶奶鼻孔里,用不了一袋烟工夫我奶奶就睡着了。没想到我爷爷的鼾声响着响着,我爷爷就真的睡着了。我爷爷的鼾声里飞没飞出来过瞌睡虫儿,飞出来了钻没钻进我奶奶鼻孔里,钻进我奶奶鼻孔里了我奶奶是几时睡着的,我爷爷说不清。想问呢天还没亮出工的锣声就响了,响得我爷爷心慌气紧急急忙忙起床急急忙忙扶持我奶奶出门,骂敲锣的肯定是个驴操出来的货。我爷爷说他今辈子还有一个遗憾就是:不晓得道情戏里做伴奏的笛子是怎样一个伴奏法,很想听一听呢。

黢黑地里我爹拼命往前跑,身前身后轰轰轰、轰轰轰,打雷呢刮风呢发洪水了。实际我爹哪里是在跑是在跳,一跳老高一跳老高,跳到半空中翻滚跌落在地面上再翻滚,一团黑影怪兽一样往前移动着。夜色不知几时悄悄退去,太阳不知几时悄悄升起,往前移动的已不是我爹,是一根烧得焦黑的木材了,烧得焦黑的木材周围形成一个小气候,滚动着一团黑雾。地面忽然停止了簸动,轰轰轰、轰轰轰的打雷声、刮风声、洪水声消失了。我爹保持了跳荡的姿势没跳荡,闪跌一下马趴在地傻愣住向四下里张望。四下里到处都是黑乎乎的,平地黑尘半尺厚。有一缕两缕阳光斜斜地穿破空中的黑尘照在地面上的黑尘上,地面上的小树小草小山都罩满黑尘。我爹只傻愣一霎就记起自己最主要的使命是寻找煤矿一坑坑口了,爬起来往前奔跑,奔跑得比刚才急切,一坑坑口在哪里？在哪里？猪猪,告诉爹,快些告诉爹！

猪猪,猪猪,地震了,你知道吗？你从坑里跑出来了吗？跑出来躲在哪里啊。

我爹说他一路奔跑一路呼唤一路嘟囔,主要是一路向我赔不是:猪猪,是爹错了,爹一根筋财迷心窍,爹一根筋死要面子活受罪——自己不愿受罪让儿子受罪。阁老村人都知道爹是个一根筋。爹今辈子吃亏就吃在一根筋上。爹一根筋没长进,二十几年前因为一根筋财迷心窍害死你妈,二十几年后因为一根筋财迷心窍让八土儿子下煤窑。爹对不起你对不起你妈对不起你爷爷,万一——祖宗,不能有万一。我爹快刀斩乱麻把自己的不良思维毫不留情齐根儿齐整整切断,像齐脖根儿齐整整切断一条剧毒的眼镜王蛇或剧毒的蝰蛇。切断好,切断心里不慌乱,切断有精神头儿为寻找儿子奔走。正是儿子需要有人奔走的时候,爹不奔走谁奔走！温小婷现在在哪里？即便这种时候,我爹也不可能不想起温小婷,这一段时间我爹最在意最想不通的还是自己家女人身上辈辈出问题！是谁给创下的这一种门风,阁老村人最讲究门风。什么是门风,我爹说不清道不明,我也说不清道不明,只是心理上认可有这种存在。这么说吧,阁老村人或阁老村周边的人对于门风的理解是,一个特征或说一种症状连续在一个家庭的几代人身上出现,这个特征或这种症状就是这个家庭的门风。比如一个家庭出了一个傻子,往后每一代或隔一代都出现一个或几个傻子,阁老村人就会说那是那个家庭的门风。通常阁老村人认为门风一旦形成很难改变,或者根本就改变不了啦。当然一个家庭出现一个读书人或出现一个当官的一个经商的, 往后代代相传都有读书人或当官的经商的,阁老村人也会说那是那个家庭的门风。据此,阁老村人常对一个家庭的发展走向做出判断,比如一个家庭代代出现傻子,忽然出现了一个读书人或出现了一个当官的经商的,阁老村人私下就要做出相应的推断了:那人不是那个家庭的种,或者是那人在那个家里放不住,迟早要出事,不信你们慢慢往后看——那个家庭没那个门风。阁老村人眼里门风是一种人力不可控的力量,是一种神秘是一种天授的不可逆的家庭发展的存在。我爹怎么能不在意,怎么能想得通！想不通就找理由替自己辩护:温小婷和猪猪没有结婚没有生孩子,根本算不得是康家的女人呢。

我爹想得最多的还是那个康饱饱康建设。那年我爹石料场的石料生意稍有起色,康饱饱就采取紧急措施给客户免费提供食宿。说是免费其实不免费,石料价格稍稍上涨;说是食宿,其实就是一碗蛋炒面和一个午休。从镇上招来两个靓丽女孩,午休时间为客户提供服务:推鱼鱼,蒸栲栳,倒骑驴,喝烧酒。名目繁多,花样翻新,都是康饱饱独创的名目。没做过的没见过的,光听名称就犯迷糊:康饱饱家开饭店了还是开客栈了?某一个夜晚,我爹赶往镇派出所报案说,村干部康饱饱在阁老村开石料场同时还开妓院了。派出所所长拍桌子大骂说,康饱饱胆大包天,看我怎么收拾他!开一辆警用吉普车随我爹赶赴阁老村,刚到村口就看见康饱饱和康饱饱老婆打着手电筒在村口迎接。派出所所长面带微笑和康饱饱握手和康饱饱老婆拥抱,有说有笑随康饱饱夫妻往康饱饱家走去。我爹站在吉普车旁,惊愕瞪眼不知如何是好了,一条大狼狗狂吠着从黑暗里蹿出来直扑向我爹。我爹掉头就跑,跑几步眼见跑不赢就近蹿上一堵断墙,大狼狗狂吠着一蹿一跳也要上墙呢。我爹说他被大狼狗禁闭在墙头一整夜,一开始大狼狗只管狂吠只管往墙头上蹿,后来吠累了也蹿累了,就蹲在墙下一动不动监视着我爹。康饱饱家是几时豢养下大狼狗的,我爹居然丝毫不知情,后来才打听清楚是派出所所长送过来的一只退役下来的警犬。我妈为我爹争夺来的石料市场风雨飘摇,有一阵没一阵了,甚至连续几天没一桩生意。这给我妈的工作增加了难度:要么关门闭户承认石料场倒闭,要么赤臂上阵——哪里只是赤臂上阵,是要赤体上阵才行呢。我妈大半夜没睡,把难处一桩一件摆开都和我爹说了。我爹偏是一个爱和康饱饱康建设较劲儿的主儿,半天沉默不语,天没亮就起身往石料场去了。此处无声胜有声,意思再明白不过,不耽误我妈工作。我妈当然心领神会,哭天抹泪说,我怎的就嫁了这样一个汉了。哭一阵说一阵,说归说做归做,最终还是豁出去干了。那是一个艳阳高照的暑热天,我妈说好要带一个大客户到石料厂拉石料,那客户有一个小车队,承揽了县城一项大工程,那工程主要用石料,从今天开始拉我家石料场的石料,往后很多天都要拉。有这家客户垫底就算不再有别的客户,我爹的石料场也是稳赚了。从这一点上说,我妈的工作是卓有成效的,我爹不能不感念。我爹在石料厂等候一上午,直等到过午没见一辆车影儿。眼见康饱饱康建设家石料场尘埃飞扬车流如水,自家石料场蝉唱鸟鸣寂寞无助要我爹的命呢。我爹放弃等待回家找我妈打听情况,半道多了一份心思,没进自家巷口,绕到房后蹲在后窗根下倾听。房子是新房子,我爹结婚前一年刚盖起,我爷爷住东面两间,我爹和我妈住西面两间。为我妈工作方便,我爹让我爷爷搬到石料场住,一天二十四小时帮我爹看石料。家里好像人很多,响动也很大,听不清说什么,只听见嘻嘻哈哈的说笑,夹杂着我妈负痛的尖叫声。搬一根树桩过来——那时候刚盖起房,房后堆积着许多烂木料,随便找一根就能当梯子用。我爹悄悄攀上后窗口向里面张望,眼前的场面惊心动魄把我爹吓一跳——是吓着了。只看一眼就悄悄从后窗口退下,哪里是退下,是失手滑溜下来的。滑溜在墙根下张着嘴大喘气汗下如雨了。我爹看到的场面是一群狼围着一个赤身裸体的女人正疯狂撕咬呢。完了,完了。我爹在心里哭号。不知是哭号石料场完了还是哭号我妈完了。我爹讲述到这里实际上已泣不成声了,哭泣声中闪烁着刀光剑影,跳荡出斑斑血迹,我爹说他太对不起我妈了。

　　黑尘飞扬之中我爹不跑了,茫然四顾,一坑坑口在哪里?原来的山沟变成了平地;原来的山梁变成了洼地,洼地里有水,黑乎乎看不清深浅。估算这一阵早过了虎头石了,过了虎头石就应该往左边拐弯往山坡下走了。可是面前没有弯道,只有一面断崖,断崖足足三丈高或五丈高十丈高,呈绵延起伏状,断崖上倒挂下来花草、树木,石头上面黑尘堆积一尺多厚。断崖下是一条裂缝,裂缝南北走向南不见头北不见尾,被崖头上垮塌下来的树木花草泥土碎石填塞满了,散发出清新无比的泥土香。我爹哪顾得管什么香不香,腿有些发软气有些紧迫,想要放声号哭了。不过没有号哭反倒冷静了许多,蹲下拨开黑尘细辨认地面上的土质、花草。阁老村村周边的土质、花草和村外的土质、花草不一样,我爹一眼就能辨认出。黑尘细腻如脂绵软如帛,足足一尺厚或一尺多厚。我爹扒拉半天扒拉开巴掌大一小片地面,地面不是土质是青石岩。我爹往前走几步蹲下再扒拉开巴掌大一小片地面,还是青石岩。不可能不可能。我爹嘟囔说。青石岩只有阁老村北小庙北面几十丈远处才有,阁老村左右一直往南都是红胶泥土质或黄土地,有的地方红胶泥土质表层薄薄地覆一层黄土。

　　我爹往前跑一段路蹲下再扒拉地面，这回是扒拉开簸箕大一片，还是青石岩。我爹疑心自己夜里受惊吓跑错方向了。站起身回望阁老村，哪里还有什么阁老村，茫茫黑海前不着村后不着店，自己单身独自在黑海中飘摇。阁老村呢，阁老村呢？阁老村那么多人呢？我爹脑子里轰一声爆响，有什么垮塌了。垮塌了没有垮塌的物体只有垮塌的重量，那重量比天重比地重，压得我爹晕头转向，心底又开始连续呼号两个字：完了，完了。这回不知是说阁老村完了还是说儿子完了，抑或是说自己的好日子完了。又开始奔跑，往南奔跑一阵忽然掉头往北奔跑。我爹不是想要往北奔跑是已完全处于无意识状态了，奔跑着要去哪要做什么，没去想也没记忆，只是在漫无目的地奔跑，奔跑着就踏实就觉着有指望。

　　我到底没摸常二茂的那条腿，只把常二茂向外移动十几米让他靠巷道壁坐好，一条腿弯曲着一条腿顺出去，想弯曲呢，肿胀疼痛得弯曲不回来了。刚坐好就说，关灯，快关灯。有一点喘息呼哧呼哧不是用鼻孔是用嘴，嘴唇半张着。呼出的湿气滚烫像空调机吹出的热气。

　　我说，茂哥，关了灯两眼黢黑，巷道里阴森森的怪吓人，我害怕呢。眼看想要活命是指望不上常二茂了，东张西望开始想办法自救。对于煤矿避险，我一无所知能想出什么办法啊。自己骂自己：还硕士呢，狗屁，面对灾难和郭三星们有什么区别！再次怨恨当年考大学不报考煤矿类专业！事实上我从来就看不上煤矿类专业怎么可能报考它。

　　常二茂说，这就害怕啊，这刚是个开始呢。后头用灯的地方多着呢，要节约资源，不能光管当下。在你们学校，书到用时方恨少，你可以补读；在这两千多米近三千米深的阴曹地府里，灯到用时没电了，你到哪里充电去？你白急吧，坐着等死吧。

　　我没接口，默默计算自己所在的位置到坑口的距离和坡度，坑口到自己这个方向的这座山梁头的距离和坡度，最终计算出山梁头到自己这个位置垂直距离大约是两千六百米。暗暗惊讶常二茂精明。曲里拐弯至少十公里路程，郭三星他们盲目攀爬又饿着肚子,想攀爬出去真是不可能。常二茂说,屄博儿,怎么不吭气了?

茂哥,早一阵儿巷道里簸动得那么厉害是怎么回事啊。我想面对现实研究现实了。

屄博儿,你号称是研究生博士生,你给咱研究研究剥丝剥丝,看能不能研究剥丝出个结果来。能研究剥丝出结果,我就是拐了一条腿也情愿变成一头毛驴让你骑着爬出去。故意把博士说成剥丝,是想苦中作乐和我开玩笑呢。

茂哥,你还有心思开玩笑啊。你说,巷道里簸动得那么厉害算是塌方啊还是地震啊,或者——不会是咱们坑里回采组那边放炮放的炸药多了吧?咱们怎样才能活着出去呢?我最在意的是怎样才能活着出去。为了能活着出去心里急嘴上甜一声接一声唤茂哥。

常二茂叹口气说,我开什么玩笑,哪有心思开玩笑。还问什么塌方呢地震呢,是巷道塌陷和往前滑行了你懂不懂?巷道塌陷和往前滑行引起岩层变形挫裂,把咱们这条巷道的出口都堵死了,你也看见了堵得那么厚实,青石岩壁坚硬再加上厚实,不用虎头钻不用炮炸想抠哈指甲片大小一块石片片来比登天难。咱们要虎头钻没有要炸药没有,想自救不可能;等外面救,做梦吧。人家想救呢,巷道塌陷和往前滑行了那么长时间,咱们到底处在什么位置咱们没办法确定,外面更没办法确定了。你说人家怎么救?你说能活着出去不能?

也就是说,咱们现在的位置距地面不一定是两千多米了?

你认为一千多米、两千多米或七八百米有区别吗?

我是说煤矿上可以请专家测算或用仪器探测,准有办法确定这段巷道的准确位置吧。

请屁,顶多请一哈季大师让季大师胡说八道半天了事。

正说着我的心病,我愤然说,咔,狗嘴里吐不出象牙来,那个季大师不会给咱们添什么好话。我就不明白王老板办那么大企业为什么会相信一个江湖骗子。想说:谢茂哥斗胆违背季大师意志袒护我。还想说:茂哥你说,这是地煞星冲撞了文曲星了还是文曲星冲撞了地煞星了。记起常二茂其实和季大师关系挺融洽,也记起是常二茂袒护我才把我拉入灾难里,尤其是常二茂硬把王乙涛推入我生活里,我才遭到王乙涛羞辱,心中愤愤不平就没说。

常二茂呵呵呵笑起来,笑几声不笑了,低声啜泣起来了。

我着急起来说,茂哥,你哭什么,这种时候你可不能稀泥软蛋了,你稀泥软蛋了,大家就真的死定了。我不想死,我快要开学了,我还要去学校上学。实际心底里希望他一直哭下去。

常二茂止住啜泣,突然龇牙咧嘴冲我吼说,做你的梦吧,连季大师都不会请的,出了这种事老板本来就够心慌意乱了,怎么可能请来季大师再添乱!至于请专家,这是一座黑煤矿,国家机关没登记没户口不管理,只有阁老村和阁老村附近的老百姓知道这里有一座煤矿,其他人谁知道!就是知道,谁还站出来替咱吆喝说地底哈有煤窑,煤窑里还埋着窑黑子呢。就是有人吆喝,政府机关里谁爱听谁当事!现在的老百姓说你是个人,哦,你就算个人吧,因为政府机关登记户口的户口花名册里有你一个名字呢,你那名字还占着一行行一道道呢,不算人能算个甚!换一个角度说,说你不是个人,哦,你就不是个人,因为你说了一句话,说了话了像放了一个屁,一股风刮过没了。没了就没了,对人对事对世界没甚影响。嗜,连放了一个屁都不如,放了一个屁风再大臭气味总是有,你闻不着臭我闻着了,我闻不着臭他闻着了,对人对事对世界影响不大吧总是有一些影响呢。你说,没有人制约着老板,老板会没事找事花钱请专家买仪器来救咱们?何况咱们这位老板开黑煤矿,县上有靠山,靠山怕承担责任会让老板承认在这里开过黑煤矿,黑煤矿里还埋着窑黑子?

常二茂吼喊得大汗淋漓呼呼大喘气,不吼喊了仰面靠在巷道壁上喘息不止。

我辩解说,可以上网发布消息,网上举报老板。

常二茂直挺起脖子声嘶力竭吼喊说,去,你去发布消息你去举报去!

我哑然,意识到自己太过急切太过忘情太过脱离实际了,也被常二茂的凶狠吓着了,目光虚空仰望巷道壁上那一道裂缝嘟囔说,茂哥,我是说不至于像你说的那么严重吧。把矿灯关了又开了,开了又关了。常二茂再次仰靠在巷道壁上喘息不回答,像没有听见。我把矿灯的光照射到那一道裂缝上推常二茂一把说,茂哥,我去把大家都叫过来,或许有人熟悉这一带的山脉走向,能带领咱们顺这条裂缝爬出去。边说边起身要走呢。

常二茂捉着我的一只手不放说,你叫去吧,把大家都叫上去找死吧,我是不随你们去。要死哪里不是个死,何必受那么大罪去找死。声音滞重少气无力了。

我想走走不脱说,茂哥,你什么意思啊,你手底哈可是还有许多条人命呢。好歹你不能眼睁睁看着大家饿死困死在这里吧。想哭呢硬挺着不哭,这种时候哭有什么用!

我又把下说成哈了,家乡话这种时候能给我安慰。

常二茂摇手,声气微弱说,不要说话,我这一阵儿腿疼得厉害,心慌得厉害。

我说,我去叫大家,看谁能有办法帮你接上腿。实际是看见常二茂的样子像是要死了,害怕上加害怕,想溜呢。和众人在一起生死绑定,胆壮些。

常二茂说,你不要走听我说,原二犟追随郭三星蹿进那条裂缝里,这一阵肯定是没命了。你不信用矿灯照照,那裂缝哈窄上宽一开始双腿双手叉两边岩壁能往上倒腾几步,到后面只能顺一边岩壁攀爬了,那岩壁像刀切开一样齐整,人不是壁虎,想攀爬呢没攀爬的装备,攀爬不了三两步,哧溜溜滑哈来想滑落回原来的地方可就没那个可能了。况且即便攀爬上去就一定能找着出路见着天日吗?两千多米深的地底哈,头上有一整座大山压着呢。我说这话不是吓唬你,是实情,你要是不信就叫上众人去试试去试试吧。松开我的手,任我迟迟疑疑走出去又返回来,只是不再理会了。

茂哥,那你说怎么办?咱就在这里等死啊?声音哽咽,伴随着想尿尿的感觉。

常二茂摇手说,让我稍歇一歇,我还有话和你说。倒霉的我今天晚饭不想吃就没吃,心想着等哈班后一次性解决吧,没想到果然就要一次性解决了。我好像是饿了,我饿了没别的症状,主要是心慌。1960年受饿饿出来的毛病,这辈子没完了。呼哧呼哧的喘息声里夹带着气流和干燥的喉咙摩擦发出的沙沙声,因为喉咙干燥因为饿,不断地想往下咽一点什么。咽什么呢?连唾沫都没有,还能咽什么,还是要咽呢。每咽一次喘息声就中断一下,中断一下巷道里就格外死寂一下,我的心跟着就要颤抖一下。

173

常二茂忽然惊叫起来说,屙博儿快,水,水,开灯开灯。

我被吓一跳,急忙开亮矿灯四下里照射,只当是又有洪水从什么地方冲出来了呢。连声说,什么水,水怎样在哪儿啊?果真又有水像最初那样洪水猛兽似的冲进来,关在巷道里的这些窑黑子们就死定了。声音颤颤不敢回想,回想一下都后怕呢。没见着洪水,只见巷道底部只有一点涓涓细流了,说,茂哥,哪里还有水?

常二茂说,快去通知大家,安全套不要只管戴在头上了,赶紧揭哈来装水,到上游来装,上游的水干净。另外各人肚子里也装一点儿,不要多装,装上一两口,歇一阵再装。巷道里水阴,一次装多了坏肚子,坏了肚子拉稀不如不装了。咱们现在的情况是,装了不一定就能活着出去,但不装肯定是活不了几天的。准备着打持久战吧,能坚持多活一天就多一点儿活着出去的希望。快去,快去叫大家,说不准这水哪一阵一哈就没有了。

我大梦初醒,紧张得气都喘不上来了,这巷道里神秘莫测诡异多端,被一种看不见摸不着的力量左右着。心底承认自己研究不出什么结果来,说一句还是茂哥想得周全。提拎着矿灯掉头往巷道口方向跑,脚底涓涓细流被双脚践踏啪叽啪叽响,激荡起回声空空旷旷响,响得我心慌都不敢跑了。也不单单是怕响声,是看见前面黑黢黢立一块青石岩壁,像一匹巨兽正面目狰狞盯着我。我疑疑惑惑慢慢走,走到青石岩壁跟前,指尖碰一碰青石岩壁,表面坚硬冰凉外还感觉着厚重,脚底黑咕隆咚,有一个能掉进去一只老绵羊的形状不规则的黑窟窿,黑窟窿深处轰隆轰隆响,脚底下涓涓细流心急慌忙都流入这个黑窟窿里去了。巷道被又一次切断,我和常二茂被单独关在一小段巷道里。我受惊吓想喊叫茂哥没喊出声,像嗓子眼里也堵了一块青石岩壁。掉头慢慢往回走,想跑呢跑不动,双腿像拴了绳索挂坠了石头,要一步一步扯着往前走。走到常二茂面前,常二茂正专心一意摸索着往安全帽里装水,安全帽摆在一只脚旁边,双手拦截涓涓细流,拦截到一点,捧起倒入安全帽里面,伸手再拦截。安全帽快要装满了仰脸看我说,怎么他们不肯来这里?我傻愣愣站着,脑子被糨糊糊了,像没听见常二茂说话。其实一直在说呢:爷爷,我完了,被埋在窑坑里再见不着天日了;爹,我完了再见不着你了;小婷,我完了再见不着你了。常二茂只当自己说话声音小放大了嗓门说,屌博儿,怎么他们不肯来这里?你去和他们说,患难时刻有福同享有难同当,大家聚在一起暖和些,谁有个甚情况大家也能帮衬些。现在不冷,时间长了肚里没食儿了,冷起来不由人。我还是只管傻愣愣站着。常二茂着急起来,抓起安全帽照我胯骨打一下说,好歹你放一声屁,不会是人都死光了吧。声音急切、暴躁,夹带着一缕一缕蓝色烟尘呢。安全帽里的水哗啦啦全倒掉了,大部分倒在常二茂身上。我被击打声音嘶哑说,茂哥,青石岩。

常二茂说,青石岩怎的啦?

我说,刚才天塌地陷那一声爆炸,就是因为那块青石岩从地底哈直矗上来或从头顶上直插哈来,把巷道又一次切断了。是自言自语的样子。

常二茂说,刚才就堵了你大惊小怪做甚。

我说,我完了你也完了大家都完了。还是自言自语的样子。

常二茂说,你说,你见着他们几个没有啊?

我说,怎的能见着青石岩把巷道从中间切断我过不去。冲常二茂发起火儿来了。

常二茂明白了,傻愣了一霎伸手拉我,手指够不着,往我跟前龇牙咧嘴挪屁股,挪一下吸一口凉气。腿疼之外其他部位的伤口也撕心裂肺疼痛呢。够着了,捉住我一只手拉入怀间强按着坐下,说是强按着,实际也没费多大劲,手臂只稍用力往下拉一拉,我的身体就半弓半蹲下,再用另一只手到肩头往下勾一勾,我就身挨身背靠常二茂坐下了,像一个大个子儿童,大半个身子依偎在常二茂怀间,压得常二茂喘不过气来央求说,屌博儿你挪挪屁股,咱们肩并肩坐哈说话,好不好?我说,好。果然挪挪屁股背靠巷道壁和常二茂肩并肩坐下了。

常二茂说,屌博儿,你说现在是甚时候——是白天还是黑夜?

我说,我不知道。

常二茂说,这一阵你最想谁?

我说,最想我爹,最想我对象,更想我爷爷。

常二茂说,你好像说过你爷爷死了,这种时候想死人不吉利。

我说,我爷爷一直反对我哈煤窑一直和我爹闹,现在看起来我爷爷是对的。

张霞俩且嗨哈!

我眼前一忽悠,我爷爷云影山影一样一闪而过,吼喊了一嗓子。这种时候我能念起我爷爷那一份好,我爷爷一定受感动,感动了不吼上一嗓子表达不出那一份感动。岂止是念叨那一份好,我爷爷养育我十八年,哪一年哪一天没有好!呜呜呜,呜呜呜是我心里在哭呢。

常二茂说,还有你那个对象也值得想吗?她早跟上老板家二公子跑了。这一阵你在巷道里困着是死是活说不清,人家还不知在哪里和老板家二公子花天酒地享福呢。咱们班上这一群窑黑子都看不惯,早想告诉你,我不让告诉。那个郭三星嘴上骂你大叫驴,心里可是真心崇拜你,请过两次假要去帮你找老板家二公子算账,我知道那家伙心狠手毒,怕惹出人命事,没让他请假。说内心话,我嘴上叫你屙博儿,心里实际崇拜你;我嘴上叫老板家二公子牛二,心里实际崇拜老板家二公子,老板家二公子会制作小铁人人,上大学那阵研制出一个小铁人人,能自己走进窑坑里采一小块黑炭抱着走出窑坑外。我亲眼看见他在一个废弃的窑坑里做实验,站在坑口外用一个小机器遥控。

我突然想吼喊说,你不要再和我说老板家那个二公子,都是你害的!你不把老板家那个二公子硬推入我的生活里,我怎么会受他的害!我对象温小婷怎么会跟上他出走!可是说出口的却是:茂哥,咱不说这个好不好。你说你这一阵最想谁。声音绵软、稀溏,没一点儿骨感,像我受惊吓拉稀拉出来的粪便。都处在这种状态了,还想记恨人,还有什么记恨头。

常二茂叹息说,我能想谁?我老婆在炕上瘫着,我有一天不帮她排屎尿,她就得屙炕上尿炕上;有一顿不帮她把饭碗放在枕头跟前,她就得饿肚子。我孩子们都大了,各顾各的小日子去了,我老婆也没用了,没人顾得上关照我老婆了。呜呜咽咽哭起来了。

我爹一直在黑尘里奔跑——不光是奔跑还闪避,脚下地面多处撕裂,像一条被划过无数刀的死鱼一刀一刀裸露出刀痕。刀痕有深有浅有宽有窄,即便是最浅的刀痕,不小心掉进去,怕是小命儿就玩完了。我爹闪避得迅捷,出乎常人想象,眼见一条裂缝突然出现在脚下,一只脚已半悬在裂缝上面,就要一脚踏空闪跌进深不见底的裂缝里去了,腰身一扭,一闪脚踏实地过去了。

我爹奔跑进一片石林茫然无措地站住,没见过这地方,阁老村前后左右从来没见过这地方。一根一根石柱——哦,是石山,都是青石岩,最瘦小的石山抵得过一座几个单元的五层或六层小楼房;最高大的石山比几个单元的二十层楼房还高大。最不可思议的是石山顶上都戴着草帽:丈余厚土层,土层上有花草有树木;有几座相邻的石山顶上居然顶着绿油油的玉茭林。只是花草树木玉茭都落满黑尘,在阳光下闪耀着白花花银光。我爹脚下也开始白花花闪耀出银光来了。几时见到阳光的,我爹不在意,只在意闪耀着银光的黑尘,细辨认都是一尘不染的碎煤屑,像雪花一样晶莹明亮呢。唉,细说起来我爹这一阵还在意什么,脑子里一片麻木一片空白什么也不在意了。只是好奇眼前的景象呢。因为好奇,围绕一座一座石山转起圈圈来了。一边转圈圈,一边上上下下打量石山的模样,石山和石山不一样,不光高矮胖瘦不一样,形状神态也不一样呢。有一座石山,下头瘦小、顶端肥大,像一把刚刚撑开的大黑伞;另一座石山,下头和顶端一样粗,只可惜是一把菜刀形的薄片片,荒郊野外乌光闪亮立一把菜刀,谁见了谁好奇。我爹在最高大最雄伟的一座石山前站住,仰望石山顶上正呼天抢地吆喝的两个人,听不清喊什么但看清楚人影儿了,像是张一文夫妻。我爹兴奋起来张开双臂往石山跟前跑,一边吆喝说,你夫妻怎的就跑到那上面去了。语气里有一点惊奇有一点羡慕,跑到石山根下反而看不见石山顶上了,着急上火又掉头跑开。跑开不是为再看到石山顶上那一对夫妻,是被石林外另一种声音吸引。那声音嘶哑、凄厉、清晰无比反复喊:救命。我爹比那喊声急切,眨眼工夫就蹿到喊声跟前了。喊声是在一个深坑里,深坑阔大、深陷,足足几百亩土地那么大,三根长竹竿连接在一起探不到深坑底。深坑底有街道有房子,房子坍塌、歪斜,街道扭曲变形开裂了一条一条或长或短的裂缝。坍塌歪斜的房子里正有人往外面攀爬,也正有人用镢头铁锹往外面刨挖着什么。刨挖的人身后摆一长溜锅碗瓢盆被褥包袱之类。有一群人正背负了大包小包从深坑底顺坑壁往坑外攀爬,爬上来哧溜溜滑下去,坑壁上碎石土块紧跟着滚下去砸伤人没商量。说是人呢,其实没有人样子,一个一个面目黢黑、衣衫褴褛、血淋糊碴,比实际人形肥壮了许多笨重了许多。没有人想到过顺坑壁修一条小路,都席地而坐向坑外呼喊救命,高一声低一声;有人连救命都不喊,坐在地上抱头呜呜咽咽哭。我爹站在深坑边沿惊愕了一霎:祖宗,怎的这里有一个村子。只惊愕了一霎就冲深坑底喊,你们是谁,是哪村的?深坑底静谧了一霎就有人回应说,你是谁,哪村的?声音都沉闷都嘶哑,哪里是在喊分明是在号呢。

我爹说,我是阁老村的康钢子康跃进。

坑底人喊,钢子,我是张一文。这是我婆姨,把一个女人往前推一推。那女人哇一声就哭了,说,钢子,我们不能活了,救救我们吧。

我爹揉一揉眼睛冲坑底喊,你们怎么会在这里,这是什么村?怎的都人不人鬼不鬼成这个样儿啦?记起刚才见过张一文夫妻,但想不起在哪里见过了。嘟囔说,奇怪,甚时候啦张一文还带着婆姨到处瞎跑啊,往哪里跑不行,偏跑到这坑里。

张一文揉眼睛吐尘沙喊说,你个灰货,这就是咱村啊,你看咱村还是咱村吗?你怎的也人不人鬼不鬼成那样儿啦?你不说名字,我这辈子认不出你来了。呜呜呜哭了,声音嘶哑凄惨。

我爹茫然四顾,远远近近黑乎乎白茫茫,两道又高又长的石崖像两列运输煤炭的火车,黑乎乎闷沉沉停靠在左右两边的远处正等候着有人给装车呢。到处没一点儿阁老村原来的样子。我爹疑疑惑惑仔细张望深坑里,意想不到看见自家的院子了,看到自家院子后面的玉茭林了,看到自家大门口那个预备着坐人的石墩子了。只是自家的房子不见了,只见一个黑咕隆咚的黑窟窿,黑窟窿边沿上立着一堵墙,墙也歪斜了还裂了缝,那缝一直延续到当院,从院墙上划一道口子直通到街里。几只鸡咯咯咯大叫着在院子里游走,像在寻找主人呢。我爹呜哇一声也哭了,说,老天杀人啊,我上对不起爹下对不起儿子中间对不起我婆姨,一文你等着我来救你们。可怜我爹一半清醒一般糊涂掉头漫无目标奔走出去半里地又奔走回来,绕着深坑旋一圈又离开深坑。距深坑不远一条小裂缝边沿歪躺着一株小松树,抓住树梢奋力拉,拉出几步,树根深埋在土里拉不动不拉了,奔向另一条裂缝。这条裂缝周边歪躺着几株松树,一株比一株粗壮高大,树周围有许多断裂下来的干枯的松树枝一根一根像小树。我爹赶过去抱那些树枝,想多抱几根,觉着重,只抱了一根,像小孩子过家家,把一根树枝顺深坑边沿溜到深坑底冲深坑底吆喝说,一文你们踩着树枝上来吧,我再抱过几根来。掉头又跑了。

张一文叔灾难后回想起那一天的情景说,其实你爹从来就这样,喜欢卖嘴皮子不喜欢做力气活。当年开石料场只是坐在工棚里一边喝茶一边听半导体收音机唱戏或播新闻,石料雇工人开采。工人们开采哈石料需要堆放在哪里堆放成甚样子,你爹就怀抱收音机走出工棚指指点点说这样说那样,神采飞扬,身上干干净净一尘不染呢。石料场受康饱饱的石料场挤对,石料滞销,你爹指派你妈拉客户。拉客户不是力气活,但耗时费力,你爹没那个耐心。你妈把客户请进家,吃也吃了喝也喝了睡也睡了,一出家门遇上康饱饱家雇佣的年轻女女们就又变了。你爹在石料场空等一上午或一整天,满面不悦地往家走,要质问你妈:你就连这一点点事也办不好啊。隔窗户看见你妈正和一个新客户接洽,就退出大门静悄悄等候,等那位客户出来,直接坐进客户车里领上到自家石料场去了。

你爹把这项功劳记在自己头上,事后骂你妈:你这个贴油卖面的货!阁老村说贴油卖面是骂人呢!卖给人家面还要白送油,油比面值钱,是做了一桩赔钱的买卖。

张一文老婆看见我爹扔进深坑里一根树枝,哭叫起来说:大哥大嫂们,依靠康钢子救人是依靠小闺女女做接生婆呢,大家快想办法吧,不能坐着等死啦。

张一文冲坑沿上吼喊说,康钢子,你多跑几步快些到镇里找政府报案子去吧。

我爹正全心全意抱那些树枝呢,哪里听得见,即便应该能听见也因为心不在焉听不见了。实际上我爹从昨夜开始就一口饭没吃一口水没喝,又受惊吓奔跑那样长时间,到这时候还能反反复复在深坑外奔走,往返抱那些树枝,已经是奇迹了。我爹再次抱着一根树枝出现在深坑边沿时一跤跌倒,树枝没扔到深坑底,差一点儿把自己扔下去。跌倒就没有爬起来,嘴巴大张着眼睛翻上去,乌黑的脸上汗水冲刷出几条白不白黄不黄的斑纹,纵横交错勾画出一张鸟兽模样的大花脸,全然没了往日老太爷式的威势和体面。跌倒之前看见左右两边又高又长的石崖顶上有挖掘机推土机轰隆隆轰隆隆开过去,有武警部队一长溜紧接一长溜脚步声哗哗哗、哗哗哗跑过去,有黑尘一股紧接一股再次飞扬起。本想张大嘴喊一声:阁老村在这里。可惜没喊出声人就倒地不省人事了,荒废了一次再次成就体面状态的壮举。

我爹完全清醒的时候,已是第五天清早,是在武警部队的蓝色帐篷里。轻微伤病人都在帐篷医院里,危重伤病人在帐篷医院里急救处理后就就近转往县市正规医院里去了。病友们议论说国家地震台测定:阁老村一带发生八点五级地震,震中是阁老村。震源深度有两公里。阁老村往北五公里,往南五公里,东西向一公里内,涉及十几个自然村,遭灾害遭得最严重;镇政府所在地大半个村子也被摧毁了;伤亡人数初步统计一千人以上。

之所以说我爹完全清醒,是因为从生理角度说我爹一直是清醒的,凡清醒就说胡话,就撕咬人打骂人还要挣扎着到处跑。医生只好给注射镇静剂,吃饭喝水靠鼻饲。我爹是被一阵手机铃声惊醒的,醒来的时候面前站着一个女人,乍一看活脱脱就是一个温小婷,细辨认才觉得比温小婷稍年长一些,是温小婷的姐吧。女人身材高挑、匀称,容颜白皙、靓丽,满面慈祥,慈祥之中隐伏一种肃然之气,我爹望而生敬;再配上一身雅致合体的素净衣裙,不由我爹要由敬而生仰慕了。

我爹说现在的女人们年龄是个谜,本人不说谁也说不清,除非直接查看户口本或身份证。我爹醒来,任由手机铃声只管响,目光锁定面前的女人疑疑惑惑说,你是——面前的女人迅速接口说,我叫陈洁婷,是温小婷的妈妈,是来找小婷的。从电视新闻里看到你们这里发生了强地震,温小婷的手机又一直关机,大哥,您先接电话。声音倦怠语速倦怠,精心修饰过的容颜也被牵扯出倦怠来了。

我爹的记忆一下恢复了,忧伤、羞愤、着急一齐拥挤过来,眼睛潮红了,抓过手机和手机里的声音发脾气说,你是谁?你说什么鬼话?我听不懂。把手机摁了。嘟囔说,求救求救我向谁求救去,谁救我,谁救我儿子猪猪。陈洁婷着急说,谁求救啊。我爹说,谁知道,说是一个女人在一座高楼里向过路人求救,传递到过路人手里的手机号码是我的手机号码,胡说八道鬼叫呢。陈洁婷从我爹手里抢走手机回拨过去,占线,再回拨过去还占线。着急起来跺脚说,大哥,你怎么能不问清楚就挂断还骂人家。用自己的手机拨过去,通了,没等通话结束就脸色大变,急忙忙走了,没和我爹告别。告别不告别吧,我爹实际不当事。我爹当事的是这个叫陈什么的女人,模样儿和温小婷相似,一看就不是一个贤良持家的女人。阁老村有一句老话:买猪娃看母猪。母猪就那样儿了,猪娃能好到哪里去!猪猪怎么能不先相看看母猪妈就哈手买猪娃!九九归一,我爹最当事的还是我。那个叫陈什么的女人刚走出帐篷,我爹就问帐篷里一个正忙着给病人打吊针的女护士说,同志,我儿子猪猪现在在哪里?你见着过没有啊?保持着几十年前的称呼,觉着会这样称呼人的人,都是有些见识的体面人。女护士正扎血管呢,哪里顾得上回答他,只说,大爷,到吃早饭时间了,您先到隔壁餐厅吃饭去吧,您可以自由行动了。实际是那女护士即便不忙也不敢搭理我爹,领导打过招呼:这个病人需要特殊护理,其他医生护士不能随便接触。我爹也不纠缠,掉头走出帐篷外,外面的世界好热闹好繁华,到处都是救灾的部队救灾的车辆救灾的旗帜。大卡车挖掘机推土机,天上还飞来两架直升机呢。毫无疑问,黑尘再一次漫天飞扬了,我爷爷说当年大炼钢铁漫山遍野是人是黑尘是喧哗声,就是这种景象呢。我爹哪有心思看景致,看见几个武警战士拿着饭盒相随往餐厅走,尾追过去问,同志,你们见着我儿子猪猪了吗?武警战士们热心站住问,大爷,你儿子猪猪在我们部队上吗?做什么工作啊?我爹说,我儿子猪猪在煤矿上当窑黑子哈煤窑,我找不到一坑坑口了。武警战士们回答说,这里没煤矿没有一坑坑口,大爷你找错地方了。我爹着急起来,眼睛泛红说,有煤矿有一坑坑口。武警战士有任务,哪里有时间和一个不相干的老人纠缠,摆摆手进餐厅去了。我爹嘟囔说,这些娃们怎的也胡说八道呢。去追赶两个刚从餐厅里出来、正往厕所走的干部模样的人。

我爹哪里知道,煤矿一坑坑口和二坑坑口以及煤矿办公楼因地表岩层挫裂滑行,被推挤到阁老村南十几里的一个山沟里埋没了。王乔谷煤矿从此消失——是从来就没有过,这场灾难完全是由地震造成的。当地县政府、乡政府、村干部从上到下口径一致:没有煤矿。即使有人归咎于煤矿太过采空要问责,那也是几十年前的事了,几十年前王乔谷和另外几个煤矿老板在阁老村附近开采过煤炭。除王乔谷外,另外几个煤老板有两个已去世,有一个重病在身即将去世,有一个流落他乡多年无音讯,还能问责谁!这种进可攻退可守、游刃有余、工于心计的绝妙策略,除了县政法委宫书记,再没有旁人能想得出。知人善用王乔谷,认识宫书记之初就重用宫书记,那时候宫书记只是普普通通一个乡党委副书记。可见王乔谷也是伯乐之流呢。难怪王乔谷心肌梗死只住三天医院就回公司正常上班了。

我爹在厕所门口追上两个干部模样的人,还没开口说话呢,那两个人就先说,呵,我们刚出来一会儿正说你快要醒了,果然就醒了,我们这几天看护你看护得有一点儿感情了,醒了没乱跑,还自己找我们来了,这么黏人啊。相视而笑,笑模样怪怪的。我爹说,我找我儿子猪猪,你们笑什么?你们见着我儿子猪猪没有,我儿子猪猪在煤矿一坑哈煤窑,眼看就要哈班了,偏偏就发生了地震,我找不到我儿子猪猪,找不到煤矿一坑坑口了。两个人都不笑了,其中一个眼圈儿泛红说,跟我们走吧,到地方你就见着你儿子了。伸手拉住我爹的一只手。我爹老泪纵横说,嘿呀,太谢谢你们了,我给你们磕头。趴伏在地像鸡吃米一样磕响头。张霞俩且嗨哈。呜呜呜,呜呜呜,我可怜我爹,在心底吼喊了一嗓子,实际是在心里哭泣呢。

常二茂在黑暗里摸索我的脸颊,摸索到满手泪。常二茂睡熟了不知睡了多长时间,醒来听到身边有微弱的鼾声,只当睡在自家炕头上忘记给老婆屁股上换纸尿裤了。急忙伸手摸,摸着巷道底部湿乎乎冰凉凉的地面,心情从生到死一落千丈,记起煤矿巷道记起我记起和我哭过,辨别出是我的鼾声,开始可怜我和可怜他自己了。

一个博士呢,从小到大,从认识第一个字开始,像爬台阶一样一个台阶一个台阶往上爬,爬到二十几岁,爬到博士这道门槛跟前就要入门了,出了这种事。人活一辈子爬一两个台阶好爬,爬几十年台阶难。时间台阶年龄台阶不说,光学习这道台阶爬起来岂止难,还折磨人。自己上过学,自己儿女们也上过学,坐在教室里像摆在烤箱里火烤呢,像摆在地上开水浇头呢,年年是那样月月是那样天天时时是那样。可怜这孩子忍受了多少年火烤多少年开水浇头,落到这地步,能活着出去的可能性几乎等于零。

最初常二茂就反对我下煤窑,那时候我还只是个十六虚岁的孩子。一个十六虚岁的孩子暑假期间找到坑口要求当窑黑子下煤窑,常二茂拒绝了:当窑黑子哈煤窑挣钱,光看见人家挣钱痛快呢,人家痛快,咱家就不一定痛快了;人家当窑黑子哈煤窑像在大马路上吃早餐,一边走一边吃,路也走了早餐也吃了;咱当窑黑子哈煤窑就变成不系安全带高空走钢丝了,走着走着一股大风吹来,人不是人,成了一片树叶,连树叶都不如呢,树叶落地只是轻飘飘一声响,人落地可就不是轻飘飘一声响,是一摊泥了。那钱好挣还是难挣啊,去去去,不是你说没事就没事,实际要做呢,要一分一秒在坑里劳作呢,常在河边走哪能不湿鞋,万一有事我这辈子就做哈亏心事了。你爹呢,让你爹来和我说,你一定要当窑黑子挣钱,到别的煤窑上挣去,我这里不要你。等你再长大两年,确定念不成书了,那时候你要当窑黑子再来找我吧。

常二茂说话说得口干舌燥,总算打发小后生走了,没想到第二天小后生又来了。来了来了吧,还带来了他爹,他爹穿戴整齐干净,看上去像个出身农村半路出家到工厂上班的工人。常二茂惊讶:阁老村五十岁左右的人群里没有不认识的人,怎的从没见过这个人?来人叫他一声:头儿。说话之前先开口笑,那一声头儿那一脸笑,常二茂再熟悉不过,十几年前会这样说话会这样笑的这个人,在这座煤矿在常二茂手底下当过窑黑子。当窑黑子没有当窑黑子的力气——干脆说吧,是不愿出窑黑子的力气,别人一个班上定额做完外还能挣很多超产奖;这个人相反,很多时候连定额都做不完,勉强做完也是拖拖拉拉最后要大家帮忙。常二茂不叫他的名字,只叫他的外号"寒号鸟"。《寒号鸟》是常二茂小学时学过的一篇课文,是说一只鸟好吃懒做连一个窝都不肯筑。隆冬季节夜里寒冷,寒号鸟就不断地啼叫:哆啰啰哆啰啰,寒风冷死我,明天快垒窝。我爹虽然没寒号鸟那么懒惰,但性格过于皮,皮得让常二茂讨厌不愿意要我爹当窑黑子,故意找碴儿克扣过我爹的几回工资,最后一次克扣得手重了,我爹也不吵闹,说一句明天我不来上班了。往常二茂脚底吐一口唾沫辞工走人了,前后不到十天。

就是这样一个人让没成年的儿子来当窑黑子。自己当不好窑黑子,儿子就能当好了?

头儿,你不是外人,我和你实话实说吧,我爹娇养我,我不想娇养我儿子;娇养儿子是害儿子,我受过害吃过苦头了,不能让我儿子也受害吃苦头。你收哈我儿子,给我儿子一个锻炼的机会,让我儿子锻炼锻炼,你也多指点指点,我这一辈子感激你。

就是我爹这几句话把常二茂打动了,常二茂其他话不说,只说留哈吧,挥挥手让去坑口办公室填写一个用工表,在用工表中间一栏签个名,按个手指印就算入职了。那时候我爹还没有吸纸烟的习惯,通常,和我爷爷合用一支旱烟袋。在家用旱烟袋,出门自带一小荷包旱烟末,一小卷有光纸条儿或者一小卷旧书纸条儿。有光纸最体面,卷了旱烟末当众人的面当纸烟吸;旧书纸就差了,当众人的面,不是烟瘾大发了尽可能不吸。顶多伸手到衣袋里摸摸烟荷包,装着擤鼻涕,到鼻子上左摸摸右摸摸,一点儿鼻涕没擤出来。

常二茂可怜我,更可怜他自己,在王乔谷煤矿上当副矿长兼带班,当了十几年兼了十几年,除正常工资和几次王乔谷的口头表扬外没得到过任何关怀和奖励。老婆瘫在炕上多少年,王乔谷都没打发人到家里慰问过一次,甚至老婆想到县医院体检要用一哈矿上的桑塔纳轿车,和矿长和王乔谷都说过,最终也没用上。说起来寒心,真是寒心呢。

可怜归可怜,可怜不能当饭吃,最要紧的是要坚持着活下去,活一天就有一天的希望。常二茂推一推我,我歪躺在常二茂身上睡得正深沉,哪里能睡深沉,是做梦做深沉了。梦见我正吃我爷爷制作的油饼饼,油饼饼有一点儿坚硬有一点儿冰冷,放进嘴里使劲儿咬,老也咬不碎。我爷爷在旁边咬牙切齿地替我用力,好像是生气了,一把把油饼饼从我嘴里抓走,吼喊一句,张霞俩且嗨哈——你这个敌人!油饼饼摆在锅台上,用斧头往碎敲,一斧头敲下去,油饼饼没有碎,窗户纸碎了,油饼饼小鸟一样飞出去,撞碎窗户纸飞出窗外没一点踪迹了。我爷爷追出门寻找,寻找到了,已沾满尘土黑污了,吹吹,拍拍,送进嘴里啵咂,和我甜腻腻憨笑。灾难过后,我去省人民医院看望常二茂,常二茂截肢了,齐大腿根截掉一条腿。和我讲述窑坑里共患难的经历,讲述得泪流满面,实际是在心疼他那一条腿呢。说那一天只看见我啪叽啪叽咂嘴巴咬牙,还说梦话,不过听不清说甚,睡得香甜,像睡在自己土炕上的样子。

常二茂说,不忍心推醒我,但迟疑一哈还是推了。不推不行,常二茂开亮矿,灯巷道左巷道右照射了一哈,赶紧把矿灯关了。就剩哈一盏矿灯能坚持使用多久呢?巷道底部的涓涓细流已不流,只剩一些坑洼处还积存着一点点死水了,活水变成死水和地面接触时间长了阴气会更重。阴气重了,喝进肚里更会闹肚子拉稀。

常二茂不光推还低声喊,屙博儿,屙博儿。我醒了,醒是醒了。意识还沉潜在睡梦里,嘟喃说,爷爷,怎么不开灯?蹬腿张臂要伸懒腰一下不伸了,臂膀触碰到巷道壁,坚硬冰凉生痛呢;双脚蹬进一个小坑里,小坑里的水往外溢,碎玻璃落地一样丁零当啷碎响呢。常二茂再低声喊一次屙博儿,我的意识完全从睡梦里漂浮起来了,捉住常二茂一只手说,茂哥,你唤我做什么,把我的一个好梦搅和得零零碎碎好难受。

常二茂的手滚烫,身子也发抖,问我说,梦见甚啦?

我说,正和我爹我爷爷吃饭呢。我爹给我碗里搛了一块红烧肉,我爷爷往我碗里搛了一块清炖鱼。他们都不吃,只管微笑着看我吃,我正要问为什么那样看我呢。

不想说油饼饼,不想说油饼饼飞了,我和我爷爷之间的私密事不想和旁人分享。

常二茂说,你爹是个懒虫儿。想说寒号鸟呢没说,这种时候说人家绰号不好。

我说,我爹其实有想法有志向。

常二茂说,你不小看你爹?

我说,人和人相处,要多看别人的长处,少盯别人的短处,何况是和我爹相处。

其实我有一点儿恨我爹,至于恨什么,那时候还没有想明白。

常二茂叹息说,那倒是——我也做梦啦,梦见我婆姨没人管,赤身裸体在当院里爬行着寻找我。我惊哈出一身汗醒了,正奇怪呢,死了还能动啊。哪里是梦,是半睡半醒间胡思乱想呢。人说得病想亲人,咱俩是绝地想亲人,你想你爹你爷爷,我想我婆姨。

我说,不说这些了,都是过去的事都是梦里的事了,你高烧呢,刚才就高烧。

常二茂哧哧笑,说,你对时间已没有判断了,哪里还有刚才,刚才是个几时啊?以我判断,至少过去三天了。咱们就这样一会儿睡一会儿醒,醒了也是睡着呢,睡着也是醒着呢。你没觉着口渴想喝一点水吗?

我说,没觉着。

常二茂说,也没觉着饿?

我说,没觉着。

常二茂说,我觉着口渴觉着饿也觉着冷了,你肚里吃上石头了?怎么就不觉得饿,还不觉得口渴,也不觉着冷?

我说,到这种境地了,要那些欲望要那些感觉做什么,全都消失了挺好。

常二茂说,噢,你是被哈着了,不是被哈着不会成这种样子的。不管怎样,咱们还是装两安全套水吧。等你有感觉了,想要喝水时没水了,那可就真是只能是大睁着眼等死了,会死得很难受。挣扎着想要动一动身体动不了。那条断腿肿胀化脓,快要把裤腿撑破了。其他部位的伤口也在流脓呢,有一股发臭的味道。我闻到了,常二茂自己也闻到了,只是都不愿说破,谁知道是谁身上臭呢!我还屙在裤裆里了呢。

我说,好吧,我来装。往下摘自己头上的安全帽,老也摘不下来,摘得大喘气还是摘不下来。后腰里伤口疼,严重妨碍我动作;肚子里空泛手臂发软还发抖。常二茂在一旁听着,知道我正在做什么做到什么程度了,替我着急说,屙博儿,你开亮灯先喝几口水,喝上几口水,体力会恢复一些呢。我不开灯坚持在黑暗里摘安全帽,摘出一身汗吁吁吁喘息。常二茂摸索到矿灯开亮呵呵呵笑说,你个屌博儿,照你这样摘,摘到哈辈子也摘不哈来的。我因为后腰里伤痛,身体老是向后仰,后脑勺一直紧抵着巷道壁。安全帽早摘离了头顶,夹在巷道壁和后脑勺之间,任我使出浑身力气,只是纹丝不动呢。

我捉安全帽在手,紧靠巷道壁喘息说,让我歇一歇,让我歇一歇再装水。

温小婷醒来,是在一间病房里。病房分里外间,里间病人住,外间陪侍病人的家属住。温小婷第一眼看见的是一个模糊的人影,第一个从意识里漂浮出来最清晰的人名儿是康沛然三个字。眼睛直盯着人影嘟囔着呼唤:书虫儿,书虫儿。声音微弱,咬字模糊,没有人听明白温小婷说什么。插着输液管的臂膀动了动,想要抬起手来抓眼前的人影没抓着,倒是那人把温小婷的手握住了。那人的手温润、柔细、绵绵软软,让温小婷感觉着熟悉和惬意。

妈妈。温小婷没睁眼睛就轻声呼唤,随即泪水顺眼角悄悄下来了。温小婷的意识完全清醒了,不睁眼睛问妈妈:我这是在哪里?不愿睁眼睛或是羞于睁眼睛,清晰记起自己遭遇的劫难,不想让妈妈知道还是让知道了,心底直埋怨我:书虫儿为什么不来帮助我?是记恨我了吗?我就那么值得你记恨吗?真想当着妈妈陈洁婷的面放声哭一场。

怎么可能不想哭一场呢!换了别的女孩岂止想哭一场,还要大吵大闹要公安局抓人,还要索要各种各样赔偿呢。温小婷只是想哭实际没哭,也没有要吵闹的意思。

温小婷被非法囚禁四天半,那天凌晨写血书求救,一位晨练的老人按衣裙上的手机号码拨打出去,我的手机关机——怎么能不关机!在更衣间里一只铁皮柜子里放着,被塌陷掩埋铁皮柜子都无踪迹了,手机会通着?我爹的手机通了也接了回答是,你是谁,你重说一遍,你说什么鬼话,我听不清。晨练的老人操当地土话,我爹操阁老村土话,土话和土话在独木桥上相遇,演绎出一点同性相斥异性相吸的道理。晨练的老人着急上火索性直接拨打110报了警。警方解救出温小婷,从网络信息中查找到房主,又从房主口中查找到王乙涛。随后从温小婷的血液胃液里和那个手提式塑料袋里的饮品和食品中检测出大量的麻醉药物三唑仑。毫无疑问,王乙涛的非法拘禁罪就此坐实了。

妈妈陈洁婷站在病床前眼圈泛红说，不要说话，注意休息，再睡一会儿吧。怨恨女儿想责备女儿，但眼见女儿遭受这样大一场灾难，苍白消瘦得脱了形，怨恨责备又变成怜惜和自责：一向只注重品质教育和知识教育，没在意社会适应性教育——干脆说吧，忽略了生存教育，难道做父母的没一点责任吗？二十几年间爸爸说工作忙妈妈也说工作忙，真正父女母女在一起亲情交流有多少天？妈妈陈洁婷自责到极点，到卫生间给温小婷的爸爸打电话，冲电话里连哭带说声嘶力竭吼，孩子出这样大事你都说没时间，什么时候你才有时间啊？你是个当爸爸的吗？你配当爸爸吗？听到孩子喊你爸爸的时候，你不觉得愧对孩子吗？吼喊得累了不吼喊了，只是呜呜咽咽哭泣。温小婷爸爸向来临事不乱、处事不惊，即便面对女儿的这种事情，面对老婆的哭诉做派依旧。沉默良久，等陈洁婷哭声稍歇，才语气冷静声音低沉说，你说，是你女儿的事重要，还是处置一场灾难性事故重要？你也从新闻里看到了，工厂急功近利非法生产导致一场大火，死亡人数已达四十人，这个数字还可能上升，被烧死的都是二十来岁的女娃儿。这种时候我可能离开吗？再说了，谁能想到陈洁婷的女儿会上这种当会受这种害。你可别当什么光彩事张扬起来，现在的网络传播是很可怕的，我劝你不要在那里多耽搁，更不要要求抓人什么的，赶紧领上你那宝贝女儿回家吧。有什么话回家里说，有什么委屈回家里消化。一句话，自家女儿不懂事不争气，自家悄悄承受了算了。短短一段话意思很明确，陈洁婷光顾了复仇了没在意女儿的名声，尤其没在意自己这种家庭的名声。收歇了哭声，给当地一位在市政府当领导的朋友打电话：和公安朋友们关照一下，不要抓那个犯罪嫌疑人了，反正事情已经做下了，抓了人也退不回去了，闹得沸沸扬扬对谁都不好。收起手机打开水龙头用凉水洗把脸，奇怪，刚才一直不踏实，打过电话以后反倒踏实了。或者自己也意识到警察讯问笔录录音录像，会刺激到女儿，会对女儿造成二次伤害。换一个角度说吧，假如阁老村地震那天女儿没离开阁老村，这一会儿女儿还是女儿吗？冥冥之中如有神助，女儿受一小劫躲过一大劫，应该是一件因祸得福、值得庆幸的事呢。这样一想，烦恼没了，欢喜有了，自己觉着自己好笑，面带微笑走出卫生间回到病床前守候温小婷。

温小婷问妈妈的问题妈妈没回答,只说再睡一会儿吧,就转身进卫生间去了。温小婷睁开眼睛打量室内环境,知道是在医院里,刚刚醒来就知道是在医院里了。因为闻到了医院的味道,也感觉到了手背上扎着吊针呢。只是不知道是在哪座城市的哪家医院里。这种时候只想见到书虫儿康沛然,不想见到爸妈或其他任何人。书虫儿能经受得住这种打击吗?能原谅自己吗?这一阵儿正在做什么?看见妈妈陈洁婷从卫生间走出来,不但不给自己放脸子还微笑着,温小婷不想看到妈妈的微笑,那微笑不是从里面泛出来,是从外面披挂上去的。母女母子之间最结实最关键的精神纽带就是一个字:真。妈妈陈洁婷和自己之间恰恰缺乏这个字。这一点常让温小婷感觉着忧伤——不想这些了不想这些了,温小婷愤然起来别转脸说,妈妈,对不起,连累你和我爸跟上我受节制了。不光没有放声大哭,泪水也不流了,流是流呢,是在心里流,是要当着书虫儿康沛然的面流呢。因为这一点认错到此为止,不会再说一句认错的话了。从小到大,温小婷从少先队中队长做起,初中高中大学一路做班长做学习委员,做到大学学生会副主席,很少做错事,做了错事恰恰也是因为不想当着妈妈陈洁婷的面流泪,任妈妈陈洁婷或老师责骂一声不吭地装着听,其实一个字没听进去过。

妈妈,我要回阁老村我要见小康。刚提到书虫儿的名字,温小婷就哽咽了。是由于妈妈陈洁婷在场呢,妈妈不在场时早呜哇一声号啕起来了。给我讲述这些时都几次泣不成声呢。

睡吧,再睡一会儿,医生说要等你完全恢复了健康才能出院呢。陈洁婷俯身抚摸温小婷的额头和脸颊,目光在温小婷脸上滑来滑去犹疑,拿不准这一阵儿能不能把阁老村的实情告诉温小婷。阁老村整体塌陷、移位,全村四百六十一口人,除去震前正常外出的三百九十四口人,剩余六十七口人死亡九人,失踪三十七人,二十一人获救。我被纳入震前正常外出的村民之列,但生不见人死不见尸。一位陪同陈洁婷赶往救灾现场的乡镇干部悄悄告诉陈洁婷:当地有一座黑煤矿,地震前一直在出煤炭,地震后整座煤矿消失,当班矿工同时消失。为此,乡里召开全乡干部会议,口头传达上级内部指示:没有煤矿从来就没有什么煤矿。风口浪尖上只许救灾不许惹事,谁惹出事查办谁。陈洁婷清楚地意识到,小康活生生一个难得的科技人才,甚至可能是一位卓越的科学家不声不响就殁了。见过我爹一面后心里一直纠结,那样好一个孩子怎么会出生在那样一个家庭里!一块纯金被当一块烂铜废铁扔掉可惜呢。

妈妈,我没病我是健康人。温小婷着急了挣扎着要坐起来。陈洁婷说,你傻啊吃那么多麻醉药,没病可能吗?说是那样说呢,还是扶女儿坐起来了。又说,要回就和妈妈回天津,回天津后给小康打电话,让小康到咱家和你相随回学校。声音哽咽了。

妈妈,是不是小康出事了?不然你都来了,小康怎么会不来。

不许胡说,小康好好地下煤窑呢,怎么会出事!

既然好好地下煤窑为什么不来看看我,我要回学校他也要回学校呢,是恨我了吗?

他想紧赶着多挣钱,自然就来不了,我猜呢。

肯定是出事了,我离开小康,小康心神不安,心神不安当窑黑子下煤窑不出事可能吗?要是没出事,我怎么会老是梦见他浑身是血两眼泪汪汪地看着我?妈妈你说。

陈洁婷就要哭出声来了,还没哭呢先掏纸巾,捉一把纸巾在手,想转移温小婷的关注方向,紧靠温小婷在床沿坐下说,妈去过阁老村了,阁老村所在的那个县和市都有你爸的大学或中央党校的同学和校友,即便如此,妈想见那个王乙涛也没能见上,说是失踪了。温小婷打断妈妈陈洁婷的话头说,妈妈,我不想听到那个人的名字,你不要再说他,他让我恶心。我要见书虫儿康沛然。妈妈你应该理解我此时的心情。

陈洁婷生气地说,婷儿,你忘了小康吧,权当世界上没有过小康这个人,你从来就不认识小康。话没说完,就哽咽起来了,一边诉说阁老村见闻,诉说到半道就泣不成声了。温小婷不哭,只是睁大眼睛看着妈妈低声说,妈妈,你胡说呢,你不能骗我,我可是要当真的。

陈洁婷说,妈骗你做什么,小康百分之百是遇难了,妈心里难受一直不敢和你说。你忘了小康,从头开始吧,和小康交往没带给你什么好处,反无缘无故拉你进入一场灾难里。不说别的,光小康那个老子,就是小康今生今世生存和发展的一个克星呢。

温小婷现一脸倔强说,妈妈,你从来就反对我和康沛然交往,想趁这个机会拆散我们。我明确告诉你,不可能。拔掉吊针离开病床换衣服。

张霞俩且嗨哈。温小婷讲述到这里,恍惚间又身临其境,目光坚定地凝视我,我心底吼喊一嗓子支持温小婷鼓励温小婷。实际是我爷爷在吼呢。我爷爷的魂灵儿一直陪伴我,一直在我血液里游走。凡我喜欢的事,我爷爷就喜欢;凡我烦恶的事,我爷爷就烦恶。温小婷当时要是真听信了妈妈陈洁婷的那些话,我肯定就死定了,我爷爷怎么会不烦恶!温小婷指责妈妈陈洁婷是有根据的,那一次我在饭桌上讲那样一个无聊的故事,惹妈妈陈洁婷生气,好长一段时间温小婷不敢在妈妈陈洁婷面前提康沛然这三个字,一提妈妈陈洁婷就火爆发脾气。温小婷向爸爸求援,爸爸的态度很明确:我相信我女儿。

温小婷说,爸你帮我说服我妈吗?

爸爸爽快答应:没问题,你按你的既定方针办。

现在想来不是我讲的故事无聊,是温小婷妈妈心中的成见无聊呢。

温小婷急急忙忙换衣服,陈洁婷不阻拦,知道阻拦也是白阻拦,打电话找朋友要车。温小婷哪管要车不要车,丢下妈妈往门外走,身体还没完全恢复,走路一摇一晃有一点儿飘。陈洁婷像一位不称职的跟班,慌慌张张尾追在后,想说话又不敢说,只是不断地低声呼唤,婷儿,婷儿。实际是想说,婷儿,是你先说康沛然出事了妈才说,你怎么能怨怪妈!还想说,婷儿,妈找不见你的身份证。还想说,你那个旅行包和旅行包里的衣物首饰,妈寄托在朋友家里了,等你能接受它们的时候妈再交给你。还想说,好歹,你等妈妈办一下出院手续。最终什么话都没敢说,只是尾随着小跑步,路过护士服务台和一位年长一点的护士耳语几句,又匆忙尾追温小婷。温小婷停留在电梯间,焦急万分踮脚伸脖想往前移动但寸步动不得。电梯间人头攒动,人挨人人挤人,堪比上班高峰时段的公交站牌下。说是排队呢,曲里拐弯排几行从电梯口挨挨挤挤一直排到楼道里,电梯一来挨挨挤挤的队伍就冰块一样融化成乱流的水了。温小婷是那种不愿挨挤别人也不愿被别人挨挤的人,自然不在那一摊乱流的水中。踮脚伸脖是踮脚伸脖了,只是在远处,从没有靠近,着急呢张望呢,没有别的办法只有等。妈妈陈洁婷寸步不离开温小婷,温小婷在哪里站着,妈妈陈洁婷就不声不响在哪里站着,顶多低声下气地把水杯送到温小婷面前柔声说,喝口水吧。后悔女儿立了根杆子自己就顺杆儿往上爬,过早向女儿交代了实情。担心女儿想不开出意外,距离稍微离开远一点都不放心。温小婷不看妈妈也不接水杯,认定妈妈刚才那些话是耍花招骗她,骗谁不好偏骗自己的女儿,分明是落井下石呢。绝不和一个骗人的落井下石的人合作。按常理,女儿正在劫难中,妈妈应该无私帮助才对呢。那位年长一点的护士赶过来凑到温小婷面前,和温小婷柔声细语说,妹子,麻烦您和我到护士服务台办理一下出院手续吧。温小婷上下打量一眼护士说,你和我妈妈说吧,我妈妈会办理出院手续的。护士说,需要本人签字呢。温小婷记事以来第一次住医院,哪里知道办出院手续要不要病人签字,自然是医生说什么就是什么了,迟疑一下说,好吧。满脸无奈地随护士往护士服务台去了。陈洁婷使伎俩拦阻温小婷不为别的,只为拖延时间等候朋友的车到来。妈妈陈洁婷使心计没觉着使心计,可见使心计是一种常态了。

第七章

　　常二茂还没回到工作面,巷道口方向丁零哐啷响,是巡查出问题正监督和帮助维修工修理呢。闹钟的铃声响过有一阵儿了真正下班的时间越来越迫近,我继续背靠巷道壁睡觉,我和我爷爷两只小黑球继续在荒郊野外弹跳,黑尘纷纷扬扬落在小黑球上,小黑球弹跳着哼唱着:

　　一非是泰山崩倒难扶起
　　二不是病入膏肓药难医

　　呜呜呜,呜呜呜。我爷爷的哼唱声变成哭泣声,一边嘟囔说,我半道上殁了老婆,难道还要半道上殁了儿子殁了孙子吗?我醒了,茫然想:怎么可能半道上殁了儿子殁了孙子?我爷爷死了但在我心中还活着,即便是梦里我爷爷或哭或笑我都在意呢。矿灯的光照亮一小片黑暗,窑黑子们拥挤在这片照亮了的黑暗里敞开了休息,没有一个人像往日那样热衷于多出煤。
　　那一年寒假冰天雪地邀约阁老村人齐心协力埋葬过我爷爷,入夜之后我爹眼睛红肿,整理我爷爷的遗物。我爷爷独自占用的一只小扣箱一直摆放在炕角落里,从没见我爷爷当着我和我爹的面打开过。我好奇地问过我爷爷一次,爷爷你这箱子里放着甚?我爷爷立刻一脸肃然说,小娃儿家操那些心做甚!我正在阁老村小学读书,不是小娃儿家还能是什么。这时候我爹想要打开小扣箱,但找不到钥匙,问我知道不知道我爷爷把钥匙放在哪里了。雪亮的电灯光下,我只摇头不说话,不是我不想说话,是我没工夫说话,我还在哭呢。我爹的眼睛红肿,实际我的眼睛更红肿嗓子都哑了。一开始我是号哭,后来是号叫,现在是悄悄啜泣,嗓子不光哑还疼,想号哭——哪怕仅仅是号叫呢都发不出声音来了。另一方面我确实不知道我爷爷把小扣箱上的钥匙放在哪里了。自从那一次问过后,我就再没心思关心我爷爷小扣箱里放着什么了。因为我学习好,小学老师鼓励我继续努力准备将来考大学,我的全部心思都用在学习上,哪有心思关心其他。我之所以号哭,是因为我自责:那个土医生四先生的老子瘫痪,四先生都晓得死马权当活马医。我爷爷瘫痪,我和我爹都没起过死马权当活马医的念头。我在县城上高中,只有暑假期间当窑黑子下煤窑挣钱才回阁老村。寒假阁老村煤矿歇工我不能当窑黑子下煤窑挣钱,回阁老村就只回去三两天,大年初一刚过我就又回到县城,县城里有挣钱的地方:宾馆里要洗碗工,超市里要理货工,物流公司要搬运工。我上高中上大学的费用都必须我自己挣。我爹伺候我爷爷,还种口粮地,还要倒背双手在村街里游荡,哪有工夫挣钱!张一文叔说得对,自从我家石料场出那一场事故把我妈丧了,我爹就懒性了。阁老村人说懒性就是说某一个人没有上进心了变得懒惰了。我自责就自责在怎么就不计算我爷爷的年龄!难怪后来温小婷要叫我书虫儿。书虫儿只懂得吃书,还能懂什么!我爹用斧头火柱把小扣箱撬开,从箱里小心翼翼地取出一个用细麻绳绳缠得死死的小布包,先把细麻绳绳一圈一圈解开。打开最外层的一层深灰色棉布,里面是一层翠绿色棉布,翠绿色棉布里面是一块洁白色丝手绢,打开丝手绢是一沓纸币,纸币上印有孙中山头像和"中华民国"或"中央银行"字样。最上面一小沓纸币的面额是一百元,中间一小沓纸币的面额是伍佰元,最下头一小沓纸币的面额是一万元,都齐整整崭新。我爹把那些纸币送到我面前哭说,这都是你奶奶的遗产,你爷爷一直保存着;我没见过你奶奶,但是终于见到你奶奶给我留哈来的东西了。我爹放开嗓子号啕,嗓子也嘶哑了,说话声、号啕声和喘息声其实一样,都是嗓眼里嘶嘶啦啦响。我停止了哭泣,趴伏在小扣箱旁边劝慰我爹。我何尝不想见到我奶奶和我妈,但是现实逼迫我,不允许我见到,我又能怎样！眼下最重要的问题是理清我奶奶和我爷爷遗留下来的东西,或许我和我爹的心能和我爷爷我奶奶的心更贴近一些。我爹像一个听话的孩子不哭了,开始重新整理小扣箱里的遗物:又是一个小布包,比刚才的那一个小布包小但沉重,里三层外三层。打开外面的包裹,金灿灿一小包金首饰,有金戒指、金耳环、金项链、金镯子。金首饰下头是六块银圆,两块上面是人头,四块上面是人像。我爹这一回没有哭,动作异常迅捷,把布包照原样包好塞入被垛下,声音嘶哑地嘱咐我不要说出去！神色有一点儿紧张了。不像是在检点我爷爷的遗物,倒像是在做贼呢。小扣箱里有一个大包袱,打开是一只小铁箱,里面有一只皮盒子。也不是皮盒子,是一只军用小医药箱,里面有小剪子、小钳子、小棉球,小棉球旁边是一个麻纸包,麻纸被油渍浸染已发黄,里面是两个油饼饼,一个是真的,一个是假的。真油饼饼已发霉,霉点子密布在油饼饼表面,像菊花一样,一朵紧挨着另一朵,每一朵菊花都是中心发红,外圈儿发绿,最外圈儿现灰白。假油饼饼其实就是一个泥饼饼,表面光滑圆润,估计我爷爷和我奶奶多次捏在手里把玩过或嗅吸过,甚至放在舌尖尖上啵咂过。不敢相信我奶奶就是依靠这种假油饼饼阻断了对于真油饼饼的渴望,我和我爹都无言。麻纸包下头有十几个小纸盒,里面整齐排列着瓶口密封着的小药瓶,里面的药剂发黄发绿,或许已不是原来的颜色了。其中一只纸盒上印有:盘尼西林四个字。就是我爷爷讲述的我奶奶抢救康来顺老婆用过的那一种药剂。我爹突然趴伏在那些小纸盒上放声大哭说,妈,你现在在哪里啊？那一声呼喊太清亮太意外,我吃了一惊,立刻受感染地放声大哭说,我想我奶奶也想我妈,奶奶,妈！也正是我这一声呼喊制止住我爹的号啕,干咳两声,用衣袖抹眼泪说,这种时候想你奶奶想你妈,能见到你奶奶和你妈吗？像是在劝慰我,又像是在劝慰他自己。不管是劝慰谁,反正我爹和我都不哭了,继续整理我爷爷的遗物。我爹重新包裹好两个油饼饼说,哈一次上坟时拿出去,埋在你爷爷和你奶奶墓堆上。我答应说,唔。实际上等不到下一次上坟,我就又回学校里去了。我爹把十几个小纸盒从小皮箱里取出,我爹和我都吓一跳,下头是一把小手枪,旁边摆两只弹夹,里面都装满子弹。我爹不整理遗物了,匆匆忙忙把所有的物品都放回小扣箱里,抱起小扣箱到隔壁去了,一会儿返回来,怀抱着小扣箱东瞅瞅西望望,我连续呼唤几声爹,我爹都没一点儿反应。忽然丢下小扣箱,从里面取出两个小布包放进我家米瓮里,取出那一只小皮盒子塞进我家瓮旮旯里,立刻又取出,带哭腔和我说,私藏枪支是犯法的,你爷爷私藏这么多年遗留到我手里明摆着是要害我了。今黑夜你拿到野外扔了吧,扔得越远越好。我没有搭理我爹,从我爹手里接过小皮盒子放回小扣箱里,照原样摆放在我爷爷摆放的地方,在小扣箱跟前坐下,用心和我爷爷以及我奶奶交流——也想和我妈交流呢,但是我妈没像我奶奶一样给晚辈留下这么多可供交流的东西。那一场灾难后,我爹才告诉我:可惜了那两节谷囤了,那是你妈刚嫁过来那一年秋天花十一块钱从供销社买回来的。或许我妈还留下过别样的物品,但是我爹不像我爷爷那样细致,以至于这么多年全都遗失了。我从心底敬佩我爷爷,毫无疑问也从心底烦我爹。我爷爷说,公正说康来顺没直接陷害过我奶奶,说我奶奶是地主的小老婆,也只是在我爷爷跟前说,从没在别人跟前说过。因为我奶奶长得俊,来得也突然,尽管破衣烂衫一身农村女人打扮,还是无法遮掩出身富家的容颜和气质。那种容颜那种气质招阁老村人好奇,常有人悄悄向康来顺打听:从哪里给这个活宝介绍来的这婆姨?谁介绍的?活宝是说我爷爷,平时只叫我爷爷奎奎,从我爷爷得了我奶奶之后,就有人改口叫我爷爷活宝了,言语间醋意妒意都有。康来顺只回答:你问我,我问谁去?!有本事你掏钱我出去给你调查去。回答完毕,似不解气,嘟嘟囔囔骂那人:狗管八十里,自家的日子都过不好呢,还管旁人家的事!尤其那一天遭我爷爷暴打,回到大炼钢铁的山上,只说是走得急,闪跌进一个塌抽窟里,撞在石头上撞伤了,只字没提我爷爷。

　　塌抽窟是阁老村人的土话,其实就是说深坑,阁老村地表是黄土,地下是青石岩层,比照眼下城里人对楼房建筑结构的称呼——砖混结构、框架结构,阁老村这座山应该叫作土石结构吧。土石结构的阁老村周围,自有人大规模开采煤矿以来,不明原因常有塌陷下去的深坑。坑口呈方形或圆形,周长不过几尺,坑深就变化莫测了,或一丈两丈深或三丈五丈深,也有深不见底的。即便一丈两丈深的小坑也没人敢下去看个究竟,因为深坑底部阔大、曲里拐弯、呈麻花形,黑黢黢的,看不清真面目,像一根扭曲变形了的吸管。阁老村人只怕吸管底部暗藏着更深更长的吸管，人刚进去哧溜一下被抽进去不见了。阁老村人说吸不说吸，说抽，比如：你抽烟不抽？或者你抽一根烟吧？或者是：你不要站在崖边边上，小心一股风刮过来把你抽到崖底哈。所说抽实际都是说吸呢。说深坑不说深坑说塌抽窟，是一种把地表变化样式形象地表达出来了的说法。相当于解释那深坑的成因：不是塌陷哈去的，是被地底哈一种神秘力量用一根吸管抽哈去的。

康来顺没陷害我奶奶但折磨我奶奶，让我奶奶从山顶往山腰窝里抬石头。且不说抬不抬石头，光山顶到山腰窝走来回，一天要走好几个来回，一个单身利索的女人也未必能顶得下来呢，何况我奶奶怀着孩子，已越来越接近生产的日期。康来顺人聪明，不过聪明一世糊涂一时是常有的事。康来顺指定阁老村贫农协会主任张石头和我奶奶一个组。这种指定明显是欺负人。一个男壮劳力配一个身虚体弱的女人抬石头，怎么抬？张石头是张一文的爹，那时候张一文还没出世，张一文之前是几个姐姐，姐姐们最大的十二三岁，最小的刚学会走路。张石头每天带了张一文的姐姐上山，张一文的姐姐走在最前面，我奶奶尾随在后，一只手扶着张一文姐姐的肩头，一只手捉着抬杆，一步紧挨一步往山腰窝里走。说是抬石头呢，哪里是抬啊，是戏台上演戏的比画出个样子，给戏台下看戏的看呢，一整筐石头实际都在张石头怀间，不是和我奶奶抬着走，是张石头一个人抱着走。走得大汗淋漓、气喘吁吁，没一句怨言，尤其没人敢指责我奶奶一句。那时候的贫农协会主任不是人是神，一句话能把人送上批斗会，一句话能把人从批斗会场解救出来，甚至能送人进监狱，谁敢不敬神。我爷爷只是不理解：张石头是康来顺最忠诚的一条狗或一匹马、一员将，怎么会那样敷衍康来顺？康来顺居然也睁一只眼闭一只眼，从来没批评过张石头。每天傍黑收工，全体社员围聚在一起对每个社员当天的劳动态度做评议，评议结果要记录在案，要全体社员按指印，要留存在农业社。给我奶奶的评议结论是：人品优良，勤劳肯干，态度端正。

我奶奶感念张石头，托我爷爷给张石头家女娃儿们每人送过去一双布袜子。我爷爷把几双布袜子揣在怀间走进张石头家门，张石头一家正准备睡觉，我爷爷一句话没有说，把布袜子掏出来塞在张石头枕头下转身就往外走。我奶奶就是这样叮嘱我爷爷的,我爷爷是按我奶奶的叮嘱做事呢。至于为什么我奶奶没说,我爷爷也没问,那年月能送人布袜子的人家不招人妒忌,鲜见呢。我爷爷说猜想我奶奶是怕人妒忌吧。那布袜子是我奶奶用一块布包袱皮改做的,蓝底白花儿,花儿碎碎的像雪花。我奶奶花三个晚上,每晚凑在麻油灯下一针一线制作,不鸡叫不睡觉,一边制作一边低声哼唱她爱哼唱的道情戏:

一非是泰山崩倒难扶起
二不是病入膏肓药难医

我爷爷说那时候阁老村没电灯——这话我信,我上小学的时候阁老村都没电灯呢,我爷爷和我奶奶那个时候,怎么会有电灯?能点上麻油灯就算是日子过得好一点儿的人家了。很多人家就是点松明子,松明子是从松树上砍下来的松树枝,烟大,凡点松明子的人家,人的眼圈是黑的,吐出的痰是黑的,擤出的鼻涕是黑的;家里的墙壁也是黑乎乎的,像窑黑子住在煤矿巷道里。袜子做好的那一个晚上,我奶奶没哼唱道情戏,把几双小袜子一溜儿摆在炕头上,一脸甜蜜蜜的微笑,长时间看着,伸手推摇我爷爷的肩头说,你说,咱们将来有这么多孩子,你高兴不高兴啊?需要说明一下,我奶奶炕头盘腿脖颈白皙颀长,歪脸凑近麻油灯做针线活儿的模样迷我爷爷呢。我爷爷吃过晚饭躺在被窝里哪里睡得着,看了一眼还想看一眼。

我奶奶那一问把看得正出神的我爷爷吓一跳,连忙说,怎的不高兴啊,只是觉得那样会让你吃苦受罪,你会受不了的。

我奶奶说,你喜欢男娃儿还是女娃儿?

我爷爷说,我喜欢男娃儿,也要一个女娃儿。

我奶奶说,为什么也要一个女娃儿?

我爷爷说,女娃儿像你一样俊俏,把你这份俊俏在世上留住。

我奶奶脸上甜蜜蜜的笑容一下就没有了,说,不说这些了,睡吧睡吧。收拾起那一长溜袜子吹熄麻油灯睡入被窝里。我爷爷说他当时真是个傻子,简直是傻得不能再傻了,居然在那种时候说那种话,说完还只管和我奶奶得意忘形地笑。哪里知道那时候我奶奶最不喜欢别人夸她俊俏了。我爷爷不光夸了,还想催赶我奶奶起来再凑到麻油灯下做袜子呢,不为什么,就为看。

  张一文叔到医院探视我,正好温小婷到医院餐厅买饭去了。张一文叔给我讲述灾难发生后阁老村和阁老村前后的景象:阁老村被塌陷在一个深坑里,救灾部队赶到后,首先把我爹抬走,然后搭梯子修路进入深坑底,扶老携幼,带大家顺梯子往上爬。有人扛着被卷儿,背着锅碗瓢盆;有人扛着扣箱,背着被卷儿;有人扛着一只羊,大包小包在背上背着;有部队战士抬着担架,一个接一个往坑外运送受伤的人,其中也有死人呢。深坑东北方向有一片石林,石林里有一块石头,顶上站着两个人,正有一架大吊车高高竖起大吊臂,一点一点向石头顶靠近,人都不是人,是一群黑猴子了。康饱饱领着乡里县里的干部正在寻找阁老村,阁老村向南推移几千丈,阁老村北的小庙跑到阁老村南了,离开阁老村几百丈远呢。阁老村还叫阁老村吗?康饱饱和乡里县里的干部们站在深坑边上,一个叫赵书记的人正说话,各种机器声在远处轰隆隆响得紧。康饱饱一边听赵书记说话一边往一个黑皮笔记本上记录着,康饱饱不像康饱饱,像戏里的花脸了。赵书记讲话完毕,钻进一辆轿车里,康饱饱钻进另一辆轿车里,荡起高高一道黑尘开走了。

  那一天救灾部队已从石林附近撤走,石林前后左右两三里地偶尔有一两个人走过。有放羊放牛的人出现,也只是在左右两边没有塌陷的几丈高或十几丈高的崖头上或站或坐,遥望着石林这边出神。那个王乙涛也到过石林那里——温小婷买回饭来了,张一文叔打住话头起身告辞,温小婷和我一起挽留吃饭,坚持不吃走了。温小婷说她听见张一文叔说王乙涛了。我说,当着你的面,张一文叔不愿说王乙涛,甚至不愿说那一场灾难。温小婷苦笑,把饭碗送到我手里继续讲述:王乙涛从温小婷身边消失,回到阁老村灾害现场旋一圈,就被王乔谷关禁闭了,手机也被没收了。王乙涛被关在一座阔大无比、空当当的仓库里!那仓库是新盖起的,消防管道、暖气管道还没有安装,恰好可当牢房用呢。王乙涛有过一次被关在这座仓库里的经历了,只是那一次仅仅关闭了五天,仓库里清扫一番,摆上一张床,挂上蚊帐,一切OK。这次不同,是做了长期打算了,仓库里搭盖一座移动板房,板房里有客厅有书房有卧室有卫生间。这样一来,库房就是一个大院落,王乙涛可在大院落里自由活动,就是不能出院门。每天派一个年轻员工过来,站在移动板房门口朗读《三字经》《弟子规》,朗读得不好,像小学生站在老师面前结结巴巴背诵课文的样子。受惩罚的不是王乙涛,是那位陪侍员工了。

王乙涛桌面上放着《光纤显示原理与技术》和《光纤传输技术》两本书,不要人陪着,赶那位员工走,那位员工想走呢不到点儿,出不了仓库门。王乙涛走出书房追打那位员工,那位员工满仓库疯跑,王乙涛在仓库中央席地而坐,喘吁着抹汗,瞅那位员工,那位员工也瞅他。仓库大,人小,人不像人,有些像过往车辆遗落在马路中央的两块小石头,东一块,西一块。阳光从狭小的窗户上投射进来,斜铺在两块小石头前后的地面上。一块小石头躲在遥远处,想靠墙坐呢不敢坐,一条腿站着一条腿收起,过一会儿另一条腿放下来这一条腿收起,一副随时要逃跑的架势。不是被逼无奈,今天的工资情愿不挣,也不愿进这座仓库受这份罪。

这段时间老板王乔谷忙呢。各级政府组织救灾,王乔谷面对大灾,不得不组织自家的救援队支援救灾或协助救灾,交到自家的救援队队长手里一份全体煤矿工人名单,要求从灾害区域里救出来的活人里——包括受伤的人里往出甄别名单里的这些人。甄别出一个往县城郊外一个叫月亮滩会馆的宾馆里运送一个,运送进一个单独关闭起来一个,单独讯问有没有同乡同村或者亲属在煤矿上上班,有的留下,没有的发工资打发走人;留下来的又区分有没有同乡同村或者亲属在地震当夜进一坑或二坑上班的,有的留下,没有的发工资打发走人。二次筛留下来的就要过细区分了:和地震当夜进一坑或二坑上班的某个人是同乡同村,还是亲属?亲属又亲到什么程度?父子、兄弟、叔侄、姨表、姑舅都要逐一登记,花名册上报老板王乔谷。与地震当夜进一坑或二坑上班的人仅仅是同乡同村以及非直系亲属关系的,知道地震当夜进一坑或二坑上班的同乡同村人的家人的联系电话的把电话留下;非直系亲属的按同村论;有伤的治伤,没伤的一律领工资走人。第三次筛下来的就都是直系亲属了,直系亲属少,包括我爹在内仅仅十一个人。十一个人采取单独处置分别遣送的办法,一个接一个遣送离本地让各自回老家。单独处置的基本条件是给钱。有钱能使鬼推磨早已进化成有钱能使磨推鬼。从二十万元给起,主要看是本地人还是外地人,本地人从二十万元谈起,尽量满足遇难者家人的要求,内部掌控最高补偿额度一百万元人民币。这个额度有一个附设要求:不是万不得已不能高到这个额度。外地人从二十万元谈起,最高不得超过三十万元人民币。那些生不见人,死不见尸,只有家人联系电话的煤矿工人要冷处理,暂时不和家人联系,何时救灾工作结束何时再说吧。当然,家人闻讯找上门来的例外,个别问题个别处理,不做定论。有人建议,把所有窑黑子的原始档案改在公司下属的一个焦化厂里,然后发一则通告,批评这些员工未经许可擅自离岗出走,给公司造成一定经济损失。要求某月某日前必须回厂上班,逾期不归者视为自动辞职。通告日期:地震灾害发生前。从此一了百了,即便家属找上门来,拿通告说话。老板王乔谷没点头也没摇头犹豫着,只说:再看看再看看。

  王乙涛之所以被关禁闭,是因为他到灾难现场转一圈回到家,坚决反对老爸的三个决定:一、不承认曾经存在过的煤矿;二、放弃救援埋在一坑和二坑坑口里的矿工们;三、实施那个发一则通告的建议。王乙涛质问老爸:一、为什么不敢好汉做事好汉当;二、谁家没有妻子儿女父母兄弟,怎么可以眼睁睁坐等那么多人闷死或饿死在煤矿巷道里!

  王乙涛指责那个建议灭绝人性,对公司的根本利益有百害而无一利,批评老爸——发生这样大灾难,居然堂而皇之,还待季大师是座上宾,居然容忍季大师气昂昂批评老板不听他劝告——煤矿上不能雇用康沛然这种人,文曲星冲撞地煞星,地煞星愤怒报复是必然。

  灾害发生以来,王乔谷办公不去公司办公室,只在自家客厅里,穿睡衣趿拉拖鞋想坐坐着想躺躺着,接电话签文件休息呢也是办公呢。请公司高层管理者到家里来议事,议事议得争吵起来,王乙涛指名道姓要那个提混蛋建议的人闭嘴,要季大师滚蛋。

  王乙涛和父母撒野也就罢了,怎么可以和公司的各路诸侯们撒野!王乔谷一个电话叫来保卫科长,指定儿子王乙涛到公司新仓库反省二十四小时。

王乙涛从小接受这种反省接受惯了,一句辩白话没说,自己出门随保卫科长到新仓库去了。哪里知道老爸这次骗他,一去多少天再没获得过自由——被非法拘禁,又是一宗窝囊事。王乙涛回到家不足十个小时,亲闻亲历桩桩件件窝囊事,一桩一件在心中累积,想让闭嘴想让滚蛋的何止是提混蛋建议的那个人和季大师!重要的是王乙涛相对单纯的心灵受到了戕害,明白:煤矿上灾害事件彻底安定下来之前,老爸王乔谷是不肯放他出去的。放他出去相当于放虎出笼,放虎出笼不伤别人,伤老爸和老爸那个利益集团或说利益链条。老爸不是傻子,傻子也不做有损自己利益的事。也正是受到戕害,王乙涛坚定了一个信念:即便老爸不给扶持资金,借款或贷款也要自己创业。尤其后悔撇下温小婷不顾一切赶回家,人世上一件最愚蠢的事,我王乙涛给做下了!给温小婷准备下的食物饮料就那么一点点,吃完喝完温小婷会怎么办?温小婷吃了喝了能按照既定的时间表睡觉或醒来吗?食物饮料还有吗?如果没有了,温小婷醒来口渴了饿了会哭闹会呼救吗?会不会以为我把她抛弃了从窗口跳下去自杀?王乙涛被关禁闭的当天就心疼了害怕了,身上一阵赶一阵出冷汗,哪里还有心思读书搞研究。一定要尽快见着温小婷,要给温小婷下跪,要向温小婷认错,要立刻娶温小婷做妻子,要立刻借款或贷款创业,要控告老爸犯有非法拘禁罪。渴望早恢复自由——早一时是一时,早一分是一分,早一秒是一秒。不追打那位陪侍员工了,招手要那位员工到他身边来,那位员工哪里敢过来,看见王乙涛招手只装没看见。王乙涛起身回书房写一个字条出来,放在当地退回房门里,和那位员工打手势:把纸条传递给我爸,快。纸条上写:爸,我知错了,放我出去吧,往后我保证百分之百按老爸的指示办事。陪侍员工疑疑惑惑走过来捡起纸条,一边向仓库门走去,一边打电话,把纸条隔门缝递出去,回身高举双臂张开双手,向王乙涛宣告纸条送出去了。

王乙涛回到书房开始读书,打开《光纤显示原理与技术》,随便翻阅两页合住又翻阅《光纤传输技术》,翻阅的书页扑簌簌响。不翻阅了,到房门口高声询问那位陪侍员工,我爸那边有回音没有啊?那位员工正盘腿坐在仓库门口独自玩扑克,听见吆喝急忙站起身摇头。王乙涛说,你催一下。那位员工急忙点头随即又摇头。王乙涛说,什么意思啊?那位员工回答,纸条刚送出去我不敢催。王乙涛说,我用一下你的手机,我催。那位员工掉头就跑,跑到一个离王乙涛最远的角落停下。王乙涛骂,你是一只兔子啊。回书房写一份悔过书,用同样的方式让陪侍员工送出去。眼见库房里光线暗淡了还是没得到回应,王乙涛急了,当着陪侍员工的面大哭一场,大踏步走到仓库门口,用膀子猛撞大铁门,撞一下喊一句:放我出去。大铁门不经撞,一撞就惊天动地哐哐响,响声在仓库里回荡、震颤,像在桥洞里山沟底回荡、震颤。钢架梁柱上的微尘被惊扰纷纷跳下出逃,像傍晚时分山崖壁上的蝙蝠纷纷起飞下落再起飞,在越来越暗淡的空气里打旋转觅食儿,播扬出一股刺鼻的土腥味。梁柱上这里那里贴着几小片黄纸,王乙涛知道是季大师贴上去的神符,非常想通过撞击把那些玩意儿震下来,因此才不管什么尘土不尘土刺鼻不刺鼻呢,撞大铁门撞出乐趣来了,一下接一下撞得紧了,还和那位陪侍员工挤眉弄眼儿诡笑。陪侍员工隔老远看着,一脸惶恐,到该下班的时候了,门被王乙涛堵了,着急起来,手脚没一个可以放的地方了。

　　王乙涛撞一阵累了不撞了,背靠大铁门蹲下,掏出一张百元大钞票冲那位陪侍员工招手说,我用一下你的手机,我给你钱。面带微笑,微笑带响声,响声柔软、磁性,想用那响声传递一种亲近。那位陪侍员工往后面倒退几步,见王乙涛没有要追过来的意思,停下往小缩身体,缩成瘦瘦小小一团蹲下,目光发直地看王乙涛。王乙涛泄气,不光是为那位陪侍员工的样子泄气,也为自己徒有虚名泄气:老板家的二公子呢丢人呢。换了家族当中任何一个成员到场,只要一个眼神,那位陪侍员工立马就会屁颠屁颠跑过来说,老板什么事,我去办吧。唯独老板家的二公子王乙涛不行,招手说话都不顶事,眼神有屁用啊!因为泄气,王乙涛没力气撞击大铁门了,歪躺在大铁门跟前昏昏沉沉地睡了——哪里能睡着,是下定绝食的决心,拉开绝食的架势,还要附加一点点自虐的色彩呢。为温小婷的安危牵肠挂肚,王乙涛实在是没别的上上策,只有这种下下策救急了。

　　我爹随两名干部模样的人离开灾害现场——什么随,是被搀扶,两个干部模样的人一左一右搀扶着我爹坐进一辆桑塔纳轿车里,坐在后一排也是一左一右搀扶着。一路颠簸开进县城又开出县城,直接开进一处阔大的院子里。桑塔纳轿车左右两边的车窗从里面悬挂了帘子,那帘子淡绿色,是崭新的,刚挂上去不久。我爹想看车窗外景象,哪里看得见,只看见前面一座大楼是玻璃墙,桑塔纳轿车照直向玻璃墙开过去,眼看就要上墙了,倏然掉头开上一道斜坡,紧贴楼门口停下。有人从外面开车门,坐在打开的车门这边的一个干部模样的人先下车,回身拉我爹下车。另外一个干部模样的人紧跟着下车,两个人又一左一右搀扶着我爹往楼门里走。出车门进楼门回一下头都不允许,这种待遇我爹是第一次享受。我爹这一生经历了太多的第一次:遭遇大炼钢铁是第一次;遭遇母亲服毒自杀是第一次;遭遇开办石料场是第一次;遭遇石料场惨败是第一次;遭遇炮炸老婆是第一次;遭遇黑尘包围攻击是第一次;遭遇这样大地震是第一次;遭遇儿子失联是第一次;遭遇救灾部队的医院是第一次。每一个第一次都让我爹感觉着意外,感觉着不得已,尤其是感觉着害怕。那年开石料场,我妈在自家土炕上赤身裸体被一群狼撕咬也是我爹遭遇过的一个第一次;第一次和第一次不一样,一次比一次让我爹感觉着恐怖,感觉着绝望。我爹之所以害怕,就是害怕这个呢,除了这个,我爹一没偷二没抢杀人放火更不敢,还怕什么啊!

　　我爹被搀扶进一个房间里,房间里有床有沙发有电视机有冰箱,还有电脑呢。床是软床、大床,床单雪白,也没一点儿皱褶。窗户外还安装了小拇指粗的钢筋护栏。卫生间里有一个大浴盆,浴盆里已放好水。两个干部模样的人一个刚到门口就转身走了,一个跟进房间里笑眯眯要求我爹洗澡。送到我爹面前一套干净衣服说,洗过澡换上干净衣服,有人要和你说话。

　　我爹说,我要和我儿子猪猪说话。大瞪着两只眼睛,固执己见地站在当地,脚底生根,不往前走一步也不往后退一步。那人不急不躁,笑眯眯地单手掐住我爹的后脖颈,把我爹推到一面镜子前说,你看看你看看,你这副狼不吃狗不啃的讨吃鬼样样,不洗个澡能见谁,谁愿意见你。我爹败落到今天这种地步,哪顾得上尊严或面子,被人家那样推搡到镜子前,也不恼也不闹,像一个听话的中学生,认真看镜子里的自己,果然一副讨吃鬼样样呢。满脸黑泥痂,牙缝里黑乎乎的,我爹不是我爹,是戴着假面具的一个窃贼了。只是衣衫褴褛黑泥痂重叠,化解掉一些窃贼的感觉。多少天了,没有人给我爹洗过衣服洗过脸,病房床位都在不停地给我爹更换,哪一个病房都以为我爹是刚抢救出来的一位伤者。一个目的:不让别有用心的人认出我爹。什么是别有用心啊,天知道地知道宫书记和王乔谷知道。

这时候掐我爹脖颈的那人忽然丧失了耐心,一脸不高兴说,只顾看只顾看,让我一直陪你这个讨吃鬼看你这副讨吃鬼样样啊。猛推我爹一把说,洗澡洗澡赶紧洗澡,洗过澡换好衣服有人要见你。不是推向镜子,是推得风车车九十度旋转,直接推进卫生间去了。可能是弄痛我爹的脖颈了,或者是那口气那方式唤醒我爹的自尊心了,我爹被风车车旋转着推进卫生间又风车车旋转着蹿出来,苍松老树一般直挺挺地站在那人面前吼喊说,你怎么打人,你是谁,你当我是好欺负的啊,我不洗澡,我只要求见我儿子猪猪,你不是我儿子猪猪,即便是,我也不想看见你。嗓子嘶哑吼喊声沉闷,不是从我爹嗓眼里发出的,是从我爹脚跟底发出的,还空空洞洞,瓮声瓮气。无论如何,那人还是被吓一跳,立刻稀泥软蛋了,又现一脸笑说,看看看,我不恼,叔倒恼了。叔知道不知道为伺候叔我已经几天没回家没洗过澡了。说你是讨吃鬼样样,我不是讨吃鬼样样吗?你看看你看看。一边说一边摸自己的脸颊,把脸送到我爹脸前,真让我爹看呢。我爹哪有心思看别人的容颜,一把推开那人要往门外走。推那人恰推到脸上,推到脸上也罢了,偏推着眼睛。不是推着眼睛,是挠着眼睛了。我爹十指乌黑许多天没修剪过指甲了,已不是人的手掌,是猫狗的爪子了,猫狗的爪子挠在人脸上还偏偏挠着眼睛,那还有个好儿?挠不伤眼球还挠不伤眼皮?既挠伤眼皮怎么可能不戳痛眼球。既戳痛眼球,被戳痛的人怎么可能冷静判断仅仅是戳痛眼球了。不用详述那人被戳痛眼球后的第一反应了,只说那人蹲在地上,一只手捂紧眼睛,另一只手勾紧我爹一条腿,任我爹像拴在木桩上的骡马一样挣扎蹦跳,寸步动不得。我爹嘶吼白嘶吼,蹦跳白蹦跳,脚踹白踹呢。面对木桩认输吧,不认输,累也累输了。

我爹毕竟年纪大了,疲惫不堪、气喘吁吁、软塌塌地跌坐在卫生间门口时,连坐都坐不稳当了,身不由己地背靠卫生间门壁,闭着眼睛,只顾喘息了。我爹不是傻子,从被两个干部模样的人搀扶上车那一刻起,就感觉着不对劲,到被搀扶进那样高档的房间,要求洗澡那一刻起,已完全明白是怎么回事了:儿子猪猪殁了,不是殁了,怎么会这样待老子?!儿子猪猪是当窑黑子挣钱去了,不是去当官去检查工作去巡视人家了。阁老村出阁老出乡党委书记乡镇长,出屁出尿水水吧。既然有了这样的判断,我爹情绪失控、举止出格就完全可以理解了。我爹只顾闭着眼睛喘息呢,没防着紧勾着他一条腿的那人突然疯子一样大声吼喊说,老板的煤矿没了,煤矿坑口里的窑黑子们没了,连一点儿踪迹都找不见了,你儿子猪猪死了,死在一坑坑口里了。老板要给你钱,要帮你重新成一个家。我是受老板嘱托来帮你,不是来害你,你这个不分好歹的畜生。一拳头打过来,恰打在我爹太阳穴附近,我爹连哼都没哼一声,就脑袋耷拉在胸前不动了。那人并没有罢手,起身,到我爹腿上屁股上腰间胸脯上甚至脸上猛踢猛踩,踢踩得我爹歪躺在地上了还踢踩。

　　张霞俩且嗨哈。听我爹讲述,我都无法控制我的愤怒了,在心底吼喊了一嗓子——是我爷爷在吼喊,我爷爷眼睛血红,龇牙瞪眼,挥舞拳头,云影山影一样向那人扑去,怒吼说,你这个敌人,欺负一个落难人算什么本事!拳头击打在那人身上、脸上,那人跪爬在地,呼爹叫妈,向我爷爷求饶,我爷爷一声不吭只管往死打。阁老村人有一句俗语:凤凰落架不如鸡,虎离山林被犬欺。俗虽俗了些,倒也恰中要害呢。我爹说所幸门外又进来一个人,才阻止了那人疯狂的虐杀性的踢踩。

　　我爹恢复意识时已是傍黑时分了,被绑在床上,想动弹一下身体都动不得。房间里灯光雪亮,电视机开着,没有人。我爹扭动身体,想扭动开捆绑着他的绳子,扭动半天徒劳无益扭动不开。捆绑他的不是绳子是胶带纸,腿上、脚上、胳膊上、手上、胸脯上,甚至额头上都有胶带纸绷着,人已和床粘死,想动弹呢动弹屁。我爹不扭动身体了,静静地躺着,甚至歪头看电视,电视只有画面没有声音,正播放一个战争片,火光冲天,硝烟弥漫,人腿人胳膊漫天飞。实际我爹哪有心思看电视,只是看着电视胡想呢。那个干部模样的人看来不是乡里县里的干部,是老板王乔谷公司里的人。我爹能想得这么细致,说明我爹冷静多了,意识清醒多了。不光想到儿子猪猪殁了,家里的财产也灰飞烟灭了,家里的财产其实没甚,只有几只鸡、两只大扣箱和我爷爷留下来的那只小扣箱,还有几个水瓮几个锅。要紧的是放在银行的几万块钱和放在那只小扣箱里的金首饰,都埋进地底下去了。不过存条的年月日和存款数都记在心里,只要人活着就能找银行要。关键是儿子猪猪殁了,老板王乔谷怎么处理,不能说殁就殁了,一个班上那么多人说殁就都殁了吗?我爹胡思乱想到赔偿问题时还是有一点点盼望儿子猪猪能活着的残念,也就是这一点点残念,让我爹眼里涌出了泪水,那泪水在眼眶里滴溜溜滴溜溜旋转就是旋转不出来。那个暴打我爹一顿的野兽——我爹在心里这样诅咒那人,那野兽所说:老板要给你钱,要帮你重新成一个家。是不是真的啊?如果是真的,新老婆一定要是还能生育娃儿的。我爹刚刚五十多岁,到八十岁时儿子可能又是二十几岁了,来得及来得及呢。我爹对于野兽的那句话产生了兴趣。怎么可能不产生兴趣呢,打光棍儿打了多少年,那话的诱惑力想抗拒抗拒不了呢。谁吃饱了撑的,有人送老婆上门了反倒要抗拒!

　　我爹不愿意抗拒,除那份诱惑力外还有另一个原因——小九九在怀呢。什么小九九还用说破吗,谁还怕钱烧手。先把老板给的钱和女人接下,儿子猪猪慢慢找,找着了,咱钱有了人也有了,落得个双丰收;找不着呢,退一步咱也天宽地宽呢。关键一点是看老板给多少钱吧。给少了不行,打发找上门来的叫花子呢;给多了——能给多少啊?多少是个多,多少是个少,自己心里先要有一个总谱儿。那么给多少才合自己的心意?三十万还是五十万?放屁放屁,简直就是放屁,我儿子猪猪马上就是一个在读八士生了,是三十万五十万能换来的吗?不行,要五百万一千万,有五百万一千万带上自家新娶的老婆去哪里不能生活,还守在这个阁老村做甚!一想到要带上新娶的老婆——又要有老婆了,我爹莫名其妙就熨帖就兴奋,就想快快地见到老板王乔谷,赶紧把事情落实了。我爹烦恶上阁老村三个字了,就是这三个字让他殁了妈,殁了老婆,正说要跟上儿子风光幸福呢,呼隆一哈,连儿子也殁了。可是老板王乔谷肯给五百万一千万吗?老板王乔谷的钱也是一分一分挣来的,不是整箱整箱从天上掉哈来的。一分一分挣来的钱舍得一哈一整箱一整箱给人吗?这样一想我爹就泄气,就觉得儿子猪猪消失得太冤枉太可惜,阁老村三个字尤其可恶呢。就想到楼道里到楼门外到大街上大喊大叫,号哭诉说自己失去儿子的不幸,让天底哈的人都知道：自己的八土生儿子猪猪死在王乔谷煤矿上了。王乔谷，我看你答应不答应我的要求呢！

我爹自顾自胡想，既见不到老板王乔谷也跑不到房门外，连床都离不开呢！肚子饿了也口渴得厉害，那个野兽呢那个野兽哪里去了呢？渴望见着野兽像渴望见着或许还有一线生存指望的儿子猪猪。怕那个野兽再进来时不肯给自己松绑，不敢大喊大叫了，只静静地躺着，躺着躺着睡着了。梦见给儿子猪猪操办婚事，正大摆宴席招待阁老村人呢。那个野兽进来过一次，看见讨吃鬼呜哇呜哇打呼噜打得热气腾腾的，还面带微笑哼哼唧唧说梦话。那野兽站在床跟前瞅一阵，笑笑转身出门去了。我爹骂得对，那家伙就是一头野兽呢。

常二茂腿疼身上冷，像正遭无数虫子咬正受早春二月的寒风吹。想躺倒睡躺不下，稍微一动，整个身子都在疼；主要是我装起的两安全帽水就放在常二茂身旁，稍移动一下脚就碰翻了。靠巷道壁斜身坐多长时间了？天知道。刚才——唉哪里还有刚才啊，至少过去一个白天一个夜晚了。这一个白天一个夜晚常二茂是多么难熬啊，虫子咬腿咬得万箭穿心，寒风刺骨刺得全身皮肉发紧。一个白天一个夜晚前，我往两只安全帽里装水，用双手捧着装，一小捧一小捧还没装满，就歪在常二茂脚旁边悄无声息地睡着了。睡着不像睡着像死了，只有仔细听才能听到一点微弱而均匀的呼吸声。常二茂说年轻人就是好，好就好在瞌睡上来了，天塌地陷都不管不顾了，好羡慕好招人爱怜。实际我刚睡着就见着我爷爷了，我爷爷戴着老花镜，坐在煤油灯下给我缝小袄。正是腊月二十九夜里，窗外风声凄厉、尖啸，冲击窗户纸像冲击小铜锣，嘭啰啰嘭啰啰响，还下着小雪。我爷爷手指粗粝，指间瘦瘦小小，捏一根缝衣针，缝衣针从这一边扎进去，从另一边拉出来，胳膊挥动有一点夸张，都挥过头顶了。也不是夸张，是棉线长，不夸张就拉不到尽头。我爷爷不会把棉线往手背上缠绕，缠绕几圈再往过拉就不用那样夸张地挥动胳膊了。缝得正认真呢，老花镜的镜片有一片忽然从眼镜框里滑落，没有滑落到土炕上，只是半脱离开了眼镜框，像一只透明的小猴子挂在树枝上颤悠悠悠晃。所谓眼镜框，其实就是两根细长的木棍，配三根细短的木棍，横二竖三呈长方形用白棉线缠绕成一个老花镜架子,中间一根细短木棍直竖在鼻梁上,老花镜片就镶嵌在两边。也不是镶嵌,每一块眼镜片都是用两小片医用胶布粘连在上面,眼镜片上端粘一小片医用胶布,眼镜片下端粘一小片医用胶布,医用胶布也不是家里就有,是从邻居家借的。时日久了,医用胶布不失效是不可能的。我爷爷停下针线修理老花镜,老花镜没腿腿,用一根绳子挂搭在鼻梁上,绳子不是套在耳朵上,是套在后脑勺上。从后脑勺上摘下老花镜,先把棉线一端在眼镜架上缠一圈打一个死结,再穿针引线扎透粘在镜片上的那一小片医用胶布,和眼镜架绑扎在一起,又用棉线在眼镜架和脱落下来的那一片眼镜片上缠绕十几圈,缠绕扎实了,重新挂搭在鼻梁上开始缝小袄。比刚才缝制更艰难了,眯缝了双眼,从棉线缝隙里瞄针线。老花镜片一片大一片小,不是同一时间捡回来的,先捡回来一片大的,后来又捡回来一片小的。

　　常二茂其实也睡着了,只是睡着没有睡着的感觉,也没有睡着过的记忆。想开亮矿灯看看腿,摸索到矿灯舍不得按开关按钮了,看一哈吧能怎的?自己问自己。用手摸摸滚烫,不光滚烫还肿得如梁如柱了,裤腿紧绷绷外还湿漉漉,到湿漉漉的地方摸一把送到脸前闻一闻,一股恶臭呛得常二茂差一点儿呕吐起来——已经呕吐了,只是肚子里空空如也,没吐出东西来,嘴巴空空洞洞大张开一下喉咙里咯嗒咯嗒响几声结束了。常二茂开亮矿灯裤腿外有白白的东西在蠕动,眯缝起双眼仔细瞅再伸手碰碰是虫子,果然有虫子咬腿——腿上的伤口起蛆了。常二茂立刻软塌塌地靠巷道壁歪躺倒,连关掉矿灯的力气都没有了,甚至都不觉得冷了。泪水从两只眼角慢慢流下来嘟囔说:我不行了,熬不到救援到来的那一天了。想放声哭一场没放声哭一场的力气。呼喊我——屄博儿。是在呼喊吗?是在低声号叫呢,即便我醒着也听不清常二茂号叫什么。伸手抓我的耳朵,触碰着我的耳朵了没力气抓了,手指尖滚烫像一根刚熄了火苗的木炭,我被烫醒,惊叫说,嗯呀。声音微弱似在半睡半醒间。我其实醒着,只是静悄悄地陪伴我爷爷,想保存体力。一点私念在怀:体力消耗大,生命消失就快,保存体力实际就是保存生命。坚信我爹爱儿子爱得深沉,即便老板不组织救援,我爹也会想办法救援的。

　　常二茂说,屄博儿,是我发高烧呢,你快看看我的腿,上面好像起蛆了。那个郭三星和原二辇,只要我能活着出去,我就放不过他们。

我不想动也没力气动,茂哥,不会吧,巷道里没苍蝇怎么会有蛆。嘴上说呢心里明白:巷道里没苍蝇但有水有空气,腐败的肉里又有蛋白质,只要有水有空气有蛋白质,常二茂的伤口上生出蛆是可能的。关键的问题是现在怎么办。自己后腰窝里的伤口会出现这种情况吗?用心慌意乱四个字描述我当下的心情再准确不过。

常二茂说,谁说没苍蝇,那个害人精郭三星常从坑口外活捉了苍蝇带进坑里来玩耍,弟兄们又常把回采过的巷道当茅房,茅房里没苍蝇能有老虎吗?

我挣扎着挪动身体,趴伏在常二茂腿跟前,矿灯下四条或五条煮熟的大米粒大小白白的虫子在蠕动。我受惊吓,魂魄都飞了,茂哥,是蛆,怎么办啊?声音微弱,颤抖,近乎听不到。不是想要保存体力是想要逃避了,身体已远避开常二茂的伤腿,悄悄摸索自己后腰窝里的伤口,也怕有蛆呢。体力严重匮乏,摸索半天没摸索到伤口,意外摸索到一只大蜗牛。摸索到蜗牛不当是蜗牛丢开,手继续摸索伤口,明明觉着像用碎玻璃渣搓揉一样疼,怎么会找不到伤口!蜗牛凉阴阴滑腻腻用小脑袋触碰我的手腕,我歪脸看一只半个鸡蛋壳大的蜗牛正缓慢向巷道壁爬行,我的手臂丛山峻岭一样挡住小生命的通道了。

哪来的这么大的蜗牛!我惊喜得差一点儿喊叫起来。记忆里只在阁老村北那个天坑边的草丛树丛里见过这么大的蜗牛。夏秋之交,阁老村人常去天坑边的草丛树丛中搜索,一小捧一小捧搜索回家,用盐水浸泡过当田螺当海贝炖一盘下酒。这样深的地底下怎么也有啦?是一个落难者还是本来就生存在巷道里?无论如何不能让常二茂看见,常二茂看见一准当一枚小点心吃掉。悄悄把蜗牛抓在手掌心,把手掌藏在黑暗里。

常二茂有气无力说,屌博儿,能怎么办,等死吧。你能不能看看我的伤口烂到甚程度了,蛆多不多,能不能帮我清除掉一些,不清除掉一些我难受。

我说,茂哥怎么清除啊?我不敢。另一只手在地底下摸索,想再摸索到一两只蜗牛,既然有一只就一定会有两只或三只。

常二茂说,你脱哈我的鞋,用鞋底子往哈刮,刮哈多少来是多少。屌博儿,算我求你啦,今辈子我只怕是就求你这一件事了。话没说完,先大笑起来了,笑声凄惨,给人一种冷风袭背凉飕飕麻酥酥的感觉。笑罢说,屄博儿,我常二茂大半辈子经历无数大风大浪,遭遇不少君子小人没有翻过船受过害,没想到在这个牛蹄小坑里遭小人偷袭。英雄半世落难一时,一落难就是死难。这道坎可能是过不去了,眼看就是过不去了。嗓音颤抖,哀音上来下去翻跟斗。大笑一阵说一阵,笑罢说,说罢笑,似收煞不住了。

我没再寻找到蜗牛,倒看清楚常二茂腿上白森森繁闹的蛆虫了,恶心、恐怖,两眼泪汪汪了。没等常二茂说完,我一下就号啕起来说,茂哥,你可不能有其他想法啊,咱们一定要坚持着活下来,只要能活着出去,我帮你到法院起诉郭三星和原二辇,我替你写状子我给你作证,我从网上为你申请法律援助。不是我不给你刮蛆,实在是没一点力气了。我先喝口水吧。说是号啕呢,实际就是张大嘴巴喉咙里爆炸性地咔吧吧响几声,既没有泪水也没有号啕声从唇间喷出。想喷出呢,舌尖干燥舌根干燥,满口腔里甚至嗓子眼里也没一点湿润,怎么喷出啊。就这种号啕也只号啕了一声就戛然而止,让号啕声白白消耗掉体力,我不愿意。有体力号啕倒没体力给茂哥刮腿上的蛆了?稍微挪动一下身体,把脸伏在安全帽上啜饮安全帽里的水。安全帽里原本浑浊的水早已澄清,清澈见底呢。我小小地啜一口,再小小地啜一口,感觉格外地舒坦、踏实,声气微弱叹息说,茂哥,多亏你让储存了这么一点点水。这不是水,是两安全帽生命呢。常二茂几乎没听清我说什么。我还没说完,矿灯忽然熄灭了,我摇、拍总也不亮。着急说,茂哥,不至于是没电了吧?把矿灯送到常二茂怀间。常二茂窸窸窣窣摆弄一阵嘿嘿嘿冷笑说,这矿灯先把一口气咽了,屄博儿你说,你和我连个矿灯都指望不上,还能指望谁!常二茂说,他当时心里非常恼火我:实际最指望不上的就是你屄博儿。

我说,茂哥,这矿灯咱们没怎么用啊,你不要那么泄气好不好。

常二茂说,不是我泄气,是储蓄那么一点点电量,空放多少天,光放也放没了。其他矿灯又都七零八落没集中在一起,唉,人算不如天算,只有顺其自然了。

我说,茂哥,咱们被堵在巷道里几天啦?说完这句话就一声不吭了。不是不想吭声,是没力气吭声了。说话做事只一小会儿工夫就疲倦得一塌糊涂了,一塌糊涂了自己意识不到一塌糊涂,只是觉着瞌睡,不知不觉间就昏睡过去了。一昏睡过去就又看见我爷爷,我爷爷给我缝制的小袄显瘦小,穿在身上,我的双臂得像鸟翅一样大张开,想往下放呢,刚比画出一个要往下放的姿态,肩头针脚就扑哧一声断开了,我爷爷着慌说,祖宗,你先脱哈来,爷爷给你往松宽放一哈针脚,才几天工夫,个子就又长高啦?爷爷没有责备我,还和我嬉笑。

我抓在手掌心里的蜗牛缓慢地从手掌心里爬出,我没觉着,常二茂说话的声音在耳朵边嗡嗡嗡,具体说了什么没有听明白。想让他再说一次呢,伸出一只手握住常二茂的一只手,要往紧握一下,也没力气握了,就那么手和手搭挂在一起。实在话,不想因为常二茂脱离开我爷爷,和我爷爷在一起我心里温暖、踏实。不过常二茂的手掌心滚烫,我的手掌心冰凉,搭挂在一起舒坦也愿意一直搭挂着呢。常二茂说因为这种搭挂因为这一点点舒坦,他稍稍谅解了我一些。黢黑地里阴湿潮润的空气里恶臭尤其浓烈了。

实际常二茂和我一样,忽悠一下就昏睡过去了,只昏睡一会儿,忽悠一下就又醒来了。过一会儿忽悠一下又昏睡过去,忽悠一下就又醒来了。这种状况持续好长时间,常二茂就明白:困在巷道里至少九天或十天甚至要达到十天以外了。常二茂说,那一年遭遇塌方,他被困在窑坑里十天,每天只喝几口浑浊不堪的地哈水,只是气怯疲倦寒冷却没有昏睡过。有一个意念支撑常二茂想要活哈去,瘫在土炕上的老婆离不开自己。还有一个意念是活着出去到法院向郭三星、原二莘索赔,不能便宜了那两个活宝,不然那两个活宝以后遇到这种情况还会害人的,但愿活宝们能活着爬出去!还有一个意念是活着出去痛骂寒号鸟康钢子。无论如何你不能自己一年到头在村街里闲逛荡,暑假期间还把博士儿子打发进窑坑里。窑坑里发财,那是你发财的地方吗!让你生出一个博士儿子来真是细米细面撒了街,大鱼大肉喂了狗,良家女儿送进妓院里,老天爷爷送子娘娘瞎眼了。

常二茂试着用手指尖挠我的手掌心,我缩缩手常二茂紧搭住不放,接着又挠一挠。这回我醒了,一醒来就说,爷爷,我饿我想吃饭。声音低微、潮湿,但常二茂清清楚楚听见了。常二茂说他好心疼,刀片子剐心呢切肝切肺呢。挣扎着坐起俯身往起扶我说,屌博儿,哪里有饭吃,来,再喝口水吧。哪里是说话是在哼哼。要往起扶我,主要是想身挨身驱寒,不过有那个心没那个力了,没扶起我伏在我身上坐不直身子了。一半是没力气坐起,一半是断腿受挤压疼得昏死过去了。受到挤压,我清醒一些了,说,茂哥,是你吗?你这是怎么啦?只是嘴唇动没发出声音,自己没觉着没发出声音,只是觉着没听见常二茂回应,就不敢确定压着自己的这个人是不是常二茂了。模模糊糊记起是在巷道里又觉着不是,想要托起压着自己的这个人只是念头转了转没动弹手臂,想动弹呢哪有那么大力气啊。觉着耳根底痒痒,想伸手挠一挠,也只是念头转了转手臂没动弹。嘴角边边上也痒痒呢,伸出舌头缓慢舔一舔不痒了,舌尖勾进嘴里一个肉乎乎的东西。咂巴咂巴咸咸的酸涩,想要往外吐没吐出咽了。嗓眼里滋润了一下舒服了一下。嘴角边边上又痒呢,毫不犹豫舌尖又勾进去一个肉乎乎的东西,又觉着咸咸的酸涩一点往外吐的欲望都没有了,咂巴咂巴嘴直接咽了。一连咽下去几个肉乎乎的东西,情不自禁想再咽呢没有了,耳根底嘴角边边上都不痒痒了,静悄悄躺着喘息,琢磨什么东西那样肉乎乎,琢磨自己到底在哪里。意念像一只好动的猴子忽然蹿上树忽然跃下地忽又上墙了,老也捕捉不到一个准镜头。琢磨来琢磨去到底要琢磨什么忘记了。喘息一阵积攒下一点点力气往起托常二茂。这回常二茂吭气儿了,声音微弱说:屌博儿,你喝一口水吧。是和我耳语呢,隔半步远就听不见了。我的意识一下稳定了,不用琢磨也记起自己是在什么地方了,也记起抓在手掌心里的蜗牛来了。急忙在地面上摸索,没有摸索到,想往更远一点的地方摸索,被常二茂压着身体纹丝动不得。也和常二茂耳语:茂哥,你起来也喝一口水吧,你全身上下火烫成这样,喝一口水会好些。托起常二茂让顺巷道壁躺下,摸索着找蜗牛找矿灯和安全帽,没摸索到蜗牛也没摸索到矿灯和安全帽,摸索到两手肉乎乎的东西,惊叫说,茂哥,快开灯看看,这么多肉乎乎的东西都会动是什么呀?

常二茂呵呵呵冷笑说,屌博儿,开甚灯,哪里还有灯。不用看都是我伤口上掉哈来的蛆。依靠吃我的肉喝我的血长大,怎么可能不肉乎乎。

我说,茂哥。只喊了一声就没话了,想说我刚才吃蛆了没说,傻子一样没有任何意念了。

我爹被绑在床上动弹不得，没奈何睡着了。夜半时候想尿尿没法尿，只好静悄悄等着。能等谁，还不是等那个野兽！野兽不来，我爹下不了床，怎么尿尿啊。房间里的灯一夜没有关，窗帘一夜没有往一起拉，半圆的月亮在窗外沿着护栏的钢筋爬格子，爬过一根钢筋，再爬过一根钢筋，从窗户左缓慢爬行到窗户右，隐蔽到楼壁后不见了。我爹和我爷爷在家里睡觉也从来没往一起拉过窗帘，我没进县城上初中之前，常和我爹我爷爷枕头挨枕头膀子挤膀子睡一盘土炕，半夜时分常蹬掉被子钻进我爹或我爷爷被子里抱住我爹或我爷爷的一条臂。我爹和我爷爷常说，娃儿均匀祥和的鼾声真好听，滑溜细长的身体好贴心。这时候我爹在心里一千次一万次呼唤我的名字：再和爹头碰头身挨身睡一会儿吧。唉，爹没那个福分，这辈子怕没那个指望了。嘟囔出声来了，泪水悄悄滑落到枕头上。天色大亮时分，我爹不等了，因为等也没有用，憋不住了尿到床上，衣服床单统统变成海带海藻一类海洋植物了。因为尿到床上，我爹有一点着急，身子一挣，意想不到松松垮垮能自由动弹了。坐在床上嘟囔着骂野兽：这不是耍笑人吗？解开你就说一声解开了，你滚吧不就好办啦。连一句响屁不放，祖宗是你野兽随便耍笑的吗？只嘟囔几声不嘟囔了，现一脸惊讶，张一文叔和康饱饱端坐沙发里正打瞌睡呢。什么打瞌睡，康饱饱的头仰靠在沙发靠背上嘴巴大张着，正鼾声大作呢。张一文叔是在打瞌睡，但这时候不打了，被我爹的嘟囔声惊扰，正迷迷瞪瞪看我爹，像是醒了还没有完全清醒，一脸慌张，仿佛刚做了一件对不起我爹的事，怕我爹责骂呢。

　　我爹说，你怎么也来这里了？这是什么地方？

　　张一文叔说，知道你在这里睡觉来看看你，你连地名都不知道就敢来睡觉啊。说话呢，眼睛向康饱饱那边瞟，也向那边努嘴呢。意思再明白不过，是康饱饱拉来支差的，想不来不行啊。

　　我爹的第一反应是下床走人，走人不是安安静静地走，而是大吵大闹地走，一边踢腾脚底所遇到的一切障碍物。床脚、电视柜、电脑桌、卫生间房门，都用脚踢腾过。踢腾就踢腾吧，不该把床单、被子、枕头都扯拽到地下，脚尖踢上去掉下来再踢上去。床头整整齐齐摆一套新衣服也不能幸免，一边踢腾一边大骂,那个野兽呢,我要见那个野兽。张一文叔没想到一向文雅体面的康钢子会出现这种情况,慌里慌张赶过来拦挡说,钢子哥,有话好好说,不要这样,你这是怎么啦!一半是真拦挡,一半是做样子让康饱饱看呢。康饱饱半夜三更突然驾车赶到张一文叔家,叫上张一文叔来这里,许诺事情办成,给一万或两万元报酬,至少给一万元。张一文叔不明白为甚一哈就能赚那么多钱。一半是想见我爹,一半是为挣那一万或两万元报酬,当然也有一点儿好奇和虚荣心在里面。康饱饱乡里县里人际关系广眼界宽,几时把阁老村人当上宾待了。突然被当上宾待一回,人前人后觉着体面呢。此时此刻的张一文叔哪里还有家,灾害发生后被政府安置在镇政府所在村北边一面山坡上,山坡进行过平整一长溜挨一长溜临时搭建了安置房,一长溜比一长溜高上去一个台阶,每一长溜的采光都很好。

康饱饱要求张一文叔不要带手机,带上也白带,进门时人家要搜身。一听这话,张一文叔的犟劲儿就起了,我又没犯法,凭甚搜身,我偏要带上呢。推说上茅房把手机塞进鞋帮里。手机是个老旧的天翼小手机,张一文叔没穿自己的鞋,穿上自家三小子的一双大号旅游鞋。大号旅游鞋里空当当,塞三两部老旧的天翼小手机没问题。

我爹急切要找野兽,一谋心思要核实野兽那句话是不是真的,如果是真的,就要及时把自己关于新老婆的那个要求提出来。另一方面是要借题发挥,向康饱饱这头野兽发威施压呢。那年石料场那一场生死仇恨在心里生根发芽长成参天大树,还果实累累了。我妈在自家土炕上遭群狼撕咬过一回,石料厂生意翻天覆地好转了几天,没几天,石料场就又恢复了死寂死寂的宁静。有谁想过那宁静是何等可怕,可怕就可怕在播下了种子没发出芽来。或者是发芽了冷不防被人齐根儿掐断,想发呢没芽了——再不见那几个客户的踪迹了。我爹和我妈四下打听那几位顾客的下落,没有人知道。只知道康饱饱领几个工人在山口拦车把几个进山里拉石料的客户打跑了,打了谁没有人查访过,只把几个客户的长相描述了一下,我爹就知道挨打的就是我妈拉来的那几个客户。打客户就打吧,第二天一早康饱饱就在山口设一道卡子,进山收费,出山凭石料发货单发奖金。每立方石料发奖金两块钱人民币,每车至少拉十立方石料,至少得奖金二十元。当年的二十元相当于眼下的二百元,那个吸引力可想而知了。我家的石料场——岂止是我家的石料场,整个阁老村的石料场,康饱饱家的除外,像突然遭遇到强冷空气袭击,一夜之间冰天雪地全部被冷藏起来了。山口外所有来阁老村拉石料的大车小车全部开往康饱饱家石料场。康饱饱召集阁老村人开会,阁老村石料场实行资源整合统一经营模式,各石料场凭现有人工石料入股定时定额分红。大小会议先后开过几次,没一次通知过我爹。我爹户口在阁老村,人居住在阁老村,但在康饱饱眼里,在和在不一样。别人在一个户口就是一个人头;我爹在一个户口就是一页烂纸,一个人头就是一丛烂草;烂纸想拿来做了手纸,烂草想放进灶膛里烧火。张一文叔说,起因在我爷爷身上,不在我爹身上。康饱饱十岁那年,吃过早饭上村小学去了,中途跑回家洗钢笔,听见草房里老鼠打架吱吱叫,蹲在草房门口隔门缝向里张望,只看见我爷爷没看见他妈,但听见他妈的声音了。康饱饱没洗钢笔掉头就向生产队办公室跑去,距生产队办公室老远就呼喊,爹,我康奎叔在咱家草房里打我妈呢。事后,康来顺悄悄指责我爷爷说你避讳娃们些。娃们看见一辈子记恨你。说来道去在石料场生死角逐的激烈搏斗里,康饱饱下手太重了,一点儿活路没给我爹留下,只要留下一点儿活路,我妈就不会死;我妈不死,我爹就不会丧失刨闹生活的信心;我爹不丧失刨闹生活的信心,就不会让我从上高中就开始暑假期间下煤窑。我爹虽然失了刨闹生活的信心,但刨闹生活的向往心还在,有这份向往心才有放任我奋斗的宽容心,有那份宽容心才有我读博的这一天。我读博要带我爹到大城市生活,只当奋斗——不是我爹奋斗,是我替我爹奋斗,眼看奋斗到就要超越康饱饱的地步了,没想到呼隆一声一场灾害把我爹推跌成一个狗吃屎的状态。什么狗吃屎的状态,连狗吃屎的状态也不如。狗还有屎吃呢我爹只有嘴啃地皮嘴啃草渣等着饿死的份儿了。落到嘴啃地皮嘴啃草渣这种地步,老板王乔谷偏偏派康饱饱来调解,不是火上浇油是什么?!我爹满房间踢腾,张一文叔过去拦挡,不拦挡还好,一拦挡狂躁起来连张一文叔也踢腾,吼叫说,那个野兽打我,往床上捆绑我,让他给我道歉,我要他道歉!张一文叔脚上腿上甚至屁股上,都被踢腾到了。张一文叔无缘无故被踢打,嘴上不说心里也不高兴呢,不再拦挡我爹,退开几步用目光向康饱饱求助。康饱饱醒了,不说话只是冷眼看着我爹。实际上康饱饱知道我爹是自己的同父异母哥哥,我爹也知道康饱饱是自己的同父异母弟弟。怎么能不知道!没人当他们的面说,能没人当他们老婆的面说?当他们老婆的面说了,他们老婆能不在他们面前说? 先不说长相,光从两个人的眼神上,就能看出共同的东西。我爹冷眼看人时眼睛不是眯着是瞪大,比正常看人时瞪得大,圆溜溜像要把眼珠儿推出眼眶外,不仔细看只当是愤怒了要和人吵架了。康饱饱这一阵冷眼看我爹就是这种看法,不熟悉康饱饱的人只当康饱饱是要和我爹开始吵架,所以眼睛才瞪得牛眼睛一样大。两个人的眼皮都是双眼皮,眉毛都是柳叶眉,在阁老村男人里都算是靓男呢。也正是两个人都知道是同父异母兄弟,两个人之间的敌对心理才更深沉才更不愿退让,掐起来才更上心更持久。我爹哪管什么冷眼不冷眼,只管当下要脸要面心里痛快呢,既然张一文叔不拦挡了,就直接扑向房门。那房门哪里是他随便可以打开的,连康饱饱和张一文叔也不能随便打开呢。不为什么,就因为老板王乔谷要快刀斩乱麻,尽早把问题解决了,解决不了是不能出门的。门已从外面锁死了。我爹开半天门开不开,开始踢腾门,一边踢腾一边吼叫说,那个野兽说我儿子猪猪殁了,还打我还往床上捆绑我,让他给我道歉,我要他道歉!左一脚右一脚,房门被踢腾得哐哐响,整个房间都在空空洞洞响。大约是踢腾痛脚了,有那么一霎我爹停止踢腾回脸看张一文叔,是想求援或者是想放声号哭一场? 心里最明白不过,踢腾下去白踢腾。也就是这停止的一霎,康饱饱说话了:你儿子猪猪就是殁了,你让谁给你道歉,道歉顶屁用啊。声音不高,嗓音粗宏,一点儿不像康来顺,闭住眼睛听,不是我爷爷说话。还能是谁说话!我爹其实最想听到用这种声音说出的话了,用这种声音说出的话丁是丁,卯是卯,中间不掺假,我爹感觉着踏实。不用明说,这种落难时期尤其是。

康饱饱继续说,你这辈子吃亏就吃在想发财,自己懒得动脑子想点子,只顾跟风跑;跟风跑就跑吧,偏又想超越人家跑到人家前面;想超越人家想跑到人家前面没错,但你不能不想出力不哈辛苦就超越人家跑到人家前面。最可怕的是你觉着哈辛苦丢脸面,你不哈辛苦让你老婆哈辛苦;你觉着哈煤窑丢脸面,你不愿哈煤窑挣钱,让你儿子猪猪哈煤窑挣钱。我给你总结了:第一你不配做男人，第二你不配做爹。就你这种人，刚生哈来就扔进炼铁炉里烧炼了，比吃苦受累屎一把尿一把养活大要划算。

张霞俩且嗨哈。我爹讲述到这里，我怨怼上加怨怼，心底又吼喊一嗓子——不是我吼喊是我爷爷吼喊呢，我爷爷在世时不只是吼喊，还会龇牙瞪眼说，你这个敌人！然后就蹿过去暴打。康饱饱康建设我这一辈子不会喊你叔只会蔑视你。我爹不踢腾不吼叫了，回身走近康饱饱在沙发对面床边边上坐下说，我这种人已经是这种人了，就像你这种人已经是这种人了，是一样，都是生就的骨头，我自己没办法改变我自己了，你就有办法改变你了？我这种人想发财懒得动脑子懒得哈辛苦，你这种人想发财不择手段不计后果，有利的自己留哈，有害的留给别人或留给公家。咱痛快说吧，我儿子猪猪殁了，老板王乔谷打发你来，是要你和我说些甚。给钱是给多少，帮我成家是要我把家成在哪？事成之后给你多少钱，或者帮你办成一件什么好事。神色平静，不卑不亢，不像是儿子殁了，倒像是一只羊或一头牛丢了，正和康饱饱商量用什么办法弥补这只羊或这头牛的损失呢。康饱饱呵呵笑两声说，你这人这辈子吃亏还吃在这张嘴上，把你扔进开水锅里，大火炖上三天三夜，全身上哈肉化了骨头酥了，你这张嘴还硬着。你落难了，我本想帮你一把，就你这句话我不想帮你了。笑是冷笑，话是热话，冷的冰心冰骨，热得烫手烫嘴呢。

我爹照康饱饱冷笑的模样回报康饱饱冷笑说，我只是嘴硬，你是不光嘴硬，还心硬心冷。把你这种人扔进开水锅里大火炖上三天三夜，全身上哈肉化了骨头酥了，你那张嘴和你肚里的那颗心还是冻狗屎一样硬，还是冻狗屎一样冰冰凉。因为你的嘴和你的心像冻狗屎一样硬一样冷，你无利不起早。我落难未必全阁老村人都高兴都痛骂；我断定，某一天你落难了，全阁老村人不光高兴，还要敲锣打鼓还要放鞭炮，还要请戏班子在当街里唱大戏，还要站在山圪梁梁上迎风破口大骂你十八代祖宗呢。

康饱饱眉间一时三刻就拧出一个大疙瘩，大疙瘩里暴突出无数小眼睛，小眼睛里喷出一道道寒光，如刀如箭直射向我爹，没射痛我爹射痛张一文叔了。张一文叔悄悄给我爹使眼色意思是：你说那些做甚，快少说两句吧。悄悄用脚尖踩我爹的脚尖，踩得我爹烦躁地和张一文叔发脾气说，你这是做甚，人家要痛打落水狗,我这条落水狗冲正站在河岸上幸灾乐祸的未来的落水狗吼叫上几声,你神神秘秘怕甚。张一文叔被吼喊,一脸难堪地退到一边嘟囔说,这种时候你放着你应该办的事不办,应该说的话不说,说一大堆没用的话顶屁用啊。嘟囔声太微弱我爹没听清,康饱饱也没听清。康饱饱想要发脾气没有发,和我爹笑,笑声柔和轻快,没一点儿不高兴的意思。他坐直身子扬起右臂,手掌勾一勾我爹的肩头,摇一摇我爹的身子说,看看看又嘴硬起来了吧。咱不说闲话了,这样——我今天来是要和你说,你重娶个老婆搬进县城住吧,县城里给你一套两室一厅的房子,再给你五十万块钱。你琢磨琢磨,要是同意,咱就草签个协议开始办事;不同意呢,你说说你的意见我听听。

我爹说,你杀人呢是吧。你杀了我老婆了还想杀我是不是?我儿子猪猪读书读到八十,一条命就值五十万块钱?你儿子死了给你五十万块钱你让?你说,你让?比方说你儿子明天就遇车祸或遇强盗死了,给你五十万块钱就把一件事了结了,你甚感受?你不要恼,咱只是比方说,当然也可能是事实。因为你这样做事我爹、我妈、我老婆在阴曹地府也放不过你去呢。脱鞋上床扯过被子蒙头盖脑睡下,任康饱饱康钢子康钢子叫唤,只是一声都不吭了。

我爹一辈子后悔骂我妈那句话:你这个贴油卖面的货。就因为那句话,我妈哭几天几夜,往后几个月不肯帮我爹往石料场拉客人。眼看石料场要倒闭,我爹着急得狼追呢狗咬呢,眼睛红成两颗大骏枣,嘴唇肿成两片厚鞋底,想央求我妈帮衬一把张不开嘴了。一方面那样骂过我妈,另一方面我妈肚子大得挪不动步了。哪里能想到我妈私底下又开始为石料场奔波,一位买石料的客户说好要到我家里吃午饭,午休时间都过了,还是没见着踪迹,我妈就挺着大肚子到通往康饱饱家石料场的大路上寻找,路过自家石料场,正赶上我爹放炮。已几天没放过炮了偏偏那一天放炮;多少天没一个客户了还放炮采石料做什么!我爹感念我妈继续帮他——尤其后悔那天放炮,后悔得想要死。

康饱饱骂我爹一句:狗得佬上不得台盘。阁老村土话:得佬,就是说头说脑袋。人头人脑袋不叫人头人脑袋,叫人得佬;狗头狗脑袋不叫狗头狗脑袋,叫狗得佬。狗得佬上不得台盘,意思就是婚庆喜宴的席面上狗头不能当一盘菜。康饱饱骂过,面带微笑仰靠在沙发里闭目入睡了。张一文叔凑到康饱饱跟前低语说:让康钢子先洗个澡吃一点饭吧,老板派来守在门外的那个人说,康钢子昨天的午饭和晚饭都没顾上吃呢。康饱饱说,他还吃什么饭!没睁眼摆摆手让张一文叔走开。张一文叔突然怨气冲天说,你们这样对待康钢子,我觉着不应该。康钢子千不好万不好,孤身一人培育出个博士来,阁老村有人迹以来是头一份,是阁老村的一面旗帜呢。不像有些人家全靠拿村集体的财物送乡里县里的领导,一家人都让安顿到县上工厂里上班,实际一点儿正经本事没有,阁老村人心里明镜儿似的——已经是在当面指责康饱饱了。康饱饱不想这种时候和张一文叔认真,皱眉摆手说,你不要说了,说这些没用。张一文叔就坡下驴说,只顾闲说杂道了,尿憋死我了。急匆匆进卫生间去了。

我爹突然从被子里伸出头冲张一文叔的背影吼说,张一文,我只要我儿子猪猪,只要和老板王乔谷说话,让其他王八狗蛋快些滚蛋。

第八章

轨道修好,常二茂返回工作面吆喝窑黑子们干活儿,矿车斗眨眼之间也到了。只有我向矿车斗走去,心里向我爷爷告白:爷爷你不用担心,我马上就不当窑黑子马上就要离开阁老村回学校了。感觉着我爷爷就陪伴在我身边,我一边操起大铁锹往矿车斗里铲煤,一边哼唱:

  一非是泰山崩倒难扶起
  二不是病入膏肓药难医

或者我根本就没有哼唱,是我爷爷在哼唱。我爷爷说要把我奶奶哼唱过的道情戏的唱词全部哼唱出来,至少得哼唱三十天或五十天。不过我爷爷不愿哼唱,哼唱那些唱词实际就是展示我爷爷和我奶奶身上的伤疤呢。抠出我爷爷和我奶奶身上的伤疤让别人观看或让苍蝇叮咬,我爷爷不愿意,十二分不愿意!

我爷爷哼唱过那两句唱词,就给我讲述——其实也不是给我讲述,是自言自语呢。那是一个阴雨绵绵的季节,一连十几天阴雨,房间里的空气潮乎乎的,伸手到脸前抓一把就能抓到一手湿。这种天气不能上山炼铁,只能待在家里休息,我爷爷希望这种日子延续,能延续到什么时候就延续到什么时候,至少能延续到我奶奶生产下娃儿。

阁老村人大炼钢铁炼不出铁来,人民公社其实不管能不能炼出铁,只管按劳动力总数追究总出勤数。年满十八岁不管男女不管健全或残疾都算一个劳动力,阁老村年满十八岁的男女人口数就是阁老村每日应达到的总出勤数。达到应达到的总出勤数叫达标,相反叫不达标。总出勤数达标了,全公社大会小会表扬;总出勤数不达标,全公社大会小会批评。总出勤数通过电话每日一报,公社派干部定时不定时抽查,抽查到虚报谎报总出勤数的,村干部要在全公社巡回挨批斗。谁没事找事愿意挨批评挨批斗,总出勤数没有不达标的,也没有虚报谎报的。康来顺是谁,会让总出勤数不达标?会虚报谎报总出勤数?

阴雨天不能上山炼钢铁,也不用上报总出勤数,全体社员放心大胆在家里休息,老天爷给放假了。阴雨十几天,我爷爷和我奶奶十几天除去食堂打饭外再没有出过门,一方面我奶奶快要生产,身子越来越不方便,我爷爷陪伴守候在家里歇心,另一方面天清气朗时候大炼钢铁,白天出勤逼得紧,晚上人困马乏恨不能不吃晚饭就上炕睡觉。我爷爷和我奶奶名义上是夫妻,实际上一天说不上三句贴心话,趁阴雨天的空闲,正好说说一直捂在心里的贴心话呢。

那一天傍黑,雨下得紧了,稀里哗啦不是下雨,是从天上往下倒水呢。我爷爷和我奶奶面对面躺在土炕上,我爷爷双手托着我奶奶稀溜在炕上的一大堆肚子说,看这样子是快要生了。

我奶奶说,应该就是这一个月里的事。

我爷爷说,你说,是男娃还是女娃?

我奶奶说,你喜欢男娃就是男娃,喜欢女娃就是女娃。

我爷爷说,我要是男娃女娃都喜欢呢?

我奶奶没说话,在黑暗里不出声地笑。我爷爷没看见我奶奶笑,但知道我奶奶在笑,我奶奶笑起来肚子一鼓一鼓地颤跳,我爷爷正双手托着我奶奶的肚子。托着我奶奶的肚子不知道我奶奶在笑,我爷爷就是个傻子了。

我爷爷说,我说的是真话,要是一肚子就生出两个娃才好呢。

我奶奶说,趁今天有空,我教你做油饼饼吧!

我爷爷说,我早想让你教,就怕你不教。

我奶奶说,我怎么会不教?

我爷爷说,你早不发娃儿了,怕你说是我嘴馋我想要吃。

我奶奶没作答,起身穿衣服下地,点亮煤油灯取一只小盆,往盆里掏一撮灰渣,放一把柴灰,往里面配黄土和红土各样代面粉,配一样教我爹一次:这是莜面,这是豆面,这是麦子面——然后往里面浇水,第一次浇水说这是麻油,有胡麻油或芝麻油时最好。第二次浇水说这是鸡蛋清,一定不能放进蛋黄去。用筷子搅拌成豆粒大颗粒,盖好盖子放在锅台角说,要发酵两天,要发酵得到到的。又重新往里面配各样代面粉,配一样又说一次:这是莜面,这是豆面,这是麦子面——配齐全了又往里面浇水,还是浇两次,还是说麻油鸡蛋清之类的话。用手和成稀泥状,盖好盖子再捂上棉袄放在锅台角说,发酵上一天后打开盖子晾发上一天就可以添加上馅儿上火烧烤了。讲述过一遍,要我爷爷自己操作一遍。我爷爷连续操作三遍都没有操作对。我奶奶泄气说,罢罢罢夜深了,权当我没教你,咱们睡觉吧,摇摆着身体往炕沿前移动。我爷爷像没有听见我奶奶说话,站在锅台前两手抓泥直盯着那只小盆看,把盆里的稀泥倒掉重新一样一样往里面配料,配好不行倒掉再配。这一回配得慢了往里配一样回脸看我奶奶一次,我奶奶不吭声就继续配。我奶奶爬上炕坐着看我爷爷配料,忽然喜出望外低声说,这回你配对了,能添加上馅儿上火烧烤了。我爷爷比我奶奶激动,像一个受了委屈的娃儿哭泣起来了,制作出一个油饼饼上火烧烤熟,双手捧了送到我奶奶面前哭泣地笑着说,我会做了。我奶奶把那油饼饼送到鼻尖底闭住眼睛闻,直闻得泪流满面说,把这个油饼饼保存起来,将来让咱娃儿看看,记得教咱娃儿好好做人好好为爹娘争气。想说好好为娘申冤雪恨没敢说。

窗框忽然嘭嘭嘭响三声,起得急落得也急。我爷爷几乎没听明白是不是窗框在响,响声就没了,但听到脚步声了,脚步声啪叽啪叽,下雨声稀里哗啦,有区别。也是起得急落得急,想再听听没有了,只是一闪间的事。

我爷爷说,有人听窗呢。立即又冲窗外说,谁?声音因紧张而尖细,像一把钻头从窗里穿透窗纸直插到窗外。那种年代常有敌特分子破坏工厂机关学校致人死亡的消息传来，傍黑时候遇到这种情况，我爷爷不紧张，可能吗？

我奶奶不紧张，拍一下我爷爷的肩头，示意我爷爷不要喊叫，挣扎着要起身。我爷爷急忙扶着我奶奶下炕出门，从窗台上捡到一个小纸团，纸团太小，只有指肚子大小，我爷爷根本没看到。我奶奶关好房门，拉严窗帘，凑到煤油灯下打开小纸团，小纸团上写着什么，我爷爷根本没看清，即便看清，我爷爷也不认识字。事实上也不是字，只是一些小圆圈小道道，我奶奶只看一眼就把小纸条送到灯苗上点着，把纸灰放进碗里用开水冲泡着喝了。我奶奶这样喝过几次纸灰了，骗我爷爷说她胃肠不好纸灰克食帮助消化。我爷爷嘴上不说心里明白，是有人给我奶奶送来情报了。什么情报我奶奶不说，我爷爷也不问，只要我奶奶放心，我爷爷也就放心。我爷爷有什么不放心的，即便我奶奶是地主婆子是敌特分子，搞破坏能搞到哪里去？把我家的房子烧了？把阁老村炸了？或者枪杀生产队里几头牛？用这样一个美人坯子去搞那么一点点破坏，我奶奶的顶头上司不是傻子准是个疯子。

我奶奶这次喝纸灰和以往不同，以往喝下纸灰像没有喝下，该做什么还做什么；这次喝下纸灰傻愣愣坐着，老长时间一句话不说。我爷爷陪坐在我奶奶身边，感觉着我奶奶的身体在颤动，听到我奶奶的呼吸声有一些急促，眼睛里一阵比一阵水分大。是想哭硬撑着不哭。

我爷爷说，怎么啦，肚里不舒服吗？声音柔柔地搂紧我奶奶的腰。

我奶奶说，奎奎，康来顺和你说我是逃亡在外的地主婆子，你信吗？真正做夫妻以来，我奶奶第一次这么清晰地呼唤我爷爷的名字。一向只是呼唤：喂。或者：你呢嗯。这两种呼唤我爷爷都认，从我奶奶嘴里呼唤出都觉着亲切。我奶奶和我爷爷说过她的名字，我爷爷没有呼唤过，只记在心里，我爷爷只呼唤我奶奶：俺婆姨。我奶奶哪怕只和我爷爷一起过过一天日子，也是和我爷爷一起生活过一回了，和我爷爷一起生活过一回的女人不是我爷爷的婆姨还能是什么。

我爷爷说，你好好地问这些做甚。实际心里已经感觉出异常了。

我奶奶说，我不光是地主婆子，还杀过一个人，那人鼓动一村里人给我男人压杠子，把两条腿压断，又丢进开水锅里，活活煮得骨头是骨头肉是肉，分离开。我觉着我杀的不是人,是一条疯狗,是一匹吃人成性的饿狼,是一个人模人样的畜生。

有那么一霎,我爷爷被吓着了,连气都不喘了,只觉得自己不是自己,是戏里的许仙了。许仙五月端午日被白蛇精吓死,我爷爷秋雨绵绵夜被我奶奶吓呆,静悄悄地坐在昏黄且不断跳跃的灯光里,只怕煤油灯苗跳跃着跳跃着忽然灰飞烟熄了。我奶奶不是我奶奶是白蛇精是杀人犯,怎么会是白蛇精,怎么会是杀人犯?我奶奶伸手拉我爷爷的手,我爷爷冷不丁打一个寒战。想不打呢,由我爷爷吗?不过,我爷爷还是顺从我奶奶,和我奶奶手握着手了。我奶奶的手绵软、滚烫,不光和我爷爷手握着手,还用另一只手抚摸我爷爷被握着的这只手的手背说,奎奎,你怕了是吧?声音比往日任何时候都绵软。我爷爷想说不怕,可是嘴唇只动弹发不出声音。我奶奶接着说,你不用怕,我和你在一起的日子不多了,我和你说这些,是要你知道我是一个什么人,我不想一直瞒着你。因为你是我男人,是真心待我,我也真心待你的男人。

我爷爷说,我不怕,你有话只管说。你杀人不是你杀人,是有人逼你杀人。何况你杀的不是人!有我奶奶后面几句话,我爷爷还怕什么,不仅不怕,还觉着浑身都是使不完的劲儿呢。我爷爷要保护我奶奶了。纵然我奶奶是地主婆,是杀人犯,但已经嫁给我爷爷,已经怀上我爷爷的娃,已经接受贫雇农思想三年多,完完全全是一个贫雇农的家属了。我爷爷是贫雇农吃苦受累半辈子,后半生刚过了几天好日子,谁和我爷爷争抢好日子,我爷爷和谁拼命。

我奶奶接着说,我出生在湖南沅陵县一个小商人家里,兄弟姐妹四人我最小。抗日战争即将结束,父亲送我进入湘雅医学院——湖南沅陵县湘雅护校学医,学习不到两年内战爆发,校方要我们提前实习支援前线医院。途经陕西宝鸡,我被一位国军团长看中,那团长原不是团长是抗战不力受降级处分才当上团长。那团长留我在团部做随军医生,实际是要我做他的私人陪侍。我宁死不做陪侍,绝食几天,那团长答应送我回归建制。半月后我被送回他老家榆林做他家老爷子的保健医生。老爷子六十几岁,习武练拳身强体健,看上去五十岁出头。我央求绝食谩骂三天三夜无济于事,一个寒风料峭的夜晚,我昏昏沉沉睡熟,被一种感觉一种响声惊醒,已赤身裸体睡在老爷子怀里。

我奶奶满脸是泪哭得说不成话了。我爷爷把我奶奶揽入怀间，像怀抱着自己的女儿，亲吻我奶奶的额头脸颊连哄带骗说，没事没事，那些都过去了，我不会让人再欺负你。我奶奶不挣扎，任由我爷爷哄骗，任由我爷爷亲吻。过一会儿停止住哭泣说，老爷子待我不错，要金给金要银给银，给他儿子写信要他儿子给我父母在湖南沅陵县城买一块临街的地皮，盖一处院子，临街的房子做商铺，坐地收租，不用经商劳作就可稳稳当当过安逸富贵的日子。很快我父亲给我来信：没买地皮没盖房子，是买下潘家那处大宅子了。潘家人为躲避战乱，廉价抛售掉大陆上所有房产，举家迁往美国居住去了——私底下实际遭受过当地军政要员胁迫。那大宅子我知道，临街一长溜几十家商铺。我家小门小户一下成了沅陵县城一家大户，我爹说他晚上害怕，根本就睡不着觉，不想要那座大宅子，尤其不想要乘人之危强买强卖从别人手里得来的大宅子，根本就不知道该怎样经营那座大宅子。别的不说，光我家一个小佣工在院子里走丢，我爹我妈我哥我姐满院子找一后响才找到。那院子哪里是院子，是一座城池，院子里有院子，院子后有院子，院子旁有院子，几十处小院子挨挨挤挤成一座大院子。找到那位小佣工才知道，那小佣工也没闲着，也在满院子找我爹我妈呢。我那时候才体会到大宅子有大宅子的不好。你能想象得出，我父母后来受那座大宅子牵连，过的是怎样的日子了。

我奶奶苦笑一下开始哼唱道情戏——不是哼唱，是像模像样放开嗓子唱起来了，左邻右舍不用出门坐在自家炕头就听见了。我爷爷惊讶：俺婆姨今夜怎的这么放得开。

　　一非是泰山崩倒难扶起
　　二不是病入膏肓药难医

这回，我奶奶确确实实哼唱的就是这两句，哼唱完这两句就泣不成声不唱了。啜泣声稍息，我奶奶接着说，我给老爷子生了一个儿子，老爷子高兴，专为我请一个唱道情戏的戏班子，每天在院里为我唱一场道情戏。我喜爱上道情戏，白天看他们唱，晚上自己学着唱。那段日子是我今生最无忧无虑最享受的日子。我奶奶说不下去了,把脸埋入我爷爷怀间,身体剧烈地颤动,牙齿咬我爷爷的布衫,是想号啕不敢号啕,只是喉咙里咔吧咔吧响呢。响声间隙我奶奶又说,我最放不下老爷子被赤身裸体扔进开水锅里扑腾着想要爬出来的样子了,刚爬出来就又被那个畜生用木棍捅进去。大铁锅就安放在我和老爷子住的那个院子里,那畜生把我们全家老少包括下人全集中在铁锅前,我还抱着我吃奶的孩子。你说,我杀死那个畜生过激了犯法了,那么那个畜生过激不过激犯法不犯法!

我爷爷突然冲我奶奶喊,我当时不在你跟前,在时我替你捅了他。要杀要剐让他们杀我剐我,我不怕。喊完,放声号啕起来。我爷爷说他活大半辈子从没有那样号啕过。号啕得身体颤抖胸脯胀痛,和我奶奶脸颊紧贴了脸颊,鼻涕眼泪相互黏连混杂在一起。一方面我爷爷可怜那个被活活煮死的老爷子,一方面我爷爷可怜我奶奶受那种惊吓,也可怜他自己学会说空话假话了。假如当时我爷爷在场,说不准也会拿一根棍子往开水里捅人呢。我奶奶受我爷爷鼓舞,也不顾一切号啕起来了,号啕得全身上下成一团炭火了,火苗子蓝莹莹一蹿一跳摇动颤抖,像随时会被风吹灭。我爷爷说他想好了,就让我夫妻放纵一回吧,有人问起我两个哭甚来,我就说为一点家庭细事我打了我婆姨一耳光,我婆姨受不得委屈哭了;我婆姨一哭,我后悔了就给我婆姨说好话,就趴在我婆姨怀里哭,不是哭是号啕;我号啕我婆姨能不号啕吗?比我号啕的声音还大呢。我爷爷这话说给阁老村人听没有人不相信。

我感觉着有风,注意捕捉风的来源,哪里是有风,是巷道里阴气凉凉地袭人呢。靠巷道壁躺着喘息,感觉比前一阵子有一点力气了。前一阵子是什么时候说不清,只知道又昏睡了很久。很久是多长时间啊,还是说不清。昏睡过后还是闻到一股一股的恶臭味,还听到一种嗡嗡嗡的声音。恶臭味迫近,嗡嗡声遥远。常二茂说有苍蝇果然有吗?那只蜗牛呢,就那一只吗?伸手在地面上摸索,蜗牛天生一副慢性子,即便是想活命逃跑,一时三刻也逃跑不到太远的地方。常二茂一点儿声息没有,也正在地面上摸索,摸索到一点儿什么直接送进嘴里咽了,然后再摸索。我摸索到常二茂的手的时候,心里咯噔紧张了一下:

不会也是在寻找蜗牛吧？那只蜗牛是逃跑了还是让常二茂吃了？常二茂的手接触到我的手时抽搐了一下，手里捏着一个肉乎乎会动的东西手还是滚烫。我用指尖抠一抠那个肉乎乎会动的东西，判断清楚不是蜗牛，心里舒坦了踏实了，说，茂哥，你吃蛆呢是吧？话没说完，呜哇一声呕吐了一下，只呕吐出两眼泪，泪水冰冰凉。常二茂毫不含糊紧跟着呜哇呜哇大吐，吐出两口酸涩的液体顺嘴角滑落到地面上。因此引发更激烈的呕吐，整个身体跟着往一起收缩，收缩成一枚粽子还往一起收缩呢。伸手摸摸地面大骂我说，屎博儿，你胡说八道甚，你以为你是当官啦发财啦，能大鱼大肉吃喝呢，是不是？我本来就空空的胃在自己消化自己呢，你又害我吐这么多东西，你比郭三星还郭三星！我真想像捏一只蚂蚁一样捏死你。一只手就握在我手里，没有要捏我一下或打我一下的意思。忽然把手抽走，大概意思是我不要你挨着我。

我说，茂哥，咱们困在巷道里几天啦。其实是想说，是你好心好意照顾我，才把我拉入这场灾难里；是你为讨好王乙涛硬把王乙涛推入我的生活里，我对象温小婷才会跟随王乙涛出走，我才受到王乙涛羞辱。我都不恼你，你倒恼我啦！

常二茂说，你怎的老问这问题，你问我我问谁。我觉着至少过了半月二十天啦。

我说，茂哥，你不要生我的气，刚才我不是故意的。你能吃就再吃一点吧。不是怕当蚂蚁被捏死，是怕常二茂吐了这点东西再吃不进去了呢。

常二茂说，再吃屁，脓水血水养大的东西你能吃吗？你怎的不吃啊！

我说，茂哥，少说话说话耗精力我求你啦。真心诚意愧疚得想哭呢。想说你那蛆我也吃过了不敢说。那蛆是吃常二茂的肉喝常二茂的血长大的，别人吃了常二茂的肉喝了常二茂的血，常二茂能不心疼吗？常二茂其实是个喜欢斤斤计较的人呢。

常二茂不骂了，歪躺在地面上喘息，粗重、急促，像不粗重急促一不留神就抓不住空气了。抓不住空气就只有死路一条了，粗重急促是自然而然的事。

我想喝一口水不敢喝，刚惹常二茂呕吐过，自己就往肚子里填东西，常二茂不反感就是天下第一奇闻了。我在地面上摸索，还是惦记丢失的蜗牛，深信未必就只有那一只。摸索到常二茂捏过蛆的那只手,摸一摸手掌摸一摸手背,滚烫之外还粗粝。哪里是手是一只锈迹斑斑的生铁耙子,难怪打上人那么有力气。我心虚气怯说,茂哥,你说,老板会不会不救援咱们啊。怕常二茂还生气,往紧握一握常二茂的手。想告诉常二茂刚才抓到过一只蜗牛。主要是想侦察:你抓到过蜗牛吗?哪里来的蜗牛啊?

常二茂说,救援你个屁,像你这种人这辈子没有人想救援。在窑坑里困死饿死活该。

我不说话静悄悄躺着,蛆吃进肚里没有闹肚子拉稀,居然还增加了一些力气不可思议,算是一个意外收获吧。要不要把这个收获告诉常二茂,要好好思量思量呢。如果吃进去的不是几个蛆虫而是几只蜗牛,会是什么状况啊。哦,原来自己也是想当小点心一样吃蜗牛呢。只是越来越口渴得厉害,悄悄趴伏到安全帽跟前用舌尖蜻蜓点水式一点一点舔水。舔进嘴里一点儿,匆忙咽掉一点儿,再蜻蜓点水式去安全帽里舔。水明显是不多了,摸一摸另一只安全帽,里面已没水了。惊叫说,茂哥,有一只安全帽漏水呢。

后来我坐在常二茂病床前时常二茂告诉我:当时不是安全帽漏水,是他把另一顶安全帽里的水转移了。常二茂安全帽里私下装进去一只不锈钢小盆,小盆和安全帽之间垫一层海绵,小盆内里用一层薄棉布罩住,通常没有人发现。遇意外情况既可以防更大的撞击,又可以当水盆用。郭三星脚踹常二茂小腿的时刻也用矿灯底子击打过常二茂的头,安全帽外面凹陷了里面的钢盆没凹陷。这时候常二茂早把安全帽里的不锈钢小盆拆出来放到我够不着的地方了。

常二茂听见我惊叫,嘴上不回应心里回应呢:漏水屁,让你帮我刮一刮腿上的蛆,你推三阻四不肯刮。没力气帮我刮蛆倒有力气喝水,就那么一点点水,你屌博儿一会儿就喝一会儿就喝,你只顾你了,我呢?我节约着不喝水,你当是为你节约啊,只顾你当下舒坦,一股气把水喝光,万一还要无限期拖延时日——屌博儿,你也学着忍学着节约一点吧,咱这是在窑坑里受难呢,不是在你家热炕上享福。

我没听见常二茂回应,着急了,把空安全帽推入常二茂怀间说,茂哥,你睡着了吗?

常二茂放慢喘息迟疑一会儿说,我哪里能睡着,我在想你刚才问我的问题呢。老板就是灾害一发生就救援咱们,没十天半月是救援不出去的,何况不一定灾害一发生就救援。

我说,茂哥,怎么要那么长时间啊!

常二茂说,屄博儿,你挪一挪身子和我挨紧一点儿好不好。

我说,茂哥,怎么啦?不想挨紧常二茂,一方面怕常二茂身上的蛆爬到自己身上,另一方面怕常二茂闻着我身上的臭味。更主要的是,常二茂高烧成那样有可能是肺上或肝上出问题了,挨得太紧受传染没拦挡。矿难没死,受传染得病死了冤枉透顶了。要我出力流汗可以,要我做这种傻事不可能!我一定要活着出去,一定要读博,一定要带我爹到大城市生活。

常二茂说,不怎么,就是为说话方便些。常二茂说,当时不想让我知道他那一阵寒冷得厉害。自信多少年坚持练武功,体质一定比我的体质好。全怨这条断腿了,断腿化脓引发全身高烧,即便是一堵铜墙铁壁也会被烧软。

我说,茂哥,我动弹不了身体,一动弹,全身上哈到处疼,你说吧我听着呢。又说家乡话了,还是想用家乡话温暖我,温暖常二茂。

常二茂说他当时想踹我一脚想痛骂我一阵,不肯帮忙检查一哈伤腿,不肯帮忙刮伤腿上的蛆虫倒也罢了,连挨紧一点儿都不肯了,你还算个人吗?正常上班的日子里,你敢这样对待领导吗?你怎的和你爹那么像!难怪你爹要往死里整你。小半天不说话,只把怒气窝憋在心里,倒热烘烘窝憋出一头汗。

我说,茂哥,你怎么不说话啦?怕常二茂生气,实际丝毫不想记恨常二茂,也不想惹常二茂生气,这种时候惹常二茂生气有什么好!记恨常二茂有什么用!

常二茂长喘一口气,按捺下愤怒说,屄博儿,这巷道那样长时间那样激烈簌动,你知道是为甚吗?你不要说话听我说。阁老村这座矿山煤矿储藏量非常大,分上中哈三层,上一层含煤层仅三米,中间一层含煤层高六米,最底哈一层含煤层高八米,煤矿上人浑囵囵叫中哈两层:丈八煤。三层含煤层之间被十几米厚的青石岩分隔开,中层和最低一层之间青石岩最薄,不足十米厚。当初请一位土专家论证过:就老板当时的设备开采过最低一层,就不能开采中间一层了,只能开采最高一层。想开采中间一层,最低一层就不能回采。回采了再开采中间一层,遇地震或窑坑里放炮,容易引发青石岩岩层挫裂或移位。一旦挫裂或移位,造成的灾害就不是一般的灾害。老板最终拍板,先开采最低一层。最低一层开采过也回采过了,老板又要开采中间一层,并且任何现代化设施不添置,纯粹是拿人肉换吃猪肉——噢,这是说窑黑子们的;老板方面应该说是拿窑黑子们的肉给自家换金条金砖呢。从中间一层开采到几百米深的深度起,我就开始害怕窑坑里出事,每天尽量躲避着少进坑或不进坑,有时候刚上班时进坑里安顿一哈就出坑,有时候快哈班时进坑里检点一哈就出坑。没想到躲避来躲避去还是没躲避过这一劫。正应了阁老村人从说书唱戏的那里学来的一句话:阎王要你三更死,你绝躲不到天明;阎王要你五更亡,你三更上吊也枉然。唉,三更死五更亡其实都一样,我只是弄不明白,在老板心里,我这一百多斤人肉是值钱呢还是不值钱。说是值钱吧,老板从没管过我死活;说是不值钱吧,我连续三次辞职老板都没答应,每次都给我加一点工资。加来加去,把我夹在地底哈出不去了,我想拿我的肉换猪肉吃呢换不成;老板想拿我的肉换金砖金条呢也换不成了。不知老板这一阵儿正做甚想甚呢!

张霞俩且嗨哈——你这个敌人。我爷爷龇牙张目云影山影一样向常二茂扑去。

我也在心底大骂常二茂:你是不是人!真真切切记恨起常二茂来了,常二茂不是人!

我说,茂哥,你怎么不早说这些。

常二茂说,早说了,煤矿上能招到工人吗?你还肯来这煤矿上挣钱吗?

我惊叫说,茂哥,你这不是存心害人吗?

常二茂没说话,呵呵呵冷笑,笑声阴沉、响亮,隔几尺远都能听到。笑几声不笑了,心中因我产生的怒气获得了释放,沉默片刻说,屌博儿,怎的不说话?

我说,我在想,老板要是怕耗钱财怕费时间不救援咱们,咱们怎么办啊?其实还在想:难怪郭三星、原二莩要那么下狠手弄断你的腿,我明白其中的原因了。换了我也会那样的!

常二茂说,不至于吧?二坑咱不说,光一坑就这么多条人命呢。再说了即使老板不救援,家属也不会答应不救援。比如你爹、郭三星和原二辈的爹妈们这些人。

我说,你也有你老婆和你儿子们呢。

常二茂说,我老婆顶屁用,不会说话不会动,半个植物人;我儿子们哪里会管我,只要老板给钱,一谋心思只关心钱多钱少了。

我说,我就怕我爹胆儿小,不敢和老板争闹呢。

常二茂说,你爹还胆儿小?敢把你送到煤矿上挣钱还胆儿小啊。你是想说你爹也爱钱,万一老板给得钱多了——你不相信你爹是吧?

我说,我是说窑坑里这样,窑坑外会好吗?比如地面,比如房子,会不会塌陷?

常二茂说,你爹死不了。那样奸猾一个老汉,一看见势头不对,早跑得没影儿了。

我说,可是茂哥,怎么这样长时间没一点儿动静啊。

常二茂不说话了,黢黑地里喘息声再次粗重急促起来。嗡嗡嗡的声音响得迫近了,就在身前身后绕圈子响呢。我说,茂哥,你怎么不说话?不想说苍蝇,说到苍蝇就会说到蛆,怕惹常二茂和我再呕吐。伸手到地面上摸索,摸索到一片黏稠忙收手。

常二茂叹息说,我说甚,甚也不想说,你说你这一阵儿有甚想望?

我说,能有甚想望,想望甚也是白想望。要想望也就是想望能活着出去。

常二茂说,不想望见到你那个和你相好的女娃儿了?

我说,不想望了。

也不想望见到你爹了?

不想望了。

也不想望你念书的事了?

我不说话,想说呢,再说就哭了。心里直埋怨我爹:怎么不催赶着救援啊!等巷道里的人饿死了,救援出去顶屁用啊。直埋怨温小婷:光顾你自己高兴痛快啦,我呢,我困在死在这窑坑里,你就更能高兴更能痛快啦是不是?脑海里电光石、火鲤鱼跃龙门、亮闪闪闪跃出一个飞刀状念头:死之前,踹断常二茂的另一条腿。我被这念头扎扎实实吓一跳,心慌气短,长时间不敢说话,像是在琢磨要不要实施这念头。

常二茂催赶着问:怎的不说话啦?我悄悄在地面上摸索,双手手指尖尖触碰到那一片黏稠的东西,就停留在那里不动,琢磨那是一片什么东西,琢磨半天才记起是常二茂的呕吐物。明显地,记忆磕磕绊绊不行了,绕过那一片黏稠,想要摸索到一只蜗牛或一粒肉乎乎的东西,蜗牛不是蜗牛,是清炖鱼是涮羊肉;蛆虫不是蛆虫,是维生素颗粒,是好吃不要钱的油炸椒盐虾。已琢磨好了,这回抓到蛆虫不往碎咬囫囵咽下去,没那种咸咸的酸涩就感觉不到是蛆了。摸索半天没摸索到蜗牛,也没摸索到一粒肉乎乎的东西,连常二茂的腿脚也摸索不到踪迹了,索性顺常二茂的肩膀往远处延伸着摸索,摸索到常二茂胯部就摸索清楚了:常二茂把双腿转移到离开我很远的地方,只是和我头顶头躺着。我想吃蛆吃屎,吃屎也得吭声呢。我没觉着失望,只觉着好笑:让我挨紧他,他反而躲我那么远,什么心思啊!想算计我是不是?

或者是怕我闻到臭气味?

常二茂说,屌博儿,你寻甚呢。

我说,我寻找我的眼镜儿呢,我的眼镜儿不见了。

常二茂冷笑说,你的眼镜儿在你怀间那一片地方找,怎么找到我屁股蛋子这边来了?因为寒冷,说话时唇齿滞重抽搐哆哆嗦嗦想说的话说不太清楚了。常二茂说他当时只当我是摸索着寻找另一个安全帽的水呢,有一点儿恶作剧获得成功的快乐,也有一点疑惑,屌博儿知道安全帽里有不锈钢盆了?怎么会知道啊?也有一点儿佩服:这家伙鬼精鬼精,死黏住我不放,比郭三星、原二辇那两个活宝强多了——懊丧起来:死黏住我吧能怎样!

我缩回手臂,身体也龟缩回原来的位置,心里失望想哭:千错万错都是全身心信赖常二茂这个混蛋的错,把自己弄到这种地步,还要在坑口对面的山坡上摆胜利两个字,没摆齐就不能再摆了。另一方面温小婷常说,我身上潜在着我父亲或祖父的痕迹,是那种不可更改的痕迹支派我信赖常二茂这个混蛋的吗?那么我读书读到今天这份儿上,是什么东西支派的?再说了,我这是在等待救援呢还是在等死?泪珠儿冰凉冰凉滑落到地面上。

我爹头蒙在被子里,耳朵留在被子外,被子外面落下一根针都能听见响声,康饱饱想和张一文叔说一句悄悄话都不可能。张一文叔从卫生间出来,正好门缝外送进来午饭,捧了两个饭盒子冲门外送饭的人瞪眼说,三张嘴给两盒饭,该让哪个人用针线缝住嘴?送饭的人回答说,人家主事的人就让送两份饭,我只听主事的人的话,你有本事去和主事的人说去,掉头要走。张一文叔眼疾手快一只手托了饭盒子,一只手探囊取物抓住那人的衣领说,你会不会说人话,你是不是人养的。冲门缝外大喊:还有活人没有,哪个是主事的,我要见主事的。送饭的人想逃脱,撕咬张一文叔抓着他衣领的那只手,撕咬得张一文叔痛了,往怀间猛抽手。抽手抽吧,没放开对方的衣领,只听见嘭一声响,撞击得门框都在颤,不是一般性小颤是大颤,房间里窗玻璃都在嗡嗡响。送饭的人额头鼻子都出血了,整颗人头还东摇西晃了小半天,就开始哇哇哇大叫:杀人啦,杀人啦,快救人,快救人。张一文叔怨气在康饱饱身上,其实并不想和送饭的人多纠缠,看见那人脸上出了血,心里先怯了几分,怯了不愿露出怯,骂一句:你这个吃人饭不说人话的东西,想讹人是不是?我看撞死你活该!丢开那人托着两盒饭回到床跟前,一盒饭送给康饱饱说,你先吃吧。康饱饱接过饭盒子说,老张,我请你来帮忙办事,你怎么倒闹事!你这不是没事找事给咱俩找麻烦吗?

张一文叔说,办甚事,我不想办这种事。

康饱饱说,想不想办事,你不能打人啊!

张一文叔说,谁打他来,我只说一句三个人吃饭送进两盒饭来不行,那家伙就骂人就撕咬我。我只是拉了他一把,他活讹人自己往门框上撞,我有甚办法。你明明看见了装没看见,还帮他说我,我怎的帮你办事。满脸怨气和康饱饱翻白眼,转身把另一盒饭送给我爹。

我爹推开饭盒子语气坚定说,我不吃饭,我要见我儿子,我要和老板王乔谷说话。

张一文叔到我爹肩膀上戳一拳头说,你想吃饭也怕没你的饭吃呢。扁起嘴唇拿捏出我爹的腔调说:还我不吃饭。嘴唇恢复正常接着说,你当你是镇干部县领导啊,不吃饭忙工作有人会追着让你吃饭的,想几时见老板王乔谷几时就能见。你狗屁也不是,只是一个落难的阁老村老汉,阁老村人算甚,算蚂蚁算牲口?一场灾难死得七零八落,剩哈不多几个啦。饿死你白饿死,想救你儿子白想吧。你儿子还没救出来呢你倒先死了,正合了那些心术不正的人的心意,你细想是不是?我爹和张一文叔翻白眼,翻几下鲤鱼飞跃跳下地,冷不防一把夺过康饱饱手里的饭盒子蹿回床上,面向康饱饱大口大口吃起来。饭是好饭:猪肉卤西红柿酱浇细长细长的拉面条,再配上香菜小葱油糊茄子和炒豆腐。我爹抢饭盒子的全部动作迅速敏捷,只是一闪间的事。一闪间我爹就不是我爹,是一只久居山林的猴子了,猴子蹿进城抢人的饭盒子,抢得康饱饱两手空空,嘴唇不由自主地连续咂巴,还一口面条没吃呢。

为一盒子面条打架不是康饱饱的做派。多少年当村干部和乡领导县领导接触,近朱者赤近墨者黑,康饱饱这方面的修养已初具规模了。别的不说,就说眼下,张一文叔可以和人打架和人对骂;我爹可以鲤鱼飞跃抢康饱饱的饭盒子;康饱饱绝对不会和人打架和人对骂,尤其不会鲤鱼飞跃从我爹手里抢回饭盒子。

康饱饱神色平静地稳坐沙发里,静静等候张一文叔吃完饭把饭盒子扔到脚底下。康饱饱起身往卫生间走,路过张一文叔身边轻轻说一句,老张你来,我和你说句话。我爹正埋头饭盒子里专心一意吸溜面条,面条声响胜过拉锯声,刺啦刺啦的。吃拉面条有别于吃干米饭,吃干米饭吃一口是一口,吃下去一口才能再吃另一口;拉面条一旦开吃,一根头儿吃到底,嘴巴一直咀嚼,面条不断头往嘴巴里输送,嘴唇不离饭盒子,饭盒子黏在嘴唇上。不光没看见康饱饱进卫生间,也没听见康饱饱叫张一文叔进卫生间。此时此刻光从表面看,张一文叔简直就是一个听话的孩子,听话的孩子刚做了一件冒失事,正做好心理准备要接受老师批评呢。尾随康饱饱走进卫生间,康饱饱把卫生间的门从里面锁死,一脸肃然说,老张,你家三儿正和我家二闺女谈对象呢,你知道不知道?眼睛不看张一文叔。心里烦恶张一文叔,张一文叔要是一页纸,早一把夺过来撕成碎末末扔进马桶里,然后按一下出水按钮,稀里哗啦让它顺水冲刷到地底下阴沟里去了。在康饱饱眼里,这次煤矿灾害发生,正是大赚老板王乔谷一笔人民币的好时候。老板王乔谷包括县政法委宫书记怕牵连出黑煤矿,怕牵连出官商勾结,怕这场特别重大灾害转化成特别重大责任事故被追责,尤其宫书记怕牵连进贪腐案里面。有人估算这场特别重大灾害死伤人数在一千人以上,实际远不止,涉及阁老村南北十几个行政村和自然村。康饱饱精明会算计,灾害发生的第二天就去看望过宫书记和老板王乔谷,帮助老板王乔谷和宫书记分析灾害要点:安抚好在黑煤矿上受伤的窑黑子们,安抚好在黑煤矿上死难的窑黑子们的家属。这两方面的工作做好了,保证整个灾害事件会自然而然沿着人力不可抗拒的自然灾害这条路线发展哈去。

宫书记是何许人也,会在一个村干部面前露怯?不光不露怯,还严厉批评康饱饱不负责任,捕风捉影胡乱编造事实。什么黑煤矿,我怎么没听说过啊?如果真是这样,县上市里省里乃至中央,是要追责的,相关责任人是要坐牢的,老康你敢站出来举报或指证吗?如果敢我就要把这事正式提交县委常委会议或向上级领导汇报了。老康你敢不敢?这可不是闹着玩儿的。康饱饱只是为赚钱呢,哪里是要举报或指证黑煤矿,见宫书记如此说,只怕自己判断失误:宫书记和黑煤矿没瓜葛只当有瓜葛了。如此这般倒真是来举报老板王乔谷来了。举报老板王乔谷干什么,给饭吃还是给钱花?抑或给个美女娃儿陪唱歌陪跳舞?康饱饱连忙给宫书记认错,说自己真是不负责,听信道听途说,捕风捉影了。恳请宫书记听见只当没听见,见着康饱饱只当没见着;或者见是见着康饱饱了,康饱饱只是请示汇报了一些阁老村积极抗震救灾的相关事宜。果然,康饱饱话头一转,有模有样地汇报起关于阁老村救灾的准备情况来了。宫书记也不含糊,当下指示康饱饱:地震灾害人力不可避免,但可以尽全力最大程度减少损失。老康你马上回去联系乡政府领导,配合乡政府领导尽快摸清灾害面积,灾害涉及村庄,损毁房屋数量,死伤人畜数量等等,各项底数都要尽快上报。

离开宫书记,康饱饱直奔老板王乔谷家里,王乔谷不在家里在医院。康饱饱和老板王乔谷是老熟人有老交情,见老板王乔谷如见姑表亲戚,没买慰问品,没捧鲜花,直接进老板王乔谷病房。把在宫书记那里一开头说过的那些话如此这般照说一遍,一个意思非常明确:老板王乔谷一旦起用他,不用老板出面就可以消灾免难,大事化小小事化了——算是一项重大工程吧。康饱饱愿意承揽这项重大工程,保证工程质量外还保证按期完工。只是工程总体费用以及付款方式需要谈一谈,时间紧迫,不容从长计议,说干马上就要干了。宁可抢在救灾部队到来之前,不可落在其后,即便同步也必须响响亮亮、堂堂正正打起协助救灾的旗号——实际用不着谈的,康饱饱到来之前,宫书记早给老板王乔谷来过电话了,认为作为应急处置,康饱饱这个人和康饱饱提供的一套办法可以利用。康饱饱作为村干部组织救灾参与救灾名正言顺,给企业减轻最大压力,企业还不用出面,算是破财免灾吧。这个财不破不行。一个原则,不能露怯,不能留下开办黑煤矿的任何痕迹。

康饱饱的工程进展非常顺利,几天工夫煤矿受伤工人基本得到救治、安抚、遣返;死亡工人包括失踪工人——外乡工人不在其内,本乡工人家属除我爹以外,已全部接受煤矿上的处置办法:发放抚恤金五十万元人民币,不再提及煤矿死人事件。家属自愿写下一纸声明:亲属某某,某日外出办事遭遇地震失踪,家属自愿放弃寻找遗体,云云。签字按手印交到康饱饱手里。全部声明分别写给各村村委会,不是写给老板王乔谷。

常二茂没有说错,两个儿子得了五十万元人民币,按康饱饱的要求联名写下声明,高高兴兴地回家去了。用康饱饱的话说就是:实际是大赚了,连埋葬老人的棺材钱都省哈了。

在康饱饱眼里,我爹算是一个硬骨头,硬骨头啃不动需要用铁锤敲。猫降鼠,狗降猫,世界上总是一物降一物,凡事都有其特有的破解法。康饱饱思来想去在阁老村张一文就是一把好斧头。用张一文这把斧头降我爹这根硬骨头是再好不过了。阁老村人都畏避都谦让的人,康跃进不是三头六臂敢不谦让吗?还有另一个依据:我爹开石料场把我妈炸死,张一文叔当面大骂过我爹。我爹挨骂,头都没敢抬,话都没敢说。不仅当时没敢抬头没敢说话,后来见了张一文叔也像是老鼠见了猫,能跑就跑能躲就躲。实际是康饱饱百密一疏,只看其表不看其里,聪明反被聪明误。张一文叔之所以敢当面痛骂我爹,恰恰是张一文叔和我爹关系亲近,不亲近时张一文叔敢当面痛骂我爹?即便敢骂犯得上骂吗?反过来说,张一文叔和我爹关系不亲近时,我爹炸死我妈再挨臭骂,能忍受下去?因为判断失误,康饱饱关键时候被人放倒旗杆抢走饭盒子一点儿不奇怪。

康饱饱把张一文叔叫进卫生间,和张一文叔说两个孩子谈对象的事,张一文叔哪里吃那一套,张一文叔家三儿另外和一个闺女女也谈呢。那闺女女人品、长相、家庭,都比康饱饱家二闺女占优势。

张一文叔被问,不回答不好,回答又不好,面对康饱饱站着,嘴唇翕动没有声音。

康饱饱催问说,怎的不说话?

张一文叔说,我说甚,孩子们的事情孩子们自己做主,我不反对,我没意见。

康饱饱说,我之所以叫上你来处理康钢子家这件事,就是因为咱们有这层关系。事情处理好处理完,老板王乔谷不会亏待你,我也不会亏待你。你家三儿要成家,用钱的地方多了,我不替你着想,谁替你着想啊,你细想。

张一文叔说,梁是梁沟是沟,两件事不要扯到一起说。张石头当年也是这脾气。

康饱饱着急说,老张——刚要苦口婆心劝说呢,有人嘭嘭嘭敲卫生间的门,敲得地动山摇。康饱饱和张一文叔只当是我爹吃饱喝足又开始踢腾了,张一文叔要开门康饱饱制止说,老张先不要开门,你听我把话说完——张一文叔已把门开了,两个警察站在张一文叔面前,那个送来饭挨打的人站在警察身后指点张一文叔说,就是他。

张一文叔被套上手铐带走了,同时康饱饱也被叫走,秘密办事场所发生打人事件影响极坏,老板王乔谷会置之不理吗?康饱饱神算最终失算,能人到底也遇到他不能的地方了。

房间里又剩下我爹一个人,没听见门响就看见警察进来了,我爹天生怕警察,或许和亲娘怀上他时被警察追踪有一点儿关系吧。当代人讲究早教和胎教,我奶奶怀上我爹时被警察千里追寻,担惊受怕不也是一种胎教吗?如此说来,我爹只愿动嘴皮子不愿下辛苦卖力气的生活态度也和我奶奶的商人血统、书生血统有关呢。可怜我爹一直龟缩着身子不敢动。大约过了吸一根纸烟的工夫,或许时间更长些?警察走了,我爹起身轻手轻脚开房门,房门还是从外面锁死了。被警察吓着了,连咳嗽一声都不敢,更别说踢腾了。我爹是想找一坑坑口和找我,或者找几百万上千万元的赔偿和重新成一个家的结果;还有就是尽早出去到石林旁边那个深坑里看看能不能从那个黑窟窿里捞出一点东西来,即便重新成个家,锅碗瓢盆还是要用吧。尤其想捞出那个小扣箱。小扣箱不仅仅是小扣箱,是我爷爷我奶奶留在人世上的一份念想呢,何况还有那么多金银首饰啊。从哪个角度说都不想和警察打交道,想不明白,怎么好好地就抓人?低叫一声猪猪娃儿你在哪里,可千万不能丢哈你爹一个人追你妈和你爷爷奶奶去了啊。他趴伏在床上呜咽起来了,不敢让呜咽声传递到门外,用被子把脸蒙起来留一只耳朵在外面,听不见呜咽声时才让呜咽声继续,稍微听见一点立刻就终止。呜咽得困倦了两眼泪汪汪睡着了。随后就是醒了睡,睡了醒,几天几夜没有人再走进过房间。我爹有几次走到房门口想要求吃饭,几次都退回来。人活到这个份儿上了还吃甚饭!死了算了一了百了吧。索性连一口水都不肯,喝趴伏在床上了,或者靠床靠墙席地而坐,或者四仰八叉仰睡在当地。被人摇醒时是一个阳光姣好的上午,我爹蜷缩在床脚下正梦见和我相随在森林里行走呢。

老板王乔谷的大儿子王甲涛蹲在我爹面前,握着我爹的一只手正和身后的人发脾气说,你们怎么能把人弄成这样子?谁让你们这样的——赶紧让吃点饭,给洗个澡。我爹见过王甲涛,王甲涛和王乙涛是双胞胎兄弟,唯一差别是王甲涛下巴正中有一粒绿豆大黑痣。我爹看清那颗黑痣了,也看见王甲涛的嘴唇动了,只当是和他说话呢,连忙回答说,我想我儿子猪猪,我要见我儿子猪猪。帮我找一找一坑坑口,找一找我儿子猪猪吧,求你了。

王甲涛回脸和我爹说话:老人家,你先吃口饭洗个澡。

我爹一边点头一边嘟囔说,我想我儿子猪猪,我要见我儿子猪猪。少气无力了。

我爹吃过饭洗过澡,比刚才精神了,就是比原来精瘦了许多。两眼两腮深陷成四个深坑,能填进去四颗带绿皮的核桃。乍一见没有人能认出是康钢子。和王甲涛隔茶几坐在沙发里只是眨巴眼睛一句话没有,像是忘记说话了。阁老村人说：人是苦虫儿，饥的时候精明，吃饱时就傻了。有一定道理。那时候我被困在窑坑里命悬一线，我爹却懵懵懂懂只管在那个房间里耽搁，我爹耽搁得起，我可是实在耽搁不起了。不过情有可原，此时此刻两个警察就坐在我爹对面的床沿上——老板王乔谷不知道我爹怕警察，不存在动用警察震慑我爹这回事。只是怕康饱饱只图私利不求质量，在其他窑黑子身上也做下豆腐渣工程，导致其他窑黑子尾随王甲涛闹事，电话请求宫书记派两个警察给王甲涛做随从。

  王甲涛说，老人家，我和你说个事：这场大地震导致全镇死亡人数超过一千人，你儿子猪猪是其中的一个，咱公司本着人道主义精神，配合政府救灾救难，对一部分特殊死难者家属给予适当的经济补偿——你培养你儿子读书读到硕士博士不容易，算特殊死难者家属，公司特批补偿你一百万元人民币，你要是接受就在这页纸上签个字按个手指印，你要是不接受我们就无能为力了，你自己想办法找你儿子去吧，补偿也就没有了。你听明白我的意思了吧？

  我爹说，我儿子猪猪没有死，还活着呢。

  王甲涛说，死了，肯定是死了，你老人家没必要怀疑。咱们主要商量怎样安顿好你老人家吧，你有什么要求尽管提。

  我爹点头说，我想在城里再娶个婆姨再成个家，婆姨要有生养能力的。还是少气无力的样子，说完话，就低头喃喃自语：我想见我儿子猪猪，我想要我儿子猪猪。泪水一长串一长串往脚下掉。只有自己能听清自己说什么，在场的人没有一个人听见他说话。

  王甲涛爽快说，老人家，可以答应你，你还可以在咱们公司上班挣钱养家。从怀间一个皮夹子里掏出一页纸在我爹面前铺开说，老人家在这上面签个字按个手指印，我立刻着手去办你要求办的事——话还没有说完，房门忽然洞开，几个警察闯进来门里门外都站满了，中间留出一条狭窄通道，一个年轻女子通过通道直扑进来，一把拨开我爹面前的那页纸呼喊说，大爷，您不能这样对待您儿子，您儿子未必就死了，但您这样一来，您儿子就死定了。回看王甲涛说，我是康沛然的未婚妻温小婷，我大爷不要钱，只要康沛然，生要见人死要见尸，你们还是尽快救人吧。跪趴在我爹面前啜泣起来，喃喃自语说：

大爷,我对不起书虫儿,对不起您老人家。

张霞俩且嗨哈。温小婷讲述到这里,我清晰听见我爷爷吼喊了一嗓子,云影山影一样扑向温小婷,不是要厮打温小婷,是要搀扶温小婷。

温小婷从医院出来拦下一辆出租车,坐进车里要司机直奔中条山西麓某县。司机查看地图查看导航仪,计算路程嫌遥远磨磨蹭蹭不想走又不想放弃,和温小婷讲公里数讲途中吃饭住宿讲返程。温小婷毫不犹豫全部答应下。陈洁婷正好从医院大门里追出来,隔老远就和出租车司机挥手大叫说,等等我等等我。恰好朋友派来的悍马轿车也赶到,连拉带扯把女儿温小婷从出租车里叫下来,推进朋友车里把车门关好,自己从另一边的车门上车,顺势塞进司机手里一罐王老吉饮料。司机连叫不用不用,叫两声不叫了。陈洁婷拿着饮料的手掌边上写着三个字:回天津。手背正对着温小婷,司机疑惑回脸看陈洁婷。又看温小婷,因为温小婷刚说过中条山西麓一个县城的名字。陈洁婷用努嘴眨眼抖手的方式强调:按我说的办。

悍马轿车驶离医院,穿过闹市飞驰上高速路,温小婷身体毕竟还虚弱,悍马轿车刚飞驰上高速公路就晕晕乎乎睡熟了。睡前嘟囔一句:妈妈,给我手机,我要给书虫儿打一个电话,书虫儿一定等我的电话等急了。陈洁婷只当女儿是真要手机呢,在小挎包里寻找,只是一个寻找的样子,实际只把手机在包里拨过来拨过去。打什么电话啊,明知道人都不在了,打通手机又能怎么样!还在寻找手机呢,已听见温小婷均匀细长的鼾声,连忙把一件一直挂在臂弯里的短袖衫给温小婷盖上,自己也仰靠在车座上睡着了。多少天奔波太累了。

温小婷说她睡梦正酣,清晰地看见我趴在车窗玻璃上,清晰地听见我呼唤小婷小婷,清晰地知道自己是在悍马轿车里睡着,悍马轿车正在高速公路上疾驰。受到惊吓醒了,她拍司机座椅靠背大叫说:停车停车,开门开门。发现悍马轿车本来就停着,车窗玻璃外灯光雪亮,车挨车车挤车和一大片车停靠在一起。司机和妈妈都在座位上仰靠靠背呼呼大睡呢。茫然张望,车窗外灯光刺眼把头往低放一放还是大叫让开车门。司机和陈洁婷都被惊醒,陈洁婷把温小婷搂入怀间说,婷儿怎么啦?心惊胆战的样子。温小婷挣脱开搂抱,继续大叫说,开门开门。还拍打上车窗玻璃了,一边拍打一边说,小康,我看见小康了。

陈洁婷不假思索和司机说,快开门。果然有一个人正在前面车旮旯间缓慢前行呢。

陈洁婷真正接受我是缘于一件小事:陈洁婷出一次小车祸,没伤着筋骨伤着胳膊肘上的皮肉了。到医院简单包扎一下请假回家养伤。温小婷带我回家看望准岳母,准岳母臂膀上打着吊带坐在沙发里看电视,我局促不安地站在准岳母面前,手不知该往哪里放,脚不知该在地面上怎样摆。陈洁婷说,小康你坐。我就坐下。陈洁婷说,小康你喝水。我就喝一口水。陈洁婷不再说什么,我就笔挺地坐着,一句话不说。陈洁婷笑起来说,小康你怎么啦,和我拘谨成这样?我神色慌张连连摇手说,没有没有阿姨。陈洁婷好一场笑。温小婷在旁边看不惯说,有什么好笑,一个人怕了另外一个人,妈妈你觉着好笑?陈洁婷一下不笑了,急忙给我削苹果,和我东一句西一句拉家常。温小婷趁妈妈不注意,冲我龇一龇牙晃一下大拇指。意思是表演得不错。我冲温小婷挤一下眼睛,手臂伸到身后,冲温小婷晃一晃小拇指,意思是过奖了,我觉着差得太远了。温小婷哼着歌曲进厨房里去了。心里明白是爸爸的影响力起了决定性的作用了。

车门刚打开,温小婷就出溜出车门,向缓慢前行的那人追去,没追到跟前就站住。哪里是书虫儿,是一个瘸子,一身品牌衣服,手提一只亮晃晃品牌保温水杯往对面大厅里走去。大厅顶上几个红艳艳大字:通州服务区。温小婷回脸看身后,看到妈妈陈洁婷差不多和自己身挨身站着,可怜天下父母心,这女儿养的,差不多就是寸步不离了。离开一步吧又会怎么样?不离开不离开吧,女儿回脸看时不要心惊胆战也罢了,偏偏做不到。温小婷回脸看陈洁婷,陈洁婷腿肚子发软差一点儿就要跪下了,虽然没跪下但带哭腔央求温小婷:婷儿,小康确实是出事了,你想见小康,妈也想见呢,可是不是咱们想见就能见到的。和妈妈回天津吧,你就要开学了,你爸正在北京参加一个重要会议,想趁午休时间和你说几句体己话,你爸也一直为你提心吊胆呢。实际已经哭起来了,只是没发出声音,泪水在灯光里晶莹剔透般美丽。

温小婷说,你是我的妈妈吗?怎么老是要骗我?为什么要骗我!

陈洁婷说，婷儿，妈妈没骗你，妈妈说的是事实。昨天在医院病房里你不也说小康出事了吗？怎么从妈妈嘴里说出来就是骗你啦？

温小婷说，我没有说要回天津，我不要回天津！

陈洁婷说，婷儿，听妈妈一句劝，去你要去的地方毫无意义。

温小婷说，我一定要见到康沛然，见不到康沛然，你即便今天把我弄回家，我明天还是要返回康沛然的老家。除非你也像——想说除非你也像王乙涛那样来么一手。怕王乙涛三个字弄脏嘴改口说，两条道你选吧：第一条，好好地陪我到康沛然的老家走一遭，见到见不到康沛然，尽到我的心尽到你的力，我随你好好地回家，你还是妈妈我还是女儿；另一条，你动用你的一切手段把我这个行尸走肉弄回家，我就一直在家里行尸走肉般待着，不去读书不去工作，任你要杀要剐呢。只要能出逃我就要出逃，还是要逃往康沛然的老家，一旦出逃，我情愿在康沛然的老家做流浪人，也绝不会回家再做你女儿。说到一半就开始哭泣，蹲在地上双臂交叠在双膝上，把脸伏上去号啕大哭起来说，妈妈，我求你啦，我今辈子就求你帮我办这一件事了。只要你帮我办，办成办不成我都会感激你，我今辈子下辈子都死心塌地做你的女儿了。

温小婷这些撒娇撒野的言行早把妈妈陈洁婷的心软化成一摊稀泥了，想石柱木桩般直竖在温小婷面前直竖不起来了，蹲下把温小婷搂抱在怀间哭泣说，婷儿，都是妈妈不好，妈妈没理解我婷儿的心情，妈妈这就带婷儿去小康的老家。回脸看司机，司机毫不犹豫说，阿姨我休息好了，咱们去山的西麓那边吧。我也从网上看到说地震台站监测到那里可能发生地震，结果发生了八点几级的强地震。

陈洁婷说，你也知道那儿发生地震了？

司机说，现在是网络时代，全世界人都能知道的事，我怎么会不知道。我只是不理解现代科技这么发达，怎么就不能准确预报个地震！

陈洁婷转移话题说，咱先吃一口饭，婷儿差不多一整天没进食了。到温小婷额头上吻一下说，妈妈确实是欺骗婷儿了，为能带婷儿回天津，我们吃饭时都没喊醒过婷儿。

简单吃过早饭，天色已大亮，悍马轿车开出服务区在前面一个出口下高速,然后掉头再次上高速。温小婷依偎在妈妈怀里,眼睛一眨不眨看车窗外,很幸福很享受的样子。

妈妈你说,你真不喜欢小康吗?

陈洁婷说,喜欢吧要怎么样,不喜欢吧又要怎么样。婷儿,你要做好思想准备,你和小康的事情已是过去的事了,你必须面对未来从头开始,妈妈希望你尽快从阴影中走出来。

妈妈,假如我也殁了,你和我爸会怎么样,能正常工作正常过日子吗?

婷儿,不许胡说。你就是你妈和你爸生活的全部——包括生命在内。你可以不珍惜自己,但不可以不珍惜爸爸和妈妈的全部。

可是妈妈,小康也是我生活的全部——也包括生命在内呢。

婷儿,小康没珍惜你的全部,就要读博就要进入公务员行列工作了,还要进私挖滥采的黑煤窑里挣钱,不是明摆着拿生命儿戏是什么?责任在小康或小康的那个爹,不在你,你问心无愧,你不用自责或愧疚。

妈妈,你误解小康了,小康不是为挣钱,是想磨砺意志想更好地搞科学研究呢。小康说搞科学研究是一件很吃苦很吃苦的事情,不光要有搞科学研究的知识、智慧、志向,还要有搞科学研究的意志和毅力。下煤窑吃苦恰好锻炼一个人的意志和毅力呢。小康有一个观点我最赞成,那观点就是:人类文明从来都是靠科学技术推动或引领,不是靠——妈妈你是不知道,小康的志向好宏大好宏大。

温小婷说得高兴,都面带微笑了。

陈洁婷苦笑说,婷儿,过去你从没这么说过小康,光听你埋怨小康乡巴佬思想严重了。听得多了,妈妈心里不烦不就真是骗你了吗?

温小婷沉默了,过一会儿又泪流满面说,妈妈,我正后悔这些呢,和小康在一起时老是盯牢小康的缺点不放,并且把那些缺点无限度扩大;离开小康,有机会反思小康的方方面面时才发现,小康是一块金子、一块美玉。我今生能拥有这块金子、这块美玉是我的福气。我的心灵或说我的灵魂都愿意由他主宰——小康就是我心灵的上帝我灵魂的主宰!

陈洁婷也落泪说,婷儿,妈妈和爸爸会尽全力帮助你渡过难关的。忍不住抽泣了一声立刻就止息住,招引得司机回脸看一眼说,阿姨你自己也要拿得起放得下才行啊。陈洁婷连忙说,我没事我没事。声音哽咽,像又要哭出声来了。

妈妈,能用一下你的手机吗?我想给小康打一个电话。

陈洁婷叹息说,听妈一句话,咱们不用去小康的老家了,妈真替你担心呢。把手机交给温小婷。温小婷拨我的手机,电子音回复:对不起,您拨的用户已经关机。温小婷说她当时想书虫儿怎么会关机?不至于是因为她随王乙涛私奔更换了手机卡吧?或者真是出事了?这两种念头刚起立刻就被否决了。猪猪根本没时间也不会想到换手机卡,猪猪的老爹说过阁老村的煤矿窑壁和顶板是一整块青石岩,开采煤炭只是在一整块青石岩上掏个洞。塌方或垮壁不可能!温小婷继续拨,拨的却是王乙涛的手机,不过只是按出手机号码还没拨出去就心慌意乱起来了:怎么会拨牛二的手机!温小婷也开始叫王乙涛牛二了,不是一般闲言碎语式的那种叫,是带有烦恶和贬斥意义的那种叫。把手机抱在怀间闭目自己安抚自己:我不是想和他说话,是想要回我的手机和身份证。他绺窃我的私人物品是犯法的。安抚归安抚,实际最害怕听到王乙涛的声音了,不敢保证听到王乙涛的声音的那一刻,自己会不会放声大哭。那不仅仅是示弱,还是示娇示爱呢,怎么还会示娇示爱给牛二!温小婷不愿意承认:不爱牛二的为人但爱牛二好学还又贪玩儿的模样儿呢。那家伙全身上下透露出彪悍、勇猛,尤其花钱的时候模样儿特潇洒——温小婷连忙揽缰挽辔收煞住这个稍纵却无耻狂奔的意念,此时此刻这个意念让温小婷感觉着羞耻。

温小婷放弃了拨打电话:被牛二绺窃走的手机和身份证让妈妈或康沛然去讨要吧。

陈洁婷一直关注温小婷的举止,看见温小婷长时间怀抱手机不动就柔声说,婷儿,小康的手机拨不通吧?听妈妈一句话,有些意外变故是人力不可抗拒的。

温小婷说,妈妈,我困乏,让我睡一会儿吧。

陈洁婷连忙说,婷儿睡吧睡吧,妈妈不打扰你啦。到温小婷额头上轻轻吻一下。想要求司机下高速掉头往回返又不敢,迟疑得手指都发抖呢。

第九章

那一次张一文叔去医院看望我给我讲述：救灾部队从石林附近撤走，石林附近的灾害现场就死寂死寂静默了。某一天张一文叔到石林附近游荡，眼前一个景象套牢张一文叔的眼球：一条裂缝长不过三丈，宽不足五尺，裂缝边缘长满小草，小草上挂满黑尘，有苍蝇从裂缝里成群结队往外飞。飞出来不飞走绕着裂缝转圈圈，转成一团一团的小黑云。小黑云像是想回到裂缝里又不敢回去，靠近一下又躲开。张一文叔踏着黑尘凑近那裂缝，还没靠近呢就闻到一股恶臭味。毫无疑问裂缝里有人或兽的尸体，有死人或死兽就可能有活人或活兽，康猪猪或和康猪猪在一起的窑黑子们说不准还活着。张一文叔兴奋得想叫想哭，顾不得叫顾不得哭，跑回安置点喊来几个阁老村人，携带绳索手电筒和木棍下到裂缝里。噢，灾害现场地面上不光有裂缝，还有许多打过皱褶的痕迹，一个痕迹像一座小山，人说长江后浪推前浪，灾害现场的地面上是黄土后坎盖前坎，覆盖前坎的同时也覆盖了许多小裂缝。所有的裂缝都没有苍蝇往外飞，只有这一条裂缝异常。

一非是泰山崩倒难扶起

张一文叔说他当时兴奋得想叫想哭，我何尝不是，躺在病床上听讲述都想叫想哭呢。主要是感激张一文叔有那个发现,也有那一份菩萨心。我和我爷爷一样,兴奋了就想哼唱我奶奶哼唱过的道情戏,苦恼了或哀伤了也想哼唱我奶奶哼唱过的道情戏。哼唱我爷爷和我奶奶哼唱过的道情戏,已是我表达心情的一种方式了。不过我不像我爷爷和我奶奶那样哼唱出声来,只是在心底哼唱。张一文叔下到裂缝里,曲里拐弯深不见底,还阴森森凉气袭人呢。苍蝇成群结队密密麻麻越来越稠密,一大团紧跟着一大团,张一文叔遇着裂缝最窄小处只能收腹提臀慢慢往下溜。赤裸着的手背脸颊不断被苍蝇撞击麻酥酥疼。有一阵子苍蝇群不断头一群紧连着一群,连接成一条苍蝇链,从头到尾几丈长。带着一股热烘烘的臭味嗡嗡嗡吵闹不休。张一文叔快要窒息了,但一想到救人,尤其可能救出康猪猪,就什么也顾不得了。张一文叔下到裂缝深处一个小平台上,发现有一具尸体:嘴啃裂缝壁上一块凸起的石头,牙齿白森森龇起,不知是因为饥饿还是因为怕掉进裂缝深处去。事实上眼睛也是白森森张着,眼皮眼珠全没了,两只黑窟窿里白森森泛涌出蛆虫。

张一文叔怕这具尸体就是我康猪猪,在尸体旁边多停留了一会儿,我康猪猪戴着眼镜,这个人不戴着,我康猪猪手指身材细长,这个人手指身材壮而粗。只停留一会儿,张一文叔就坚持不下去了,急忙扯拽在腰间松松垮垮搭挂着的一根细绳子。早和裂缝口的人约好,遇着意外或不敢往深处下了就扯拽那条细绳子,裂缝口就赶紧往外起吊人。张一文叔被起吊回裂缝口就昏迷了,大家掐人中捶背救醒,一致认为光靠阁老村这几个人鲁莽救人会出现新灾害,应该赶紧向乡政府县政府报告。张一文叔叹息说,可惜我被县公安局拘押了三天——说是拘留十天实际只拘留了三天就放了,我都不知道为什么。要是不拘留我三天,我早三天回阁老村溜达,说不准能从窑坑里多救几个活人出来。你和那个常二茂也不至于受那么长时间死罪。

  一非是泰山崩倒难扶起
  二不是病入膏肓药难医

那样一场灾害我能活下来,张一文叔功不可没,张一文叔是一个大英雄,关键时刻英雄总是能出手就出手。我心底又一次哼唱我爷爷和我奶奶哼唱过的道情戏,哼唱我爷爷和我奶奶哼唱过的道情戏是想赞美张一文叔,是想告慰我爷爷和我奶奶的在天之灵:经历那样大一场灾难,我活下来了。更主要的是我每哼唱一次我爷爷和我奶奶哼唱过的道情戏,就和我爷爷和我奶奶的心灵沟通或交流了一次。那是一个雨过天晴的上午,我爷爷和我奶奶又上山参加大炼钢铁,我爷爷在开采铁矿的山顶上,我奶奶在运送铁矿石的半山腰。大清早相随上山各自忙各自的活计,天黑后相随回家,整个白天妻不见夫夫不见妻。铁矿石从山顶上凿山洞开采,顺山坡滚落到半山腰,再由老弱妇幼用箩筐推车往炼铁炉那边运送。我爷爷说那个年代的人不是人是穿山甲,一上山就钻进山洞里凿窟窿穿山去了。那天我爷爷刚钻进山洞里洞口外就有人喊我爷爷说,你老婆要生了。山洞里有回声,把喊声变成:泥浪坡要进城。阁老村有个地名就叫泥浪坡。我爷爷一时转不过弯来回问:泥浪坡怎的啦?康来顺距洞口最近,着急上火冲我爷爷挥手跺脚说:甚泥浪坡,是你老婆要生了还不快去。声音都变调了。我爷爷丢下工具往山洞外飞跑。别人家老婆生孩子在家里,还老早就请下接生婆;我奶奶生孩子在野外,还没有接生婆,我爷爷还不在身边。

我奶奶一头汗,白净的脸上挂满尘土和沙粒,躺在一片平展展的草地上,几个女人正在身边忙碌。我爷爷一道尘头一股风赶到我奶奶身边,跪趴在我奶奶脸前说,要生啦?没等我奶奶回答掉头又跑了。一道尘头一股风赶回家,又一道尘头一股风赶回我奶奶身边,背来了被子、褥子、枕头,还有一壶水。我爷爷不让我奶奶躺在草地上生孩子,脸上的尘土沙粒也要洗干净。还背来一大包小衣服,有棉的有单的有大的有小的,我奶奶早给孩子备下了。我爷爷胡乱忙一阵把我奶奶抱上褥子盖上被子枕上枕头,我奶奶和女人们笑说,我这不是要生娃是要在这里大铺大盖过日子了,很欢喜很享受的样子。其实我爷爷比我奶奶更欢喜更享受,我爷爷就要当爹了,哪有当爹不欢喜不享受的男人!何况我爷爷是四十多岁的男人!

我奶奶生了一个男娃,男娃闭着眼哇哇哇大哭,我奶奶自己动手为娃儿扎脐带洗身子穿小衣服。忙碌完毕,把孩子搂抱在怀间让吃奶,捉住我爷爷的一只手闭着眼长时间不说话。

我爷爷说,给咱娃儿取个名字吧。我爷爷知道我奶奶有学问,能起个好名字。

我奶奶睁开眼睛看一眼娃儿摇头说,你自己慢慢给起吧,你喜欢什么就叫个什么吧。环顾周围的女人们和大家笑一笑说,谢你们帮忙了,我也没个谢你们的东西,往后让娃儿谢吧。我想单独和康奎说句话,你们也该做营生去了,谢你们有劳你们了。

女人们也不敢久留,怕挨康来顺骂呢,都起身走了。康来顺老婆走出去又返回来,突然跪地搂抱住我奶奶放开声号啕。也不是放开声,只是比画出一个放开声的样子,实际声音压得低低的,只有我爷爷和我奶奶能听到。一边哭一边嘟囔着什么,我爷爷听不明白,我奶奶像是也听不明白,只是紧握着康来顺老婆一只手安慰说,妹子小心,人家看见会连累你。

康来顺老婆点点头站起身走了,一步一回头不断呜咽不断抹眼泪。我奶奶要吃药要喝水,我爷爷只知道有水哪知道还有药。药片片就捏在我奶奶手里,我奶奶吞下药片片我爷爷急忙送上水。我奶奶服下药和我爷爷怪怪地一笑说,谢你了。叹息一声说,也是呢,这种时候你不帮我谁帮我。把我爷爷的一只手紧抱在怀间说,奎奎,谢你这几年真心对我好。我就要走了,没什么送你,只能就送你一个儿子了。又和我爷爷怪怪地一笑。

我爷爷说,你胡说甚,你要到哪里,能到哪里啊?

我奶奶别转脸柔声说,奎奎,起码我应该把我要走的理由告诉你,不然你会以为我是故意坑你骗你呢。那年我家老爷子被那头畜生丢进开水锅里煮死,那畜生不收手,我房门口那口大铁锅前的干柴不仅没有少反而增加了。还要抱走我孩子还要我晚上陪他过夜。我说,要我怎么样都可以,但你不能伤害我孩子。那畜生说,你很乖,我放你一马,你把孩子送人吧。我说,你不能干涉我送谁。那畜生搂抱我一下嬉笑说,那是自然。当夜那畜生就到我房间里来了。我知道那畜生是要把我也煮死,只是想在煮死我之前玩儿我一回。我让他先脱衣服再上床,那畜生真听话,站在床前先脱掉裤子,又开始脱上衣,我不想让他的血喷溅到我床上,趁他弯腰往床头柜上放衣服的时候,冲他脑顶心开了一枪。那畜生挨一枪居然抬起头看我,嘴巴张几张,伸手想抓我,但没抓着就倒下了,赤身裸体倒在我床前。有那么一霎,我感觉着爽快,意想不到的爽快。后面的事就简单了,我踏上了逃亡的路,我不想死,我想等待我儿子长大,等待给老爷子申冤,等待见到我父母和兄弟姐妹们的那一天。我从陕西榆林逃到河南温县,又从河南温县逃到山西灵丘,最终逃奔到你这里。我装过聋哑女,装过疯癫女,一路逃亡一路有人举报我追踪我,一路有良善人帮助我,帮助我的良善人有一部分是在老爷子家里做过工受过老爷子接济的。我见到你的那刻就不想装疯卖傻了,想本本分分和你做一回夫妻,要死要活就这一回了,就这地方了,就你这个人了。

我奶奶突然往直挺身子,往紧抓我爷爷的手喘息说,我又遭人举报了,抓我的人今天或明天就到了。我不能连累你连累咱们的儿子,更不能连累康来顺夫妻——他夫妻是我的救命恩人,你不能记恨他夫妻。告诉咱娃儿今辈子下辈子不能忘记他夫妻的恩情——我奶奶不说话了,嘴张着是还在说话的样子,手还和我爷爷的手紧握在一起,眼睛还在看着我爷爷,身体却一阵比一阵凉了。我爷爷不顾一切向阁老村人求救:快救人,快救人!

我爷爷呼喊过那三个字,我爹也呼喊过,最害怕我也会呼喊,没想到真呼喊上了!

张霞俩且嗨哈
也马尔怪哈嗨哈
张霞俩且野哈嗨哈嗨哈

我隐约听见我爷爷在哼唱——不是哼唱是吼喊,是吼喊道情戏的调调呢。哦,不光吼喊调调,还吼喊那两句唱词呢:

一非是泰山崩倒难扶起
二不是病入膏肓药难医

我呼唤:爷爷快救我!我真开始呼喊了。那年腊月二十九夜上,我爷爷给我缝小袄,缝好我穿上小鸟展翅放不下双臂,我爷爷让我脱下往松宽放针脚,没放完呢我就迷迷糊糊睡着了。被一阵鞭炮声惊醒,已是第二天早上了,太阳光照亮窗户纸,窗户纸显苍白,村街里已有男娃女娃们笑闹、奔跑,小脚踩在薄雪上咯吱吱咯吱吱响。阁老村除夕日像大年初一一样繁闹兴奋呢,各家各户清扫粉刷过墙壁换过新窗户纸贴过新窗花,放过鞭炮之后就要贴新对联了。我家粉刷过墙壁新换过窗户纸但没有贴新窗花,我想要新窗花也想要新对联,推我爹一把我爹不动,睡在被窝里呼噜声还很响;我爷爷怀抱为我松宽了针脚的小袄趴在炕沿上,像是睡着了又像是累了想趴着休息一会儿。我推我爷爷一把说,爷爷,我要穿衣裳。我爷爷一忽闪坐起说,怎的就睡着啦?左右看,看见我爹堆积在炕沿上的脏衣服烂袜子还没洗没缝补,有一点着急说,怎的就睡着啦!伸腿脚想下地,看见手中还捏着针线,就回脸和我笑说,爷爷笨,给娃缝一件衣裳缝几天都没缝好,你好好念书不要学爷爷。把小袄抖一抖举起说,这下总该合适了吧,来试试。帮我把小袄穿上,刚穿上就嘭嘭嘭闷响,刚放宽的针脚一根追一根断裂。岂止是断裂,我高举着双手比画出一个投降状放不下来了。我爷爷愕然,低头绕着我转圈儿前后看,忽然笑起来说,呀呀呀,我这是做下甚事啦,把袖子上反啦。一把把我揽入怀间抱紧说,爷爷笨煞了,戴那个老花镜不如不戴,戴上反倒看不清反正了。从炕沿上抓起自制的老花镜照瓮旮旯摔去,啪嚓有声老花镜粉身碎骨了。我爷爷再无声息,只是抱紧我摇啊摇长时间不松手,有水珠跌落在我头顶心,一开始滚烫后来沁凉,慢慢在我头发间鼠窜。从我额头和鬓边鼠窜下来我赶紧昂起脸看我爷爷,我爷爷满脸是泪和我笑说,猪猪听话,陪你爹再睡一会儿,爷爷出去一下就回来,保证今早上让我家猪猪穿上新衣裳出门。我爷爷松开我,抱着我的小袄出去了,门外正下小雪,雪花白我爷爷的身影黑,我赤身裸体趴在窗台上撩起猫洞上的小布帘长时间向外看,早看不见我爷爷了还想看。我呼唤一声:爷爷快救我。恍恍惚惚是赤身裸体趴在我家窗台上的猫洞跟前;恍恍惚惚又觉得是和温小婷手拉手乘一叶小船在海面上漂移,温小婷嘴巴噘起满脸是泪,受了很大委屈的样子。我问怎么啦,偏又一句话不说。黑暗里忽然伸出一双手,一下把温小婷推入海水里,海水飞起几丈高水花,水花消失,温小婷也消失了——哪里是海水,是黑幽幽湖水,黢黑地里一个男人站在湖岸上哈哈哈大笑,是王乙涛的笑声。我大叫一声:小婷。也纵身跃入湖水中,湖水冰凉刺骨,我一下清醒了。这一次是完全醒了,记起自己眼下的处境,记起身边还有常二茂,也记起从常二茂身上滚落下来的蛆虫,也记起了逃走了的蜗牛。注意听听没一点儿声息,伸手摸到常二茂的脸和肩头,没一点温度,挣扎着爬行几寸远距离,趴伏在常二茂脸前柔声说,茂哥,你一定要坚持住,一定要活着等待救援。喉咙里发出一串沙沙声,紧跟着是高速度的喘息声,喘息得就要逮不着气了。常二茂听见我喉咙里发出的沙沙声了,想动一动身体动不了,身体烧灼——其实只是胸脯烧灼,脸颊、四肢早已冰冰凉,寒冷的感觉也没有了。声音微弱说,屌博儿,屌博儿。说话呢其实是喘息呢,喘息间隙有一两个字挤出来。我哭了,哭声若有若无只能感觉到,实际听不到,喉咙里连沙沙声也发不出来了。就这几寸远路程,耗干我昏睡几天几夜积攒下来的一点点力气。哪里是趴伏在常二茂脸前,是趴伏在地面上,地面湿润凉爽正适合我喘息。其实我周身上下也正滚烫呢,只是自己没觉着。手指在地面上摸索想摸索到安全帽,印象里安全帽里还有一点点水,最急迫的情况是喝一口水。没摸到安全帽摸着一粒肉乎乎蠕动的东西,捏在手里不往嘴里放怕呕吐,怕再摸索不到,怕常二茂嘲笑:吃我身上掉哈来的蛆虫呢。有毒食物紧俏食物不是迫不得已不愿意吃掉呢。常二茂动了动手臂,只是动了动,没有进一步的行动。我急忙把肉乎乎蠕动的东西放进嘴里,想咽呢和舌尖粘连在一起咽不下去了。支撑起身体往巷道壁跟前挪一挪,摸索到安全帽里的一点点水了。手指尖到里面蘸一蘸送到嘴里吮吸,再蘸一蘸再送到嘴里吮吸。肉乎乎蠕动的东西咽下去了,趴伏在地面上喘息。手指尖又一次在地面上摸索,稀软稀软摸索到一大片蛆虫吓一跳,正是我刚才躺过的地方。我身上也起蛆了!我在心里惊叫哭号,只惊叫哭号了一声不惊叫哭号了。惊叫哭号有什么用!最要紧的是活下去,只要活着就有希望。也不怕常二茂嘲笑了,抓几粒肉乎乎蠕动的东西放进嘴里,再抓过安全帽趴伏在上面喝一口水,没感觉着难咽,趴伏在地面上喘息一会儿有一点精神了。想再抓几粒吃,怕蛆虫携带有病毒一次性吃多了会生病,这种时候病不起。挪动到常二茂脸前,一只手扶住常二茂的后脑勺,往起托一托常二茂的头说,茂哥,你怎么啦,你说话啊。心里偏是另一个声音:你这个把我把大家诱骗进灾难场地里的畜生早该死了,怎么现在还不死啊!郭三星、原二辈踹断你一条腿是应该的,我十二分赞成。这种场合这种心境不惩戒你这种人惩戒谁!常二茂嘴巴张几张抬手指点自己的腿和脚,嘴里飞出一点热气直扑到我脸上,常二茂还有一点呼吸。不过我没看见常二茂指点腿和脚。常二茂说他当时实际是想告诉我:还有大半盆水呢。我摸索过安全帽用手指蘸一点水送到常二茂嘴唇边,常二茂感觉到凉爽嘴唇嚅动了一下,紧接着连续嚅动起来了。我说,茂哥,就剩这么一点点水了,你全喝了吧。把安全帽送到常二茂嘴唇边,往嘴唇里缓缓倒水说,茂哥,你一定要坚持住,一定要活着等待救援。还想说,你死了剩我一个人在这巷道里,光吓就吓死了还等什么救援。常二茂喝几口水缓过气息来了,捉住我一只手说,我怕是不行了,你一定要坚持住,我身上掉哈来的蛆虫那么多,你能吃就吃一点。不要多吃,吃多了拉肚子,我就吃多了,一直拉一直拉,拉一裤裆了还是拉。只求你一件事,假如你能活着出去,一定要把我这一百多斤骨头肉带出去。说不下去了,喘息、颤抖——喘息没有喘息声,颤抖没有颤抖的迹象,直挺挺完全是一具尸体了。我没听明白常二茂说什么,但听明白把我这一百多斤骨头肉带出去这一句话了。心痛、绝望,哭泣出声来了,哪里是哭出声来了,只是比画了一个哭泣的样子让常二茂看呢。常二茂看见看不见是其次,主要是比画出的哭泣的样子坚持不了多久,正刻意坚持呢,一股风凉飕飕直扑到我后脑勺上,像遭人抚摸了一把——哪里是风是我爷爷云影山影一样的影子,我清清楚楚看见了,我爷爷瘦高腿脚灵活,我爷爷的影子也瘦高,腿脚也灵活,绕着我旋转过一圈又旋转一圈说,猪猪,快自救快往出爬吧,再不自救再不往外爬你就没命了。哪里是我爷爷的影子,是我爷爷的魂灵儿,我爷爷的魂灵儿还在窑坑里陪伴我。我放下常二茂的头说,茂哥,我觉着有风吹进来了,说不准是救援咱们的人到了。你等一等我看看去。只是嘴唇动呢,没有声音发出来,已向巷道壁上那条裂缝爬过去。我不光是要看看,是要听从我爷爷的嘱托爬出裂缝外向地面爬行呢。最初就想学郭三星、原二辈从裂缝爬出去,被常二茂阻拦,现在常二茂已是大半个死人,我不听从我爷爷的嘱托试着爬一次死不瞑目呢。郭三星、原二辈爬出去了,肯定是爬出去了,但俩人踢断常二茂的腿绝不会说常二茂在这里,必须自己爬出去呼救。早已不记得两千六百米这个深度了。说是爬呢,实际是头和手一齐往前拱,想要爬行到巷道壁上那一条裂缝跟前就必须先掉转身,这掉转身就是人世上一件最难最难的事情,需要我拖带着身体在地面上画一个半圆,这半圆是一时半刻能画成的吗?画成画不成我就铁了心要画一次。头先点地,双手再往起托身体,然后往前拖下半身,下半身像挨过刀,刀没拔出来直插到骨头上了。挪动一寸或两寸远就要趴伏在地面上喘息,喘息片刻继续头点地继续双手往起托身体,继续往前拖下半身。哪里还有一点儿在读博士研究生的感觉,只是一个挣扎着想要活下去的受难的窑黑子了。半圆画成时我早伏在地面上昏睡不醒了。我爷爷云影山影一样又开始绕着我旋转,旋转得我全身上下凉飕飕地清醒了,也有精神了,伸手往上摸索到裂缝边缘紧抠住不放,昂起头冲裂缝外面呼喊:快救人,我们在这里!茂哥就要死啦,先救救茂哥吧。经历这场生死劫难,沙里淘金,留存在我心里的念头越来越少越来越少,最终只留下两个,一个是求生,一个是怜念。怜念常二茂,怜念常二茂瘫痪在炕上的老婆。常二茂死了,常二茂老婆也一定是要死了。莫名其妙我心疼常二茂老婆。我哪里就那么容易喊出声,嗓眼里沙沙沙响空响,没一点儿声音发出来。喊过几声趴伏在地面上喘息起来了。只有往外面呼的气,很少有往里面吸的气。不是趴伏在巷道底部的地面上,是趴伏在巷道壁上的壁面上,我哪舍得把头从巷道壁上放下来!喘息一阵又开始冲裂缝外呼喊,这回呼喊出一点儿声音来了:咯咯咯,咯咯咯。是从喉咙深处发出来的。双手攀住裂缝边缘坚硬的石头,把身体往上面拖拉,就要拖拉出裂缝外面了,回脸喊:茂哥,求你了,千万坚持住,我出去喊人来救你。还没喊完毕,筋疲力尽趴伏在裂缝旮儿里一动不动了。可以想象得出喊也是白喊,没喊出一点儿声音来。

  一非是泰山崩倒难扶起
  二不是病入膏肓药难医

  我又一次听见我爷爷在哼唱我奶奶哼唱过的道情戏,我再次急切呼唤:

爷爷快救我!我爷爷粗犷、豪放、无所畏惧。大炼钢铁那个年代敢收留一个不明身份的女人,还敢为那个女人打村干部。而我爹即便敢和村干部康饱饱争斗也只是嘴上敢争斗,实际真动手打架我爹被打得头破血流也只会争辩说:有理不在言高,山高挡不住太阳,你怎的动手打老子!那一个大雪之夜我和我爹整理过我爷爷的遗物,夜已经深了我也困了,正睡得香甜被我爹的喘息声惊醒,黢黑地里我爹靠炕沿站着是想上炕又不敢上炕的那种。我说,爹怎么啦?我爹说,悄悄地不要说话。声音低到似有似无还不如喘息声大。很明显我爹是受到惊吓了。我说,出甚事啦!像我爹的说话声一样似有似无还有一点气紧。我爹说,我把那把手枪用塑料袋包裹住扔到咱家茅坑里,怕有人看见老觉着有人看见了,好像大门口有脚步声,你听一听是不是?我说,爹你怎么能这样!是在吼。穿衣出门拿手电筒大门里外查看一番,雪还在纷纷扬扬下着,脚底下积雪足足一尺厚,大门里外除了我和我爹刚踩下的脚印什么也没有。我把院子里的灯和茅房里的灯都开亮,用我爹淘茅粪的粪勺从茅坑里掏出那把小手枪,用清水冲洗干净双手捧着往房间里走。我爹抱住我说,祖宗,让公家查住,咱家就没有安稳日子过了,爹求你了。我说,我奶奶的遗物我爷爷保存多少年,到你这里就连一天也不敢保存了?我爹松开我随我进门说,爹害怕爹睡不着,你爷爷保存多少年没事,是因为康来顺不像康饱饱狠毒。康饱饱狠毒,可是甚事都做得出的!我不理睬我爹,我爹骨子里是害怕上康饱饱了。我找一把铁锹在我家瓮旮旯里挖一个深坑,把那把小手枪用塑料袋包裹好埋入深坑里,把水瓮和粮食瓮都挪一下位置,让粮食瓮压在埋小手枪的那一个深坑上。现在想起都觉得好笑:我爹把小手枪用塑料袋包裹好扔进我家茅坑里;我把小手枪用塑料袋包裹好埋在我家瓮旮旯里,五十步和一百步其实没有本质的差别。或者干脆就是温小婷的妈妈所说:我身上残留着我爹的某一些痕迹呢。那么我爹身上怎么就没有残留下一点儿我爷爷的痕迹?我趴在裂缝口被我的呼唤声惊醒,慢慢昂起头龇牙咧嘴往起撑身体,一寸一寸往上撑,额头就要撑到手抓着的那块岩石跟前了。眼前忽然一亮有一道灯光直射向裂缝底部:凉森森黑乎乎一个大水库,水面开阔从东到西从南到北摸不着边际,水面上静悄悄地漂浮着两只安全帽。我受惊吓仰面往后倒,双手在半空中抓几抓

255

什么也没抓着直接跌回巷道里去了。

  温小婷说她还做过一个梦:和我手拉手走进一家茶点店,茶点店装潢典雅、高贵,人流熙来攘往都昂首挺胸富贵气象蓬勃葳蕤。温小婷疑惑:书虫儿一向拒绝进入高档消费场所,今天谁把早起的太阳一脚踢到西边了?不会是找图书馆找错门了吧?正琢磨呢,我就怒目相向说,哪个要你替我付钱来——过去不需要,今天不需要,将来更不需要!一忽闪我消失了。温小婷尖叫一声直挺起身体,茫然四顾是坐在悍马轿车里。奇怪怎么会做那样一个梦!我向温小婷坦白:过去我那么坚决拒绝高档消费,其实正是在意高档消费。阁老村先人做过或正做着阁老梦,残留在后人身上一点儿做阁老梦的基因再正常不过!阁老梦恰恰显示出隐藏在阁老村人心灵深处深刻的自卑。按照作用力和反作用力的原理解释就是:这种深刻的自卑心理反弹的结果就是非常强烈地做阁老梦。温小婷躲避这个话题继续讲述:从梦中醒来茫然四顾,驾驶位置上没有人,妈妈陈洁婷在自己身边仰靠在靠背上睡着了,也不是睡着,是闭目犯愁,山西地面高速路堵车不是单向堵是双向堵,一辆货运大卡车的屁股悬崖峭壁一般挡住悍马轿车的去路;悍马轿车左右都有车后面也有车,没有翅膀想走走不了啦。

  温小婷的尖叫不是尖叫是一声微弱的呻吟,熟睡的时间持久了醒来时谁都会吭哧一两声或呻吟一两声,尤其是女娃儿。所以妈妈陈洁婷听见温小婷呻吟,一点儿没在意,正常的生理表现点点滴滴都在意,在意得过来吗?

  妈妈,这是怎么啦?

  你自己看嘛!

  陈洁婷跟上女儿受累正经事一件不能做,心里烦躁语气也烦躁,光是声调就让温小婷心里不痛快:妈妈——一个做着阁老梦的城市女人和自己隔着心。欲哭没哭和妈妈说,妈妈,你生活在大城市但骨子里和康沛然的爹没太大的区别。陈洁婷说,你什么意思啊!温小婷说,光为你着想没为你女儿着想过,你换一个角度想一下,假如我爸爸遇到意外——比如出差开会的路上出车祸了,或者是——话没说完,陈洁婷就挺起身子问:你咒你爸出事吗?眼睛瞪大,电闪雷鸣疾风暴雨要来临的状态,谁见了谁都想闪避。

温小婷不闪避还笑说,妈妈,我不是要咒我爸,是打一个比方,是想用这个比方让你替我设想一下我此时此刻的心情——你不能老往我受伤的心上撒盐。

撒盐怎么啦!陈洁婷心情烦躁到极点被温小婷冷不防用小匕首扎那么一下,本想回扎一刀说,你活该你自找。没说,算克制得不错,还有一点儿当妈的心态呢。

正好司机开门钻进车里来,陈洁婷克制上再添几分克制,作为一个中年母亲,一个还在领导岗位上忙碌着的女人,这个底线还是能守住。不仅仅是守住,还面带了微笑问司机前面情况怎么样。司机丝毫没嗅出车内弥漫着一触即炸的瓦斯味,一脸无奈地说早呢早呢,听说是前面出连环车祸了。我出去这么长时间一直往前走,没看见堵车的源头。老天偏这时候凑热闹,黑沉沉像要塌下来——气象预报说今天明天后天连续三天有中雨或大雨,我看一时半会儿动不了窝了,做持久在路上的准备吧。

陈洁婷和司机微笑说,不至于吧。司机说,说不准。像是也有一点儿烦躁了。

司机的话句句都刺激温小婷。在司机这方面无论烦躁不烦躁说的是实情,在温小婷这方面觉着是夸张了。受妈妈的影响,温小婷也懂得克制呢,一方面克制着不和司机发生冲突,另一方面克制着不让司机看出自己和妈妈有过冲突了。司机刚出现在车门跟前,温小婷就一句话也不说了。司机钻进车里说过那一串话后,就连看司机一眼看妈妈一眼都不愿意了。不过不能像妈妈那样把克制技能艺术化:一时还是电闪雷鸣疾风暴雨要来临的状态,一转眼就晴天朗日一片白云在天了。温小婷一脸不高兴地扭转脸看车窗外,眼泪把视线遮挡住想看呢海底望月吧。说来道去,温小婷此时此刻的心情比任何人的心情都恶劣,何止是恶劣,堵车不是堵车,是堵了温小婷的企望,堵了温小婷的回归路,堵了温小婷的追寻线。温小婷怀着一颗虔诚的悔罪心急切想见到书虫儿,急切想见到书虫儿的爹。不可收拾的残局温小婷一定要收拾,不可治愈的伤害温小婷有决心治愈。可是书虫儿可能出事的阴影一直在温小婷心

257

头笼罩着,哪里是笼罩着,是用一把钳子、一根铁丝、一个钉子和温小婷的心紧紧拧在一起。拧吧拧吧,还不断往心肌深处旋转,旋转的那个痛,别人永远体会不到。正是因为那种痛,温小婷才在晴天朗日坐在悍马轿车里做那个被我呵斥的梦魇;正是因为那种痛温小婷才不能忍受妈妈说"你自己看嘛"这五个字时的声调。那声调冷硬如冰像一把匕首——岂止是匕首,是一枪管子霰弹不打招呼没有先兆嘭一声打在温小婷心上,温小婷本来就千疮百孔的心眨眼之间血水子汩汩往脚底下流淌呢。

　　司机偏是个一有机会就爱和年轻女子搭讪的主儿,也不尽然吧,或许是想缓解心中的烦躁呢,回脸看一眼温小婷说,小婷你也醒啦。一路走你一路睡,最数你坐车坐得自在呢。这话说得有一点儿过了,像是故意说反话气温小婷。和刚才那一串话联系起来就有一点儿挑拨离间的嫌疑了。幸好温小婷和陈洁婷都没有这样理解。温小婷想和司机搭话又反感司机那句话,我自在怎么啦,你们不自在是你们自找。你和我妈不联手哄骗我开车直奔书虫儿老家那边时这一阵儿早到了。装聋作哑专心致志看车窗外,车窗外天色果然阴沉沉已有雨点下来了,一点两点打在车窗玻璃上,眨眼之间车窗玻璃上就被雨点覆盖了。司机的搭讪受到阻滞,第一次感觉到车内气氛不对劲,也沉默不语了。有人披着雨衣穿着雨鞋背着一个大行囊在大车小车间穿行,一边敲车窗玻璃,手里捏着几颗咸鸡蛋冲车窗玻璃里摇晃,只摇晃一下变戏法一样又拿出一盒塑料袋包裹着的盒饭,冲车窗玻璃里摇晃。又到吃午饭时候了,陈洁婷按下车窗玻璃冲外面招手说,来三盒盒饭,咸鸡蛋随便。卖饭的送进车窗里三盒饭,又送进来一塑料袋咸鸡蛋足足二十颗。一盒盒饭二十块钱,一颗咸鸡蛋三块钱。司机骂一句:抢人呢。司机只是没话找话一般性评论,但温小婷多心,觉着是指桑骂槐攻击自己呢。卖饭的也听见了,嘴巴凑到车窗玻璃上一边接钱一边说,师傅你知足吧,这样大雨天没人白给你送饭。明天后天还有雨,怕你三十块钱吃不到一盒饭呢。

　　温小婷突然冲卖饭的高叫,你能不能少说一句啊,没人把你当哑巴卖了。声音尖利到变形,携带着哭腔。卖饭的没想到,陈洁婷没想到,司机尤其没想到。不用猜疑,明显是指桑骂槐冲司机发火了。卖饭的顽皮地冲车窗玻璃里举手敬礼,吐一下舌头走了。

陈洁婷说,小婷你这是怎么啦,人家一个卖饭的哪里惹你啦!声音柔软温和,脸上还挂着微笑。把一盒饭送到司机手里,再送上几颗咸鸡蛋说,小李你吃。

妈妈的微笑再次刺激温小婷:你老笑老笑,笑给谁看呢,幸灾乐祸啊!那你就乐去吧。冲司机说,开门,我要出去解手。说着推门,门一下开了,原来司机钻进车门来时光顾了说话,忘记按下锁门按钮了。温小婷跳出车门,眨眼间就全身上下湿透了。湿透了好湿透了爽快,湿透了心里的压力减轻了许多。顺车旮旯飞窜,三窜两窜就窜没影儿了。丝毫不管妈妈在车里急得跳呢还是哭呢,光管自己痛快了。事实上温小婷母女俩闹腾那阵儿,我康沛然正是在窑坑里难受到极点的时候。或许正是难受到极点让温小婷感应到了,才不愿坐在车里死等,等到哪年哪月才能见到书虫儿?何况书虫儿生死未卜还是一个死结呢。温小婷一路曲里拐弯在车旮旯间飞跑,跑不动了还是跑,跑到天黑时候又饿又累实在跑不动了,还是没跑出堵车路段。蹲在紧急停车道外侧紧靠着护栏喘息。喘息一阵起身继续往前跑,哪里是跑是一步接一步往前挪,挪几步就停下来往前面张望,又不由自主要张望身后,想买一盒饭吃呢身上一分钱没带。有些后悔,错怪妈妈了。泪水下来了,泪水和雨水混合在一起脸上水流比刚才湍急许多倍。在心底反反复复默默呼喊:妈妈,帮帮我帮帮书虫儿康沛然吧,求你啦。

我受灯光惊扰闪跌回巷道里,挣扎着想要爬起来,乏力、气短、后腰里疼痛,趴伏在地上喘息,连喘息的力气也没有就昏睡过去了。即将昏睡过去的一刹那,看见我爷爷云影山影一样追随灯光从裂缝口飞奔出去了。我想呼喊没有呼喊出,我爷爷离开我,我感觉着孤单,我不想睡想挣扎起来呼喊:爷爷快救我!或者喊:我们在这里。最简单不过就是直接喊:救命。让灯光里的人早发现我和茂头儿。早发现一会儿我和茂头儿就能早一会儿获救,早一会儿获救我和茂头儿就可能全活下来,晚一会儿获救我和茂头儿就可能全死了。

张霞俩且嗨哈。我心里着急,着急也白着急,昏睡和喘息是我必修的功课了。尿尿了拉稀了,恼恨自己尿尿拉稀就吼喊一嗓子道情戏的调调,刚吼喊完,眼前就又出现我爷爷云影山影一样高大威猛黑黢黢一副夜游神模样,从裂缝口外返回来说,不让你当窑黑子下煤窑挣钱你不听,让你和你爹吃喝上阁老村人快跑跑得越远越好你还是不听,落到这种地步让你自救你还是想等待!多大岁数了还指靠爷爷!我爷爷怎么会变成夜游神模样?受这一个问题刺激我清醒一些了,昂起头往裂缝口爬行,一边急切呼唤:爷爷快救我!

也是张一文叔到医院探望我那一次,张一文叔讲述:他被从裂缝里吊出裂缝外,阁老村人分成两拨,一拨守在裂缝口,一旦裂缝里出现有活人的迹象,立刻放绳子救人;另一拨跑步赶往乡政府报告裂缝里发现的情况,要求立刻派人来救援。只过了小半天工夫,就见远处黑尘滚滚一长溜小汽车相随开过来,从车壳壳里钻出县委的赵书记、县政府的王县长、县政法委的宫书记,这段时间张一文叔在救灾现场胡转悠,认下这几位县级领导了。老板王乔谷和阁老村的康饱饱也来了。众人站成一圈围在裂缝口询问张一文叔裂缝里的情况。其实还询问什么,裂缝口明摆着的事实,傻子也知道裂缝里有死人或许也会有活人呢。大团大团的黑尘从裂缝里喷涌而出,夹带着嗡嗡声和钻心入肺的臭味,凡探头向裂缝里张望的人都掉头跑开说,呸呸呸,苍蝇这么多怎么这么臭!有人甚至跑几步就蹲下哇哇哇呕吐。

县乡领导们现场办公围聚一处开一个小会,一致认为必须马上救援,救灾部队已经撤走,县领导们责成县委办公室主任协调落实救灾事项。从灾害发生到现在历时十九天零几小时,大家估计生还者希望渺茫。县委办公室主任立即电话通知县公安消防大队赶赴救灾现场,通知民政部门立即准备裹尸袋,通知县卫生局组织医疗抢救小组,通知县防疫卫生管理所立即赶赴救灾现场做防疫卫生管理工作;又给老板王乔谷打电话,老板王乔谷赶紧举手答应说我在这里,尽量往长抻身体,矮胖的身体不往长抻最容易被别人遮挡住。往长抻身体已是老板王乔谷的一个习惯性动作,显而易见的基本动作是:第一步,往高踮脚尖;第二步,往长抻腰——左右扭一扭上身;第三步,往长抻脖子——左右摇动头。三步连成一步做是同步进行的,身体其实没抻长,紧跑几步站在县委办公室主任面前。县委办公室主任笑说,我一忙起来就忘事,已忘记你这个财神爷就在跟前了。实际是笑老板王乔谷往长抻身体的那一套习惯性程式。意识到这种时候笑不妥当,一下就不笑了。吩咐老板王乔谷,赶紧把已解散了的救灾队伍重新组织起来协助救灾。老板王乔谷一脸黑尘一身汗,答应说我这就去办。跑到县委赵书记面前和赵书记嘟囔几句,又跑到宫书记面前嘟囔几句,掉头往自己车跟前跑。身体矮胖腿又短,迈腿迈得勤快,步幅偏小,看上去不是走路,是一块木板的左右两边快速交替摆动着往前挪动。路过王县长脸前,王县长没等他开口就挥手放他走。老板王乔谷其实刚接了儿子王甲涛一个电话,说捅下窟窿了:市公安局刑警中队副队长领来一个叫温小婷的女娃儿,正在阻止康跃进老汉在那页声明书上签字呢。老板王乔谷离开那片石林直奔县东郊月亮滩会馆。实际没到月亮滩会馆半道就被宫书记电话叫走了。宫书记要求实施第二套方案:一、安排救人;二、带足资金相随去市里省里补窟窿。

月亮滩会馆1701房间里,温小婷呼喊过生要见人死要见尸,就跪趴在我爹脚下哀哀哭泣。只当我爹会一脚踢开她,早做好挨一脚的准备了。没想到我爹突然丢下碳素笔,双手拍大腿,放声号啕说,闺女,你跑哪里去啦,你看大爷这活相,大爷还怎么活!大爷想见着猪猪,你可得帮大爷一把啊。号啕声持久,话音儿强势,多少天没这样放肆了,是来了救兵略显狂妄的那一种放肆。温小婷受感染哭着说,大爷,你放心,咱们一定要见着猪猪,才和他们说其他事。

王甲涛看见闯进来那么多陌生警察,心中忐忑了一下,毕竟身边也有警察,毕竟是在自家地盘上。在自家地盘上有过自家办不成的事情吗?这样一来,我爹那种放肆就惹王甲涛烦恶,手指尖尖敲一敲茶几和温小婷说,你这女娃,康跃进家的事情和你什么相干,你只是康沛然的一个同学又不是老婆,你不用瞎搅和,你没资格搅和!赶紧走赶紧走!

温小婷一眼就看清王甲涛下巴正中那颗黑痣了,莫名其妙厌恶那黑痣。把茶几上那页纸推到王甲涛面前说,你们家把人只当你们家挣钱的工具,只当你们家消遣享受的游戏机。你们家玩儿得起我们玩儿不起,你把我这话告诉你老子,你们家都应该向王乙涛学一学。话刚出口心里就咯噔一下疼,疼得钻心,抱住我爹的双腿又一次痛哭出声说,爸,您就是我的亲爹,我就是您的亲女儿,咱们一定要见猪猪。我爹已风收雷息停止了号啕,正琢磨这个给儿子猪猪和自己带来过羞耻和屈辱的外来女娃能不能真正帮上自己的忙。

坐在王甲涛身边的一个警察接一个电话,拉起另一个警察匆匆忙忙相跟着往门外走,都没和王甲涛告别。路过市公安局刑警大队一中队李副队长身边,匆匆忙忙和李副队长握一握手,一句话没说就走出门去了。王甲涛连忙给老板王乔谷打电话,电话没说完就慌慌张张收拾皮夹子往出走。房门口闪跌一下没闪跌倒闪跌出门去了。我爹突然推开温小婷说,谁要你管我家的事了,你算个老几!把温小婷推跌得四脚朝天后脑勺嘭一声撞在床帮上,撞得温小婷眼黑头晕呢。我爹脚踩弹簧往门外飞窜喊叫说,小老板你不能走我签字,你给我赔偿给我成家!你不能听信这女娃儿的话,这女娃儿和我没一点儿关系!王甲涛已乘电梯下楼去了,我爹被一个守候在电梯间的壮汉子拦住说:小老板忙不许你纠缠他。我爹掉头冲1701房间里吼叫说,你个不要脸的货,为什么老是糟害我,老是遭害我儿子猪猪。脱下鞋闯进房间直扑向温小婷。

那一个雨夜温小婷一心想跑出堵车路段搭车赶赴我老家,还没跑出堵车路段呢又饿又累跑不动了,蹲在紧急停车道外侧靠护栏喘息。也不光是喘息,还咳嗽还呕吐还颤抖,一位交警身穿雨衣出现在面前,一把雨伞撑在温小婷头顶。

温小婷高烧、呕吐、昏睡,一位姓王的阿姨把温小婷从高速路上接走,送进当地一家医院一住就是一个星期。温小婷几次要求出院几次都遭医生拒绝。和妈妈通过几次电话,妈妈告诉温小婷:病愈后回天津还是去小康的老家,或者直接去学校你自己选择,妈妈不会再干涉。学校已开学,你爸去你们学校替你和小康请过假了。

温小婷当然选择去我的老家,王阿姨陪同温小婷赶到我们老家那座县城,正是半上午时分。太阳热熬熬当头顶照着,街里行人和车辆并不多,有几个人分别站在繁华路段或十字街口往行人手里或过往车辆上散一页纸。也不是散是贴,那页纸上两面都有字,都有一小块双面胶,行人或车辆走过,往行人手里或车窗玻璃上轻轻一放,行人或车辆接不接都一样,那页纸已贴在行人手上或车窗玻璃上了。不用揭下那页纸,行人或车里的人就能看到那页纸上的内容:老板王乔谷私挖滥采煤炭,导致北京某名牌大学在读博士生康沛然被掩埋在煤矿巷道里。老板王乔谷怕花钱怕败露劣迹,正把康沛然的爹非法拘禁在月亮滩会馆1701房间里逼迫私了。希望社会各界有识之士积极行动起来携手前往救援。

散那页纸的是张一文叔家三小子。张一文叔家三小子在县城开出租车,敢作敢为,有一帮愿意扶危救困的小兄弟。那日张一文叔在月亮滩1701房间里离开康饱饱进卫生间,不是小便,是给自家儿子们发短信。不图别的,只图帮康钢子一把,能帮到什么程度算什么程度吧。没想到刚发完短信,自己就被县公安局拘留了。

王阿姨的车窗玻璃上也被贴上那页纸了,是天意吧。王阿姨事后回忆起来大笑说,正打瞌睡呢,就有人送来床送来枕头了,你说奇怪不奇怪——不是天意是什么!温小婷看见那页纸,眼见担心变成事实,眼里一下就泪花花满满了——不过没哭也没闹,只是放任泪花花在眼眶里亮晶晶滴溜溜旋转。王阿姨安慰说,没事没事,他们只说是被掩埋在煤矿巷道里了,又没说出什么大事。温小婷像个听话的孩子,点头说,阿姨我知道。王阿姨其实心里最清楚,灾害已发生快二十天了,埋在巷道里的人即便没压死,饿也饿死了。怎么会没事!哄骗温小婷呢,也是哄骗自己呢,哄骗一时是一时吧。哄骗得安顿好温小婷自己离开这座县城,还管人家有事没事啊。车开过县城东环路,王阿姨连忙让司机停车,给中条山西麓一位市领导打电话:要求派警察解救被扣押的人质。市政府距这个县城不到一个小时车程,王阿姨和温小婷在东环路口等了一个小时多一点,市刑警大队一中队李副队长带四个刑警开一辆警车赶到。警车一路警灯闪烁一路啸叫,遇车超车遇红灯闯红灯,屁股后扬起淡淡尘埃。温小婷虽然多次见过那场面,但此刻此地还是按捺不住心生醋意在心底叹息:王阿姨好厉害,书虫儿居然不像他爹那样做阁老梦——还想这些做什么,但愿书虫儿平安吧!

第十章

一非是泰山崩倒难扶起
二不是病入膏肓药难医

我头向上双臂向上趴伏在小裂缝口下头,双手抓紧小裂缝口下头巷道壁上的岩石,嘴巴啃住巷道壁上一块凸出的石痕,嘴唇出血牙龈出血下巴和脖颈糊满黑红黑红的血痂,整个身体反向折叠成一个镰刀状。实在没力气攀爬还想要攀爬,我还年轻我的学业还需要我去完成,我爹还需要我照顾,我爷爷希望我留在人世上,我选择在黑煤矿上当窑黑子下煤窑挣钱是一个错误,绝对是一个错误,不能让错误延续了。我哼唱我爷爷和我奶奶哼唱过的那两句唱词,目的是给自己鼓劲,或者根本就不是我哼唱,是我爷爷在我身边哼唱呢。我爷爷云影山影一样,一直就陪伴在我身边。

石林旁边的救援正式展开,几千米深的窑坑里闪现过一次灯光,但很快就消失,但当时我并不知道那道一闪即逝的灯光就是救援正式开始。我仍在频繁地苦苦挣扎。距石林百丈之遥和石林遥遥相望,再次搭起蓝色大帐篷,大帐篷上白色的"救灾"字样都用宣传画覆盖了;裂缝口支起起吊架,嗦啦啦倒链子往裂缝里放人。放的不是县公安消防大队的人,是老板王乔谷组织起来的救援队。老板王乔谷救援队的队员们都穿了卫生防护服,都准备着进裂缝,最先进入裂缝的队员携带了矿灯携带了消毒液和消毒喷杀器,连带把卫生防疫工作也做了。老板王乔谷不是吃素的,多少年开煤矿大小事故出过无数次,没有一次惊动过乡政府或县政府,都是自己悄没声儿就解决了,得力于有一支真正的救灾抢险队。人员构成:武警部队和消防部队复退军人。大都经历过专业训练。平常化整为零各自在各自岗位上工作,起早搭黑集中训练半小时或一小时,一旦煤矿或公司其他厂矿发生灾害,立刻紧急集合化零为整拉上救灾现场,救援力度不比武警部队消防部队弱。

县公安消防大队的人也到了,只在旁边帮助搭帐篷搬凳子摆椅子给传递矿泉水或饮料。真正协助救灾的还是王乔谷的救灾抢险队。

多少年我爹在大门上房门上贴春联,年年就一个意思:积善门中生贵子,勤劳人家多富贵。春联都是我爹自己编自己写,也不是自己编,是上辈人流传下来的。主要是我爹写不好,所有的字都歪斜八叉,还瘦弱,都像我遭遇灾害饿了几十天的样子——是一种不吉祥的征兆吗?但那对联实实在在多少年是激励着我的奋斗意志不断向上向前呢。老板王乔谷的救灾队员们嗦啦啦嗦啦啦不断倒链子放进裂缝里两个穿了卫生防护服的救灾队员。苍蝇和黑尘从裂缝里喷涌而出,丝毫没影响倒链子,没影响两个救灾队员往裂缝深处滑溜。两个救灾队员相帮相扶靠近了裂缝深处那具半悬在空中的尸体,用打铃的办法通知裂缝外停止继续往下放。起吊架上安装两只小电铃,小电铃连接出两根电线分别缠在两个放入裂缝里的救灾队员的腰间,随同起吊绳一起往下放,起吊绳往哪里延长,两根电线也往哪里延长。放入裂缝里的两个救灾队员腰间都有按钮,需要停止,救灾队员按一下腰间的按钮,裂缝外起吊架上电铃就吱响一声,起吊架底下倒链子的救灾队员立即就歇手;需要起吊,裂缝里的救灾队员连续按两下腰间的按钮,裂缝外起吊架上电铃就吱吱连续响两声,起吊架底下倒链子的救灾队员马上就开始倒链子起吊;需要继续往下放,裂缝里的两个救灾队员连续按三下腰间的按钮,裂缝外起吊架上电铃就吱吱吱连续响三声,起吊架底下倒链子的救灾队员就倒链子继续往下放。

两个救灾队员悬停在半空中的那具尸体旁,小心谨慎把尸体往一条裹尸袋里装,从脚这边装起。那尸体一只脚赤着一只脚套一只网球鞋,尸体腐烂稀软,救灾队员都不敢用力碰。就要套到颈部了,尸体的嘴巴咬紧裂缝壁上的石头没松开。一个救灾队员往左边移动一下尸体的头嘴巴还是松不开,往右边移动一下尸体的头嘴巴还是没松开。救灾队员一着急直接往开掰尸体的嘴巴,掰脱落了几颗牙齿,可惜得救灾队员直叫哎呀哎呀。把脱落下来的牙齿全塞进尸体嘴巴里,捆扎紧裹尸袋按腰间的按钮开始起吊了。裂缝里两个救灾队员紧紧护卫着尸体,裂缝壁上稍有不顺立即通知裂缝外停止起吊,理顺了裹尸袋才继续让起吊。

  一非是泰山崩倒难扶起
  二不是病入膏肓药难医

  张霞俩且嗨哈。我拉稀尿尿裤裆里湿漉漉沉甸甸,肚子还绞痛,身体蜷缩城一小团,往左扭一扭往右扭一扭,不是情愿扭,是肚子痛得不由自主要扭呢,扭得筋疲力尽,裤裆里扑哧扑哧一阵响也拉了也尿了。后来医生告诉我,我当时那状态也不是拉稀,就是一点点黏稠黏稠的稀沫沫夹带着鲜血,鲜血要比稀沫沫多呢。我已没有精力顾及常二茂,常二茂已一点儿声息也没有了,我自顾自往小裂缝外挣扎着攀爬,哪里还能攀,爬也爬得微弱了,像一条冻僵的蛇在蠕动,只是本身皮肉在动呢,实际没蠕动出几寸,蠕动一直没停歇,还咬住巷道壁上一点点石痕不肯松口了。在心底呼喊:爷爷快救我!那一年那一个除夕日早晨,爷爷抱着我的小袄心急慌忙出门,一会儿就喜笑颜开回来了,还在门外呢就把我的小袄张开比画着和我说,快穿上快穿上,缝纫机就是比爷爷手工快。我穿在身上,感觉着周正合身不用小鸟展翅或举手投降了。我爷爷推我一把说,快出去和娃们耍去吧。转身开他的小扣箱去了。我第一次看见我爷爷嘴里没几颗牙齿了,残留下来的几颗也都是长长的像随时会脱落掉,像已把我忘记了,从小扣箱里取出几毛钱卷成一圈握在手心慌慌张张出门去了。我没有出去耍,从瓮旮旯里翻找出我爷爷碎了的眼镜片,在炕沿上一小片一小片摆开比画,琢磨谁家有医用胶布。想再给我爷爷粘连在一起。我呼喊:爷爷快救我!就听见我爷爷在我耳边哼唱那两句唱词,还吼喊一嗓子道情戏的调调。我立刻就随我爷爷云影山影一样飘飞起来了,向窑坑外飘飞。

温小婷和我爹都在救灾现场,温小婷和医疗抢救小组的女医生女护士们住一个帐篷,我爹和老板王乔谷的救援队员们住一个帐篷。通常,非救援人员是不许进入救灾现场的。温小婷和我爹能进入,是王阿姨和县上领导们打过招呼了。王阿姨面见过县委赵书记和县政府王县长,给温小婷买了一部手机留了一点零用钱,就匆匆离开救援现场回去上班去了。

医生护士们暂时无事做,搬来麻将桌和影碟机,喜欢打麻将的打麻将,喜欢看影碟的看影碟,喜欢玩扑克的玩扑克。看影碟看到高兴处或玩麻将玩扑克玩得兴奋,想说就说想叫就叫想笑就笑,正看影碟的一男一女索性追逐打闹起来,经过温小婷面前撞翻一把椅子,椅子上摆着温小婷喝剩下的半杯水。温小婷想说什么没有说,心底兀自愤愤不平:这哪里是医疗抢救组,分明是幼儿园舞蹈游戏组。收拾水杯走出帐篷外。

我爹坐在帐篷门口正独自苦恼呢,看见温小婷从医疗抢救组帐篷里走出来,就别转脸。不想看见温小婷,不想和温小婷说话,不想让温小婷参与抢救我这桩事。正是这个会勾引野男人的女娃儿给自己给儿子带来了耻辱,带来了灾难。回头参与抢救是猫哭老鼠呢,哪个用你哭。谁知道你和牛二合谋了要做甚!杀人不偿命还想不赔钱,比康饱饱还万恶,做你和牛二的美梦吧。但愿我儿子还活着,假如殁了,你不赔钱你是孙子。不光赔钱还得给我成个家,不给我成家,我这辈子注定是没儿了,我后半辈子靠谁活!你这个会勾引野男人的女娃儿再来劝我放弃赔偿,我的鞋底子不光用来走路,也用来打你这种人的脸呢。

温小婷也看见我爹了,看见不如没看见,没看见时心静如月,看见了心中一阵赶一阵绞痛。就是这个老汉,一个多月前用很拙劣的办法监视她控制她糟践她;就是这个老汉在月亮滩1701房间追王甲涛没追上,返回来用鞋底子往她脸上打,还往她脸上吐唾沫;就是这个老汉,骨子里是想要赔偿想要重新成个家。狗急了跳墙猫急了上树,人自私到一定程度其实就是一只狗一只猫了。话不好听但道理在。都不想想起他不想看见他了。也就是这个老汉用铁钉子钉窗户,在后窗下挖粪坑,甚至夜深之后还要坐在准儿媳妇家里吸烟监视准儿媳妇的行踪——是逼迫她随王乙涛出走的一个主要因素呢。千真万确就是一个烂人、破人做的烂爹、破爹,根本就不配做人父!不想有这种心绪,还是又有了——还是又有了,唉,今生今世说话办事注定是依托定自己的家庭这棵树了,不也是家庭背景的阴影笼罩在自己身上的一点暗色吗?什么暗色,准确说就是一种心理缺陷呢:时时处处事事都想随心所欲,都不甘寂寞,都不愿人后,都想寻求到一点享受;一旦寂寞,一旦人后,一旦被挤兑掉享受,一种报复心,哦,准确说是一种不甘心,就在心底悄悄滋生或蔓延——任何家庭或说任何家庭背景都是有阴影的,岂止是书虫儿的家庭。书虫儿会有他爹这种德行吗?温小婷前思后想自问自答,回答是否定的。主要是书虫儿接受过爷爷的熏陶,接受过良好的教育,恰好跳过了他爹的那一个家庭背景的阴影的笼罩。不但没有他爹的那种德行,反倒有一种特别珍贵的德行:老牛般吃苦耐劳。不是特别过不去的苦头,压不垮书虫儿;不是特别致命的打击,书虫儿不会死——精神上和肉体上都是。哦,也不尽然,固执己见明显就是他爹的那一个家庭背景投射在他身上的一小片暗色呢。说一千道一万,温小婷之所以爱书虫儿,除了爱智力智慧和躯壳外,还爱那种老牛般的吃苦耐劳的特质。那种特质是书虫儿心灵的上帝是书虫儿灵魂的主宰,也是温小婷心灵的上帝灵魂的主宰。不过这一切并不意味着书虫儿活着被救援出来后不会像他爹那样对待温小婷——毕竟书虫儿受温小婷伤害太深。温小婷自己都觉到深的程度了,书虫儿会没觉着?哄鬼吧。何况书虫儿身上还有他爹涂抹上去的一小片暗色呢。温小婷挨过鞋底子挨过吐唾沫一下成熟了,点点滴滴方方面面都想到了。正是想到,所以才不再哀伤不再哭泣,静静地等候着受惩罚的那一刻的到来。

　　温小婷远离开我爹,站在一株歪斜了身子的松树旁,向石林那边张望。石林前后左右本来是一片松树林,现在松树林七零八落或躺倒被掩埋或掉入裂缝里只剩下一些树屁股或树梢头裸露在外面,也都已经枯黄了,只有这一株还孤零零地站着。石林旁边那一座起吊架一直在嗦啦啦嗦啦啦响,这时候不响了吊上来一具尸体。几个身穿卫生防疫服的防疫小组的人手提防疫器械跑过去,招手要温小婷也过去,温小婷走几步不走了,腿软得走不动气怯得站不稳当了。我爹赶过来隔老远就号叫:猪猪,猪猪。被防疫人员拦挡,靠近不得裹尸袋,号叫声变成号啕声一声比一声任性。防疫人员走过来给温小婷套上防护服,温小婷也冷静下来向裹尸袋走去。裹尸袋打开尸体经过消毒、防腐处理可以让家属辨认了。光从衣着上判断温小婷就认定不是我。蹲下脱下尸体右脚上的鞋辨别一番大脚趾外侧。我大脚趾里侧凹痕里有一粒绿豆大黑痣,黑痣上长几根长毛。眼前这只右脚大脚趾里侧没黑痣还缺脚指甲。温小婷冲防疫小组的人摇头,摇出一脸泪。防疫人员带温小婷离开现场,让救护人员把尸体运走。温小婷不肯回帐篷,眼睛红红地坐在帐篷外阴凉地里,远远听着石林旁边的起吊架嗦啦啦嗦啦啦的响声好揪心。我爹停止号啕大声问温小婷:是不是猪猪?温小婷摇头,不想用语言回答。我爹擤一把鼻涕退回到刚才坐过的地方,神态安详静望起吊架。谁见了谁怀疑刚才是不是我爹号啕来?号啕声真的假的?不至于是要做给救援人员看吧!只有我理解我爹,我爹实际已不指望我生还了,收尸是早准备好收尸了,号啕也是早准备好号啕了。不号啕一下心里憋。

救援队员又开始往下滑,还是只下去两个人,刚才下去过的两个救援人员已坐在阴凉地里休息。哪里还有阴凉地或不阴凉地,到处都是阴凉地了,太阳已坐在西山梁梁上,也不是坐是累了一天趴伏在西山梁梁上了。西山梁梁上放牛放羊的已开始吆喝牛羊回家,天就要黑了。温小婷说她当时就想:才那么一会会儿工夫天就要黑了?才做了那么一点点营生人就累了?现在的社会,无论是太阳还是人,竟这么不经累啊,和书虫儿比一比能把人活气死!

两个救援人员直接下到裂缝底,双脚触着水面才发觉脚下有暗湖。矿灯的光四下里扫射,照射见两只安全帽在水面上游荡,还照射见有一个黑色漂浮物,只是太遥远看不太清楚是不是遇难者尸体。即便看清楚是尸体,没携带工具也无法实施救援。两人按两下腰间的按钮要求起吊,不要求起吊怎么办,起吊得晚一点儿就也变成两具尸体了。果然开始起吊了,两个救援队员双脚脱离了水面,脚底下水线淋淋滴滴往下掉,滑落入暗湖嗦啦啦嗦啦啦响,回声轰轰轰震耳欲聋呢。两个救援队员身体相互撞击一下分离开,各自像拨吊儿一样滴溜溜自转。阁老村人织毛衣捻毛线自制一种捻毛线的工具叫拨吊儿。拨吊儿像幼儿的小臂一样粗,半尺长左右,两头粗中间细,呈8字形,不过不是站着的8字,是睡倒的8字。8字形中间钻个孔插一个小铁钩或小木钩。谁捻毛线谁爱见拨吊儿,捻毛线的人手握一大团羊毛或驼毛,先用手搓出一小截毛线,缠绕在拨吊儿的最细处,再缠绕过小铁钩或小木钩,用手轻轻拨一下拨吊儿的一端,拨吊儿就开始滴溜溜旋转,捻毛线的人双手举在脸前只管不断往长拉羊毛或驼毛,毛线就一寸接一寸或半寸接半寸延长。

　　我又一次看见灯光,我不能放弃呼救,拼尽全力喊:快救人!根本没有呼喊出声音,牙齿紧咬着巷道壁上的石痕哪里能发出声音!眼见灯光开始暗淡我急切把脸往上挺一挺,牙齿划拉的岩石咯咯咯响,含糊不清喊,快救人,快救人。声音微弱、滞缓但确实是发出声音来了。也不是我发出声音来了,是我爷爷在帮我呼喊呢,已经暗淡的灯光渐渐又明亮起来了,一个救援队员惊叫说,这里有一个小裂口,里面好像有响动。我爷爷又帮我喊一声:快救人!两个救援队员同时向小裂口靠近,其中一个身体轻轻一晃悠,一只脚尖勾住小裂缝口上的岩石,整个身体跟过来一片亮光飞入小裂缝里来了。惊叫说,这里有两个活人。头伸向小裂缝,对留在外面的另一个救援队员说,你赶紧上去通知地面实施全面救援,要快,拖带着哭腔。嘟囔:你们两个能在这种恶劣环境里活这么长时间,太感动人了。

　　　　一非是泰山崩倒难扶起
　　　　二不是病入膏肓药难医

　　我不是哼唱是在哭泣,是高兴的哭泣。我爷爷也是在哭泣。我爷爷龇牙张目、云影山影一样围绕着我跳荡。我爷爷和我终于等到我获得救援的这一天了。救援队员就站在我身边,我冲他笑,冲他哭泣,又伸手抓摸他的裤脚,想不哭泣,想不抓摸呢,按捺不住了。救援队员掏出白纱布和白胶布蒙住常二茂的眼睛,也蒙住我的眼睛,没停歇往巷道两端巡查去了,先巡查过左端,返回来又巡查右端,然后趴伏在小裂缝口透气。巷道里那一种恶臭神仙或畜生都不能忍受,何况是人!

　　王乙涛绝食已十几天,空旷的大仓库里每天有人按时送进饭菜来,不管王乙涛吃不吃不拿走,送饭的人放下饭菜就走了。送饭菜的人不是一个是两个,两个人抬进来一个白色大铁桶,打开盖饭菜的香味儿在仓库里弥漫。白色大铁桶里放着几个保温小饭盒,每个小饭盒上放一只小碟子,或清炖昌鱼,或糖醋鲤鱼,或烤鸭,或清蒸甲鱼,或油菜蘑菇,或油糊茄子,或香椿拌豆腐——各种各样荤素搭配,都是王乙涛平常爱吃的菜肴。再配上几个汤几个热腾腾的馍或一小碗白米饭。小碟子里只是样品,真正的菜肴在保温杯里,什么时候想吃什么时候取,这顿饭的这个白铁桶要到下一顿饭的下一个白铁桶送进来才抬走。

　　也奇怪,王乙涛绝食十几天不仅没有瘦反见胖,面色也比过去红润白净了。绝食增肥绝食养颜,不可避免要成为一种新时尚新观念了呢。尤其奇怪不再念叨温小婷,只是每天躲在书房里读书,不是读那两本关于光纤的科技书,是读萨缪尔森的《经济学》。

　　这天王乙涛正读书,老妈从外面走进来紧靠他坐下。阳光从仓库狭小的窗口射进来,在移动板房外摆出一长溜白白的平行四边形。王乙涛用目光和老妈说:就知道你要来。

　　老妈说,涛儿,和你相好过的那个女娃儿回来闹事来了。现在县里市里的领导都关注上你爸开黑煤矿的事了。你得出面帮你爸解这个扣子,解不好你爸得坐牢,你也得坐牢。人家女娃托县领导找你要身份证要手机卡,说你有非法拘禁罪。

　　王乙涛看着老妈笑,只笑不说话。老妈说,你笑什么?

　　王乙涛说,我早预料到要出这种事。我已经是在坐牢了,在哪里坐牢都一样!

　　老妈说,你帮你爸打发走那女娃,就放你出去。

　　王乙涛说,那女娃在哪里?让我去见她。

　　老妈说,你给那女娃写一封信吧,咱给她钱她不要闹事。

王乙涛呵呵呵笑,抱住老妈一只胳膊说,我不写那信也不出去了,你也不要想出去,也不要想吃饭。我就不信我爸舍得饿你十几天不过问一次。闭住眼睛任老妈死说活说就是不吭声不睁眼。老妈一把鼻涕一把泪哭了,哭得头晕眼花眼睛红肿,王乙涛也没说一句话或睁一下眼睛。老妈不哭了,拍一巴掌膝盖说,我怎么就生下你这个没德行的儿子啦。给外面打电话:想其他办法吧。知道挣扎是白挣扎,索性安安静静陪儿子坐着。

　　石林这边救援行动全面展开,给裂缝里安装了电灯,铺设了电话线,放下去通风管道;防疫人员和医生护士携带医疗器械全部进入裂缝里。女医生女护士哪里经见过这场面,刚穿上医疗防护服就开始哭泣,腰间系安全带绑绳子都在哭,放入裂缝里时反而不哭了,紧抓着救援队员的手不放松,任由救护队员指挥或摆布。暗湖里也有救护队员下去了,带下去一只担架一只木筏子,木筏子是几块木板几只旧轮胎用铁丝铁钉绑钉在一起的。

　　裂缝最窄处刚能容得一个人匍匐通过,必须加宽,不加宽没法往上运送两个绑护了伤员的担架。老板王乔谷的救援队分成四个组,一组到暗湖里救援,一组进巷道救援,一组往宽凿裂缝壁,一组在裂缝里搜索有没有其他小裂缝,地面救援全部交给县公安消防大队了。

　　我经过输液服药慢慢清醒了,只听见周围人说话看不见说话的人。伸手揭蒙在眼上的白纱布,医生护士连忙阻止住,问我叫什么名字,我答非所问嘟囔说,我爷爷,我爹,温小婷。又呼唤茂哥。声音微弱,气息悠悠,像随时可能把一口气没了。大家明白这位伤者意识还没有完全恢复呢。常二茂就不容乐观了,一条腿膝盖往下脚踝往上只剩下白森森骨头,白森森蛆虫聚集在脚踝和膝盖处正争分夺秒抢食呢。呼吸已很微弱,牙关紧咬不配合,灌药进去一会儿就呕吐掉。输液呢液体进入得太缓慢。医生护士都焦急,只好再灌药,再呕吐再灌。同时紧急处置腿部伤口,做简单包扎,联系外面加快救援速度。

　　温小婷得到消息:裂缝里有两个活人。其中一个必须尽快截肢治疗。这其中一个是不是书虫儿?如果是腿伤是怎么造成的?另一个又是谁?灾难来临那一刻书虫儿和谁在一起?温小婷铺一张旧报纸或蹲或坐一整夜守候在裂缝口,已没有苍蝇往外飞没有黑尘往出冲,隐约听见有开凿岩壁的声音,慢慢就一点儿声息也没了。温小婷到裂缝口倾听、张望,倾听不到声音,张望不到人影,在裂缝口徘徊。神情肃穆冷峻,在一位消防队员面前站住说,先生,知道两个活着的人里有一个叫康沛然的吗?

消防队员答:不知道。

我可以下去看看吗?

不行,你下去会影响下头正常救援的。

打电话问一问两个人的名字行不行?

不行,不是特殊情况不许干扰下头的正常救援。

明知道问也白问还是要问,温小婷想长上翅膀趁消防队员不注意哧溜一下飞进裂缝里去呢。我爹也知道裂缝里发现活人了,发现发现吧,还坐在原地和他没一点儿关系的样子。看见温小婷坐立不安的状态心里嘲笑:做假像真好像比我这个当爹的还上心在意呢。既然上心在意为什么抛哈我儿子跟上那个黄鼠狼跑了?即便我儿子活着,我和我儿子受这一场磨难白受了?不赔偿钱了还不赔偿一座房子还不帮我重新成个家?起身往石林另一边的那个深坑里去了,深坑里一片死寂一片荒凉,所有的房屋都倒塌了,不知是故意刨塌的还是余震弄塌的。站在自家院子跟前那个窟窿边边上,想下去寻找自家的大扣箱和小扣箱,大扣箱里放着那几张存条,寻找到存条就不用到银行挂失了;小扣箱里的金首饰和银圆都金贵,又是上一辈人留下来的,遗失了实在是可惜;也想找到那两卷旧囤席片子——还是那念头:那不是旧囤席片子是老婆,也想寻找自己的身份证和自家的锅碗瓢盆呢。有人尾随过来站在深坑边沿上冲我爹吼叫说,谁让你哈去的,没看见这里乡政府立着禁止哈去的牌子吗?我爹慢悠悠往上走说,我又没进了你家你急什么。那人说,你回头仔细看一眼就明白了。我爹很不情愿地回头看:当街里又多出几个磨盘大的黑窟窿。那人走近我爹讥讽说,你想哈去就再哈去吧。正说呢我家院子里有一缕青烟无声无息袅袅飘起,青烟下头出现一个簸箕大的黑窟窿。我爹连连往后倒退说,老天爷又要杀人了。那人走过来说,塌陷区域各村都这样,所以乡政府才禁止个人回村挖掘被压埋的财产。乡政府组织专业挖掘队正逐村挖掘呢,挖掘出来的财产登记造册就地保管最终会通知各家去认领。我爹连忙和那人握手说,到时候你记得早一些通知我,主要是我家的两只扣箱里放着我的身份证和我儿子从小学到大学的各种毕业证。把手机号码在地面上写一遍,也不管那人愿记不愿记就慌慌张张走开,走出老远还不断回望那一缕青烟。

我被运送出地面已是第三天日落时分了,之前常二茂被运送出地面救护车早已等候在裂缝口,毫不停留一路哇哇哇鸣叫着赶往省城医院。

天空里有几片薄云,刚好挡住即将下山的太阳,几片薄云被烧红,红得全身透亮,像就要烧化成液体流淌到地面上来了。薄云下头,几缕阳光像几缕胡须悬挂着,阁老村人称之为:日头爷耍胡柴。阁老村人称胡须叫胡柴。比如:你嘴唇上长出胡柴来了,你这几天没刮胡柴啊。都是说胡须。日头爷耍胡柴不刮风就哈雨,阁老村人还由此判断天象呢。

我连续两天在巷道里吃了睡睡醒吃,喂就吃不喂就不吃——现一种无意识状态。被捆绑在担架上晃悠晃悠运送出小裂缝,意识开始恢复嘟嘟囔囔要求:我想我爷爷,我想见我爹,我想见温小婷。救援队员们为让我安全走出裂缝,左一个右一个紧紧护卫着,忙得要死累得要命,哪有工夫搭理我想见谁!有一个救援队员一头热汗气喘呼呼说,你还想要席梦思床呢,这种时候我们到哪里给你找。我才不管救援队员说什么呢,嘟囔声一声比一声高一声比一声急切,后来已不是嘟囔是喊叫了。喊叫声传达到裂缝外,别人听不真切喊什么,温小婷听真切了,电光石火一眨眼就扑倒在裂缝口。一位消防队员眼疾手快一把揪住温小婷的一只胳膊,温小婷才没栽入裂缝里。消防队员被扯拽也马趴在裂缝口,两个人都是一身土一脸黑。消防队员说,姑娘,你不要命啦!持一副长者口气,实际年龄比温小婷还小两岁。

温小婷想喊:沛然,我在这里。喊不出,眼睛一眨不眨盯紧裂缝里眼珠子随时可能从眼眶里滑落出来。裂缝里黑黢黢盯半天只盯进去几米深,想再深入呢,裂缝拐一个小弯把温小婷的视线揉成团窝憋在一起伸不展腰了。

捆绑我的担架摆放在裂缝口,我的眼睛还蒙着,我看不到周边的景象,但呼吸着新鲜空气了。我问救援队员们:我这是到哪里了?救援队员们回答:能到哪儿,走错门路走进阎王殿里让阎王赶出来,回到人世上来了。诺,这是原来阁老村南的一块野山坡吧。没等回答完毕,我就放声号啕说,爷爷,爹,小婷,我康沛然活着,我康沛然活着!我能回学校读书啦,能专心一意搞科研啦,能和大家在一起生活啦——号啕声嘶哑、低沉,像人救上来了声音还留在裂缝里,一冲一撞想要和人一起上来呢。我上红下蓝一身夏日休闲装,脚踩一双软底皮凉鞋。有些不像我,像快递公司一位新入职的员工了。号啕声撕扯温小婷的心,温小婷腿肚子发软,急切地想扑过去,越急切越腿软越扑不过来了。央求两个消防队员搀扶着走过来,半躺半坐在我面前声音急切说,书虫儿,我知道你活着;书虫儿,我知道你活着。抚摸我的额头面带微笑嘟囔说,我没说错,只要人不要钱;我没有做错,只要人不要钱。只是嘴唇翕动没发出声音。掏出手机给妈妈陈洁婷拨电话,手抖得厉害,刚听到妈妈的声音就呜咽出声来了,不过只呜咽一声就止息住,急切说,妈妈,小康活着,小康活着,他就在我身边!声音尖尖细细,一种想把喜讯尽快和妈妈分享的心态。随后泪流满面和妈妈说,妈妈,近一段时间女儿老给你制造麻烦老和你顶嘴,都是女儿不好,原谅女儿吧。女儿会好好孝敬你和我爸的。突然啜泣出声来说,妈妈,我错了,我错了,我今辈子连同下辈子一起补报你们吧。泣不成声了。

我想怒吼想继续号啕,可是莫名其妙却停止了号啕,双手摸索温小婷的脸颊,从额头摸起摸索到下巴。捉住温小婷一只手放在嘴唇上啄一啄闻一闻,紧贴在腮边嘟囔说,我的女人,我的女人,是我的女人。语气是极享受极满足的那种。还想说话呢,嘴唇抖动得厉害说不出来了。想继续号啕的冲动愈见强烈了。

书虫儿。温小婷停止了啜泣,夹带着哭腔呼唤,收起手机面带微笑。

小婷。我清清爽爽呼唤温小婷的名字,声音嘶哑、低微,同样夹带着哭腔。

救援队员们都躲开,即便不躲开也听不清我俩说什么,光是嘴唇在动呢。

还能见上我心爱的小婷是一个意外,是一种天赐的幸福。声音还嘶哑,还夹带着哭腔。

书虫儿,我伤害了你我知错了,从今往后你就是我心灵的上帝我灵魂的主宰我就是你心灵的侍从灵魂的仆人了,今辈子我会用心补偿你,相信我。

小婷,你只是走路走得急没看清楚脚下,冷不防摔了一跤,你说是不是?

书虫儿。

小婷,你不要说话听我说,我爱你,过去爱现在爱将来还是爱。

书虫儿,你应该骂我几句。

小婷,我遭这一场灾难连累你受惊。我不听你劝告还和你发脾气还记恨你,我也伤害了你。再说了假如你这一段时间留在阁老村,你想你会是什么样子。不等温小婷说话,我先呵呵呵笑起来。笑声不像笑声像呜咽声,比呜咽声更让温小婷心碎。

也是呢,短时间内天灾人祸,空中打击地面围剿——那个王乙涛和王乙涛的老子明摆着就是两架实行空中打击的歼击机,我和温小婷就是两只被猎捕的刚断奶的鹿儿子,逃脱了但受伤了。身体受伤有药可医,心受伤,天涯海角哪里去寻药!温小婷怎么会不知道:给歼击机指示目标的就是她,她其实是一个最不可饶恕的内奸或杀手!把脸伏在我胸口,心里忏悔、呜咽,嘴里念叨:书虫儿,我刚才说过了从今往后你就是我心灵的上帝我灵魂的主宰,我就是你心灵的侍从灵魂的仆人了,天地、日月、残破的阁老村为我们作证吧!我的心嘡嗒嘡嗒像灾害发生前那样有力呢。只是嘡嗒声外还有另一种声音:咯噗,咯噗。沉郁而有力——号啕声被抑制似千军万马在我胸腔里奔腾汹涌,随时会把我的胸腔迸裂。温小婷着慌不说话不行了,眼噙泪水说,书虫儿,差一点儿弄丢你,难道不是我遭受的一场灾难吗?你说,你说嘛。撒娇、埋怨转移话题,是最有疗效的应急止痛药。又说,明年暑假你还回老家找一家私挖滥采的黑煤矿哈煤窑挣钱体验艰辛吗?你说嘛!说的全部是地地道道的阁老村方言。

我感觉无比欣慰、亲切,还温暖,想说,我们终于有了一个能够共享的、扎实的对话平台了。说出口的却是,哈,还哈,还体验!我说的也是地地道道的家乡话。人说因祸得福,我这就是因祸得福了——想搭建一个能够和温小婷共享的、扎实的情感基础平台,一场灾难意想不到帮我搭建起来了。我停止了笑声,喉咙里咯嗒几声长舒出一口气。还想说有了这个能够共享的对话平台,我和我心爱的温小婷的情感纽带毋庸置疑凝结的密度是加大加深了。

温小婷说,你还是不思悔改啊。

我说,我是按你说的做按你说的想,你应该记得你说过的那句话——没和我说过但和你妈妈说过,你每次那样说起我都觉得你是旁敲侧击指点我激励我呢,所以不敢不谨记在心间。

我和我妈妈说什么啦?你说!

小婷,我爹呢?我爹没在灾害中受害吧?我惦记我爹转移了话题。实际是尤其强烈地想念我爷爷呢,看见我爹就相当于看见我爷爷——我爹身上永远背负着我爷爷的影子呢。

温小婷说,刚才还在救灾帐篷跟前坐着呢。说呢起身张望呢。我爹果然在救灾帐篷跟前坐着——懒性了,真的是懒性了。有人冲他喊救出你儿子来了。我爹像没听见,坐在原地纹丝不动。哪里只是纹丝不动,还把脸往旁边扭一扭。一位消防队员跑过去生拉硬扯我爹,我爹一步三晃摇走过来,站在我面前半弓腰说,你是猪猪真是猪猪吗?我听出我爹的声音来了,急切呼唤说,爹。声音清亮、直接,没一点儿疑惑。我爹没等我的声音落地就跪趴在我身上放声哭起来说,猪猪,爹只当这辈子再见不到你了,你瘦得没一点儿原来的样子了——有人喊叫救护车来了快上车去医院。我爹一下就停止住哭声,泪眼模糊地看温小婷说,娃儿,大爷错怪你了,是大爷不好,大爷向你认错啦。站起身一躬到地,差一点儿跪趴下。面带微笑——是那种固执已见到略显傻气的微笑。

一非是泰山崩倒难扶起
二不是病入膏肓药难医

我听见我爷爷在哼唱,只是哼唱声遥远微弱似有似无了。救护车扬起一道黑尘往市医院飞奔,我刚被抬上车就昏睡过去了。张一文叔说,后来阁老村人又在距石林几百丈远的地方发现一条裂缝往外吐黑尘,不过经过救援没再发现活人,救出来的都是尸体了。

我康复了,要和温小婷回学校,县政府领导有言在先:派车送我和温小婷。也不是县政府领导派车,是县政府领导电话指示老板王乔谷:人家要回学校了,你到医院接上人家送送嘛。老板王乔谷就派车接人送人了。接我送我之前我推说去看望一位高中同学,偷偷跑到阁老村那个乡向乡政府请求:让专业挖掘队先随我回阁老村废墟那里帮我挖掘我爷爷留下来的一只小扣箱。这段时间向温小婷详细讲述了小扣箱里的秘密,一直想让温小婷见到那支小手枪和那一对真假油饼饼以及那只小药箱,到现在也没见上我心里有一点儿亏欠。温小婷评论说那不是一支普通的小手枪,是一支惩恶扬善的小精灵;那不是一对单纯的油饼饼,是一对能够详细描述一位高贵女性顽强和坚定品格的小魔镜;那不是一个一般的小药箱,是一个能够彰显善意彰显正气的小锦囊;拥有这个小锦囊的女人不是世俗的女人,是一位受上天指派来人世上扶危济困、救苦救难的天仙。所不幸的是这位天仙不被人类接纳、支持,反被人类的邪恶所猎杀。我要把天仙的遗物留住,让后人知道曾经有这样一位天仙降临过人世。乡政府领导和我微笑,指派一位乡干部开车带我去阁老村废墟那里——哪里还有阁老村废墟!浩浩渺渺一片汪洋——新出现一个波光粼粼深不见底也望不到边的天坑湖,阳光下闪耀着广袤而刺眼的银光。

  温小婷和我爹随后也赶到了,我满面愁云,凝望新天坑湖里的波光,喃喃自语说:要多可怕有多可怕,要多美丽有多美丽!我爹一见着我就跌坐在地双手拍打地面哭说,你又回阁老村做什么,不要再想在阁老村发财了,快回学校上学去吧!你爷爷和你爹吃不下阁老村这盘菜,你也吃不下,咱认了吧!正说呢,脚底下地面迅速抽搐,新天坑湖里波浪滔天哗啦啦一片响,一根水柱冲出湖面直冲上天空,艳阳之下水柱顶喷洒出水雾,赤橙黄绿青蓝紫一道彩虹,彩虹里黑黢黢瘦高瘦高站着一个人。我惊叫:我爷爷,我爷爷!快看,我爷爷!我爹紧跟着呼唤:爹,爹!温小婷急切问:在哪里,在哪里?又是哗啦啦一片响,冲天水柱跌落下来,粉碎成一阵急雨倾泻到湖面上,地面不再抽搐,新天坑湖里波浪停歇,天空里彩虹也消失。乡干部催促大家快速离开,说随时可能出现新一轮塌陷。

  确证无疑:我爷爷的魂灵儿就在人世间,就在新天坑湖里,就在我身边的花草间、森林里、阳光里、空气里,尤其就在我心里,就在我血液里。

  我回学校之前给我爹打电话,询问明白新房子的位置让车直接开过去。我爹一身灰尘一身粉白和一个女人站在楼门口迎接,那女人浑身上下爽爽利利干干净净,四十岁出头,毫无疑问是一个还能生育娃儿的角色呢。

我说,爹,我不上楼去了。

我爹微笑说,不用上去了,房子还没装修好,你看爹这一身土一身灰,那几个工人出手慢,爹得帮衬着监督着,这是你姨。拉一拉身边女人的衣襟和那女人甜蜜蜜微笑。

阿姨好。我和温小婷同时问候那女人,同时和那女人点头。

我拥抱了我爹一下,温小婷拥抱了那女人一下,我俩钻进车里放下车窗玻璃冲我爹和那个女人摆手。我爹像记起一件要紧事追到车跟前说,猪猪,八士毕业回咱这地方当公务员吧,当公务员进步快,比其他行当吃香,来钱的道道也多——你问你阿姨。回头看那女人,渴望得到那女人的援助。我被吓一跳只当我爹要说:博士毕业就回阁老村下煤窑吧。还好没说。阁老村人说某一类人或某一类货抢手不说抢手说吃香,体现了一种对于吃的曾经的在意——我爷爷为我奶奶制作的真假两块油饼饼作证:我这种理解是对的。我没回答我爹只是笑,温小婷把脸伏在我怀间想笑不敢笑,悄悄掐紧我腰间一点皮肉冲车窗外说,您老人家还说呢,我挨你儿子骂都不敢提这个话题了。和我嘟囔说:可怜老人家大灾大难之后还是放不下阁老梦。其实心里只觉着忧伤,没觉着好笑。忧伤就忧伤在情不自禁心里又在喃喃自语说,什么烂人、破人做的烂爹、破爹,一场灾难后,还想播弄出另一场灾难呢。车启动了,我爹小跑着随行几步向车屁股摆手,意犹未尽的神色恋恋地在脸上盘旋。温小婷表情肃然,没再看我爹一眼。噢,我晓得她心里是在嘟囔烂人、破人,或烂爹、破爹那几个字呢,也晓得她已懂得了怎样面对或用怎样的方式接纳我爹这种样式的长辈了。心里有一点怜惜:为了我,也为了我们共同向往的未来,温小婷的思维模式或情感疆界都不得不往宽泛处或深沉处拓展了。毫无疑问,这种拓展对温小婷而言,是有过一种滚油浇心的挣扎呢。我往紧搂一搂温小婷的肩头,回脸和我爹微笑、摇手。轿车开出大门外转弯,我脸上的肌肉一下就松弛下来了,微笑也随之消失,闭住眼睛不说话了——不想说话,任凭身体随时间向前飞翔。经历这一场塌天灾难,其中点点滴滴我何尝不是滚油浇心啊。个中滋味——得失灼痛只在个人方寸间!

送走我和温小婷,老板王乔谷把拘禁了一个多月的王乙涛释放了。释放的不光是王乙涛,还释放了老婆。王乙涛是那么容易释放的吗?当个爹就有理啦?就该无法无天吗?想关押儿子就关押,想释放儿子就释放,儿子不是国家公民是你的私人财产啊。仓库门早开了,王乙涛不肯往出走,也不让老妈往出走。和老妈提条件:一、归还手机、银行卡,以及旅行箱和旅行箱里的所有财物;二、给钱——不是给零花钱,是独立创业的资金。

从清早纠缠到下午,老妈远避开王乙涛,和老板王乔谷电话私语一阵,和王乙涛签订了扶持王乙涛办公司的不平等协议。随即有人给王乙涛送来手机、银行卡、旅行箱。手机短信显示:按照刚签过的协议,王乙涛办公司所需第一笔启动资金已进入王乙涛的银行账户里。

王乙涛陪老妈走出仓库,要老妈送他到飞机场。老妈问,去飞机场做什么?

王乙涛回答,去找我女朋友温小婷,把身份证手机卡还她,至少向我女朋友温小婷道个歉认个错,我伤害过她对不起她。

老妈斩钉截铁说,不行,跟妈回家。身份证手机卡你爸早打发人还给人家了,不还给人家,人家让你?你还能站在这里说话?

王乙涛愤怒地说,你们怎么能这样做事!撇下老妈独自上街拦下一辆出租车,和司机讨价还价说,一小时内赶到飞机场,我要赶再过一小时三十几分飞往天津的航班。司机摇头说不可能。王乙涛掏出一沓钱扔在司机大腿上说,能赶到,全归你。司机微笑说,是一位款爷。启动车轮往城外行驶,刚出县城就猛踩油门,刚踩下油门就和侧面飞驰而过的一辆中巴车相撞在一起,撞出一团火一道烟,带火带烟飞跃上半空,在空中三百六十度旋转,旋转成两截,王乙涛满身是血,带座椅跌落在一辆恰好路过的大货车车顶覆盖着的篷布上,一副蜗牛状冲车前车后嘶哑哭喊说:妈,快救我!小婷,快救我!不用细说,人已被吓蒙了。喊声也声微气弱没有人听见,没有人理睬,大货车拐一个大弯开往另一个方向上高速路去了。

正是日落时分,满天霞色映红楼房、街道,整座县城都在霞色里融化了。

"三晋百部长篇小说文库"书目

经典作品

·李家庄的变迁·三里湾	赵树理
·太行风云	刘　江
·汾水长流	胡　正
·草岚风雨	冈　夫
·新　星	柯云路
·游　戏	成　一
·黑　雪	哲　夫
·世界正年轻	高　岸
·玉龙村记事	马　烽
·草　青	吕　新

·吕梁英雄传	马　烽　西　戎
·跋涉者	焦祖尧
·神主牌楼	张石山
·咸阳宫（上、下卷）	林　鹏
·生死门	晋原平
·送　葬	王西兰

- 白银谷（上、中、下卷） 成　一
- 北　腔 毛守仁
- 巅峰对决 钟道新　钟小骏
- 母系氏家 李骏虎
- 阮郎归 吕　新
- 裸　地 葛水平
- 甘家洼风景 王保忠
- 大清河帅 王　华　王卓彦

- 总工程师和他的女儿 焦祖尧
- 特别提款权 钟道新
- 毒　吻 哲　夫
- 龙　族 孙　涛
- 五汉街 田澍中
- 大梦醒来迟 王东满
- 种　子 王祥夫
- 水旱码头 刘维颖
- 野狐峪 彭　图
- 此生只为你 张雅茜

羊哭了　猪笑了　蚂蚁病了　　　　　陈亚珍
草　莽　　　　　　　　　　　　　　张不代
茶道青红　　　　　　　　　　　　　成　一
国家干部　　　　　　　　　　　　　张　平
抉　择　　　　　　　　　　　　　　张　平
旧　址　　　　　　　　　　　　　　李　锐
银城故事　　　　　　　　　　　　　李　锐
无风之树　　　　　　　　　　　　　李　锐

抚　摸	吕　新
天　猎	哲　夫
权力场	晋原平
米　谷	王祥夫
古塬苍茫	张行健
栎树的囚徒	蒋　韵
隐秘盛开	蒋　韵
奋斗期的爱情	李骏虎
婚姻之痒	李骏虎
苍黄尧天	乔忠延

原创作品

·一嘴泥土	浦　歌
·鲛　人	唐　晋
·江山无恙	信应亮
·复调婚姻	王旭东
·西望长安	冯　浩
·舜　瞳	刘志兆
·万里石塘	晓　夜　树　梁

北岳风·中国原创长篇小说系列

·中国劳工	张行健
·中国丈夫	李晋瑞
·肥田粉	白占全

·柳暗花明	刘山人
·天上有太阳	杜　斌
·玉　香	曹向荣
·乡野里的粉桃花	舒　讯
·一个人的哈达图	阿　莲
·白岸闲人录	毛守仁
·回头峰	孟繁信
·龙岩岭	石　瑛
·阁老梦	常捍江
·羊凹岭	袁省梅
·米粮歌	加根深

（注：作品前加"·"标记的为已出版作品）